L'ÉTOURNEAU

ou

DU PLOMB DANS LA CERVELLE

Daniel Loeillot

L'ÉTOURNEAU

OU

DU PLOMB DANS LA CERVELLE

La Compagnie Littéraire

Du même auteur :

La Grande Monographie de Leudeville, Éditions Lys Amatteis, mai 2012
Site Web : © www.leudeville-monographie-livre.com

Remerciements à :

Lucien BINET
Vérification des textes, amateur d'armes et d'oiseaux, ex-chasseur

Jean-Jacques LOEILLOT
Conseiller en armes et rapporteur d'histoires de chasse

Marie-Claude FONCELLE
Auteur du conte *Le Rouéton du Loup*

Jacques ARNAUD
Témoignages sur un pan de la vie leudevilloise ancienne

Crédits illustrations

Avec l'aimable autorisation de leurs auteurs respectifs :

Première de couverture :
« Le sansonnet », Christian FOSSERAT, photographe naturaliste
Site web : © Christian Fosserat – www.christianfosserat.ch

Quatrième de couverture :
Dessin réalisé par Stéphane « Gribouilletout », caricaturiste et silhouettiste
Site web : www.gribouilletout.fr

ISBN 978-2-87683-480-4
Daniel Loeillot, 2014
La Compagnie Littéraire
11/13 rue Vernier – 75017 Paris

À mon père du Monde d'en-Haut
et
À tous les drôles d'oiseaux de ce bas-monde…

AVANT-SCÈNES

Voilà des années que le sujet me trotte.

Oui, j'en suis conscient, une bonne écriture voudrait qu'on ajoute ici un circonstanciel quelconque, par exemple *dans la tête*, oui. Hormis cet endroit précis de l'anatomie, où voulez-vous qu'un sujet trotte ? Sur l'hippodrome de Vincennes ? C'est pourquoi je ne l'ai pas précisé. Soyez gentils, faut pas couper mon élan, comme ça, dès le début ! J'en étais où ?

Donc, je disais que le sujet me trotte. Dans la tête, si vous voulez, ou dans la cervelle. Les traces de pas et le bruit fait par la déambulation dans les méandres de mes méninges commencent à me peser. De 2010 à 2012, la rédaction de mon livre *La Grande Monographie de Leudeville* ne fait qu'amplifier le phénomène, puisqu'un chapitre évoque déjà la question en ne la survolant toutefois que de très haut. Un jour, allez hop, je me décide et je me lance dans une nouvelle écriture, celle que vous avez sous les yeux. Plus grand voyageur en esprit que sur des terres lointaines, paradisiaques ou inhospitalières, le décor reste celui de mon village, Leudeville, situé en Seine-et-Oise de la Révolution à Pompidou, toutes les années suivantes en Essonne sans jamais avoir changé de place. Prodige de la géographie à géométrie invariable et des découpages administratifs modulables. Qu'il se situât en d'autres lieux n'aurait rien changé à l'affaire. C'est un décor et non le cœur du sujet.

Le sujet, justement. Le titre, lui-même sous-titré, aurait mérité un sous-sous-titre : *autobiographie ciblée*. Pour évoquer un pan de ma vie, fil rouge de ce livre, j'avais le choix : créer un personnage et le faire évoluer à l'intérieur d'une espèce de roman, ou simplement utiliser l'écriture à la première personne en romançant le moins possible. La première personne venue c'était moi, ça tombait vraiment bien, la nature fait bien les choses ! De plus, à passer pas mal de temps avec moi-même, je la connaissais bien. C'est ainsi que je me suis demandé la permission d'être momentanément le héros de l'histoire. Autorisation aussitôt accordée. Le texte doit y gagner en liberté et en spontanéité.

Tout ce que je raconte dans ces lignes est absolument véridique, y compris ce qui est faux. Entendez par *faux*, non pas l'adjectif, mais le nom, le symbole de la mort : la grande faucheuse se devine ou se dévoile dans le théâtre de mes récits ! Âmes sensibles, ne pas s'abstenir, c'est la vie !

Autre avertissement : le lecteur excusera mes néologismes. J'en use et parfois en abuse pour mieux ponctuer ou imager le discours à ma manière. Qu'on me pardonne, je ne suis ni Balzac ni Flaubert ; c'est donc un petit plaisir personnel caché dans mes gènes et dans mon stylo. C'est ainsi que je me suis empaillé à utiliser quelques gentilles excentricités syntaxiques dermiques.

J'ai conservé les noms ou prénoms originaux de certains personnages. J'en ai modifié d'autres volontairement. Mon premier livre mentionnait quelques patronymes, attirant les foudres d'une ou deux personnes un poil susceptibles, peu civiles, revêches, urbaines à minima, allègrement hargneuses et procédurières. Voilà ces braves gens habillés pour l'hiver. Un homme averti en valant deux, j'ai multiplié cette fois-ci mes précautions !

Pas d'autres remarques particulières. Vous êtes à l'avant-scène d'un thriller de campagne où les noms des assassins sont connus dès les premières pages. Sur le plateau, la grande scène d'un bal où s'apprêtent à danser des gens biens, des gens bons, des gens méchants et des gentils, des gentilshommes légendaires, des gens d'armes, des gens intransigeants, des gens du contingent et des sergents déjantés, des gens d'argent, des gents ailées ou désailées, des gens fous et des jean-foutre. Et même Jean, l'affable La Fontaine. J'en oublie et j'en passe… Dérangeant ou affligeant, agaçant ou encourageant. Les trois premiers coups vont retentir, d'autres ne tarderont pas à suivre. Passons à l'acte. Rideau !

ACTE I

Scènes d'air et de terre

« Tiens ! Serre ! Serre-lui le kiki ! » Mon père me tend le perdreau qu'il vient de ramasser. Une aile bat encore frénétiquement, les pattes s'agitent nerveusement sans pouvoir s'agripper à quoi que ce soit de salvateur. J'empoigne la bestiole à deux mains pour lui éviter toute escapade. C'est presque doux, tiède et pourtant un peu poisseux. J'exécute illico l'ordre paternel : pouce et index de la main droite saisissent et pressent le cou de l'animal pour l'étouffer et abréger sa souffrance. Ou sa torture. Et comme on m'a dit, je serre. Le kiki. Je serre tellement fort que je sens les petits os des vertèbres du perdreau. Je n'aime pas bien cette sensation, je n'ai d'ailleurs jamais aimé les os tout court, que ce soit à voir ou à toucher, encore moins à ronger ou à sucer comme ceux du poulet ou du lapin dans l'assiette du repas dominical ! On me dit de serrer, je serre, obéissant et consciencieux. Mes deux doigts blanchissent sous la pression. Le perdreau pendouille comme son aile blessée depuis le tir réussi de mon père. L'aile gauche se déplie et tombe doucement. Les yeux sont déjà clos. La tête vient doucement s'incliner et se coucher sur mes deux doigts, ultime caresse au fils du vainqueur, ou peut-être dernière tendresse de l'oiseau en signe de pardon avant de s'envoler vers des cieux plus cléments... Le petit vent de la plaine soulève délicatement quelques plumes et court sous le duvet, seul frémissement involontaire de l'instant. Je lâche enfin mon étreinte et enfourne le perdreau dans la poche-carnier de la veste paternelle. Il est fort, mon papa ! Et il a un sacré coup de fusil ! Mon papa, il est balaise à la chasse, c'est bien un des plus forts ! Fier de mon papa, super-fier d'être à ses côtés en de pareilles occasions. Quand je serai grand, je ferai pareil que lui, mieux peut-être, allez savoir ! Je n'ose pas trop le lui dire et encore moins le lui faire voir, mais pourtant, je n'aime pas beaucoup serrer les kikis... Il y a quelque chose de bizarre à faire des trucs comme ça. Quelque chose que je ne m'explique pas. Une sorte d'incohérence... ou de réticence, une répulsion intuitive en totale contradiction avec cette idée de pouvoir donner une mort si facile. Gratuitement. Ou presque. Mais un vrai chasseur doit aussi savoir serrer correctement les kikis, sans à priori ni état d'âme particulier, bref, sans réfléchir au-delà du raisonnable et de la basse logique, zut alors ! Et non pas renâcler devant l'obstacle ou trembler comme une chochotte de mauviette sans accomplir des gestes d'homme, bon sang d'bonsouère !

J'ai huit ans. Et à huit ans, accompagner son papa à la chasse, l'écouter et lui obéir, rien de vraiment anormal. « Reste derrière moi, oui, comme ça, un peu plus loin même, mais pas trop à gauche... ni trop à droite non plus ; ne t'éloigne pas, ne traîne pas, ne t'écarte pas comme ça, ne fais pas de bruit, regarde où tu marches, etc. », exemples-types de consignes cynégétiques ordinaires données aux petits accompagnateurs... Mais c'est normal, mon papa il connaît tout, il prévoit tout et fait autant pour la pleine sécurité de l'humain que pour la totale insécurité du gibier. Double mission qu'il mène toujours de front avec succès sans jamais en déroger d'un iota. Pourtant, l'obligation de serrer un futur nouveau kiki m'inquiète un peu. L'image et l'idée se gravent doucement et inconsciemment dans ma cervelle sans que, malgré tout, j'en fasse consciemment grand cas sur chaque nouveau lieu d'exploit. Chaque plongeon de perdreau à terre, chaque roulé-boulé de lièvre dans la poussière, les couinements et le sang, ne relèvent que de la vie ordinaire ; rien qui ne puisse porter à réfléchir et encore moins à induire quelque iconoclaste question philosophique inopportune... À la chasse, nous sommes à des années-lumière de ce type de préoccupation parasympathique et cérébro-spinale !

Dans cette petite commune rurale d'Île-de-France où je suis né après-guerre, on vit depuis longtemps simplement. Ne réside là aucun vraiment riche ni d'autre réellement très pauvre. Le village, typique du Hurepoix, est planté au centre d'un territoire de quelque 780 hectares. Tout l'environnement n'est que champs et prairies, parsemé de bois et de mares, saigné de fossés ou coupé de haies sauvages, le tout quadrillé de chemins de terre quelquefois partiellement empierrés, ces fameux chemins dits de traverse épargnés du bitume. On ne connaît que l'agriculture ; la véritable industrie et la grande ville, personne ne peut ici en parler véritablement ! Dans ce décor champêtre, le petit gibier ne manque pas. Depuis des lustres, la chasse a donc toujours été pratiquée, à en devenir une occupation logique et ordinaire, voire pour certains une obligation et pour d'autres un loisir ou une passion. Je suis donc né d'un père chasseur, près de voisins chasseurs, dans un environnement agréable, verdoyant et giboyeux propice à l'activité. Lieu naturel séculaire indissociable de ses pratiques ancestrales fatalement devenues, le temps passant, elles aussi « naturelles ». Quoi de plus naturel en somme ! La bestiole d'un côté, le plomb de l'autre, et après tout, que le meilleur gagne ! Sachant qu'on peut prédire sans coup férir quel sera le vrai vainqueur à la fin de l'histoire.

D'aussi loin que ma mémoire de gosse peut remonter, j'ai toujours vu à la maison le fusil et la carabine, sorte d'exposition permanente de l'acier bleu et du noyer ciré sur un pauvre râtelier de hêtre teinté ; le sacro-saint pavé annuel dit catalogue de la Manufacture d'Armes et Cycles de Saint-Étienne, le fameux *Manufrance* en noir et blanc gorgé de dessins, de croquis, d'éclatés, de cartouches et de petits matériels divers plus intrigants les uns que les autres pour l'esprit d'un gamin ; la non moins célèbre revue *Le Chasseur Français*, immanquable mensuel redondant d'articles illustrés d'une kyrielle d'images d'armes et de bestioles-gibier de tout acabit. De quoi se sentir invincible face à ces animaux-cibles… Le tableau resterait incomplet si j'oubliais le calendrier plaqué au mur de la cuisine, carton pelliculé pendu à son clou, indispensable outil de la vie de tous les jours au centre duquel trônaient immuablement les images de chiens de chasse, de scène de chasse, d'animaux de chasse ou de trophées de chasse. La chasse ainsi sacralisée par tant d'habitudes, notre petite famille vivait là tranquillement, quasi *enchâssée* sous la bienveillance et l'omniprésente aura d'un éthéré mais vénéré saint Hubert. Le décor intérieur ne faisait que reproduire les habitudes extérieures. Et tout le monde était bien content comme ça. Durant de longs moments, je me suis souvent pris à rêver en regardant toutes ces images, encore et encore. Une fascination inexplicable… La chambre des parents, elle, était plus sobre. Plein centre au-dessus du lit, seul le crucifix avec son Jésus de résine ivoire sous lequel se calait un rameau de buis jaunissant avait immuablement les honneurs du papier peint. Ce qui revient à conclure, dans l'esprit d'un enfant, que l'image du petit Jésus crucifié a autant d'importance que celle du sanglier et des chasseurs sur le calendrier des PTT de l'année 1957. Les coutumes ou les vénérations parentales ne pouvaient être séparées ou comparées, mais seulement mises à égalité et donc non dissociées… La notion de primauté ou celle de différence entre les symboles représentés restait à l'état de néant. On respectait et fleurissait un monsieur sur une croix, mais on faisait l'éloge de la faune sauvage, des chiens, des chasseurs de tous bords, tous bien vivants et alertes : cette logique paradoxale ne me hantait pas le moins du monde et ne soulevait en moi aucune interrogation. Que la mort se cache dans la flamme au sortir d'un canon, je l'avais compris ; que la mort s'affiche passivement sous les traits pétrifiés d'un pauvre homme demi-nu cloué sur une croix, j'en avais également intégré le fait, mais sans plus chercher à comprendre ce que le catéchisme avait bien voulu pieusement mais maladroitement m'en dévoiler. J'étais devant de banales évidences, celles qu'on accepte de facto et qui ne requièrent aucune discussion, aucune argumentation et encore moins quelque dissertation. Le Jésus est là parce que, après tout, c'est la tradition et puis, on ne sait jamais, ça peut être utile et ça ne peut pas faire de mal. Et la chasse est là aussi, parce que… parce que c'est bien et puis c'est comme ça et c'est pas autrement. Ce qui coupe court à toute réflexion, à toute remise en question et à toute modification des choses établies. Tels furent l'atmosphère et le décorum traditionnel dans lesquels j'ai passé toute mon enfance et mon adolescence.

Le deuxième dimanche de septembre, l'ouverture de la chasse est un jour de gloire. Les mordus de l'affaire piaffent d'impatience depuis de longs mois. Les semaines précédant le début des hostilités ne sont que préparatifs vestimentaires, fines et amoureuses vérifications de l'armement, acquisition de munitions diverses et variées. Rasé de frais, les vêtements ajustés, le chapeau bien mis, la cartouchière ceinte garnie à outrance, chacun se met en marche vers le point de rendez-vous du village…, sans oublier le chien en laisse, déjà haletant langue pendante, excité au plus haut degré, reniflant nerveusement tout et rien sur son passage, levant la patte à chaque rencontre de poteau et d'angle de mur, cérébralement déchiré entre les odeurs d'urine de ses congénères et l'inexplicable effluve d'after-shave inaccoutumé de son maître. Ce dimanche matin de petite brume fraîche, il est huit heures trente et la ville ne s'éveille pas. Avec ses trois minutes habituelles de retard, l'horloge du clocher tape la demie.

Lorsque nous arrivons sur la place du carrefour Noblet, entre deux bistrots exceptionnellement ouverts et à l'ouvrage aux aurores, quelques chasseurs en tenue d'apparat sont déjà là en grandes discussions de retrouvailles. Les ombres des maisons s'allongent sur l'asphalte. Les volets alentour encore clos, le village somnole. Un engourdissement tranquille sous les premiers frais matins d'automne. Les seuls bruits montants sourdent des chasseurs et des chiens. Quelques volutes de fumée s'envolent çà et là du groupe qui s'agrandit doucement. Sourire aux lèvres, quelques assoiffés pré-matinaux sortent d'un bistrot, assurés pour la journée de ne souffrir d'aucune déshydratation ! C'est l'un des avantages majeurs d'une paire de petits blancs secs ou d'un trio de ballons de sauvignon, prémices indispensables au bon déroulement des opérations… On piétine, on parle de tout et de rien, de la pluie et du beau temps, de pourquoi le père machin n'est-il pas encore là… ; une série de petits palabres et de commentaires où l'échange verbal convenu côtoie le bon mot incongru ou la dernière ânerie un peu grivoise. On retrousse périodiquement la manche pour consulter la montre. Le président de chasse arrive enfin sous l'approbation générale et sous quelques quolibets railleurs bon enfant, et salue chacun d'une vive poignée de main. Tapes dans le dos, congratulations diverses et réceptions réciproques de salutations plus ou moins distinguées. On s'agglutine autour du digne représentant jusqu'à en former un cercle presque complet. Prise de parole du président à l'assemblée, on fait silence, on balance discrètement une calotte au chien gueulard qui n'a rien compris à cette circonstanciée préséance de bon ton. Le discours est bref, d'autant que le président n'a jamais été reconnu sur la liste des tribuns et des orateurs du canton : rappel de la procédure de dispersion des troupes vers les différentes sorties du village, rappel des règles élémentaires de sécurité, rappel des noms de gibier à chasser aujourd'hui et de ceux à proscrire à cette date, bref, un rappel qui rappelle furieusement le rappel de l'an passé ! La conclusion, sempiternelle et peu novatrice : « Bonne chasse et bonne journée à tous ! » Simple, rapide, cordiale et efficace malgré les hésitations dans le propos et l'amalgame assez confus de la rhétorique campagnarde. Les neuf heures officielles s'approchent, la troupe s'égaye…

Quelques années plus tard, le nouveau président choisira une tactique pseudo-militaire, une stratégie digne de Napoléon assortie d'une illumination einsteinienne : les chasseurs ne partiront plus du centre du village, mais les groupes seront acheminés par tracteurs et remorques interposés, ce jusqu'aux limites du territoire de chasse, aux frontières des villages alentour. Un moyen de rabattre sur notre commune le gibier levé, et non l'occasion trop facile d'en donner profit aux chasseurs extérieurs, ceux des patelins concurrents, les ennemis du jour, compétiteurs trop heureux d'avoir à portée de plomb un gibier qu'on leur tend et qu'ils n'ont pris aucune peine à débusquer ! Ah ! Quand le modernisme, la technologie agricole, le génie humain et l'esprit de clocher s'unissent dans le but d'édifier un destin commun sublime et grandiose, c'est là qu'apparaît, monsieur, sous les ors les plus purs de la République et les lauriers de la victoire nationale, splendide et resplendissante, toute la grandeur de la France !

Mon père, assez indécis dans le choix du chemin à prendre, opte pour la direction des Ormeaux Blancs, face à l'est. Du carrefour en empruntant le petit bout de Grande-Rue restant, il nous faut cinq minutes de bonne marche pour atteindre le bosquet, quitter la route, sauter le fossé et nous retrouver dans le champ de chaumes. Le clocher vient d'annoncer neuf heures et, à la seconde, un premier coup de fusil retentit au loin. Mon père, pas bête, avait choisi cet endroit de plaine plate faite de parcelles successives de chaumes, de labours, de luzerne et de betteraves, pour une raison simple : la chasse au faisan ne s'ouvre que trois semaines plus tard et les lieux arpentés autorisent de meilleures rencontres avec le reste du gibier, le perdreau et le lièvre particulièrement ; des terres et des végétations variées sensées, en théorie, cacher plus de poils et de plumes qu'ailleurs. À croire que mon père possédait cette logique innée en forme de sens supplémentaire, trois perdreaux s'envolent soudain presque sous nos pieds. On connaît la suite, le coup de fusil fatal et l'épreuve initiatique du serrage de kiki.

Durant la marche, faite de petits zigzags sans fin imposés par des terrains peu praticables, les yeux travaillent et déterminent la journée de chasse elle-même, en une sorte d'affût-mobile de chaque instant, une tension miniature permanente. Du chasseur, sa fébrilité le tient en alerte, soutient son train et l'automotive[1]. Chaque seconde qui coule est déjà suspendue à la prochaine qui s'annonce. À la chasse, seul le temps n'a pas lieu d'être mort.

Mais le temps passe aussi, on le sait, sans toutefois comprendre comment ni à quelle vitesse. Le temps se comprime, se suspend ou s'étire selon la conscience de l'instant. Les bons moments de chasse se tendent et se concentrent mais s'évanouissent trop vite ; à l'inverse, d'autres moins fugaces prennent parfois des allures de calvaire, s'éternisent dans d'usantes et monotones déambulations sans fin, à la recherche de tout et à la rencontre de rien. Alors, du haut de ma huitaine d'années, je décroche de mon rôle inactif de suiveur qui suit parce qu'il faut suivre et je passe automatiquement en mode actif de rêveur qui rêve parce que c'est vachement bien de rêver ! Je ne suis plus, *je suis* !

Après plusieurs heures, baguenauder dans les chaumes de blé, d'orge ou d'avoine devient ennuyeux. Ça craque sous les pieds, parfois ça pique les pattes, parfois on trébuche sur une motte ou on tape dans une grosse pierre à s'en bousiller le gros orteil. Les terres fraîchement déchaumées, ce n'est guère mieux, voire pire : c'est mou ou dur, incertain et totalement instable. Quant aux labours, je me demande chaque seconde où poser correctement les pieds pour garder l'équilibre et me fatiguer le moins possible… J'ai hâte de sortir de ce dédale de terres versées alternant le solide et le friable sans que l'œil puisse déterminer à coup sûr les points de stabilité. Et quand il pleut, on imagine aisément les désagréments supplémentaires de ce type de chemin de croix ! Je ne suis plus à la chasse, je fais de la gymnastique, du sport bas-de-gamme, du steeple-chase rural miniature… Une sorte de mini-parcours du combattant et d'esclavage momentanément consenti… Le naturel reprend alors le dessus : je bascule en mode pilotage automatique et reconnaissance psychique-visuelle du terrain sans me soucier des aléas du déplacement, et j'enclenche le bouton de vision annexe, bien plus intéressant… ! Mon père doit être toujours là, devant, avec son fusil, dans son exploration et sa quête campagnarde. Mais je ne le vois plus, je n'entends plus ses pas. Plus de bruit, plus de vent ; les troubles extérieurs se gomment comme par magie : en un milliardième de seconde, je me téléporte dans une autre dimension.

---

[1] À la chasse, à respirer tant d'air pur, on me pardonnera ces à-peu-près ferroviaires faciles, tendance expresse qui me fait parfois sortir de mes rails sans crier gare en laissant le lecteur sans voie… Quant à omnibus, ballast et pantographe, avec la meilleure volonté du monde, ce n'était pas simple à caser !

Les gerbes de terres versées par la charrue portent encore la trace du soc en galbes lisses et luisants. Au fond du champ, le petit soleil de septembre en joue de manière subtile comme il y prendrait plaisir sur l'eau calme d'un lac. Une terre qui luit et miroite doucement, un petit mirage d'Île-de-France, sans chaleur, sans exotisme aucun. Image simple et belle d'un lieu ordinaire qu'aucun touriste ne viendra jamais visiter. Enfouis depuis des années, des cailloux plantés sur le faîte des sillons ont retrouvé la lumière. J'en détache parfois quelques-uns de leur glaise au hasard des rencontres, pierres somme toute banales mais dont certaines rivalisent dans mon esprit avec les plus précieuses gemmes du monde. Je les frotte entre mes deux mains pour les nettoyer un peu, parfois je les glisse dans ma poche en souvenir de choses si simples et pourtant si belles. Le soleil montant accorde un dernier délai aux grosses gouttes de rosée encore accrochées sous les feuilles des hautes herbes.

Sans vraiment m'en apercevoir, le décor a changé, on vient d'entrer de nouveau dans des chaumes qui craquent sous les pas. Entre les rangs, des petites herbes se sont installées là en même temps que les semailles de l'année précédente, plantes minuscules et souffreteuses qui arborent pourtant çà et là quelques-unes de leurs fleurs ou de leurs graines maigrichonnes. Des araignées, grosses comme rien, dérangées dans leurs occupations, activent d'urgence leurs huit pattes en cherchant meilleur refuge devant l'intrus bruyant. Une fourmilière, le zigzag prompt et furtif d'un mulot ; un scarabée couleur pétrole aux élytres liserés de vieil or, bon pépère en goguette, perdu dans son monde et qui, placide à souhait, continue sa route comme si de rien n'était ; un tapis de mouron bleu, vainqueur et survivant des blés denses qui lui volent la lumière six mois durant… Et ça, c'est quoi ? Des petits os épars, pas bien épais, avec un crâne d'oisillon tout blanc tout sec, qui rappellent que les prédateurs de la nature n'ont pas obligatoirement besoin de permis ou de fusil, pas plus que du tampon de la préfecture…

En longeant l'ombre d'un bois, je suis toujours mon père à distance, calé dans mes pensées vagabondes en marge de la partie de chasse. L'intérieur du bois est noir, de l'extérieur on n'y voit goutte. Bizarre dégradé de ténèbres, à la fois inquiétant et attirant. Les feuilles bruissent, les herbes folles de l'orée ploient, un coup de vent se lève, le soleil s'éteint un court instant. Mon œil court sur la lisière avec l'espoir d'une trouvaille : un vieux champignon renversé, décapité, chapeau noir près du pied perforé de mille trous de vers ; une branche morte, tombée hors du bois et déjà dévorée par la mousse. Rien d'autre de plus passionnant. Un bruit d'ailes soudain, probablement un pigeon qui ne s'attarde pas sur son arbre dans de telles circonstances étranges. Le ciel s'est obscurci rapidement, de lourds nuages défilent, je reçois deux gouttes d'eau sur le nez, trois sur mes lunettes, zut, ça y est, il pleut ! J'ai mes bottes, un peu trop grandes d'ailleurs pour mes petites pattes, et mon imper. Mais ce n'est plus une partie de chasse, encore moins une partie de plaisir, encore et toujours moins un rêve éveillé permanent. C'est le bazar total couronné par une bérézina mentale naissante. Mon père se réfugie au mieux, adossé au tronc d'un vieux chêne à la corne du bois. Il casse le canon du fusil, s'ébroue comme le ferait un chien, tape sa casquette sur sa cuisse. Je le rejoins à toutes jambes. L'arbre-pépin ne fait que relativement son office et on patiente dans l'espoir d'un proche avenir moins diluvien. Deux glands mouillés sous un chêne, il n'y avait qu'un cochon de temps pareil pour nous trouver ! Ainsi s'achevait la première journée de chasse d'un temps héroïque révolu. Le dimanche suivant, même lieu et même horaire de départ, ne fit que poursuivre les mêmes buts dans des pérégrinations fort identiques à celles déjà vécues... Avec quelques nuances et de nouvelles découvertes...

... Sauf que nous attaquons ce jour-là, en avant-première de second dimanche de saison, bien après la Pentecôte, un carré de luzerne d'importance au lieu-dit les Terres Blanches. Terres passées au vert, évidemment. À cause de la luzerne, vous suivez ? Cette « papilionacée fourragère, très souvent introduite dans les rotations de cultures pour enrichir le sol en azote », dixit le Petit Larousse, offre, hormis cet avantage agricole, à la fois cachette providentielle et mangeoire sans fin au bénéfice de tous les lièvres du coin. Le chasseur le sait, c'est ce qui l'occupe sur l'instant, au détriment de tout autre aspect purement agricole du type alimentation destinée au bétail d'élevage. L'unique idée du chasseur reste donc en tension sur le fait qu'un capucin de belle taille peut ou doit se trouver là, occupé à se rassasier des pousses les plus tendres et des odorantes fleurs violettes en guise de petit déjeuner. Le challenge est alléchant, autant que les pousses de luzerne peuvent l'être pour le bestiau présumé en ces lieux. Mon père saute le fossé, enfourne un duo de cartouches dans les chambres, clique le double canon et ouvre les hostilités en deux enjambées. Je lui emboîte illico le pas, je saute le fossé, je rate mon coup et me retrouve les deux pattes plantées dans la bouillasse tout au fond ! La super-partie de chasse de la journée s'annonce sous les meilleurs auspices ! Après une bordée d'auto-injures silencieusement formulées, j'en reçois en écho une seconde de mon père, exaspéré par tant de maladresse de ma part. À cet instant-là, je prie pour que les éventuels lièvres de la luzerne soient sourds... et muets, pour ne pas les entendre ricaner de la scène dont je sors amplement ridicule.

Comme les chaumes, les tiges de luzerne ploient et craquent sous les pas. Je me suis toujours interrogé sur le fait que les cultivateurs, généralement précautionneux, autorisaient le massacre partiel de leurs cultures. Les tiges ainsi écrabouillées, cassées et saccagées par tant de passages répétés ne peuvent en aucun cas se rétablir de leurs blessures et relever la tête les jours suivants. Cette énigme reste non solutionnée. Vadrouiller dans ces cultures n'est pas non plus d'une discrétion assurée. Je me demande toujours aussi pourquoi Monsieur le lièvre, avec ses oreilles surdimensionnées, n'est pas rapidement averti du danger qui s'est immiscé et qui s'approche de lui au cœur même de son garde-manger ! Fort à penser qu'il donne priorité à son estomac creux sans se soucier du reste !

Un carré de luzerne, comme on dit, même s'il est d'une forme complètement différente, nécessite qu'il soit *battu* à chaque mètre dans tous les sens. Il faut absolument le quadriller méthodiquement pour lever le gibier, sinon le chasseur peut passer à deux pas, la bête se tapir sans s'enfuir, donc rater complètement la rencontre. Alors on cherche et on quadrille à deux, une danse bizarre dans la luzerne, orchestrée lento et rubato, mais musicalement très sobre…

Dix minutes s'écoulent : rien, il n'y a rien là-dedans. De tout petits papillons bleus dansent avec nous, passent et virevoltent frénétiquement de fleurs en fleurs, comme pressés d'accomplir une mission qui m'échappe. Je décroche une fois de plus de la réalité et du but quand j'aperçois une vanesse grise aux grandes et magnifiques ocelles rousses sur des ailes en queue-de-pie ! Et là encore, deux papillons blancs, des piérides du chou, aisément reconnaissables à leur unique point noir sur l'aile, pétales aériennes qui s'entrelacent en saccades, se cherchent, se chamaillent ou s'amusent en montées et descentes spiralées continuelles… Les abeilles sont aussi au rendez-vous du ballet, actives, bruissantes, par centaines, par milliers. À ce propos, je n'ai jamais vu d'apiculteur proposer à la vente du miel de luzerne ! Et pourtant… Je lève les yeux, je rêve debout, les jambes de nouveau trempées par la rosée du matin, dans une marche devenue instinctive et somnambulique. L'est s'illumine davantage et dissout avec une lenteur extrême les filets de brume tissés dans le lointain, estompant la netteté du premier horizon. Un fin rayon transperce un léger nuage et porte au véronèse la cime d'un orme solitaire. Le…

« Pan ! Pan ! » Je sursaute à la première détonation. Je reste figé et me réveille à la seconde. L'air m'envoie sous les narines une volute de fumée qui sent bon la poudre brûlée. Mon père court, je le suis ; il ralentit et cherche, je l'imite.

« C'était quoi ? dis-je, tombant largement des nues.

– Un lièvre ! T'as pas vu ? répond le père. Mais je sais pas où il est tombé, l'animal ! On doit pas être bien loin…

– T'es sûr de l'avoir eu ?

– Bin… je crois, oui ! »

Et on cherche. Nouvelle danse improvisée dans la luzerne, papillonnante et tâtonnante. Je sais qu'on peut tirer un animal et l'atteindre seulement par blessure, fatale à court terme ou pas. Un lièvre costaud peut continuer sa fuite avec les moyens qui lui restent sans attendre tranquillement qu'on vienne le ramasser pour le passer à la cocotte !

« Mais il est où, c't'animal !? » grommelle mon père peu patient. Il est où ! J'en sais rien moi ! J'ai beau chercher… Et la luzerne n'est pas très causante pour me donner un coup de main ou une indication !

« Il est là-bas ! » lance mon père, courant dans la direction indiquée par son bras et son index tendus. Le lièvre est sorti du carré de luzerne. On le voit s'escrimer pour s'extraire de ce guêpier en ramant sur les mottes de terre avec ce qui lui reste pour marcher et se traîner. Il sursaute, s'agite, tente de bondir sans succès, parvient à sautiller sur quelques centimètres, plus par quelques soubresauts convulsifs du corps qu'avec ce qui lui reste de membres valides. Le père passe hâtivement son fusil à l'épaule, empoigne par les oreilles le bouquin qui se débat toujours. Super ! Papa a tué un beau lièvre ! J'ai toujours dit que c'était un super chasseur ! Le père retourne le lièvre et l'enserre par les pattes arrières. Ainsi pendouillant, vibrant, se battant contre l'inexorable par quelques coups de reins, papa lui balance derrière la nuque un terrible coup du tranchant de la paume. Et un second. Et un troisième pour assurer l'efficacité des deux premiers. Comme le bruit d'un biftek qu'on laisserait tomber sur le carrelage. Pas un seul couinement final. Du silence. Du silence mêlé de gloire et de mort. Quelques gouttes de sang tombent du nez de l'animal aux yeux clos. Saisi enfin par les pattes avant, le dos calé aux genoux de mon père, l'opération finale consiste à vider la vessie de l'animal en portant plusieurs poussées dirigées sur le ventre blanc encore chaud.

« Papa, pourquoi tu fais ça ?

– Pour pas que le pipi se répande partout quand on va le dépouiller, l'ouvrir et le préparer pour le manger après ! Et puis c'est surtout pour que la vessie ne se vide pas dans la poche de ma veste pendant que j'ai le dos tourné ! Hahaha ! »

Tourner le dos à un lièvre dans la poche du dos de la veste… Il y a un truc qui m'échappe…

Une scène de la chasse ordinaire, quoi ! Je reste coi. Il y a de quoi. Mais aucune réponse au pourquoi. Papillons et abeilles, un instant perturbés dans leurs occupations florales virevoltantes, ont déjà repris chacun leur ouvrage au-dessus de la luizerne… Oui, parce que chez nous, quelquefois, certains disent luizerne. Comme ils disent les ironces. Bon, c'est pas le tout, faut que je trouve un coin pour faire pipi moi aussi, tiens…

L'après-midi, on emmène le chien. Le pauvre n'en pouvait plus de poireauter en attendant que son maître condescende enfin à le faire participer. Il est même loisible de penser qu'une mémoire de type sixième sens indique à l'animal anormalement excité que le temps est venu pour lui, comme l'an passé, presque date pour date, d'aller battre la campagne, pister et débusquer les animaux flairés, listés, mémorisés dans un coin de son cerveau. Si tant est qu'il y ait des coins.

Miss, le nom bref donné à la chienne lors des parties de chasse, devient Mimiss, nom adouci et plus tendre retenu lorsque cessent ses fonctions de patrouilleur et d'éclaireur : Miss se lance en ordres secs sur le terrain ; Mimiss est l'appellation tranquille, plus détendue et câline, naturellement utilisée au domicile dans la vie de tous les jours. C'est le premier chien que j'ai connu, un croisement d'épagneul et de je-ne-sais-trop-quoi, au poil mi-long mi-bouclé, mi-blanc mi-ocre roux, mi... Mimiss, quoi !, une bonne mémère aux allures faussement pataudes toujours prête à vous débarbouiller d'affection spontanée par des reniflages ou des museau-à-museaux amusants hélas outrancièrement baveux ! Des années 50 à ce jour, le chien restera indissociable de la maisonnée et surtout de la chasse. Se succèderont ainsi au fil du temps des chiens de toutes races, de toutes tailles, de toutes couleurs, de tous tempéraments ; tous choisis et élevés en vue de l'objectif premier, devinez lequel ? : la chasse. Merci et bravo d'avoir correctement répondu avant la fin du temps qui vous était imparti. De chasse, effectivement. Le chien de pêche est plus rare, surtout dans ce noyau du Hurepoix.

Le chien, Miss en particulier, est d'une belle efficacité dans les bois mais aussi dans les champs de betteraves, lieux de camouflage, de picotage et de grignotage de la faune plumes et poils réunis. La betterave, c'est pire que la luzerne. Les larges feuilles aux grosses nervures crème ne sont pas très silencieuses lors des déplacements et le gibier a tôt fait de vous repérer ! Je ne parle même pas du cœur complet du feuillage qu'on écrase d'une seule botte par mégarde en s'étant trop écarté d'entre les rangs. À plus de cent mètres, la compagnie de perdreaux potentiellement en ces lieux est vite alertée par tant de potin ! Elle piètera à toute allure entre les feuilles sans que vous discerniez quelque mouvement de fuite, ou elle s'envolera tout bonnement à une distance que les plombs ne pourront jamais atteindre ! Le chien, plus souple, plus bas, moins lourd et moins sonore que son maître dans cette végétation, est l'atout idéal. À petits pas, il se déplace sur du feutre, il sent, cherche, dodeline de la tête, inspecte, renifle, zigzague, revient en arrière, reprend sa piste. La gueule semi-ouverte, la langue à peine sortie, la queue en constante frénésie, la poitrine secouée par mille coups du cœur qui s'accélère, la Miss n'émet aucun son, aucun bruit, pas même un halètement de fatigue ou de contentement ! Pas un froissement de feuilles, à croire que la nature toute entière et les betteraves l'aident et gardent bouche cousue pour lui laisser accomplir sa besogne !

La compagnie de perdreaux était bien là ! Dans un bruit de drap qu'on secoue, elle s'envole à ras de terre presque sous le nez du chien au bord de l'apoplexie. Un aboiement bref vite couvert par deux détonations qui retentissent... et un doublé de mon père réussi ! Comment peut-on en deux secondes dégommer deux perdreaux en vol ? La scène me sidère. Mon père, avec son Robust gaucher calibre 16 de chez Manufrance, c'est Lucky Luke, Œil-de-Lynx et Gérard Majax à la fois ! Comme on dit, je n'en reviens pas ! Avec l'aide du chien affolé qui retrouve les deux bestioles à terre sans difficulté et qui, dans l'excitation, ne sait laquelle choisir, l'idée jaillit soudain qu'il faut me résoudre à revenir cette fois vers des choses plus... terre-à terre : un doublé réussi implique en ligne de mire un double serrage de kiki ! Ce que j'exécute sans broncher, un cou de perdreau entre chaque pouce et chaque index. Je suis le finisseur des basses œuvres, spécialiste en repérage de vertèbres cervicales, le kiné de l'extrême, l'aide du bourreau ou le servant du héros, celui qui découpe le col de chemise du supplicié et qui porte le panier sanglant quand la guillotine est tombée... Mais dans le panier de papa, ce n'est pas non plus la tête de Danton, seulement des choses dont on va se régaler sous peu, avec de la sauce dans l'assiette et des petites patates sautées autour ! C'est la récompense de l'effort et du dépassement de soi. Ce jour-là, je m'étais doublement dépassé, du moins imposé double violence ! Et quand on se dépasse trop, on va plus vite que soi-même ; au bout d'un moment, on est contraint de s'attendre pour pouvoir continuer le chemin ensemble...

Un peu plus loin, deux chasseurs ont assisté au spectacle. Félicitations sur félicitations, pouces levés, mimiques d'approbations et de reconnaissance de l'exploit accompli sous leurs yeux par le collègue champion, incroyable talent du jour, expert en double dézingage aérien réalisé en un temps record indétrônable ! S'ils avaient pu lui décerner une médaille « sur le champ », je crois qu'ils l'auraient fait sous l'égide de la délégation officielle des betteraves stoïquement plantées au garde-à-vous ! Avec tout ce raffut, il n'y a plus âme qui vive à déloger dans le champ et le moindre mulot craintif s'est définitivement terré dans son trou entre deux racines. On repart vers de nouvelles aventures en direction de la Sablière... Toute tension retombée, la routine se réinstalle. Je trouve soudain très amusant d'entreprendre la sortie du champ comme un équilibriste, debout sur un rang de betteraves avec les bras en guise de balancier, écrabouillant chaque paquet de feuilles plein cœur à chaque pas. Crouic, crr, scroutch, ch'crr, scratch,...

« Non mais ! T'as pas bientôt fini de faire l'andouille ! Allez, sors de là tout d'suite, file ! » On appelle ça un papa pas content. Miss s'est arrêtée aussi et tourne une tête inexpressive dans ma direction. Bon, ahlala ! Si on peut même plus rigoler deux minutes !....

À la Sablière, il n'y avait rien, aucun gibier, aucune bestiole à épauler. On l'avait faite dans tous les sens, méticuleusement. Le chien avait contourné tous les buissons, reniflé tous les trous. Quand il est entré dans le roncier, j'ai cru qu'on ne le reverrait jamais ! Seuls quelques bruits de feuilles sèches et le rare frémissement d'un arceau d'épines pouvaient encore signaler sa présence. J'adore cet endroit, on vient y jouer souvent le jeudi après-midi avec la bande de copains, pendant des heures, inlas*sable*ment ! À trois cents mètres à l'est du village, c'est, comme son nom l'indique, une ancienne sablière. Une suite de vallons et de bosses de sable jaune et blanc piquée de grands acacias centenaires, lieu idéal pour les batailles rangées entre indiens et cow-boys, pour les parties de cache-cache, pour un rendez-vous de tout-terrain à vélo digne de cascadeurs les plus intrépides, pour dénicher les œufs de pie ou de corbeau tout au faîte des immenses acacias, pour creuser des tunnels dans le sable – avec tous les risques que l'entreprise comporte !–, pour chasser l'escargot de bourgogne ou pour chercher les seules jonquilles du coin à être si grandes, leurs corolles si grosses et leurs couleurs si fraîches ! Un bonheur de paradis au Royaume des Géants, tous d'autant plus imposants que nous étions bien petits....

Au sortir du bois, on tombe nez à nez avec le père André, à l'ombre et au repos sous le dernier arbre de la lisière, assis sur une grosse pierre, fusil sur les cuisses, le nez au vent et l'œil plissé à scruter la plaine devant lui. « Ah tiens ! » dit-il très laconiquement en détournant la tête vers nous. Poignée de main à mon père, relevage de casquette du pouce de la main gauche. Avec ce brave type-là, cultivateur de son état et figure incontournable du village, on sait quand ça commence, mais on ne sait jamais quand ça finit ! Il a toujours mille histoires de chasse mémorisées, des pas récentes aux toutes fraîches du jour, histoires qu'il se plaît à dire et redire à qui veut bien prendre le temps de l'écouter. Avec son bel accent de la terre qui fait mon délice, j'ai toujours aimé le personnage, le voir et l'entendre, j'en redemanderais presque à chaque fois !

« Alors, qu'est-ce que t'as fait, Serge ? » Cette interrogation stéréotypée et convenue adressée à mon père, celle qui entame la conversation sur le sujet favori, se traduit par « quel est ton tableau de chasse aujourd'hui ? » Papa, très disert dans l'expédition de plomb et moins prolixe dans le discours standard, répond par un « Bof ! J'ai pas vu grand-chose ; je viens juste de faire une paire de perdreaux dans les betteraves, en bas, c'est toujours ça de pris ! Et vous ?» Parce que l'un tutoie et l'autre vouvoie.

« Ah ! J'viens d'm'assoir un peu à l'ombre, j'commençais à pu pou'oir arquer dans ces foutues grosses mottes qui bousillent les pattes. Et pis d'un seul coup d'un seul, v'là-t'y pas qu'y m'part d'vant l'nez comme un dératé, dis-don'! Le v'là qui file, je l'aligne, paf ! J'te l'ai boulé, c'te foutu yeuve[2], j'y c'oyais même pas moi-même ! Tu

---

[2] Prononciation campagnarde spécifiquement locale mais rarement entendu du mot lièvre.

t'rends compte, Serge, un seul coup d'4 entre les oreilles ! Ah, j'suis assez content d'mon coup ! Parce que, tu comprends bien,... »

Et l'histoire de continuer en prenant des proportions considérables et une importance de premier ordre. Une fine gâchette aussi, le père André, il faut le reconnaître, et l'œil vraiment affûté, spécialiste communal réputé pour son étonnant palmarès dans le domaine du gibier à poils, personne ne pouvait le contester. Reprenant son haleine, il fait passer de son dos la musette-carnier face à nous, dans un geste à-la-Tati quand le facteur de *Jour de Fête* fait faire l'hélicoptère à sa sacoche.

« 'Gade don'si j'te raconte pas des histoires ! T'as vu c'te bête, un peu ? » Effectivement, il faut se rendre à l'évidence, avec les oreilles qui débordent d'un côté et les pattes arrières de l'autre, on a l'impression que le lièvre accuse plus d'un mètre de long ! Les yeuves, mon père en avait déjà tiré des dizaines, et souvent avec succès. Mais là, il était battu... de taille !

On pourrait écrire des volumes entiers sur les histoires de chasse, cocasses ou dramatiques, enjolivées à la sauce marseillaise ou totalement incroyables et réelles ; histoires qui en appellent de nouvelles stockées dans les mémoires de l'auditoire, chaque fait ou détail narré par l'un induisant chez l'autre un souvenir à raconter. Surenchère classique des conversations et des narrations collectives, chasse ou pas chasse... J'y reviendrai. Manquer un gibier, passe encore, mais louper une bonne histoire de chasse relève de l'inacceptable et de la plus pure hérésie !

Deux mots et un signe de la main : on salue le bonhomme qui se rassied sur sa pierre. On traverse un nouveau labour en direction de la mare aux Joncs en léger contrebas, une pièce d'eau pas bien grosse, sauvage et mal connue tant elle est éloignée du village, sans intérêt particulier si ce n'est de cacher du gibier et... d'être, comme son nom le laisse supposer, bordée de joncs. Sur place, le chien se fait un malin plaisir à s'enfourner sans préambule dans les hautes herbes sèches. Les frottements émettent un bruit ténu, constant, semblable à celui qu'aurait provoqué un coulis de vent. De ses bottes, en shootant bruyamment dans tout ce qu'il rencontre ; de la voix, par des Prrroouu ! Prroouu ! Sshhhhh ! répétés, mon père aide le chien au débusquement. La situation s'endort un peu, il n'y a là, manifestement, pas âme qui vive. Sauf les joncs. C'est super, les joncs, surtout à cette période d'automne où ils tendent au sommet de leurs longues tiges frêles autant de plumeaux de fleurs que de brunes quenouilles de duvet. Le roseau plie mais ne rompt pas ! Je constate à mes dépens le célèbre adage : impossible de rompre les tiges aux fibres costaudes à main nue. Pourtant, j'en aurais bien rapporté à la maison. Et puis maman aurait été contente : dans un vase, ça dure plus longtemps qu'une fleur de dahlia ou de reine-marguerite qui pique du nez en deux jours. Et puis c'est plus original, moins commun, plus élégant, plus élancé. Et puis..., eh bien, je ne parviens aucunement à me saisir d'un seul trop coriace de ces trucs-là. J'abdique avec regret. Mais je reviendrai armé, j'en fais le serment.

« Qu'est-ce que tu bricoles encore ?

– Rien. J'voulais juste couper un roseau. Pour voir... »

Le père a dû lire dans mes yeux. Ou avoir la même idée. Il sort son canif, cisaille une demi-douzaine de belles et longues tiges à graines en deux coups de cuillère à pot, me colle le bouquet dans les bras en ordonnant : « Tiens, prends, tu donneras ça à ta mère ! » Sachant que ma mère, comme l'histoire ne l'explique pas, était par la plus étonnante des circonstances de la vie, l'épouse de mon père. On frôle le surréalisme.

De retour de la chasse, fébrile, j'offre la belle surprise. Les joncs séchés sont longtemps restés dans le seul grand pot de verre de la maison, décoration inédite, souvenir d'un trophée automnal personnel venu de l'autre bout de terres sauvages et inhospitalières... Quelques mois plus tard, le super-cadeau de l'extrême donna des signes de fatigue. Un beau matin, la gerbe de roseaux offrit à ma mère une dernière surprise : toutes les graines, des milliers, des millions peut-être, mini-plumes pas plus grosses que des moucherons, avaient décidé de s'évader pour conquérir le sol, les meubles, le frigo et le reste ! Catastrophe naturelle, sinistre épilogue du cadeau empoisonné... à une époque où nous n'avions pas d'aspirateur ! De la nature, le roseau s'était plié aux exigences, sans rompre sous sa loi. La morale était sauve. Mais le séjour et la cuisine étaient sales. La prochaine fois, je rapporterai un chêne. Ou une betterave...

Je n'ai plus mémoire précise des années suivantes au cours desquelles se déroulent les événements qui vont suivre. Grosso modo, c'est la fin des années cinquante ou les premières des soixante. Mais le décor est le même, les protagonistes, à de rares exceptions près, les mêmes également et les jours de chasse les dimanches, imperturbablement...

Octobre, plein cœur de l'automne. Des journées de plus en plus fraîches, de plus en plus humides, de plus en plus courtes. La journée de chasse est close à 17 heures, quand le soleil est déjà très bas à l'ouest, quand les ombres s'allongent et grisent terres et prairies, quand le froid humide tombe sur les épaules, quand tout retourne au silence, quand tout s'éteint. Une quiétude de fin du jour, un habituel endormissement serein. Les jambes sont fatiguées, on prend bon gré mal gré la direction du bercail en traînouillant un peu. Quelques derniers regards circulaires sur la plaine : ultimes images d'un ciel bas rose et noir, d'un occident lointain à peine teinté d'un orange mourant... Toute la faune est sûrement déjà à la remise pour la nuit qui s'annonce. Seul un dernier corbeau gueulard passe sans un souffle au-dessus de nos têtes. Le père bascule les canons, sort les deux cartouches, se racle la gorge, ôte sa casquette, jusque-là ne dit mot, passe la main dans ses cheveux, attache la chienne à sa laisse, décrotte au mieux ses bottes dans l'herbe avec la dernière énergie du jour.

« Pfffiioou ! Allez, on va s'rentrer, mon gars ! » La route est enfin là, signe de l'imminent retour au village et de la soupe sur la table, signe des retrouvailles avec la faune bipède dite civilisée.

Après tant d'années, le retour de chasse et l'arrivée à la maison ont pris des allures de rituel. Pas immuable, mais presque, plutôt du machinal-obligé. Des moments que je déteste autant que j'adore, allez donc comprendre pourquoi ! Entrée du chasseur qui se défait de son attirail : pose du fusil, extraction du carnier des abattus du jour suivie d'un étalage en alignement du tableau sur double feuille de journal ; changement de tenue, brin de toilette éclair, enfilage de charentaises et pose d'arrière-train sur chaise en Formica dans un Aahhh ! final de soulagement. Très provisoire : mon père ne tient pas en place ! Il va se servir un petit coup de rouge, se rassied une minute et relance sa bougeotte pour aller préparer la soupe du cabot[3] et dégarnir la cartouchière qu'il avait oubliée.

La nuit est tombée. Pendant que ma mère termine de préparer le frichti du dîner, papa allume la TSF pour écouter les résultats sportifs, puis se met à déplier des journaux sur le carreau. À genoux, fesses posées sur les talons, il déballe la trousse et les chiffons de nettoyage, démonte le fusil en étalant toutes les pièces sur le journal. Dégraissage, regraissage, inspection de l'intérieur du canon à la lumière de l'ampoule, décrassage avec passages de diverses brosses métalliques et ouatées pour la finition, brosses cylindriques successivement vissées sur la baguette-goupillon ou tout bonnement aux chiffons de drap fichés dans le chas de la baguette de nettoyage ; réinspection avec nouvelle visée de l'ampoule au plafond qui se questionne du pourquoi d'un tel intérêt à son égard, qui plus est d'un seul œil au travers d'un tube ; lustrage des parties bois de l'arme, frottements et caresses d'amour sur la crosse. Tout y passe, mécaniquement et consciencieusement. Une opération traditionnelle d'une bonne demi-heure. L'odeur du mélange poudre-plomb-huile emplit la maison et rivalise, tenace, avec celle de la vinaigrette des endives et celle des choux de Bruxelles qui mijotent dans la casserole. Aucun arôme n'aura le dernier mot dans cette confusion odorante d'un dimanche soir de retour de chasse, et pour moi, les dernières heures avant le retour à l'école demain lundi… Une fin de soirée un tantinet tristounette, seulement constellée par les quelques images marquantes de la journée, une suite de souvenirs en couleur hachée par les commentaires de la radio. On a porté le gibier au frais et le juxtaposé rutilant sur son râtelier. Sur la table,

---

3 Évidemment le repas ou la pâtée pour le chien.

les assiettes et le couvert sont mis. La soupe est prête. Mon père éteint Radio-Luxembourg et s'assied à table. Je lâche un gros bâillement, j'ai un peu sommeil…

Octobre, disais-je, et un nouveau dimanche qui s'ouvre avec l'ouverture du faisan. À une époque où aucun gibier n'est spécialement élevé pour être lâché dans la nature quelques jours avant l'ouverture, le faisan est un gibier assez rare. Pour cette raison, les autorités n'autorisent de le chasser qu'avec un délai supplémentaire de quelques semaines, sinon toutes les gâchettes recensées se précipitent pour tenter d'en dégommer un ou deux !…. quelquefois trois ou plus quand la chance est au rendez-vous et surtout quand le garde-chasse garde… le dos tourné !

Coq et poule faisane sont rares sur le territoire, mais pas tant que ça. Gallinacés incroyablement méfiants, toujours très camouflés et drapés dans une cape naturelle d'invisibilité, ils renvoient à la chance seule le soin de la rencontre. Les poules surtout, au plumage neutre couleur sable et terre, vivent dans une permanente discrétion. Le coq, avec ses mille couleurs de moire est à peine plus repérable, sauf s'il lui prend le malheur de rester à la même place trop longtemps branché.

Depuis huit jours et l'expérience aidant, mon père – comme ses collègues, assurément ! – a visualisé et défini quelle serait la meilleure zone à ratisser. Le choix se porte sans hésitation, comme tous les ans, sur les chaumes de maïs, sur les bois et leurs périphéries ; ce qui implique une stratégie de déplacement faite de maïs en bois et de bois en maïs. Il suffisait d'y penser et de repérer quelques jours auparavant la situation géographique des champs de maïs coupés. Pour les bois, il n'y avait pas à se poser la question, ils se déplacent rarement de leur propre chef, même dans les contes de fées les plus fous ! Cette année-là, au sud de la plaine, on pouvait compter autant de maïs que de zones boisées. Le choix et la décision furent donc simples et rapides… La quête au faisan avait sonné. J'avais déjà vu des faisans, occis ou sur des gravures, mais jamais en vol et jamais de près dans leur élément.

Un matin frais, très frais ; un air cisaillé par une pluie fine, une brouillasse de crachin breton, une s'rine-à-s'rine comme on l'appelle là-bas, guère agréable mais supportable. Le moral des troupes et les espérances d'une bonne chasse n'en sont pas affectés pour autant. Sur le chemin du Clos, vers le sud et direction les Carrières, je marche une fois de plus dans les pas de mon père, sans dialogue, sans échange, avec pour accompagnement sonore le seul bruit de deux paires de bottes synchros sur la terre du chemin. Et de rêver d'indiens sur le sentier de la guerre, de soldats qui montent au front, d'Allemands qui défilent au pas de l'oie sur les Champs-Élysées, de… En bottes de caoutchouc vert ?

Chez nous, on appelle les Carrières ce bout de territoire impropre à la culture, anciennes carrières, justement, où la pierre meulière en quantité a été exploitée à ciel ouvert de la mi-XIXe siècle aux premières années du XXe siècle. Le gisement épuisé, tout a été laissé en l'état, en un capharnaüm de trous et de bosses digne de la plaine de Verdun après les incessantes pluies d'obus que chacun peut imaginer. Depuis, la nature a repris ses droits en reconquérant petit à petit ce chamboulement de mauvaise terre caillouteuse, ce lieu-dit officiel noté les Graviers sur le cadastre. Hormis quelques arbres communs coriaces et peu soucieux de la nature du sol, tout le reste n'autorise la vie qu'aux épineux, aux broussailles et aux autres végétations peu accueillantes : aubépine noire, prunelliers sauvages, églantiers, hautes herbes folles enchevêtrées, fourrés de viorne, lierre, orties et autres fouette-pattes, ronciers géants ; un entrelacs serré, un fouillis impénétrable. Aucun chasseur n'ose s'y aventurer, seuls les chiens parviennent à s'y frayer un chemin avec difficulté. En revanche, c'est évidemment un lieu de prédilection pour les caches et la protection naturelle du gibier, notre faisan en tête !

Le crachin cesse peu à peu. À pas mesurés et dans une vigilance accrue, nous longeons le premier bois d'épineux. Silence total. Mon père s'arrête, tend l'oreille, refait deux pas, stoppe de nouveau. Je connais ses attitudes : il se passe quelque chose sans que je puisse précisément mettre un nom sur le quelque chose…

« Recule ! Recule-toi ! » me dit-il en entamant lui-même un repli similaire, l'œil toujours rivé en direction des hauts taillis. Nous voilà partis en marche arrière en nous éloignant d'une bonne vingtaine de mètres de l'orée. Des voix indistinctes, un ou deux cris et une série d'aboiements nous parviennent depuis l'autre côté du bois : des chasseurs de la commune voisine, à l'opposé de nous, ont lancé leurs chiens dans l'impénétrable. Je réalise enfin la fine stratégie passive de mon père : attendre tout bonnement que les chiens inconnus fassent le boulot pour nous en rabattant le gibier sous notre nez !

Ce qui fut bien pensé fut fait ! Le père avait choisi la position idéale, assez près pour rester discret, assez loin pour créer une distance dégagée propice à un tir idéal. Un aboiement, un fort claquement d'ailes, quelque part ; une seconde d'éternité, une suspension de temps ; un faisan apparaît, bruyamment, le cou tendu dans un vol lourd et nerveux, le bec ouvert dans un bref kou-kook-kook rauque, cri de grande inquiétude caractéristique enroué d'effroi. Suit le coup de feu de mon père qui enchaîne par un second presque confondu, double bang au faisan qui n'a pas eu conscience des détonations fatales. Le plomb a dû être plus véloce que le son. Le volatile s'est bloqué en vol, les ailes plaquées le long du corps, pattes pendantes. Une chute silencieuse et une espèce de « ploc » sur une terre mouillée, moche onomatopée en harmonie avec une fin moche, sous un ciel moche, pour un animal si beau... Un trophée de plus, un gallinacé de moins. La nature ne dit rien, c'est sa nature... Chemin faisan(t), la mort est passée, la vie continue. De l'autre côté du bois, de nouveaux cris s'ingénient à rappeler un chien, celui qui a senti un faisan, mais qui rôde toujours et encore dans la plus complète expectative, sans avoir rien vu ni compris de la fin de l'histoire...

Rien à étouffer, ouf, pas de corvée de kiki à serrer. Le faisan est mort en vol, rappelé en une étincelle vers des prairies célestes plus tranquilles et sous des cieux moins... plombés. Il est parti en nous laissant son plumage de paradis, alternance de beiges, de rouille et de cuivre ; sa coiffe bleu foncé-vert iridescente avec un semblant de houppette grise ; un œil doré mi-clos contouré de barbules rouge vif descendant en bajoues ; quelques plumes pétrole aux reflets d'acier rehaussées d'un collier blanc, et sa gerbe caudale brune barrée de noir. Vision fantastique et merveilleuse embrassée d'un bloc avant de la voir disparaître pour un temps dans la fameuse poche-carnier.

« Eh, papa ! Y a la queue qui dépasse ! » Je parle du faisan, ne nous méprenons pas. Mon père tourne légèrement la tête vers moi avec un petit sourire malicieux. Sur l'instant, je n'en comprends nullement la signification. Plus tard, lorsque nous croisons d'autres chasseurs, je réalise que les grandes plumes peu discrètes ne sont que le symbole d'une petite fierté affichée, une sorte d'image faussement cachée mais aisément décodable, une forme de gentil pied-de-nez narquois aux concurrents signifiant « j'en ai eu un, et pas vous », un peu comme le « la-la-lai-reee » chantant des gamins qui viennent de jouer un bon tour en bernant le copain ! À la chasse, un moyen malin d'entrer un instant en contact et en conversation ; plus prosaïquement aussi d'éviter de tordre et de casser les belles plumes. Elles serviront, je le sais, d'impérieux ornement intérieur d'appoint, une hausse de prestige pour le calendrier flanqué d'un souvenir de chasse de plus ! De son vivant, le coq faisan n'avait jamais imaginé que sa queue pourrait servir de décor et finir entre un clou et un anneau des Postes-Télégraphe-et-Téléphone !

On a traversé toute la plaine du sud au nord sans rencontrer grand-chose. Papa a bien tenté par deux fois de tirer des pigeons en vol, mais sans succès. Trop hauts ou trop rapides... ou tirs mal ajustés ! Tirer un oiseau en vol impose de viser, non pas la cible elle-même, mais devant ! Et *devant* signifie une distance non quantifiable dépendante des paramètres du moment, vitesse et sens de déplacement de l'oiseau principalement. C'est pour cette raison que tous les coups ne sont pas gagnants, qu'une très rapide analyse s'impose à chaque nouvelle situation, que la chasse relève d'abord de l'expérience avant de passer au statut d'Art, que le gibier a quelquefois toutes ses chances d'en réchapper... L'ennui est que le gibier est mal informé, mal éduqué et plus froussard que rusé. Et indécrottablement borné. Il va et vient de manière brouillonne, à se demander pourquoi tant d'incohérences dans son comportement. Il ne lit même pas le Chasseur Français, ne se procure jamais le catalogue Manufrance à la papeterie la plus proche, ne serait-ce que pour se tenir au courant, et sa seule arme est la fuite. C'est indigne, lâche, petit et mesquin. Je ramasse les cartouches éjectées encore chaudes et les glisse dans ma poche.

Les heures passent et les pigeons ratés qui volent toujours donnent une idée au chasseur :

« On va jusqu'au Cul-de-Bateau ! » Ce bateau et son cul mille fois récurrents dans les récits de chasse locale, je n'y ai jamais rien compris ! Quelle idée de baptiser ce coin-là aussi bizarrement ! Comment un bateau aurait-il pu venir s'échouer là, c'est impensable ! L'Arche de Noé après le déluge, peut-être ? Mais on le saurait, l'idée ne tient pas, ça n'a pas de sens[4]...

La démarche de mon père, en revanche, a un sens : le bois du Cul-de-Bateau, tout en longueur, fait de quelques taillis de lisière et de beaux arbres au cœur, est depuis toujours le favori des nuées de pigeons ramiers qui viennent s'y poser le soir à la remise[5]. Et comme le soir n'est pas loin de tomber, l'occasion faisant le larron, il eût été de bon aloi d'espérer y faire tomber aussi quelques bestiaux à plumes !

Le crachin évaporé du matin fait un retour imprévu ce soir... On entre dans le bois en courbant un peu l'échine, évitant les frêles branches basses qui cinglent et flagellent. Les bottes s'enfoncent dans un épais tapis de feuilles, bottes piégées à maintes reprises par les collets traîtres du lierre camouflé. Mon père lève le nez, cherche l'endroit pour l'affût idéal, contourne un paquet d'arbres et s'arrête.

« On va se mettre là. Mets-toi accroupi. » J'exécute. Nous voilà tous les deux rétrécis de moitié, sans bouger, sans un mot, sous de hauts arbres au feuillage moribond d'octobre. L'attente commence. Derrière la cime des branches noires et griffues qui s'agitent au gré des coups de vent, le ciel se grise et s'alourdit. En haut, la luminosité se voile ; en bas, feuilles jaunes et rousses au ras des fesses, on est déjà entre chien et loup. Je commence à m'ankyloser et à vaciller ainsi plié en quatre sans bouger... Dans la même position, je décide de m'adosser à l'arbre le plus proche pour plus de confort et de

4 J'aurai bien plus tard la véritable explication : sur notre commune, le nom réel est le Bec-de-Bateau, large pointe de terre entrante de la commune voisine qui, elle, considère sa partie de territoire comme étant le vrai Cul-de-Bateau. Ah ! On fait simple, dans les campagnes !

5 Le terme de chasse à la remise signifie que le gibier rentre se remiser dans des lieux de refuges, les bois et les taillis notamment, abris ou retraites nocturnes contre les prédateurs.

stabilité. J'ai plein d'eau sur mes lunettes et l'arbre qui goutte ne fait qu'amplifier le souci. Faut être fou pour faire des trucs pareils, à poireauter sous la flotte, blottis sans remuer un petit doigt, à tendre l'oreille sans fin, à balayer des yeux les nues et les cimes sans discontinuer. Car le pire est qu'il ne passe strictement rien depuis dix bonnes minutes…

« Bin dis-donc, y'a pas grand-chose ici ! Les pigeons ont la queue courte ! » marmonné-je à voix basse, dans l'espoir de voir se débloquer et même se clore cette inconfortable situation.

« Chuuttt ! » ordonne papa l'index droit posé sur la bouche. Si papa dit chuuttt, faut faire chuuttt. Bon, ok, je fais chuuttt… Une situation coincée, sans chute de dénouement à l'horizon, mais avec chuttt imposé… *Il pleut sur mes lunettes, je n'y vois plus très bien… Il pleut sur mes lunettes, tu parles d'un temps de chien*[6] !

Malgré l'épreuve, je garde les yeux rivés vers le ciel dans l'espoir de… On a bien remarqué quelques passages rapides de pigeons encore très hauts. On a vu que ces allées et venues devenaient de plus en plus réguliers et de plus en plus rapprochés, comme si les animaux repéraient les lieux à distance, précautions innées à l'image de celle du chien qui flaire et tourne plusieurs fois sur lui-même avant de se coucher, assuré qu'aucun prédateur ne se trouve là.

Brusquement, un double flap-flap suivi d'un second, puis d'un troisième en simultané accentue mon acuité. Trois ramiers viennent de se brancher sans que j'aie eu le temps de les voir venir ! Devant moi, le canon monte lentement dans le silence le plus total, se bloque et envoie une salve qui me vrille un tympan. Elle vrille aussi le poitrail de l'un des pigeons qui tombe comme une pierre, les ailes en croix sur le lit de feuilles. Il tire vachement bien mon papa, quand même ! Y a pas à tortiller ! Je vais ramasser la palombe[7]. Il y a une goutte de sang sur son poitrail rosé et une autre perle de mort au bout de son bec. Deux plumes de duvet sont encore suspendues dans l'air, douce descente, balancement tranquille en contre-plongée et au ralenti.

Le temps qui passe ne fait qu'affirmer la probabilité d'autres rentrées imminentes au bercail pour la nuit. On reprend l'affût dans les mêmes positions. Une poignée de minutes suffit pour que d'autres pigeons reprennent leur remise et une autre de quelques millisecondes pour qu'un second ramier connaisse le sort du précédent. Sauf que cette fois-ci, il me faut opérer à vif un copieux serrage de kiki, main et avant-bras frappés par une paire d'ailes nerveusement battante, un dernier essai d'envol dans la dernière énergie du désespoir…

---

6 Extrait d'une chanson de Jacques Martin, 1975

7 Comme dans d'autres régions françaises, l'appellation palombe est souvent retenue pour désigner le pigeon ramier de notre contrée.

Il doit se faire tard, l'heure a dû tourner. On lève le camp. On rentre. Fin d'une journée où le temps a suspendu son vol pour les uns et suspendu irrémédiablement le vol de certains autres. La chasse, c'est comme ça ! Qui plus est, dans notre région de plaine principalement céréalière, le pigeon est considéré comme un nuisible. Quand des nuées bleues entières s'abattent goulûment sur les parcelles fraîchement ensemencées, maïs, orge ou blé ; quand des centaines voire des milliers de ramiers font du grattage et du picorage les deux mamelles de la franche orgie destructrice programmée, on comprend le désarroi et la colère récurrente des agriculteurs décontenancés ! Le pigeon est donc un prédateur dans l'esprit de tous. En abattre un, douze ou cent redonne au cultivateur un contentement, un mieux-être et une revanche amplement méritée sur le pilleur granivore. Tout chasseur anti-colombin est le bras armé du paysan. Tout flingueur de pigeon devrait être décoré de la médaille du Mérite Agricole. En grandes pompes. Et pas forcément avec des bottes de caoutchouc de pointure 46. Et tout citoyen-chasseur qui a réussi sa mission devrait recevoir des ci-devant élus du Haut Conseil Agricole reconnaissant, une boîte de petits pois en prime pour chaque oiseau abattu. Projet de loi du 18 Brumaire de l'an de grâce 1965, établi en son âme et conscience par le Comité de Surveillance des Affaires Champêtres et Révolutionnaires du district.

Les années de chasse 60 à 70 se suivent et se ressemblent. Mais le gibier se raréfie de plus en plus. Exception faite pour les pigeons qui prolifèrent. On commence alors à lâcher dans la nature des perdreaux et des faisans d'élevage, quelquefois la veille ou le matin même de l'ouverture ! Comme se plaisait à dire mon père : « c'est tout juste s'il ne faut pas leur mettre un coup de pied au c… pour qu'ils s'envolent avant de les prendre en ligne de mire ! » Ces animaux passent d'un statut d'assisté sous présence humaine à une remise en liberté dans la vie sauvage en une fraction de seconde !

De plus, les années 60 sont le théâtre de modifications anarchiques du milieu naturel. Sur leurs terres, sans concertation préalable aucune avec quelque autorité municipale, les cultivateurs n'hésitent pas à ratiboiser des haies ou des fourrés en bordure de leurs champs ; à remblayer une à une les très nombreuses mares du territoire ; à faire disparaître quelques petits bois millénaires, coupes irréversibles suivies d'essartages en règle ; une série d'actions destinées à gagner en surfaces cultivables et à faciliter les travaux d'agriculture avec l'arrivée massive des machines agricoles plus performantes, plus imposantes donc moins maniables sur de petites parcelles encombrées d'obstacles… Bosquets ordinaires et bouquets d'arbres autour des mares disparaissent, les points d'eau et l'habitat de la faune se détériorent et se restreignent. Mon grand-père Jean ne se lassait de pester contre ces hérésies, n'hésitant pas à traiter de cinglés et d'irresponsables ces imbéciles ignorants de la vie naturelle. Sans qu'il fût devin, râleur, vieux jeu ou oiseau de mauvais augure, il n'avait pas tort et la suite des événements lui donnera raison : les pluies et leurs ruissellements ne trouvaient plus de points de retenue et inondaient les champs régulièrement. Des nappes d'eau qui atteignaient parfois plus de deux hectares stagnaient des semaines ou des mois sur la campagne ! Des airs de désolation pour les cultures qui pourrissaient en dessous… On avait incontestablement gagné du terrain, mais en le rendant régulièrement stérile !

Sans qu'il fût un grand expert de la chose agricole, le grand-père rouspétait aussi contre les épandages de produits chimiques à outrance, fongicides, pesticides, herbicides, engrais industriels, bactéricides et autres machincides artificiels dits phytosanitaires plus ou moins douteux, lui qui avait toujours connu les brûlis de paille, les enfouissements de chaumes, l'engrais naturel des moutons, vaches et chevaux, l'épandage manuel du fumier, etc. Au nom du rendement des années 60 et suivantes, les champs perdent tout à tour une partie de la petite faune champêtre dite nuisible et des spécimens de la flore traditionnelle. Increvables, les coquelicots ont résisté par on ne sait quel miracle biogénétique, mais les grandes marguerites blanches et surtout les hauts bleuets des blés n'ont pu opposer longtemps quelque résistance aux attaques ; une époque où les papillons désertent les fleurs de luzerne, de trèfle ou des adventives innombrables, où chrysalides et chenilles ne peuvent survivre bien longtemps aux projections diabolico-chimiques du sacro-saint progrès… On peut penser que les vieux radotent et nous bassinent avec leur bon vieux temps et tous les trucs de « dans l'temps ». Mon grand-père ne radotait pas, son temps était celui du bon sens et de la sagesse, dons inestimables offerts par l'expérience de la vie.

Ces nouveaux modes de penser et d'agir modernes altèrent peu à peu les conditions de vie du gibier qui émigre, disparaît, se reproduit moins, se raréfie : habitat restreint, points d'eau évaporés, nourriture altérée ou en constante diminution… Bénéfice net : après la disparition des mares, obligation fut faite de drainer artificiellement les terres humides sur une grande partie du territoire autour du village, travaux de longue haleine fort coûteux et supportés par les impôts locaux… Sous la pression du comité de chasse, la commune décida de mettre sur pied l'hydratation assistée du gibier ! Plusieurs grandes auges furent acquises et le garde-champêtre eut pour tâche d'aller les disposer dans les bois et d'en surveiller régulièrement le remplissage en eau ! On croit rêver ! Un room-service de campagne ! Quant au gibier, la société de chasse s'en préoccupait mollement puisqu'il était si facile d'en acheter quand le manque devenait patent ! Petit à petit, la chasse perdait son intérêt, sa passion et son âme… Ce n'était plus qu'un loisir et un passe-temps parmi d'autres…

Néanmoins, toutes les années 60 entretiennent la chasse en essayant d'en faire perdurer les traditions les plus pures et leur esprit séculaire. Dans le village demeuré profondément rural, quelque peu replié sur lui-même, guère enclin à s'ouvrir largement sur l'extérieur, nous vivons dans une pseudo-autarcie terrienne, simple et suffisante. Durant quelques mois d'automne et d'hiver, et sans complications supplémentaires, la chasse demeure longtemps la détente dominicale préférée des passionnés après une semaine éreintante de boulot. « Détente » est bien le mot sur lequel j'appuie volontairement.

Chez nous, comme dans bien des régions de France, on chasse en majorité à la *billebaude*, locution immémoriale si désuète que plus personne ne l'utilise ni n'en connaît la signification[8].

On participe plus rarement à un autre type de chasse : la battue. Elle est pratiquée lors de journées particulières destinées à flinguer en masse tel ou tel gibier en vue d'éradication maximale ou comptée. Lapins, lièvres et sangliers sont en tête de liste quand leur nombre prend des proportions inquiétantes, quand l'une ou l'autre des familles s'adonne à des incursions répétées suivies de désastres au sein des cultures ; là, on ne rigole plus, on ne discute plus : on dynamite, on ventile, on éparpille par petits bouts, façon puzzle, tout est mis en œuvre pour renvoyer les intrus au terminus des prétentieux ! Quelques expressions cultes, empruntées pour la circonstance, à peine remaniées, pour imager de la battue le culte si particulier…

Tous les châtelains qui se sont succédés au village ont régulièrement procédé de la sorte. Pour deux raisons : nettoyer leurs terres des nuisibles et garder un contact étroit avec la population du lieu non aristocrate de souche. À ces occasions, on invite le maire chasseur et ses conseillers chasseurs, l'instituteur chasseur, les cultivateurs chasseurs et, si le compte n'est pas juste, d'autre gâchettes chasseresses reconnues d'utilité publique dans le village. Si le curé avait été chasseur, il eût été convié d'office aux festivités. Mais chez nous, on n'a jamais vu le curé officier en d'autres circonstances que ses propres offices. Le seul gibier du curé, c'est le démon. Pas besoin de plomb de gros calibre, il chasse au crucifix et au goupillon. C'est moins dangereux. Et peut-être, allez savoir, plus efficace !

---

[8] Chasser le petit gibier à pied, à la rencontre, excluant de ce fait les chasses montées et les groupes de battues organisées. Le mot billebaude inclut étymologiquement une notion de désordre, de confusion, de hasard. Le chasseur, seul dans sa démarche tendue vers des rencontres aléatoires, opère à sa guise des tirs à la billebaude, irréguliers et à volonté. Le terme était également utilisé lors des guerres passées.

En toute logique, pendant que le groupe de rabatteurs rabat d'un côté, le groupe de tireurs est censé tirer de l'autre quand il convient. Théorie et pratique rapidement résumées de la battue.

À intervalles plus ou moins réguliers, ça tire, effectivement, ça pète et re-pétarade parfois en un véritable feu d'artifice tant l'armada est armée jusqu'aux dents. Le soir, l'armée se regroupe, artilleurs, fantassins et servants dans le même instant de triage, de mise en rangs et de comptage des « prises », des cadavres de bestiaux, pour employer un mot plus juste. C'est l'étalage du tableau de chasse, un moment-résumé pour un instantané visuel de la journée, l'affichage collectif du devoir bien accompli. Le châtelain partage le butin. Qui de repartir avec de la plume, qui avec une bête à poils en guise de remerciement et de récompense bien méritée. Dans les champs, après un tel tumulte et un tel déluge de poudre et de plomb, le gibier effrayé s'est expatrié illico presto. Momentanément. L'animal définit mal les notions de patrie et de propriété... Dans les marmites de ces terres-là, la soupe est bonne. À parier qu'il viendra y goûter à nouveau demain, le lendemain et le surlendemain, en ayant effacé de sa mémoire de piaf ou de lapinos les étranges visions apocalyptiques entr'aperçues ce jour !

De manière identique, mon père participait quelquefois aux battues de week-end organisées par le Centre d'Essais en Vol de Brétigny, un autre lieu à débarrasser des rongeurs à grandes oreilles qui élisaient domicile et pullulaient aux alentours des pistes de l'aérodrome. Depuis les années 40, ces hectares de friches très moyennement entretenus avaient été conquis par le gibier rapidement habitué à ne plus se soucier des démarrages de moteurs d'avions bruyants, des essais de tuyères au sol et des atterrissages de gros porteurs peu discrets. Pour éviter la surpopulation et les galeries creusées sous les pistes, la battue était une solution provisoirement radicale. Dans de rares cas, ces chasses ne donnaient pas le résultat escompté. Un soir, quand papa rentrait, le leitmotiv familial interrogeait :

« Alors papa, tu as tué quoi ?

– Aujourd'hui ? J'ai tué le temps ! » Une formule qui résumait ses ratages autant que son contentement d'avoir participé à une journée bien remplie, abattu et battu jusqu'à en avoir, comme il disait, plein les bottes ! Ce qui n'excluait pas qu'il sorte et exhibe un lapin. Je me demandais bien comment, après n'avoir rien tué, on pouvait malgré tout revenir avec un lapin ! Magie de la chasse en battue et manne céleste dans les hasards du partage de tableau final ! C'était simple mais impossible à résoudre sans avoir les clés ni connaître les ficelles, coutumes et rituel de cette chasse particulière.

À propos de lapins, l'année 1952 voit la myxomatose s'abattre sur la région. En quelques années, le véritable fourmillement recensé dans les plaines et les garennes est décimé en quasi-totalité par cette fichue épidémie[9]. Un dimanche de chasse fin des années 50 – sans que je puisse être plus précis –, un vif rescapé déboule dans les pieds de mon père comme un diable sort de sa boîte. Le lapin détale droit devant lui à vive allure. Coup de feu, bref roulé-boulé de l'animal dans la poussière, pas de course de mon père pour attraper le lapin qui gigote encore. Sur le flanc, les pattes s'activent toujours... dans le vide, convulsivement, comme si la course programmée du pauvre bestiau n'était toujours pas conclue. Le père se penche pour le saisir, mais la main s'arrête et se ravise. Je m'approche, intrigué. Ce n'est pas un rescapé : tout autour des yeux, la tête du lapin est bouffée par des cochonneries purulentes, les yeux eux-mêmes ne sont plus que globes exorbités rouges à l'excès, sans pupilles, vides. C'est dégueulasse. Papa me demande de m'éloigner. Lui-même prend quelques pas de recul et sans plus attendre envoie à la bestiole une double décharge de plomb pour abréger les souffrances. Puis il s'avise de chercher à terre un coin assez meuble parmi les mottes du labour pour creuser un trou à coups de bottes répétés. Les mêmes bottes poussent le petit animal et rebouchent au mieux. La touffe de queue blanche sera la dernière à être recouverte. La cérémonie funèbre n'a pas duré plus de cinq minutes. « Faut pas toucher à ça, on sait rien de cette foutue maladie. Allez viens, faut pas rester là ! » À défaut d'une épitaphe sur stèle, la scène s'est définitivement gravée en moi au burin de la répulsion et à celui plus doux de la pitié. Le lapin me pardonnera, il n'y avait pas une seule fleur à cueillir à proximité. Il est resté seul, son sang impur abreuvant nos sillons... Ce jour-là, je n'ai eu ni le cœur ni même l'idée de ramasser les deux cartouches vides.

Avec un peu de recul, je me rends compte que ce jour de chasse fut un concentré de choses bizarres autant qu'étranges[10]. Passé l'épisode du lapin atteint de maximatose[11], on continue la journée de chasse en battant une fois de plus la campagne, sans but précis,

[9] À l'origine, virus mortel volontairement introduit chez l'animal, excellente initiative d'un certain docteur Armand-Delille qui possède en Eure-et-Loir des terres cultivées envahies et saccagées par des hordes de lapins. Ces animaux se déplacent et se reproduisent rapidement : la contagion se propage alors à une vitesse vertigineuse. Comble de l'ironie et signe d'une autre époque, le bon docteur reçoit en 1956 pour ses bons et loyaux services une décoration émanant du Ministère, une médaille portant l'inscription « La sylviculture et l'agriculture reconnaissantes ». On aura tout vu !

[10] Formulation couramment employée dans nos campagnes gauloises, là où n'a jamais mugi quelque féroce soldat venu égorger quiconque...

[11] Grand classique de l'époque formulé par certains bien peu renseignés sur la maladie, l'orthographe et l'étymologie basique. À leur décharge, l'épidémie avait pris une telle ampleur que le préfixe maxi ou maxima s'était imposé de lui-même en se substituant à l'original !

un peu à-la-va-comme-j'te-pousse[12]. À vingt mètres, claquements d'ailes caractéristiques : deux perdreaux s'envolent. Dans l'instant, le fusil est déjà épaulé et le dernier perdreau calé dans la ligne de mire. Sanction immédiate, le volatile lâche une poignée de plumes et de duvet, signe du tir réussi. Réussi ? Ou pas ? Je ne comprends rien ! Un perdreau blessé, ça tombe ou ça se pose au plus vite pour gagner un couvert, ça ne reste pas en l'air ! Et l'oiseau de prendre de plus en plus d'altitude ! C'est impossible ! Un perdreau, c'est lourd, ça vole mal, ça reste bas au-dessus des terres et, de plus, son vol est toujours court ! Et celui-là grimpe, grimpe ! Il décrit une hyperbole de plus en plus tendue à la verticale et commence à atteindre des sommets inimaginables !

« Mais… qu'est-ce qui se passe ? Qu'est-ce qu'y fait ?» crié-je à papa, stupéfait, ébahi, béat.

– Attends, tu vas voir ! »

Je vais voir quoi ??? Le perdreau est au moins à trente ou quarante mètres de haut. Il monte encore un peu et soudain reste suspendu, comme bloqué dans le vide avant de retomber aussitôt, tout droit comme une pierre… Incompréhensible !

Devant mon air hébété et interrogateur, mon père anticipe la réponse : « Quand le perdreau fait ça, qu'il monte d'un coup à la verticale, c'est que le cœur s'est bloqué net ! C'est rare, mais ça arrive, t'as vu ?»

Je suis bouche bée. Oui, j'ai bien vu… J'en déduis aussitôt une irréfutable théorie scientifique doublée d'un théorème tout personnel : quand le cœur lâche et qu'on est mort d'un coup, on veut tout de suite aller rejoindre le ciel… Les perdreaux font ça, eux. Nous, je ne sais pas…

Si cette journée de chasse se résumait par un tableau fort mince, papa ne rentrait pas bredouille pour autant. Rentrer sans rien était symbole de poisse par les non-rencontres, d'incompétence par les divers loupés ou de guigne complète quand le gibier atteint par le tir n'était pas retrouvé… En résumé, une journée pour rien ! Il valait donc mieux conclure chaque dimanche de chasse avec quelque chose de tangible dans la musette. Le soir où il est rentré et a déballé deux bons kilos de champignons blanc-rosé sur la table, tout le monde a compris que le gibier avait pris des vacances ce jour-là, que le père avait une fois de plus *tué le temps* ; que ce *jour sans* impliquait pour ma mère *un jour avec*, puisque la confection d'une omelette devenait impérieuse…

Le temps d'hiver pointait son nez et, dès chaque fin de novembre, je n'osais plus trop pointer le mien à la chasse. Quand le

---

[12] Encore une locution composée locale. Synonymes les plus approchants : se baguenauder, traînouiller, vadrouiller, marchoter. On dirait aujourd'hui aller au pif.

vent pique trop, sous un froid constant ou sous des lames de flotte glacée, j'ai quelques réticences à rendre de nouveau visite à la plaine et à ses hôtes, chasse ou pas. Ce jour-là, je me fais malgré tout violence. Mon père, harnaché, bardé, équipé, m'attend. Il ne savait pas que ce dimanche serait pour lui un retentissant bredouille-de-chez-bredouille côté gibier, mais qu'en contrepartie, il rapporterait une musette pleine à craquer d'histoires de chasse plus folles, drôles ou incroyables les unes que les autres !

La première demi-journée est un véritable carnage… pour le moral uniquement ! Dans la boue et les flaques, sous le temps bas d'une humidité transperçante, on n'a rencontré âme qui vive digne d'intérêt… Dans la plaine, seuls quelques rares corbeaux désagréables cassent parfois le silence en craillant contre ces interminables infortunes météorologiques[13]. Désespérant. L'après-midi débute sous des auspices aussi pourris. Par le hasard de croisées des chemins, chaque chasseur rencontré ponctue ses salutations en les assortissant aussitôt, comme les corbeaux, d'obligatoires considérations météo : temps de chien et froid de canard en sont les premières expressions consacrées ; yeux au ciel et prières non formulées pour tenter d'amadouer les éléments ; rouspétances et pestages divers partagés, auto-frottements répétés de mains en boule, blanches de froid. Pour tailler une bavette cinq minutes, une mise à l'abri minimum s'impose. Pour couper au mieux la bise, on gagne de concert les premiers mètres à l'intérieur d'un bois.

« C'matin, j'ai pas fait grand-chose » commence le gars qu'on ne connaît pas, un actionnaire sans doute, pas un type du village[14], bonhomme élancé, presque dégingandé, qui dépasse mon père d'une bonne tête. « Par contre, je me suis coltiné avec les gars d'en face ! Y'en a qui manquent pas d'air dans l'quartier, j'vous jure ! Tenez, je tire un lièvre, j'lui en r'mets un deuxième coup derrière les oreilles pasque l'premier m'paraissait pas avoir fait son effet ; c't'animal continue d'filocher sur trois pattes et passe la limite de chasse sans que j'ai eu le temps de faire ouf ! Y'a un corniaud d'vertois[15] d'l'aut'côté qu'attend bien tranquillement, y lui envoie son clébard et y ramasse le lièvre sous mon nez ! Et v'là-t'y-pas que l'gars s'en va

---

13 Le verbe crailler est un néologisme local venu du XIXe siècle, une combinaison de crier et croasser comportant à la fois une idée de raclage de gosier au son peu harmonieux et une notion de mécontentement – voire de moquerie patente – affichées à la face du monde. Originellement, le mot s'attribue à une corneille, mais le sens commun l'a étendu à tous les gros oiseaux dont le plumage n'est pas toujours en correspondance avec l'insupportable ramage trop gueulard : pie, geai et corbeau pour ne citer que les plus courants.

14 Non domicilié dans la commune, l'actionnaire achète une action, un droit de chasse, à un tarif plus élevé que celui du résident.

15 Habitant de Vert-le-Grand, une des proches communes voisines.

avec le lièvre, eh bin voilà, pourquoi pas non plus, faut pu s'emmerder, qu'est-ce que c'est que c'travail !?! C'est quoi ces sans-gêne de mecs-là !?! J'ai fait ni une ni deux, j'ai été voir le gars et ses collègues. Mais j'ai eu beau expliquer et négocier gentiment, y m'ont envoyé paître en disant que les limites, c'est les limites. Évidemment que les limites c'est les limites, faut être demeuré pour pas comprendre ça ! Comme quoi, chez eux, le bien-vivre et la courtoisie ont aussi leurs limites ! Ces gens-là voient des bornes partout ! C'est sûrement celles de la mauvaise foi et l'égoïsme, bornés comme ils sont ! J'ai laissé tomber, ça valait pas l'coup... J'm'suis tout de même permis d'leur faire la morale en leur balançant des noms d'oiseaux de toutes sortes. Pour faire du bien, ça fait du bien ! Et ça soulage ! Y m'ont fait un bras d'honneur avant de tourner les talons, ces andouilles-là ! Vous savez, avec un fêlé ou un sanguin en face d'eux, y z'auraient pu aussi prendre du plomb dans les fesses en r'présailles ! C'est comme ça que des soit-disant accidents d'chasse ça arrive et qu'on voit ça dans l'journal huit jours après ! Les drames, c'est souvent au départ provoqué par des cons ! »

Au long de la tirade, mon père acquiesce par-ci par-là, fait l'étonné, hausse parfois les sourcils, affiche un petit sourire ou ponctue par de brefs Oh ! Eh bin ! Ahlala ! ou par de petits rires brefs. Le sale temps ne s'est toujours pas levé et nous, on est toujours debout. Papa rajuste sa cartouchière et remonte la bretelle de fusil sur son épaule. Signes du départ ? Non. Après une inspiration, le gars enchaîne sans nous laisser respirer :

« J'ai eu à peu près le même coup, y'a quinze jours, avec un faisan, près des limites de Saint-Vrain, à croire que la poisse me colle au train en c'moment ! C'te fois-là, on a tiré à deux, en même temps ! Savoir qui avait descendu la poule faisane, lui ou moi, impossible à dire à moins de pratiquer une autopsie, de faire une analyse des plombs ou un relevé d'balistique ! On va tout d'même pas appeler les flics de la brigade scientifique ou d'mander audience auprès du médiateur de la République ! Qu'est-ce qu'on fait dans ces cas-là, hein, vous l'savez comme moi ! On va discuter avec le type et pis on voit, on avise ! Bin non, ç'ui-là s'est précipité sur le faisan avant moi et il s'est barré à toutes jambes sans d'mander son reste ! D'autant que l'reste, il l'avait déjà bourré dans sa musette ! J'cours bien, j'ai des grandes pattes, j'aurais pu lui courir au train. Y m'est v'nu l'idée d'tirer un coup de fusil en l'air pour lui mettre la trouille ! Vous auriez vu comment y détalait, l'mequeton ! Ah ! J'en rigole encore ! J'ai pas mangé d'faisan, mais une telle rigolade, ça vaut un bon bifteck, vous croyez-pas ? »

Les histoires de chasse comme celles-là, ça me réchauffe ; du moins, ça me fait oublier le froid. Je pense l'affaire définitivement close quand un collègue chasseur, courbé à en être cassé en deux pour échapper au vent, passe le coin du bois. C'est le père André, marcheur increvable, qui s'empresse pour se joindre à nous sous les arbres. Arbres avec trois feuilles jaunes au sommet, protection plus mentale et symbolique que physiquement efficace... Avec cette nouvelle arrivée imprévue, hasard des rencontres non spécifiquement giboyeuses, obligation est faite, à la fois de patienter avant de reprendre le cours normal de la chasse, mais surtout de s'attendre à du spectacle de campagne de haute volée ! On connaît bien le bonhomme, je m'en pourlèche déjà les neurones !

La salutation collective stoppe net : au loin, un type vient de balancer deux coups de feu sur on ne sait trop quoi, dans notre direction semble-t-il. Alors qu'on aperçoit encore les boules de fumée qui s'effilochent des canons, une grêle de billes de plomb s'abat sur les arbres où nous nous trouvons, une réception éphémère de mille *pic-tic-tic* en nuée diffuse.

« Merde alors ! C'est impensab'des trucs pareils ! Y'en a qui sont vraiment pas gênés ! Qui c'est c'trou d'balle qui nous arrose !? Il est miro, çui-là ou quoi ! ? rouspète le père André fraîchement accueilli par cette pluie de petit plomb. En plus de c'temps, faut qu'on tombe sur des inconsidérés d'première bourre ! J'en ai d'jà vu d'ces farfelus, p'us d'une fois ! J'me d'mande comment qu'y z'y ont eu leur permis ! Et comment qu'on leur-z'y laisse ! Des vrais dangers publics, des gaziers pareils ! C'est des gars qui tueraient même pas une vache dans un couloir ! Y'a quêq'temps, j'en ai r'çu pareil, une pluie de billes sur les tuiles de la maison, à cause d'une bande sans cervelle qui chassait juste derrière la ferme ! Y vous auraient tué qu'y z'en sauraient foutre rien, c'te bande d'ânes ! » Acquiescements collectifs.

« Faudrait en toucher un mot au président de chasse, propose l'actionnaire.

– L'président d'chasse, c'est un trou du cul de première doublé d'une gâchette à-la-manque ! Chez lui, j'sais même pas s'il arrive à viser correctement la cuvette des chiottes ! » réplique le chasseur excédé et en pleine forme verbale. Et pis, il a la comprenette difficile ! C'est l'gars qui comprend vite, mais faut y expliquer longtemps ! Dans la famille, y z-ont pas plus inventé la poud'que l'bidon d'deux lit'es ! » Un avis tranché et fleuri qui n'appelle aucun commentaire. Je suis intérieurement écroulé de rire et je réfrène mes ardeurs à m'esclaffer publiquement !

« Vous avez vu quelque chose, ce matin ? » relance mon père à André, histoire de basculer la conversation sur un autre sujet, sachant que *voir* et *faire* signifient respectivement rencontrer du gibier et réussir un tir.

« Ah ! J'vous ai pas raconté ! J'm'explique même pas encore moi-même, j'en suis pas rev'nu ! » On s'attend à tout. Au meilleur comme au pire, à l'extraordinaire comme à l'ordinaire enjolivé. La petite troupe reste suspendue. Hypnose générale.

« L'aut'jour (le narrateur ne sait plus trop quand !), dans l'labour, j'vois un yeuve, un beau, une sacrée bête comme on n'en voit pas souvent, bin tranquillement assis sur son cul, à moins d'une quarantaine de mètres. Y bouge pas, y m'a pas vu, y m'a pas entendu. J'm'approche encore un peu, j'l'ajuste et bing !, un bon coup d'quat', prends-don'ça su'l'coin des étiquettes ! J'cours vers la poussière que ça a soulevé, je cherche, je cherche, mais j'ai beau chercher : rien ! Pas possib'c't'histoire ! Au bout d'deux minutes, faut que j'me rende à l'évidence, j'ai dû tirer sur une motte de terre plus grosse que les autres ! Mais bon sang d'bonsouère, c'est pas possib'! Le yeuve, j'ai vu ses yeux ! J'vous assure que j'les ai vus ! » Le regard interrogateur du narrateur sincère cherche encore dans l'auditoire une explication plus plausible et définitivement plus satisfaisante que la sienne. Explication qui ne viendra pas puisque tout le monde rigole à s'en tenir les côtes ! Si les mottes de terre se mettent maintenant à avoir des yeux, où va-t-on !

« Mais, j'y reviens, relance l'actionnaire anonyme, il me semble assez sympathique, le président de la chasse ?

– Oh, m'en parlez plus ! À la dernière réunion, juste deux semaines avant l'ouverture, comme d'habitude quoi, il était là avec son fils Alain, ç'ui qui chasse aussi. Y m'a pris l'malheur d'raconter c't'histoire de chasse e'd'vant tout l'monde, y'avait l'maire d'ailleurs, et pis t'était là aussi Serge, avec ton jeune fils, tu vois où que j'veux en v'nir ! J'racontais qu'j'avais tiré un lièvre au gîte et v'là-t'y pas que c'jeune prétentieux me dit qu'ça s'fait pas d'tirer une bête à l'arrêt ! Et y s'met à s'fout'de ma gueule devant tout l'monde ! J'y ai dit entre quat'-z-yeux, toi mon gars, t'es un peu jeune pour me donner des conseils ou des l'çons, et en plus, jeune freluquet, t'as été sacrément mal élevé pour parler comme ça ! Quand t'auras autant d'liév'que moi à ton actif, t'auras p'têt la permission d'l'ouvrir ! »

Tout le monde se marre. Et l'intarissable meilleur chasseur-conteur de poursuivre en rattrapant au vol le sujet précédent.

« Bref... On causait du gibier qu'a la queue courte en c'moment, mais à dire juste, quand j'en vois, j'sais pas c'qui s'passe depuis quêq'temps, j'rate plus que d'habitude, j'en mets plus à côté qu'aut'chose... J'suis pas certain, mais j'crois bin qu'mes nouvelles cartouches, è(lles) sont pas aussi bonnes que celles d'avant ! On a l'impression qu'y a pas d'poud'là-n'dans ou qu'y a pas d'plomb, j'sais pas trop ! Et p'têt bin les deux... C'est pas pour critiquer, hein Serge, tu comprends bin, pasque j'sais qu'c'est des gens d'ta famille, mais les cartouches de l'armurerie Dufour, là où j'ai acheté aussi mon nouveau 12 y a pas longtemps, j'ai comme idée qu'y rabiotent un peu su'la marchandise ! Tu les prends aussi chez eux, tes cartouches ? »

Mon père acquiesce, dit que ça l'étonnerait quand même et que le père Dufour est un bonhomme sérieux. On saura plus tard par une source détournée mais sûre, qu'effectivement les munitions faites main par l'armurerie en question étaient vraiment chiches de tous les ingrédients nécessaires. Sur des milliers de cartouches, lésiner volontairement sur les doses de poudre et de plombs en remplaçant le manque par un surplus de bourre en carton, permet d'économiser sérieusement, donc d'encaisser des bénéfices supérieurs ! L'armurier faisait correctement son boulot d'armurier ; sa femme, en revanche, supervisait les affaires de la boutique, surveillait la fabrication et tenait la caisse ! La fautive dans le manque de réussite à la chasse n'était pas au premier chef la cartouche, mais bien la patronne de l'armurerie[16] !

La journée de non-chasse continue, à croire qu'elle sera entièrement consacrée aux récits de situations les plus excentriques et les plus comiques. Notre fameux conteur est intarissable. Ce jour-là, il omet pourtant de raconter les vieilles histoires dont il fut le sujet principal, histoires indélébiles gravées dans le marbre du patrimoine communal !

À la Libération et de retour d'Allemagne où il est resté cinq ans prisonnier, le père André se réinscrit pour la chasse dans la commune, tout comme mon père qui connaît une situation absolument semblable. Cultivateur et petit éleveur pas bien riche, il a peu de sous à investir dans ses premières tenues de chasseur. Début des années 50, il s'adonne à sa passion équipé des moyens du bord : quand les grands froids s'annoncent, il vadrouille revêtu de sa grande capote kaki de prisonnier de guerre – sans les lettres KG inscrites en blanc dans le dos, tout de même ! – et chaussé de ses bottes de fermier, celles avec lesquelles on le voit tous les jours. Sa première arme n'est pas plus rutilante : un vieux fusil à chiens d'une époque révolue, fusil dont la bretelle est une ficelle de lieuse grossièrement tressée[17] ! Un peu plus tard, et quelques économies aidant, il acquerra un équipement de chasseur complet, beaucoup plus sérieux et moderne, dont un beau calibre 12 gaucher fut le fleuron. Un jour, en sautant un fossé, arme à la bretelle canon pointé vers le bas, le coup part ! Accident de chasse dévastateur qui lui déchire tout le talon. Par miracle, aucun tendon ou nerf n'est irréversiblement touché ! Il mettra plus de deux mois à se rétablir, un temps difficile où il continuera invariablement et courageusement à travailler à la ferme et dans ses champs ! Chapeau !

---

[16] L'armurerie la plus réputée d'Arpajon n'existe plus aujourd'hui. Elle avait été créée fin des années 40 par Louis Dufour, un de mes grands-oncles.

[17] Lors de premières moissons mécanisées, on utilisait les faucheuses-lieuses tractées par les chevaux. La machine coupait les tiges de céréales et un système astucieux liait les gerbes en sortie.

C'est sans conteste l'accident le plus dramatique que les tous les jours de chasse ont connu dans le village. En comparaison, les autres informations qui circulent ne font état que d'incidents mineurs et anecdotiques, comme cet imbécile anonyme ayant tiré sur son chien ou cet autre truffant de plomb le postérieur de son collègue ! Des histoires qui font sourire. Mais un peu jaune, tout de même ! Surtout quand on est chien ou propriétaire du postérieur[18]! Une journée de chasse s'achève, avec un inestimable trésor d'histoires en guise de tableau engrangé dans les mémoires. L'activité a ses jours avec et ses jours sans. Ces fameux « jours sans » trouvent souvent leur compensation positive, gommant rapidement ennuis passés et désagréments mal vécus. Et quand la gomme n'est pas naturellement au rendez-vous, on force le destin, on l'invente, on la crée.

Exemples : quand le gibier s'est fait rare, quand la fin du jour amorcée tend plus au retour bredouille qu'au glorieux tableau de chasse, il faut plaindre le corbeau, la pie, la poule d'eau ou le vanneau qui a eu la très mauvaise idée de circuler dans les parages. Chacun d'eux peut soudainement goûter au plomb pour la seule satisfaction d'un chasseur dépité, pas mécontent d'avoir à portée une cible mouvante pour dérouiller un canon muet depuis huit jours ! On a vu aussi des soirs de chasse infructueuse se terminer en petit comité pour un ultime concours de tir à la casquette ! Comme on le fait au ball-trap, on lance le galurin en hauteur tel un frisbee : celui qui truffe la gâpette d'un maximum de plombs remporte la partie ! Il y a ceux dont les synapses originaux donnent des signes de faiblesse et qui se défoulent sur les panneaux routiers pour le simple plaisir d'en consteller l'émail au maximum !

Comment clore cette énumération non exhaustive sans parler du chasseur leudevillois pris d'une illumination soudaine et qui, passant près du village, va discrètement chercher une pile d'assiettes dans le buffet de sa mère pour clore la journée par un jeu de massacre à la volée, concours de ball-trap improvisé dans le champ voisin ! Au moins, ça tire et ça dégringole ! Et du même auteur à succès : offrir à un collègue chasseur une paire de nouvelles cartouches de qualité exceptionnelle à tester sur-le-champ. Mais subtiliser les plombs originaux et les remplacer par des grains de riz ne donne comme résultat qu'encrasser copieusement les deux canons du fusil ! Excellente farce, mais peu appréciée par le tireur quand il a inspecté l'intérieur de son arme… Fous rires de l'assemblée pliée en quatre d'un côté, un nouveau rire un peu jaune de l'autre !

À l'heure où ces lignes sont écrites, on chasse toujours à la même saison. Rien n'a vraiment changé, la tradition perdure. Pourtant, dès

[18] On ne rigole pas, j'ai les noms ! Évidemment impossible de les citer ici !

les premiers jours d'automne, l'enthousiasme général ne semble plus au rendez-vous, tout respire le convenu dans une ambiance mollassonne loin des ardeurs bruyantes et chaleureuses d'antan. Il est vrai que le gibier s'est considérablement raréfié, remplacé par la nouvelle faune dominicale des promeneurs, joggers et vététistes de tout poil. On tire plus sur les muscles que sur les perdreaux. « Attention, chasse le dimanche » indiquent des panonceaux plantés sur les chemins. La vraie chasse a pris du plomb dans l'aile…

L'une des toutes dernières fois où j'ai accompagné mon père sur le terrain habituel – je devais avoir 22 ou 23 ans, le temps passe! –, j'ai eu droit à un geste totalement inattendu de sa part. Au beau milieu d'un champ, après un coup d'œil à droite et à gauche, il me colle d'un coup le fusil entre les mains !

« Tiens ! (ses phrases commençaient souvent par « tiens ! ») Vas-y, à ton tour un peu ! Fais bien gaffe tout de même ! Allez ! » Un ordre, une mise devant le fait accompli, une passation de pouvoirs, une mise à l'épreuve impromptue ou réfléchie ? Me voilà comme une gourde empruntée, comme un coq qui a trouvé un opinel. Un fusil dont je ne me suis jamais servi, gaucher de surcroît, un peu mastoc et lourd à mon goût, avec sous le pontet deux inquiétantes queues de détentes très rapprochées… et la paire de cartouches enclenchée dans les chambres… Rapide montée de mal à l'aise, estomacage immérité, me voilà expulsé hors du monde passif des accompagnateurs-suiveurs, catapulté et immergé d'un bloc dans celui du chasseur actif. La décision de tir vient de changer de camp ! Une bouffée de fierté prend un instant le dessus et retombe aussitôt comme un soufflé froid qui se dégonfle et s'effondre sur lui-même : je n'ai ni permis, ni expérience du fusil…, des trucs à faire tout et n'importe quoi à tout moment ! Une surprise, certes, mais terriblement inconfortable. À la limite de l'irréaliste et de l'irresponsable. On parcourt un bon kilomètre sans rencontrer quoi que ce soit, j'en suis soulagé. Soulagement définitif quand apparaît au loin un groupe de chasseurs. Je rends bien vite le fusil à mon père. C'était la première fois que j'avais eu le kiki aussi serré de stress et d'inconfort mental… Depuis, je n'ai jamais fait les démarches pour acquérir un quelconque permis de chasse. L'idée de mon père ce jour-là ne fut pas l'une de ses meilleures…

Autant que je me souvienne, et sans que ma mémoire ne me trahisse trop, je le revois encore aux premières années 50 préparer son attirail et ses accessoires pour la chasse. Dans un temps où l'on fabrique ses cartouches presque de A à Z, il dispose d'un bazar d'engins et de bidouilleries, tous rangés au cordeau dans une sorte de petit coffre en bois. Véritable tabernacle, on trouve là une quantité de petites boîtes rondes avec des plombs, des pots à couvercle en fer blanc contenant la poudre ; des sacs en papier avec bourres, croisillons, rondelles en carton ; une sous-boîte où s'empilent les douilles de carton vert, rouge ou bleu et leurs culots de cuivre déjà montés ; deux ou trois dosettes à manche de bois pour la poudre et le plomb ; enfin une sertisseuse à broche qu'il fixe directement sur la table de la cuisine par deux vis-étaux, dernière étape de finition de la cartouche à réaliser. Mon père est posé, minutieux dans le geste, méthodique, attentif au moindre détail. Et d'une patience angélique, vertu obligée de l'instant. Les cartouches sont prêtes pour le jour d'ouverture. Quant à la suite de l'histoire, je viens de vous la raconter…

ACTE II

Scènes d'eau

J'ai su très tôt mon père atteint d'un second virus, maladie incurable au même titre que la chasse : la pêche. L'une appelle souvent l'autre, puisque la saison de l'une alterne avec l'époque de l'autre ; ce qui, dès mon plus jeune âge, implique ma participation à tous les événements liés à l'art de la pisci-capture[19]... Pour de jeunes dents : cesser un moment de croquer la vie habituelle de l'élément terre pour de nouvelles expériences, cette fois-ci en mordant l'aqueux...

Durant vingt-cinq ans, on a écumé ensemble, mon frère inclus, quantité de « petites mers » poissonneuses, des plus improbables aux plus réputées, des étangs aux petites rivières, de quelques lacs de France à des cours d'eau d'importance : la Meuse, la Meurthe, la Moselle, la Cère, la Creuse, l'Allier, l'Essonne, la Juine, la Remarde, les lacs Chambon et Gérardmer, pour ne citer que ceux-là, pêches exclusives en eaux douces : dans la famille, affirmer qu'on a le pied marin relèverait du blasphème ! Mon père était plus homme de terre que de mer. Confinée en Ile-de-France, l'affaire se conçoit aisément. Les embruns de la Seine et l'air iodé du grand large essonnien n'ont jamais pu acquérir la plus infime renommée dans les pages des guides touristiques maritimes ou fluviaux réputés !

Chez nous, seules des mares sont à notre disposition. À moins de tenter la pêche à la grenouille avec insuccès assuré, on ne peut y prendre que des piqûres de moustiques ou un bon rhume, médiocres résultats en fin de journée sportive ! Notre village, privé du moindre cours d'eau, impose donc au pêcheur de se déplacer un minimum s'il veut s'adonner à son activité préférée. D'où l'obligation de faire plusieurs kilomètres pour se rendre aux points d'eau reconnus les plus accessibles et surtout les plus poissonneux. Le village de Vert-le-Petit, à 7 bornes de distance, avec ses étangs et la

---

19 L'art de la chasse : la cynégétique ; l'art de la pêche, lui, n'a jamais eu de dénomination ronflante qui aurait pu l'élever au rang de science super-sérieuse et sacrément intello : l'ichtyotique, par exemple !

rivière Essonne qui coule au bas de la petite vallée, a souvent été choisi pour toutes ces qualités.

Avant 1960, la locomotion automobile reste encore l'apanage de gens non pas riches, mais assez aisés pour s'offrir ce nouveau luxe. Pour les non motorisés, une seule solution : la propulsion molletière à transmission par chaîne, le bon vieux vélo. À l'époque, personne ne rechigne devant l'effort à accomplir, quelles que soient les conditions météo. Aujourd'hui, on fait deux cents mètres en voiture pour aller chercher le pain[20]. Mais je sors du sujet...

Dans le village, les pêcheurs sont peu nombreux : de tous les habitants, le plus grand nombre a ses occupations dans le domaine agricole, culture ou élevage. Comment faire avec du boulot constant sur le collier, avec mille obligations et des horaires peu élastiques pour pouvoir délaisser une journée entière les animaux et les champs en allant se prélasser pour taquiner le goujon ? Mon père ne fait pas partie de cette branche des purs gens de la terre. Sa culture se résume à celle du jardin, et ses passions la chasse et la pêche. En cette ère reculée que les moins de soixante ans ne peuvent pas connaître, l'idée n'effleure personne de récupérer les mots nature et tradition pour se les attribuer et les grouper dans une formule politique claironnée aux concitoyens à l'aide de slogans à deux balles. Chez nous, la nature est partout et la tradition perpétuelle. Et réciproquement.

1956. Je ne suis pas bien vieux. La veille du jour de pêche, mon père prépare tout le bazar nécessaire, aussi pointilleux et méthodique dans ses attentions que pour les préliminaires de chasse. Les gaules démontées dont les extrémités trempent depuis trois jours dans un seau d'eau sont séchées, vérifiées, élastiquées par type de canne[21]. Ultime vérification de la boîte qui regroupe tous les petits accessoires, enfournage des cannes dans le grand étui de toile, multi-sandowages des boîtes sur le porte-bagages arrière, coup d'œil général sur le cycle lui-même, coups de pouce en tâtages de pneus et remisage provisoire jusqu'au lendemain matin.

Seconde préparation effectuée la veille : la fabrication de l'amorce et celle de la pâte. Autant l'amorce n'est qu'un empilement

---

[20] Ce qui, soit dit en passant, fait fonctionner les industries automobile et pétrolière, agrémente le déplacement d'un confort certain et entretient les luttes écologistes. Un des ennuis, au bout du compte, c'est l'inflation sur le prix de la baguette !.... Un phénomène bâtard qui va croissant...

[21] À l'époque, ni canne ni gaule en synthétique, uniquement du bambou véritable. Le trempage préalable permet au bois de gonfler, assurant une parfaite adhésion entre le bambou et les tubes de cuivre d'emmanchement aux extrémités de chaque segment.

d'ingrédients fort divers grossièrement malaxé en final[22], autant la pâte requiert une attention toute particulière. Il s'agit de confectionner un appât assez malléable mais assez compact et résistant à l'eau ; on en fera de petites boulettes naturelles qui iront camoufler entièrement le piège diabolique de l'hameçon. À cet effet, durant plus d'une heure, mon père réquisitionne la cuisine. En chef incontesté de la fourbe gastronomie dédiée aux piscivores, il fait cuire deux belles patates à l'eau, les écrase à la fourchette jusqu'à obtention d'une purée d'une infinie finesse ; il écrabouille consciencieusement et plus finement encore une série de petits-beurre à l'aide d'une bouteille de pinard (vide !), rouleau à pâtisserie de fortune. Un quart de gousse d'ail subit le même sort. Le master-chef place le tout dans un saladier, ajoute une pincée de farine et, touche suprême digne des plus grands étoilés, parfume le plat du jour d'un dé à coudre de pastis ! Quelle idée !? Mixage et remixage manuels à n'en plus finir. Ça sent bon, son truc ! Tests et essais successifs de mise en boulettes sans que ça colle aux doigts puis test gustatif. Curieux comme une pie, j'imite mon père pour cet essai en bouche : mais c'est vachement bon son machin ! Pendant qu'il a le dos tourné, j'en reprends du bout de l'index, une fois, deux fois… Il n'y aura pas de troisième fois : je me fais houspiller parce que mon père a des yeux dans le dos ! Mise de la pâte dans un verre à moutarde (vide, toujours !), bourrage et tassage, vissage terminal du couvercle Amora, mise au repos et au frais sur le rebord de la fenêtre[23].

« Tu me feras penser à la sortir demain matin, au cas où j'oublierais… » Mon *ouais*, en forme très affirmative de réponse, s'auréole soudain d'un terrible doute : le matin, je suis un zombie ambulant aux capacités mémorielles atrophiées réduites à leur plus simple expression ! Pas sûr que j'y pense !

La nuit est courte, réveil à 4h30. Petit déjeuner et toilette sommaires. Comme prévu, je n'ai pas les yeux en face des trous. Je tente de me faire violence en me secouant mentalement un peu, sans grand succès. Cette journée n'est pas ordinaire : il fait encore nuit, on part à la pêche dans cinq minutes. Mini-excitation entrecoupée de bâillements. Il est cinq heures, je ne m'éveille pas.

---

22 Lancée dans la rivière quelques mètres en amont, l'amorce, sous forme de boulettes lestées, est destinée à attirer le poisson. Au fond et sous l'effet de l'eau, ses agrégats se détachent petit à petit. La composition est simpliste : restes de purée ou de patates cuites, pain rassis et/ou blé détrempé, son, vieux gâteaux secs périmés, terre du jardin pour alourdir le tout. À la confection des boulettes, on intègre parfois au dernier moment, sur place, une belle poignée d'asticots ! Miam-miam !

23 Pas de frigo, à l'époque ! Le Frigidaire – puisque tout le monde utilisait cette première marque comme nom commun – n'arrivera qu'un peu plus tard dans les chaumières…

Cette fin de nuit de fin juin très frisquette, on est fin prêts. Qu'est-ce que je fais là dehors à une heure pareille !? « Heureusement que j'ai pensé à prendre la pâte, hein ! » me dit le père avec un œil malin. Bon, oui, bon… Les histoires de pâte, de pot de moutarde et de rebord de fenêtre… à une heure pareille, j'en suis à des années-lumière. Trois reflets de chrome dans la pénombre, voilà la sortie triomphante du vélo sous la voûte étoilée. Dans les sacoches, la bourriche, l'épuisette et les impers sont à gauche, les casse-croûte et les litres anti-déshydratation à droite avec les pliants de toile. Mon père passe son grand étui de cannes en bandoulière, m'empoigne d'un bras et me colle assis en amazone sur le cadre du vélo. Je me cramponne au chrome glacé du guidon, une barre en diagonale au fessier, mais on y va !

À un carrefour, le grand-père paternel nous attend, il est de la partie. Ni effusion ni échange de mots particuliers : nous voilà partis, trois générations sur deux vélos, direction un espéré festival de cannes ! Le vélo de 14-18 du grand-père couine un peu, l'un des garde-boue guerguinole[24] à chaque cahot de la route et le phare pâlot, moins efficace qu'une luciole de compétition, n'éclaire que la lune. La cohorte pédalante pères et fils quitte le village et confie au Saint-Esprit le soin de veiller sur les citoyens du lieu, autres pêcheurs devant l'Eternel encore dans les bras de Morphée.

Un quart d'heure à n'en plus finir… On arrive enfin sur la place principale du village voisin. Comme chez nous, ambiance de silence complet. Les couinements vélocipédiques ont cessé, le grand-père descend de selle et retire ses pinces à vélo. Le bras paternel m'enserre et me dépose à terre. J'ai cru que la peau de mes mains pâles comme des linges resterait soudée au guidon gelé ! Je passe sous silence l'état de mon arrière-train sculpté à vie par le cadre, assise au confort très relatif du type rembourré avec des noyaux de pêche, justement ! Je maudis intérieurement le chrome, je fulmine contre le cadre. Et dire que certains y cotisent pour la retraite ! Retraite de Russie, oui !

Dans la descente qui mène aux étangs, vélos à la main, nous stoppons devant la seule maison à l'intérieur éclairé. De mon père à son père : « Faut qu'j'achète des vers de vase, du Mystic et quelques bas-de-lignes de rab ! Et puis deux ou trois vifs aussi. T'as besoin de quelque chose, toi ? » Sur le signe négatif du grand-père, nous entrons dans la boutique tous les trois. Dès le seuil franchi du petit magasin d'articles de pêche, c'est un enfer pour les narines, surtout à une heure aussi indue, juste après un petit déjeuner aussi peu copieux fut-il ! Pourquoi ça fouette aussi fort, là-dedans !? Entre les cannes

---

[24] Verbe local utilisé pour définir et imager toute chose mal fixée ou déplacée qui, de ce fait, émet des bruits mécaniques indésirables.

alignées, les vitrines bourrées d'articles, les moulinets et autres trucs dédiés à la pêche, je cherche des yeux la cause de cet effluve d'un repoussant innommable… Ça cocotte le vieux fromage, le moisi, le… je-sais-pas-quoi. Bref, un joli medley de senteurs néo-exotiques de bidonville et de décharge municipale, une symphonie nasale au tempo soutenu digne d'un parfumier plutôt que d'un parfumeur ! Eurêka-ka, j'ai trouvé ! Le persistant arôme de pieds sales s'exhale des bacs en verre, là-bas, qui empli de vers de vase dans la mousse humide baignée d'eau à demi croupie, qui plein d'asticots empilés les uns sur les autres grouillant dans la sciure ! Je crains un instant que le café au lait ne prenne des initiatives personnelles pour passer par-dessus bord. Je sors prendre le frais… Oups ! Après ça, il va falloir garder la pêche… Emplettes faites, ultime chevauchée fantastique par bicyclettes interposées sur les quatre-cents mètres restants à parcourir. Je ne dis mot en retrouvant le cadre maudit encastré à nouveau dans mon ornière fessière. Vivement l'arrêt !

Le jour tarde à se lever. De chaque côté de la petite route, les étangs sont pris dans les lames grises d'un brouillard bas. Sous ses draps de tulle, l'étendue d'eau dort. Près du vieux lavoir, la route s'arrête brusquement au bord de l'Essonne, sans indication préalable[25]… En longeant la rive, les derniers mètres se font à pied, dans les billes de rosée de l'herbe bousculée. Trop heureux de voir débarquer de la chair fraîche, les commandos de moustiques embusqués attaquent et clostermanisent en piqués dans un grand cirque incessant. Mon père allume d'urgence une cigarette et m'explique en deux mots que la fumée fait partir ces casse-pieds. J'en constate aussitôt l'efficacité par deux piqûres de mieux sur le bras !

Sous les attaques aériennes des mosquitos, suit le déballage du nécessaire de pêche, le montage des cannes, celles pour pêcher au coup et celles des plombées[26], le dépliage des pliants, tout le monde s'affaire méticuleusement. Sauf moi qui n'y connais strictement rien. Je regarde, passionné, intrigué ; je note tout dans mes cases-mémoire, j'enregistre au mieux tous ces gestes nouveaux. Certains

[25] Bien des décennies plus tard, un drame se jouera là. Un homme à cyclomoteur qui descendait la côte à vive allure, sans connaître les lieux où il s'engageait, ne put stopper à temps sa machine. Il se noya sans que personne ne s'en aperçoive…

[26] Faites de bois dense, ces cannes épaisses, lourdes et équipées de moulinets, sont destinées à recevoir des lignes très résistantes pour la pêche aux poissons de bonne taille. Chaque canne se pose sur deux arceaux plantés en bord de rive. Dans l'eau, le fil est fortement lesté, plombé, pour éviter que le courant ne ramène l'appât trop en surface. On garnit l'hameçon d'un appât susceptible de résister longtemps à l'immersion, souvent un vif – petit goujon ou gardon–, proie favorite des carnassiers, perches, sandres et brochets.

me paraissent d'une complication extrême, d'autres semblent requérir une précision, un doigté et une patience diaboliques ! La première plombée est lancée à l'eau, mon père vient d'y accrocher un des goujons achetés dans la petite boutique. J'ai vu l'hameçon se planter dans la gueule, un hameçon disproportionné par rapport à un si minuscule animal. Je ne sais pas si les goujons pensent, et si oui à quoi ils pensent, à se débattre au fond de l'eau, à gigoter pour s'extraire de cet engin de torture… Après tout, on ne leur demande pas de penser mais de gigoter pour attirer les carnassiers du coin, c'est tout. C'est le but de la manœuvre. « Le reste, comme disait mon père, c'est de la littérature ! »

Sur la berge d'en face, de grands arbres noirs contrastent sur un ciel lointain aux couleurs de tendre outremer, repoussé peu à peu à l'est par des beiges et des rosés naissants. La nature est encore suspendue en des rêves de temps morts. Quelques feuilles d'ormes balancent plus qu'elles ne tremblent ; bercées, quelques feuilles de trembles dorment. Un clapotis d'eau, un rond dans la rivière ; un bruit furtif dans un bouquet de roseaux, une branche de saule qui trempe son nez dans la rivière. Petits miracles de la nature chaque seconde renouvelés.

Plouf ! Plouf ! Mon père vient de balancer deux boulettes d'amorce un peu en amont. Il lance sa seconde plombée : au double hameçon, deux petits bouts de pain destinés à la tanche ou à la brème. Sa canne ordinaire est prête aussi. À quelques pas, le grand-père, lui, pêche déjà depuis cinq minutes. Je vois à peine son bouchon flotter sur l'eau. Le papa consciencieux n'a pas omis de me préparer une petite canne, rien que pour moi, avec sa ligne toute prête, son bouchon déjà réglé pour la profondeur du lieu et l'hameçon paré d'un asticot qui se tortille !

« Tiens ! Mets-toi à côté de moi et regarde comment je fais. » Il lance sa ligne pour une première coulée[27], relance pour une deuxième, lance pour une troisième. Et ainsi de suite, une nouvelle coulée suivant la précédente. L'affaire me paraît répétitive, mais d'apparence, c'est le seul moyen de pêcher à la ligne en rivière… Sur ce parcours de quelques mètres, mon père retient parfois sa ligne ou soulève légèrement le bouchon. Je ne comprends pas pourquoi.

« Pourquoi tu fais ça ? dis-je en une demande ingénue.

– Comme ça, la coulée dure un peu plus longtemps et ça permet aussi de bouger l'appât pour que les poissons le voient mieux ! » C'est pas bête, il fallait y penser.

Je regarde l'asticot qui se débat avec de moins en moins d'énergie au bout de ma ligne. Je n'ai toujours pas osé l'envoyer dans

[27] La ligne est lancée en amont, le courant la porte jusqu'au maximum de fil disponible. La distance parcourue est la coulée.

l'eau. Je m'initie aux techniques de pêche, uniquement des yeux, en voyant comment procède mon père. À rester intrigué par l'asticot qui s'étiole, je viens de rater la sortie de la première prise, un gardon argenté frétillant pendu par le bec. Ebahi mais super content pour mon père. Pour le gardon, nettement moins. Dégrafé en un tournemain, il entre le premier dans l'eau de la bourriche.

La gourmandise est donc, comme le souligne la morale, un vilain défaut. Dans le quart d'heure qui suit, cinq ou six de ses congénères vont le rejoindre dans sa prison de mailles. Je décide de lancer ma ligne en prenant soin – je l'ai vite compris – de ne pas la balancer n'importe où, avec le risque de l'emmêler avec celle de mon père ou, second risque, l'envoyer pour le compte dans les herbes de la rivière ou dans les branches de saules qui pendouillent.

Cette espèce de fouet gigantesque gaule-ligne est, dans les premiers essais, bien compliquée à manipuler et à contrôler ! Je prends mon temps, je recommence, encore et encore. Appliqué, je ne désespère pas d'attraper le bon coup de main nécessaire.

Le jour s'est levé, sans que je m'en aperçoive. Sur la rive opposée, les arbres ont verdi, de petites cabanes de pêcheurs sont apparues, la brume au-dessus de l'eau évaporée. À côté de moi, une gerbe d'iris reçoit la visite d'une libellule, bleu baiser matinal offert à une fleur mimosa. Dans la rivière, le saut d'un poisson étale de lentes rides concentriques. Une mésange qui volète dans les branchages prend un rayon de soleil sur le bleu de sa tête. Une autre lueur fugace dévoile, le temps d'un respir, la mousse d'une pierre verte perdue dans les reflets des eaux. Visions et rêves d'enfant, un interlude avant le retour dans le monde de la pêche. Tiens, mon asticot est mort… Et paf, j'écrabouille sur ma cuisse un moustique trop entreprenant.

Mon père infatigable enchaîne les coulées. Au bout de l'hameçon, la miraculeuse pâte appât de papa produit l'effet escompté, bien qu'il faille la remplacer très souvent. La bourriche grouille maintenant de petits poissons qui tournent en rond dans leur cage de fer ou qui, lassés d'efforts inutiles, se calent, vacillent, flanchent, montrent leur ventre blanc, battent des ouïes plus que de coutume. Deux ou trois surnagent ou flottent, morts ou demi-morts, au-dessus des quelques vaillants résistants. Tout autour, des punaises d'eau patinent doucement dans un étonnant ballet avant-gardiste.

« Serge ! Eh, Serge ! Regarde, je crois que tu as un départ ! » La voix du grand-père interpelle aussitôt. Effectivement, une des plombées bougeotte. Par deux fois, le bouchon s'enfonce vivement et se pique dans la rivière. À n'en plus douter, il y a un rôdeur ou un affamé là-dessous ! Papa décroche la canne des arceaux, les yeux rivés sur le fil et le bouchon. Il donne un peu de mou au fil pour donner le change en un semblant de liberté redonnée à l'appât. À la dernière plongée du bouchon, mon père ferre d'un coup sec.

Sous l'eau, ça remue dur ! Fil et canne sont tendus comme un arc. Le combat avec la bestiole inconnue est une éternité de ruses et d'astuces sous haute tension. Le bestiau semble coriace et ne donne pas l'impression de réellement apprécier la mauvaise farce. Il pique, secoue, plonge.

« Te presse pas, laisse-le s'épuiser ! Garde un peu tendu tout de même… et mouline dès que ça mollit ! » conseille le grand-père qui s'est empressé de se munir de l'épuisette. Aucune réponse de mon père qui connaît ça mieux que lui, gardant constamment en mémoire que nul n'est à l'abri d'un aléa ou d'une erreur fatale de dernière seconde ! Un museau apparaît, bien crocheté, puis disparaît aussitôt dans un soubresaut violent.

« J'ai pas vu ce que c'était, crie mon père, mais à tirer et se débattre comme ça… Ah la vache ! Il va me casser, c't'animal-là ! » Mon père ne finit pas sa phrase. Un long museau pointu refait surface. « C'est un brochet ! » lance mon père quasi certain de sa victoire dans la bagarre. À force de moulinages et d'attentions diverses, le brochet s'approche petit à petit du bord dans d'innombrables gerbes d'eau. Dans une dernière éclaboussure, il voit soudain ses efforts anéantis quand il est pris dans les mailles de l'épuisette… Posé sur l'herbe, de plus en plus emmêlé dans le filet, l'animal nerveux s'y débat comme un lion. À cet instant, j'ai compris pourquoi papa emporte toujours dans sa boîte une barre de fer d'une trentaine de centimètres. Pourquoi donc un gros bout de ferraille pour aller à la pêche ? Pour taper sur la gueule du brochet, pour lui écrabouiller la tronche une bonne fois pour toutes, tout simplement ! Ce jour-là, ce que je dis fut fait. Deux-trois fois, si ma mémoire est bonne. Paf et paf. Et re-paf, un dernier pour la route, bien que les bruits réels fussent plus près des onomatopées platch et sprêtch mêlées d'une pointe de crouic… Un peu le son qu'émettent les grosses feuilles de betteraves quand on les écrabouille en marchant dessus.

L'épisode du brochet clos, je m'attelle à pêcher de nouveau. J'ai beau tout essayer comme appât, essuyer quelques touches sans être vraiment certain qu'elles soient provoquées par un poisson, rien n'y fait. Je dois me rendre à l'évidence : je m'y prends comme une saucisse, je suis d'une nullité totale. À moins que ce ne soit pas mon jour de veine ? Même à cet âge aussi peu avancé, j'ai compris que la veine n'existerait jamais, qu'elle ne pourrait être pour moi que le fruit de la connaissance, du travail et de l'expérience. Il y a des veinards-nés, des chanceux, des vernis. La veine serait pour moi la résultante de la peine. Donc la veine, sous cette appellation, n'aurait aucune existence réelle. Il faudra du temps pour que je sache enfin pêcher dans les règles de l'art et avec succès.

Vers midi, une trêve est de rigueur. Père et grand-père se mettent à saucissonner et pinarder de concert. J'ai droit au même pique-nique, seulement arrosé de limonade un peu tiède. Chacun croque une pomme pour finir le repas d'exception. Et pour les adultes, un coup de pinard pour faire passer. À deux pas, plongée dans l'eau de l'Essonne, la bourriche frémit et fait des cercles dans l'eau.

« J'peux aller r'garder les poissons, p'pa ?

– Houlà, oui, mais fais bien attention, hein ! Va pas glisser et te foutre à l'eau, j'irai pas te chercher ! »

J'ai de la veine : je peux aller voir les poissons ; je n'ai pas de veine : si je tombe, je devrais me débrouiller tout seul ! Je n'y crois pas un instant, mais l'avertissement me fait quand même redoubler de prudence. Avec précaution, je soulève la bourriche hors de l'eau. Combien peuvent-ils être là-dedans ? C'est dingue ce qu'ils ont pu attraper ! Et les poissons de s'ébrouer anarchiquement. Je replace la bourriche avant d'être trop copieusement arrosé par toutes ces éclaboussures. Je ne suis pas tombé dans l'eau. Parce que l'eau, j'aime pas être dedans, c'est froid, ça saisit tout le corps d'un coup, ça me fait un peu peur d'être happé par un élément que je ne contrôle pas, d'autant que, piètre poisson de l'astrologie, je ne sais pas nager !

En début d'après-midi, passage du garde-pêche. Contrôle des permis et encaissement de la taxe locale. Un instant, j'ai cru voir arriver de Funès et être propulsé figurant involontaire dans le film *Poisson d'Avril* de 1954 ! À s'y méprendre..., sauf que de près, le bonhomme a l'air nettement moins comique que l'original... Ce n'était pas un tournage, c'était le vrai officiel de la commune ! La partie de pêche reprend, un peu monotone. J'ai beau retremper mon fil dans l'eau à intervalles réguliers, c'est la même désespérance. Vers 15 heures, nouvel espoir naissant à l'arrivée du marchand de glaces ambulant, espérance comblée par les quelques francs qui tombent discrètement de la main de mon grand-père dans la mienne ! La veine du jour, ce fut un double cornet vanille-framboise sans relation directe avec la journée poisson ! J'avais au moins attrapé quelque chose ! À la réflexion non, c'est le marchand qui appâtait et qui ferrait ! Moi, j'étais la proie ! Avec son tricycle motorisé, lui aussi était venu à la pêche, à sa manière !

Je reste un moment assis à regarder papa pêcher. Entre deux coups de langue sur la glace, je prends des notes mentales que j'inscris dans mon carnet cervical. Et voilà qu'il ferre son énième petit gardon, le sort et l'attrape à pleine main.

« Aaaahhhhh ! C'est pas possible ! » émet-il en fronçant les sourcils, s'escrimant à décrocher l'hameçon sans réussite apparente. Il fouille dans sa boîte et en sort un machin, une tige qui ressemble à une fourchette à escargot qu'il enfourne dans la gueule du gardon, tournicote là-dedans plusieurs fois, soupire d'impatience, tire sur la ligne, enfonce à nouveau son outil. Il a l'air complaisant, le gardon qui se laisse charcuter. Peut-être se croit-il chez le dentiste ? L'hameçon est enfin récupéré, sain et sauf, *in extremis*. Je viens de comprendre qu'il est préférable de se concentrer pour récupérer ligne et hameçon intacts plutôt que de porter son attention sur le poisson qui vient de tout avaler goulûment et profondément.

« Tiens, tu veux bien remettre le dégorgeoir dans la boîte ? » propose papa en me tendant l'outil. Un dégorgeoir ! Très joli mot de la langue française, très imagé et explicite. Je trouve ça abject et repoussant, un dégorgeoir, j'en ai la chair de poule... Je prie le ciel ne devoir jamais l'utiliser moi-même. L'avenir dira que le ciel n'est pas réceptif à ce genre de prière...

Au fil de la journée, mon père varie et alterne ses appâts sur la seconde ligne plombée, entre vif, pain et chenevis. Mais le poisson est parti faire la sieste, les moustiques aussi ; rien ne bouge dans l'eau, rien ne bouge dans l'air. Le soleil tape un peu trop sur le coin de la casquette et le grand-père n'a pas attendu l'exemple donné par la faune piscicole. Il s'est allongé sur l'herbe, endormi à l'ombre d'un saule. L'ennui me gagne. Mon père imperturbable et stoïque est le seul à poursuivre la mission. À sa table de jeu, il relance dans l'eau par une tierce de boulettes d'amorces, poursuit par un carré de chocolat pour son quatre-heures et conclut par une très belle quinte de toux de derrière les fagots. Moi, je me suis discrètement éclipsé, curieux comme une vieille pie, pour enfin voir ce qu'il y a d'intéressant à l'intérieur du vieux lavoir.

Le soleil a fait son tour au-dessus des étangs et les ombres ont tourné avec lui. L'eau de la rivière elle aussi a tourné dans les jaunes et les bistres. Tout tourne et je tourne en rond. Assis sur son pliant, le père envoie un « Bon ! » étiré, suivi d'un « J'crois que ça ira pour aujourd'hui ! », signes annonciateurs d'une probable levée de siège. L'expression plier les gaules prend alors tout son sens. À ce moment, démontage et remballage ne sont les mamelles de rien du tout, seulement de simples impératifs de fin de pêche.

« Tiens, comme tu as l'air d'une âme en peine, va donc sortir la bourriche ! Mets-la sur l'herbe, à l'ombre ! » Ordre paternel agréable et facile à réaliser. Je dénoue avec difficulté la ficelle mouillée qui tient encore la bourriche immergée à son piquet de fortune et je soulève. C'est lourd ce truc, y'a une tonne de plomb là-dedans ! Plutôt une tonne d'écailles d'argent, d'yeux rouges et de ventres blancs qui sautent, s'arque-boutent, convulsent. Ouïes et bouches s'agitent, les queues des uns battent les têtes et giflent les yeux des autres, les corps empilés se tortillent et se démènent sous de petits bruits flasques et pointus. Au-dessous, écrasé par les kilos de future friture, le brochet en demi-cercle épouse le fond de la bourriche. Sur l'herbe, j'assiste médusé et impuissant au silence de la lente mort collective.

Nous reprenons en chœur la ritournelle vélocipédique, cette fois dans le sens du retour triomphal à la maison. Le guidon de chrome est brûlant, et je goûte une resucée d'un cadre toujours moelleux et confortable à l'envi, mais au moins, je ne pédale pas..., sauf dans ma tête où se bousculent, comme dans la bourriche, les souvenirs de belles découvertes d'un instant de vie et les images de mort en conclusion sidérante. Mais à la pêche, il semble que les uns soient à jamais indissociables des autres.

À peine arrivé et dépendu de ma station de chemin de croix, j'aperçois ma mère sur le perron de la maison. Elle m'envoie aussitôt un « Alors ? », questionnement bref qui attend une réponse. J'explique que papa a pris plein de poissons, que tu vas voir, qu'il a même attrapé un brochet, que ça s'est bien passé, que j'avais un peu chaud, que j'irais bien faire pipi parce que les secousses du vélo ça secoue la vessie et que je boirais bien un coup après parce que j'ai drôlement soif. Un résumé très succinct de la journée de pêche supplanté par d'urgentes préoccupations enfantines toutes personnelles.

« Mais qu'est-ce qu'on va faire de tout ça !? » s'exclame maman en voyant les trente centimètres de poissons en tas dans la bourriche. On met un grand journal déplié sur la table et on vide tout dessus. S'ensuit un double tri, par type de poisson et par taille. Le brochet est d'office mis à gauche comme prise principale à garder avec précaution ; un tas pour les petits gardons, ablettes et goujons ; un tas pour quelques gros gardons, un autre pour les brèmes, un dernier pour les perches.

« Va falloir en donner, on ne pourra jamais boulotter tout ça ! » s'interroge ma mère qui trouve soudain le butin vraiment encombrant. Alors, les parents refont des tas : d'abord un pour nous – on n'est jamais mieux servi que par soi-même–, avec une trentaine de petits pour une friture et un tas plus mince qu'on assigne aux grands-parents maternels. En gros, ne restent que les gros gardons, les perches et les brèmes, en un mot ce qu'il y a de plus difficilement mangeable dans le lot... La brème est faite d'une chair un peu molle, pas mauvaise, mais truffée d'arêtes mille fois plus fines que des aiguilles, un enfer... ; à l'inverse, la perche est plus ferme, assez goûteuse elle aussi, mais aux écailles si coriaces qu'on passe un temps infini à la préparer ; seul le gros gardon avec sa grosse arête centrale est acceptable, sans qu'il rivalise avec ses cadets de friture. Alors, papa s'en va taper et sonner aux portes des voisins qui n'en demandaient pas tant ! Et chacun de venir s'extasier devant la manne providentielle, de glorifier les capacités exceptionnelles du pêcheur, de remercier et de remercier encore, presque à outrance. Ce soir-là, on aurait pu mettre le drapeau de la victoire à la fenêtre, tout le monde aurait applaudi des deux mains ! Euh... non, d'une seule main : de l'autre, ils avaient les poissons.

Depuis cette presque tendre enfance, j'ai toujours participé à ces nombreuses journées de pêche, même si elles nécessitaient de lever l'ancre bien avant l'aurore..., des jours particuliers, hors du commun, des moments magiques que rien au monde ne m'aurait fait manquer. La pêche, c'est un peu comme un jour de Noël de juillet ou d'août fait de découvertes, d'émerveillement et de cadeaux enrubannés au pied des saules.

Quand je pris un an ou deux de plus, le rituel n'avait pas varié d'un pouce, de la préparation jusqu'au lieu de compétition. Exception faite pour la déambulation : j'avais un vélo, bien à moi, avec une vraie selle, un guidon à thermostat automatique froid le matin et brûlant le soir, et le grand-père ne nous accompagnait plus. Entretemps, je m'étais aguerri et expérimenté dans le domaine du lancer, du ferrage, du plombage, de l'enrobage de pâte, de la mise en place des lignes, des bas-de-lignes et, complication extrême pour mes yeux de taupe, celle des hameçons. Je n'ai plus mémoire du premier poisson qui m'a fait l'honneur et l'avantage de venir se suicider au bout de ma ligne. Un désespéré, sans doute, ou une âme pleine de compassion en récompense de ma patience et de ma passion. Je me souviens seulement m'être retrouvé soudain dans une situation nouvelle et mal gérée, une lamelle d'argent brillant au bout de mon fil. La poule venait de trouver, non plus le couteau auquel elle était accoutumée, mais un poisson. Heureusement, mon père vint à la rescousse en rigolant doucement dans la moustache qu'il n'avait pas. Il décrocha le poisson en moins de temps qu'il ne faut pour l'écrire et manifesta à mon égard sa satisfaction : « Eh bin voilà ! Tu vois, c'était pas si compliqué ! Tu m'en fais encore deux douzaines comme ça et tu seras champion ! » Mon père aimait bien dire champion[28]. À l'époque, on ne disait plus *bath* depuis des lustres et les mots *super*, *génial* ou *top* n'étaient pas encore à l'ordre du jour : on disait *champion*. *Sensass'* aussi, parfois.

À répéter coulées sur coulées, j'étais souvent exaspéré de devoir regarnir l'hameçon avec ces foutus appâts instables. Si la pâte du chef et le ver de vase donnaient des résultats assez surprenants, leur courte durée de vie au bout de ligne tournait à l'exaspération. L'asticot était plus robuste, mais chaque nouveau crochetage sur l'hameçon équivalait à une répulsion. Sans parler du temps infini que je passais pour accrocher ces trucs. Ah ! J'en ai bousillé des vers et explosé des asticots avant que je parvienne à m'en sortir à peu près correctement ! C'est sympa un asticot qui se liquéfie et se vide d'un coup dans vos mains, quand l'hameçon presque aussi gros que lui l'a mal piqué et le traverse de part en part ! C'est champion, tiens !

« Essaye au Mystic ! m'envoie mon père qui avait bien remarqué mon manège désenchanté, viens deux secondes, apporte ta ligne, je vais te faire voir comment on le met ! » Le Mystic, c'est une

---

[28] Le nom commun avait été détourné pour une utilisation en tant qu'adjectif : C'est champion !

espèce de colle rouge translucide en tube, c'est nouveau, ça vient de sortir comme disait Coluche, ça sent bon le vernis à ongles, ça enrobe aisément l'hameçon en donnant l'aspect d'un ver de vase. Et comme ça colle, ça tient ! Avec ce leurre génial, j'ai fait un carton plus d'une fois auprès des goujons, des gardons et des petites perches. J'en ai déduit aussitôt que ces espèces devaient être particulièrement miro ou terriblement affamées pour se laisser abuser à ce point ; que l'inventeur du produit mériterait que les pêcheurs reconnaissants lui fassent ériger une statue et établir près de chaque zone poissonneuse un espace de dévotion et de recueillement. Une initiative plus logique et moins onéreuse que d'envoyer les poissons chez l'ophtalmo.

Depuis les années 60, revers de la médaille, le produit-miracle attire une fois sur deux un nouveau venu des rivières, un glouton de première catégorie qui devient, non pas la hantise, mais la mauvaise surprise permanente des pêcheurs, le rôdeur sur lequel on n'aime pas tomber. Bref, une sorte de casse-pieds prêt à tout avaler, n'importe où, n'importe quand et n'importe comment, un nerveux qui semble dominer la placidité de ses compatriotes. C'est une espèce de poisson-chat de 5 à 10 centimètres, d'une laideur affichée, une tête triangulaire presque aussi grosse que le corps, une bouche évasée de silure moustaches incluses, des écailles piquantes et une arête dorsale particulièrement aiguisée. Un petit monstre qu'on appelle *gouine* faute de connaître le véritable nom. Mon père expliquait que c'était un mutant, un croisement de poisson-chat et de perche, un machin né dans les eaux près des centrales nucléaires. Je n'y ai jamais trop cru, sans jamais rien vérifier non plus. C'était le début d'une époque où tous ces trucs modernes et atomiques, évasifs mais déjà préoccupants, donnaient libre cours à tous les fantasmes et rumeurs du monde.

Quand vous avez une touche de folie, que le bouchon s'enfonce d'un coup sec[29] jusqu'à disparaître entièrement, qu'on a l'impression d'avoir un requin au bout, il y a de fortes chances que ce soit une foutue gouine[30] ! La première fois où j'en ai sorti une, je ne me suis pas méfié en la décrochant : quand je dis moche, c'est moche ! Et quand je dis coupant et aiguisé, une véritable lame de rasoir dressée sur le dos, les mots sont justes ! Par précaution, on décroche la bestiole entourée d'un chiffon. Pour finir la fête, la bestiole est totalement immangeable ! J'avais déjà vu mon père râler dans des « Ah ! Merde ! Encore une de ces cochonneries ! » quand il avait eu le malheur d'en ferrer une. Après décrochage, la scène se terminait

---

29 Un coup sec… dans l'eau ! Paradoxal mais amusant…

30 Impossible de nommer précisément ce poisson. Des plus connus, la perche goujonnière, le poisson-chat et la grémille en sont les plus approchants.

invariablement par une prise à pleine main suivie d'une violente projection au sol, voire d'une deuxième si ça bougeait encore... Splash final, explosion du mutant, ramassage du bout des doigts et balançage à la flotte. « Y'en a marre de ces saloperies, il y en a de plus en plus ! » Rouspétance paternelle et retour à la pêche ordinaire. Comme l'élève se doit d'imiter le maître, j'ai procédé de la même manière, pendant des années, systématiquement, à chaque gouine sortie de l'eau. On ne peut pas dire que l'action me procurait un plaisir particulier. Mais ces foutues bestioles signalées proliférantes imposaient en retour la signature uni-partite d'un traité de non-prolifération. Sans sentimentalisme aucun, seulement du radical sensé et de bon aloi. Jugement express et exécution sommaire, pas d'histoires ! Allez hop, circulez !

Les parties de pêche des années 60 naissantes sont aussi l'occasion de partager l'activité avec des amis ou d'y faire participer la famille entière, pique-nique de midi inclus et obligatoire. Pour les déplacements, plus de vélo : l'ère moderne s'envahit des Dauphine de chez Renault et des Aronde de chez Simca ! J'ai connu ces grandes journées au bord de l'eau, avec encore dans la tête des images-clichés style guinguette et insouciance de beaux dimanches au bord de l'eau, type Gabin et la Belle Équipe, genre new-populo un brin franchouillard, prolongation probable des nouveaux loisirs engendrés par le Front Populaire et ses rabâchés congés payés de 36, tenue béret et maillot de corps obligés pour les hommes, légères robes à fleurs et fichus pour les dames, short et casquette pour les garçons. Un poisson attrapé se fête à la grande bouteille de Villel-Délices ou de Pschitt-Citron qui s'évente et chauffe au fil de la journée. On parle de tout, de la pluie et du beau temps, on cherche du regard le marchand de glaces qui n'arrive pas, on passe le temps... Repos, décontraction, convivialité et bon temps pour tout le monde. J'aimais bien ces instants où on ne se cassait pas la tête, ces temps tranquilles où tous savaient que demain serait encore mieux qu'aujourd'hui.

Je pêche, pépère, essayant de lancer mon fil ici ou là-bas. En me déplaçant de quelques pas pour chercher un peu d'ombre, je me retrouve... Eh oui, exactement là où... Déconnexion temporelle provisoire, mise en standby de la zone cerveau-pêche, bascule et allumage instantané de la zone souvenir. J'ai 9 ans, je pêche, enfin... j'essaie. Après plusieurs heures, l'ennui me gagne. À cet âge-là, un gamin a besoin de nouveauté, de mouvement, faut que ça bouge, le statique est synonyme de déprime par désœuvrement. Alors, j'inspecte la berge, les plantes sauvages, les feuilles, les insectes qui s'y baladent, les libellules qui les frôlent... J'essaie de mieux discerner une bande de bébés-poissons sous les premières petites herbes immergées.

« Reste pas trop au bord comme ça ! Si tu te fous la tête à l'eau, j'irai pas te chercher ! » Tiens, j'ai déjà entendu ça... Comme dans un rêve, la remontrance préventive du père passe par une oreille et ressort par l'autre. C'est vrai que le bord ressemble à de la tourbe noire et n'a pas l'air très stable. Pour vérifier, je saute plusieurs fois sur place. C'est mou, ça bouge et ça fait des petites vagues demi-rondes dans l'eau ! C'est marrant, à croire que l'eau s'est infiltrée en-dessous pour que ça trempoline comme ça ! Je réitère, c'est rigolo... Toutefois moyennement rigolo : en un quart de seconde, je glisse, et après un énorme plouf, je me retrouve dans la flotte jusqu'au cou ! Je n'ai rien vu venir ! Dans la chute, j'ai réussi d'une main – on ne sait comment – à agripper une énorme touffe d'herbe qui me tient la tête hors de l'eau. Sensation de très mal-à-l'aise assortie de trouille tétanisante : je ne peux pas remonter ! Je crois voir mon père se précipiter, m'arracher par le col et un bras, je ne sais plus très bien... De retour sur la berge, assis et dégoulinant de partout la vase et la flotte, j'ai dû me faire copieusement incendier, c'est certain. L'espace d'une minute, je ne sais plus ce qui s'est dit et ce qui s'est fait. L'émotion passée, je réalise enfin dans quel pétrin je me suis fourré. Pourtant, ma situation de penaud tourne rapidement à celle d'humilié : mon père me demande que je me déshabille, vite, et oui, complètement... devant tout le monde, allez hop ! Honte assurée, je m'exécute et me retrouve nu comme un ver et grelotant comme une feuille. Mon père me couvre d'un grand imperméable et m'ordonne d'aller m'assoir sous les arbres, de rester là et de lui foutre la paix cinq minutes. Les branches basses des taillis se décorent de mes vêtements alignés pour séchage. Si j'avais pu trouver un trou de souris, je m'y serais glissé, rabaissé comme j'étais... Dans mon coin, je devais avoir l'air d'un sacré pêcheur du dimanche ! S'ils avaient tout suivi, les poissons devaient se marrer comme des baleines et se faire un malin plaisir de transmettre l'histoire de génération en génération !

Le temps avait passé. Je revenais souvent, seul ou accompagné d'un ami, pour une énième pêche aux étangs ou dans l'Essonne, à Vert-le-Petit, Echarcon ou Fontenay-le-Vicomte pour ne citer que les meilleurs lieux de la région proche. À chaque fois des paquets de poissons au fond des bourriches ; une fois et une seule un brochet pas bien gros qui avait fini, comme on me l'avait précisément illustré, avec un bon coup de ferraille sur le museau pour bien montrer qui était le maître dans l'affaire... La liste est trop longue, abrégeons-là. Mais ce temps qui passait apportait de plus en plus fréquemment son lot de misères écologiques. Diverses pollutions insidieuses commençaient à tuer doucement les rivières ; le poisson, pas fou, devenait de plus en plus rare. Je ne sais pas si d'autres cours d'eau ont subi le même sort avec plus ou moins de violence. Je ne sais pas aujourd'hui si l'Allier tumultueux, avec ses innombrables trous d'eau, compte autant de hordes de hotus qu'il y a cinquante ans, époque où une bestiole s'accrochait à l'hameçon toutes les cinq minutes, hotus amusants à ferrer mais tellement immangeables qu'ils étaient mis d'office à la poubelle après le passage de l'appareil photo, un autre impérieux moyen d'immortaliser sur papier glacé le traditionnel tableau de groupe pêcheur-pêchés. Je ne sais pas si les truites du Lot et de la Cère ont conservé le même attrait pour les mouches et les petites sauterelles comme on leur proposait en ces temps-là. Je ne sais pas si la Meurthe voit toujours défiler des chevesnes longs comme le bras, comme celui qu'avait pris papa dans les années 60, chevesne furieux et bondissant : sur la berge, après que mon père l'ait chopé par la queue, le chevesne avait accompli un dernier tour de piste de 180° dans les airs, et tel un fléau qui s'abat, avait fini ses jours la tête fracassée contre les pierres du rivage… Meurtre en Meurthe.

Un pêcheur au bord de l'eau, abrité sous son chapeau, est heureux et trouve la vie belle.

Tandis que flotte son bouchon, il sifflote une chanson, lalala lala lalalala[31]…

[31] Extrait de la chanson *Le pêcheur* interprétée par Bourvil, 1949.

ACTE III

Scènes d'enfants

Depuis ma plus petite et tendre enfance, j'emboîte le pas de mon père, par mimétisme, par reproduction bête et simple des choses qui se font et de celles qui ne se font pas. Je suis baigné dans une aura chasse-pêche paternelle sans en avoir ouvertement conscience. Aussi loin que ma mémoire puisse remonter, je garde l'image d'un père travailleur la semaine et jardinier-chasseur-pêcheur dès qu'un temps libre le lui permet. Dans son jardin, il se balade souvent la carabine à la main. Le jardin du grand-père paternel, contigu au sien et qui communique par une simple brèche dans le mur, augmente la surface de terrain pour les déambulations avec la 9mm sous le bras. Sur une surface totale de quelques 4000 mètres carrés, flanqués d'un nombre impressionnant d'arbres fruitiers (pommiers, poiriers, cerisiers et pruniers divers, pêchers, cognassier, noisetiers, noyers, soixante ares de vigne), entretenus au cordeau et plantés de tous les légumes possibles et imaginables, ornés çà et là de massifs de fleurs, les deux jardins attirent inévitablement la petite faune locale. D'où la présence de la carabine et ses deux fonctions : protéger le jardin des intrus et poursuivre passion de tir et passion de chasse au sein même du domaine familial !

Dans ces conditions, que voulez-vous qu'on m'offrît pour Noël, par exemple, dès mes cinq ans sonnés ? Une carabine à flèches, évidemment ! Et de quoi fut accompagné le cadeau ? D'un tir aux pigeons, un tourniquet sur trépied avec trois pigeons en bois peint ! Suivant la même logique, quand viser et tirer sur les images devint rapidement lassant et inintéressant, les flèches aux embouts caoutchoutés furent destinées aux mouches, guêpes, fourmis ou papillons du jardin ! Une vraie cible mouvante et vivante, c'est tout de même plus excitant et jouissif qu'un bazar inerte toujours à la même place ! Par la même occasion, ça permet aussi de tuer et de voir ce que ça fait de tuer. Du tir aux pigeons mécanique, on peut uniquement tester son habileté. Du tir réel, fût-il à flèches, on teste sa propension à la domination, celle qui tend à l'infaillibilité sur les choses et les êtres. Tirer, c'est être maître de soi ; atteindre et tuer, c'est être maître des autres. Quand on est petit, ces choses-là ne sont ni analysées ni décryptées d'une manière aussi nette. Mais on en ressent déjà intérieurement les certitudes, sans vraiment pouvoir les comprendre et les formuler…

La carabine à flèches permet aussi de jouer avec les copains aux cow-boys et aux indiens, grand classique des jeux d'après-guerre. Parce que le copain, parfois, a aussi sa carabine à flèches ! Ce qui ne fait qu'augmenter d'un cran la compétition, avec le désir d'affiner jour après jour sa propre maîtrise de « l'arme ». Une surenchère permanente, une recherche de la maîtrise de soi dans le but de maîtriser l'autre…. du moins, quand on est gamin, à être plus fort que le copain. Et, dans la mesure du possible, être reconnu comme tel !

Des cadeaux de ces années d'enfance, entre un album de Tintin et une boîte de crayons de couleurs, je reçus une superbe panoplie de cow-boy, suite logique des choses engagées qui venait combler mon désir : superbe chapeau de feutre rouge bordé de jaune, gilet imitation cuir, manchettes en carton bouilli rouge et or, ceinturon-cartouchière avec étui à révolver et… le colt, évidemment, un colt en métal chromé, canon à bascule et barillet à amorces ! Un rêve ! À la réflexion, une copie de Stetson rouge, pas de veste, les bottes en caoutchouc de tous les jours et, pour clore le tout, le cow-boy en short, ce n'était sûrement pas du meilleur goût ni du style copie conforme des originaux de l'Ouest américain ! Qu'importe, j'étais le roi du monde… Ce révolver était fantastique, le plus réussi et le plus attrayant de l'ensemble porté. Je trouvais pourtant la crosse imitation bois un peu kitch, pas vraiment réaliste, avec ses dessins d'ornement cucul-la-praline. En revanche, tirer avec des amorces avec de la vraie poudre dedans relevait du rêve et du génie. Et ça faisait du bruit et de la fumée quand on tirait ! Comble du délire et de l'extase, après chaque coup le barillet tournait tout seul, comme les vrais revolvers ! On pouvait aussi s'exercer à dégainer à la vitesse de l'éclair, à faire tourner plusieurs fois l'arme autour de son index et à la reposer dans la gaine sans même y jeter un œil ! J'en ai cramé des paquets d'amorces, j'en ai fait péter jusqu'à plus soif ! Tant et si bien que les parents étaient mis bien souvent à contribution pour un réapprovisionnement urgent en munitions ! En plus, la fumée ça sentait super-bon ! Par contre, côté canon, il ne sortait rien, seul ennui d'une arme factice… J'étais une fois de plus le maître de mon univers, c'est certain, mais de mon univers seulement… Les indiens et les piafs du quartier pouvaient dormir tranquillement sur leurs deux oreilles.

Quand le colt donna des signes de fatigue prononcée, quand mère et grands-mères en eurent marre d'aller acheter des paquets d'amorces, le rêve de conquérant armé s'acheva dans la mélancolie, comme une page qui se tourne, comme une fin annoncée, image d'un cavalier solitaire qui s'en va au loin vers le soleil couchant, le devoir accompli. Moi, j'avais même pas de cheval. Et mon colt était mort.

Je ne suis pas longtemps resté désarmé, au sens propre du terme comme au figuré. Ma grand-mère maternelle, Lucienne de son prénom, toujours prête à ouvrir son cœur autant que son porte-monnaie pour faire plaisir aux petits-enfants, s'était empressée de remplacer le jouet défaillant par un modèle beaucoup plus rutilant. Cette fois, les amorces ne se présentaient plus sous forme de cercle à placer devant le barillet, mais s'étalaient sur un rouleau de papier à loger au-dessous. Hormis la mécanique bien conçue qui faisait monter la bande cran par cran à chaque percussion, je m'aperçus très vite que le barillet ne tournait pas du tout comme ceux des cow-boys, que la bande d'amorces brulées sortait comme un ticket de caisse enregistreuse sur le haut du révolver et que les dessins de la crosse étaient encore plus tartes que mon précédent pistolet ! Le nouveau était dix fois moins crédible que l'ancien ! Et d'autant moins que le colt six coups traditionnel venait de se métamorphoser en modèle à répétitions soixante coups ! Les grands-mères c'est gentil, c'est compétent en confitures et en gâteaux, mais ça ne connaît strictement rien aux armes à feu du far-west !

Les jeux des gamins ne se cantonnaient pas aux démonstrations de fureur envers les Cheyennes ou les Apaches du coin : le cow-boy du jour n'hésitait pas à ranger son artillerie pour s'emplumer en tenant le rôle du Comanche le lendemain. Les indiens de chez nous étaient des vrais indiens, pas de ceux qui s'enivrent à l'eau-de-feu et qui acquièrent une Winchester au traître long-couteau, non. Le vrai indien se doit d'avoir des armes blanches d'indien faites par l'indien lui-même, comme pour de vrai. Aller acheter un arc et des flèches à la boutique du bourg voisin n'a aucun sens, c'est une solution de facilité indigne, honteuse et proprement scandaleuse qui confine au sacrilège ! Suivant ces impérieuses obligations, j'en ai coupé et recoupé des branches de tous bois pour confectionner le meilleur arc possible : noisetier, frêne, hêtre, acacia et même sureau, j'ai tout testé et tout tenté, y compris les ficelles de toutes sortes en guise de corde, de la ficelle à rôti à la ficelle de moissonneuse-batteuse en passant par le fil de fer et le fil en nylon dans la boîte à pêche de mon père ! J'en ai coupé des rejets de noisetier et de lilas pour tailler les meilleures flèches aussi rectilignes que possible ! J'en ai ramassé des plumes de poule dans la basse-cour du grand-père, pour réaliser après découpe un montage efficace sur l'empennage en croisillon à un bout de la flèche. Après des dizaines d'essais tous azimuts, j'étais parvenu à des résultats fort concluants. Je fignolais et lestais les pointes de flèches, je vérifiais la qualité des trajectoires, rectifiais ou mettais au rebut. Deux ou trois essais de tirs à la verticale concluaient le travail. Pour voir si ça va droit et si ça va haut. Pour voir si ça va épater les copains. Compétition et maîtrise, toujours !

Arc et flèches, pour un indien, c'est insuffisant pour coller à l'image complète du guerrier. Il manque le tomahawk, le poignard et la lance. Alors, je me remets à l'ouvrage. Je confectionne périodiquement chacune de ces armes, en bois, obligatoirement. Obligatoirement, parce que je me débrouille assez bien pour travailler cette matière, que mon grand-père m'autorise – sous surveillance ! – à utiliser ses outils, me guidant et m'instruisant sur les manières de procéder. Le métal, pointes de flèches ou de lance, j'ai abandonné l'idée : pas d'outillage pour travailler le métal, mais surtout trop dangereux pour des jeux entre copains, j'en ai pleinement conscience… En conséquence, la hache de guerre et le grand poignard sont faits en bois. Ma boîte de gouaches enjolive le tout. Suffisant pour jouer à l'indien ! Sauf quand il pleut, tout se détrempe, on en a plein les mains ! Inconvénient que ni Cochise ni Geronimo n'avaient prévu !

Aux beaux temps des jeudis après-midi, la petite armée du village se retrouve pour de nouvelles batailles, chez Jean-Pierre, Jacques, Paul ou un autre ; quelquefois dans un champ, dans un pré (c'est bien, les prés avec les vaches, c'est les grandes plaines avec nos troupeaux de bisons à nous !), le plus souvent dans un bois. Le bois et ses pénombres, sa végétation, ses caches : une ambiance propice aux poursuites, aux guet-apens, aux surprises de toutes sortes et aux inventions les plus folles ; un cadre idéal pour de sains amusements, avec construction de cabanes ou de simili-tepees de branchages. Les plus grands d'entre nous affectionnent particulièrement les cabanes, ils racontent que les filles vont pouvoir y venir et que ça va être drôlement bien ! Et ça rigole sacrément. Moi, je ne comprends pas pourquoi… Il n'y a rien de drôle, c'est une cabane pour les cow-boys et les indiens ! Qu'est-ce que les filles viendraient nous embêter là ?! Si ma grand-mère n'y connaît déjà rien en révolver, je ne vois vraiment pas ce qu'une gourdoche et nunuche de fille pourrait venir faire là ! La vaisselle ? Le ménage ?

Un tel terrain de jeux donne libre cours à l'imaginaire et au fantastique. De plus, à chaque pas, cette nature offre à nos cinq sens mille merveilles : découvrir, parmi les feuilles mortes ou le lierre rampant, des brassées de violettes, des anémones sylvie en tapis étoilé, les clochettes suspendues aux tiges arquées du sceau de Salomon, de timides fraises des bois en été et de drôles de champignons en automne ; au-dessus des effluves d'humus envahissants, respirer le parfum d'une jonquille ; écouter le bruissement des feuilles sous les coulis de brise, les froissements d'ailes d'oiseaux effarouchés ou les frottements d'un lapin qui détale ; goûter, en grinçant des dents, une merise acide ou une prunelle verte ; prendre à bras-le-corps un chêne quinze fois plus âgé que vous… Une parenthèse dans les jeux de gamins, un point de suspension dans la récréation du jour… Souvenirs ineffables et lueurs éternelles que l'esprit à jamais ne pourra effacer.

Les pauses dans les jeux font quelquefois l'objet d'innovations guère... recommandables, voire imbéciles, mais dictées par la trouvaille de génie et mises en œuvre sur l'instant par les meilleurs chenapans, adorateurs de l'ânerie pure et fanatiques de l'interdit. Pour exemple, ce jour où le plus bel illuminé d'entre nous se met à couper des petits bouts de lianes sèches, à les distribuer à la troupe assise en rond, à nous proposer de les porter à la bouche et... à en allumer chaque extrémité ! Impossible de refuser, la curiosité et le risque de passer pour un dégonflé l'emportent. Le diable vient d'inventer la cigarette des bois, la clope de Tarzan, gratuite, source inépuisable dans cette jungle, un grand pied-de-nez à la mercantile Régie Française ! Pour fumer, ça fume ! Pour tousser, ça tousse ! Pour cracher, ça crache ! Après la guerre, l'usage veut qu'on fume ensemble le calumet de la paix ! Ce jour-là, la coutume fut bien respectée. Les poumons beaucoup moins.

Un autre jour de liesse générale et boisée, le même meneur, type manitou reconnu et auto-proclamé qui n'est pas à une sottise près, fomente un complot visant l'éternel souffre-douleur de la tribu. Mise à exécution immédiate du plan : le gars se retrouve ligoté à un arbre, le pantalon et le reste sur les chevilles ! Marrade générale, danse du scalp autour de l'arbre, moqueries et rires sans fin. « Allez, on te laisse, salut ! On va dire aux filles que tu es là ! » Et les forbans de laisser le prisonnier à son triste sort. « Eh, Paul, fais gaffe tout de même aux bestioles qui vont venir grimper pour te manger la zouquette ! Hahahaha ! » On a laissé poireauter Paul et son popaul deux bonnes heures dans cette situation peu enviable. Les fourmis rouges ne sont pas venues, les loups encore moins et les filles non plus, évidemment !

Quand les temps tournent au gris et à la pluie, des lieux plus abrités s'imposent. Je me souviens de ce jour où nous avons improvisé une compétition de tir à l'arc. Au sec sous le toit de tôle d'un grand hangar agricole, chacun vise tour à tour un ballot de paille à une quinzaine de mètres, avec pour objectif d'y planter les flèches plein centre. Mon arc et mes flèches sont d'une parfaite efficacité, mes tirs atteignent leur but à chaque coup, aussi imparables que ceux de mon père à la chasse. La cible mal définie et mon incontestable domination donnent naissance à des revendications puis à un conflit entre tireurs : l'objectif est jugé trop large et trop simple à atteindre. Sous son hangar, Paul – un second Paul de la troupe – vient sous mon nez me narguer, m'asticoter, me mettre les nerfs en boule et me défier en brandissant une vieille boîte en fer blanc : « Tiens, vas-y, ça c'est la cible maintenant, puisque tu es si fort ! » Et il s'en va placer la boîte près du ballot. Sa main l'a à peine posée que je décoche une flèche direction la gamelle. Mon orgueil blessé tenait sa vengeance : la gamelle allait sauter dans la seconde, l'affront serait lavé et mon adresse définitivement reconnue de tous. Ennui de taille et de dernière seconde : la boîte n'a pas bougé pas d'un pouce, j'ai vu dans un éclair la flèche légèrement dévier. Paul porte les mains à son visage en hurlant et tombe à genoux dans la paille ! Horreur totale ! Que faire ? Les copains crient, s'agitent, courent vers Paul. Je laisse tomber mon arc, je m'avance aussi, inquiet, à pas comptés, pas convaincu d'une belle réussite… Non, Paul fait ça pour me faire peur, c'est sûr… Je dois pourtant me rendre à l'évidence : du sang ruisselle de ses mains, il grimace, sa respiration se coupe par instants. Mais qu'est-ce que j'ai fait, qu'est-ce que j'ai fait !? Ce que j'ai fait, c'est lui exploser une arcade sourcilière, à deux centimètres de l'œil ! Une sacrée belle performance ! Les copains le soutiennent et l'accompagnent chez lui à pas pressés. Paul me gueule dessus, peste et injurie, me passe par tous les noms d'oiseaux. Je me suis retrouvé seul, je n'ai pas osé l'accompagner jusqu'au bout. J'avais déjà tous les copains à dos, je n'ai eu guère envie de recevoir en prime les remontrances hargneuses et l'engueulade tonitruante de sa mère peu commode… Triste fin de compétition, orgueil blessé, Paul blessé… Il y avait du brouillard dans ma tête. Le haut-fait espéré ne fut qu'un présent imparfait. Et pour mon vieux copain Paul, un futur immédiat avec points de suture de surcroît… Sur le chemin de retour à la maison, roi défait, j'envoie rageusement aux quatre vents valdinguer les flèches de mon arc déchu.

Quelques mois passent et le temps gomme peu à peu les cicatrices de Paul et les effets de mon ancienne défaite. Opiniâtre à la limite du têtu, j'ai remis en chantier la fabrication de nouvelles flèches et repris un entraînement intensif jusqu'à obtention de la perfection. Et avec le temps, à la fois Œil-de-Faucon dans la balistique et Manitas de Plata dans les effets de corde, j'y tends. Véritable réincarnation de l'insurpassable Guillaume Tell, je suis persuadé que, cette fois-ci, la maîtrise et l'exploit sont bien pour ma pomme. J'oubliais cependant qu'au cœur de certaines pommes, vivent cachés des vers qui les minent…

Quand j'invite mon copain Jean-Claude, mon voisin mitoyen, à venir partager quelque jeu, il est toujours partant. Et on joue, je ne sais plus à quoi, on passe un bout d'après-midi ensemble. Et, à un moment, l'arc de revenir sur le devant de la scène. Essais, visées, tirs, envois de flèches en l'air ou un peu partout, bref… Me vient l'idée fantastique de lui envoyer une flèche, puis deux, puis trois, au ras de ses pieds, pour le faire danser dans l'herbe comme le font les cow-boys avec leurs six-coups. C'est marrant deux secondes, Jean-Claude rigole, je jubile ; à chaque fois, les flèches se plantent à deux centimètres de ses chaussures ! Mais ça ne me suffit pas : je lui demande de rester bras ballants, les jambes écartées pour que puisse y passer une flèche sans rien toucher. Une fois, deux fois, la flèche file à chaque tir comme une fusée entre ses pattes. Je décide de faire monter les enchères (qu'est-ce qu'on peut faire comme conneries quand on est gosse !) en lui demandant de tenir une boîte en carton dans sa main. Une flèche rapidement décochée traverse le carton plein centre ! Et une seconde, et une troisième, avec le même succès ! Jean-Claude, le porte-cible consentant, n'émet aucune réticence, il s'amuse autant que moi ! Comme ça devient monotone, je monte la difficulté d'un cran…

« J'suis sûr que t'es pas cap' de mettre le carton sur ta tête ! » Manque de bol, le copain accepte en rigolant comme un bossu et se coiffe du carton en faisant le clown.

– Déconne pas, fais gaffe quand même ! » me dit-il avec le seul brin d'appréhension formulé depuis le début des opérations.

Je ne sais plus ce que j'ai bricolé à ce moment-là, où et quand j'ai un peu merdouillé. Je crois que la corde tendue qui retenait la flèche m'a glissé trop rapidement des doigts : à une allure vertigineuse, la flèche est partie vers sa tête. Je n'ai pas eu le temps de voir où elle avait tapé. Comme pour l'accident de Paul, les mêmes sensations m'agrippent le corps et me vrillent le cerveau, un coup de tonnerre intérieur de peur et d'angoisse. Jean-Claude se tient le visage à deux mains, un filet de sang coule sur sa joue. Tétanisé, il faut se rendre à l'évidence, je viens de refaire la même connerie, l'erreur de débutant, l'accident bête, le… Quel con ! Mais quel con je fais ! La flèche a tapé dans la pommette, un trou, une petite plaie, une fois de plus à deux centimètres de l'œil… De la chance dans mon malheur. Mille excuses auprès de ma cible d'infortune ne solutionnent rien. J'appelle d'urgence ma mère qui comprend vite l'ânerie faite, visionne l'étendue des dégâts, court dans sa pharmacie chercher le nécessaire de soins. En retournant dans ses pénates avec un joli pansement, Jean-Claude m'envoie de biais un dernier œil noir zébré d'éclairs. Je n'ai pas vu venir le second orage, foudroyant coup de tonnerre maternel, formidable volée méritée[32]. À la volée de flèches succédait la volée de baffes. Honnêtement, je ne l'avais pas volée !

Expérience malheureuse, une de plus, qui montre bien que dans la vie, une seule ne suffit pas pour dissoudre la suffisance. Deux fois, c'est largement suffisant et cette fois, juré, ça suffit ! Après une nuit qui a suffi à porter conseil, j'ai été chercher mon arc de triomphe fait avec soin et amour, et je l'ai bandé à l'excès jusqu'à ce qu'il crie grâce. Quand le bois s'est plié sous ma rage en cédant définitivement dans un craquement de toutes ses fibres, son destin fut plié aussi pour le compte.

Les jeux changent, les modes aussi. On passait du western classique à la nouvelle mode lancée par Davy Crockett, le fameux trappeur qui n'a peur de rien, un nouvel archétype de la bravoure,

---

32 Adjectif volontairement employé : étymologiquement, le mot formidable signifie qui frappe comme la foudre !

de la castagne avec les méchants, du tir à la carabine sur la faune quand tout était rose, du flingage sur l'humain quand tout était noir, du coup de poignard dans le ventre de l'ours quand il fallait se défendre ou du coup de fusil dans le castor quand il fallait lui voler sa peau. Une vie exemplaire, en fait, mise en exergue par force publications imagées et disneyades récemment sorties sur grand écran à grands renforts de publicité. J'ai donc eu droit, sur mes demandes réitérées et insistantes, à ma toque de Davy Crockett, en superbe peau de renard véritable, s'il vous plaît ! La famille complaisante assortit même la coiffe d'une espèce de veste-gilet couleur peau avec les franges sous les manches, comme le vrai, et d'une carabine à amorces ! Bon, quand on ne voyait que le haut du nouveau trappeur et sa toque, l'illusion était parfaite. Mais plus on descendait les yeux pour détailler la tenue, plus on s'éloignait de l'image du héros. En culotte courte et carabine en plastique marron à la main, comme on dit, ça la fout vraiment mal ! En plus, Davy Crockett avec des lunettes, ce n'est plus crédible pour deux ronds !

Cette mode éphémère tourne court rapidement, remplacée aussitôt par une autre, retour en force d'une arme venue d'un autre siècle : le lance-pierre. En un temps record, tous les gamins se mettent à fabriquer leur lance-pierre et, comme de juste et comme de par le fait[33], je me suis ingénié à faire le mien en ayant pris soin au préalable de bien voir comment s'y étaient pris les autres. Choix et taille d'une belle branche en fourche la plus résistante possible, appel au secours auprès de la grand-mère pour qu'elle consente à se séparer de quelques gros élastiques rouges de ses bocaux, nouvel appel de détresse auprès du grand-père pour qu'il m'aide à me procurer un morceau de cuir costaud. Après bien de mauvaises surprises et de complications dans le montage de l'engin, mon lance-pierre est enfin prêt. Un essai, un autre, ça donne l'impression de fonctionner correctement. De quoi projeter de mauvais coups !

Les jeudis suivants, on se retrouve tous, armes en poches. Comme la vie est un éternel recommencement, les premiers essais collectifs sont simplement axés sur la compétition, savoir à qui reviendra la palme d'avoir dégringolé la gamelle placée à dix mètres avec son pi-gaule[34]. Puis le jeu déplace ses objectifs pour se tourner vers l'aléatoire des choses qui passent par la tête : concours à celui

[33] Deux expressions rurales un peu vieillottes qu'utilisait encore mon grand-père, sortes d'exclamations d'approbation qu'on entendait souvent dans les dialogues.

[34] C'est le nom qu'on donnait à cette sorte de fronde. Qui avait inventé ce nom-là ? Mystère. Le préfixe devait provenir du mot pierre et le suffixe de l'action de gauler les noix, par extension faire dégringoler quelque chose… Une variante, le lance-gaule, n'a connu qu'une utilisation éphémère.

qui enverra une pierre le plus haut ou le plus loin, concours à qui parviendra à envoyer sa pierre par-dessus une maison sans la toucher, concours entrecoupés de tirs récréatifs dans les fesses du copain, tirs sur les ampoules électriques en haut des poteaux, tirs dans les hautes ouvertures des abat-son du clocher[35] ou sur le coq piqué sur son épi, épreuves qui débordent dans le plus grand débridé des grands n'importe quoi.

Bref, c'était une époque où il pleuvait pas mal de cailloux sur le village, les tuiles et les ardoises s'en souviennent ; certains vitraux de l'église aussi au grand dam du curé étonné de découvrir la Sainte Vierge avec un trou de lumière dans son auréole ! Et comme toujours, les cibles immobiles perdent rapidement leur intérêt et le collectif pi-gaulien s'attaque au mobile, au courant, au volant. C'est bien plus drôle, évidemment ! Les premiers chats ou chiens rencontrés en font vite les frais, détalant au bruit des détentes d'élastiques, redoublant de vitesse quand le caillou leur passe au ras des moustaches ! Plus proche de la chasse et de l'affût, nous sommes deux ou trois sous un arbre, immobiles et silencieux dans l'attente d'une pose de piaf sur une branche. Une aussi petite cible aussi haut perchée ne court pas grand risque. Mais bien que ce jeu soit une loterie très défavorable au tireur, il suffit d'une fois et on décroche le gros lot : plus on achète de tickets, plus on multiplie les chances de gagner ; donc plus on tire de pierres, plus la probabilité de dégommer le piaf augmente. Ce fut le cas une seule fois et une seule, unique coup de bol pour mon copain Jacques et manque de pot total pour le piaf ce jour-là... Après cet exploit irréalisable, Jacques fut longtemps reconnu par la troupe comme le pi-gaule le plus adroit du village !

Comme pour le tir à l'arc, j'étais loin de me voir relégué en queue du classement officiel de tir au lance-pierre communal. Un jour où nous officiions sous des arbres, près des dernières maisons du village, lance-pierre toujours à portée de main, le grand Jojo commença ses âneries et ses agaceries auprès de chacun de nous, successivement. Provocations gratuites, chahut et bousculades, petits coups de poing çà et là pour narguer, titiller et chercher l'affrontement. Les petites bagarres, quand elles restent gentillettes et sans grande méchanceté, étaient monnaie courante entre petits brigands de notre espèce. Amusant quelquefois, mais le Jojo du moment commençait à sacrément dépasser les bornes couramment admises. Quand il sortit son lance-pierre et m'envoya sur-le-champ un caillou dans les pattes, je n'ai pas franchement apprécié. Quand il a fait

[35] Le jeu consistait à envoyer une pierre dans la cloche pour la faire tinter ! Personne n'y est jamais parvenu !

mine d'en tirer un second en choisissant sa prochaine victime au hasard, plus personne n'a rigolé.

« C'est bon, Jojo, stop ! Arrête ton char Ben-Hur, on a compris ! Tu commences à nous faire braire avec ton pi-gaule à la noix ! » lui lança l'un d'entre nous. En seule réponse, je reçus un deuxième gravier bien piquant dans l'autre jambe. L'ultimatum donné et non respecté imposait la réaction immédiate de la coalition sauvagement agressée. Devant tous les lance-pierres qui sortent des poches en même temps, Jojo prend ses jambes à son cou pour se réfugier trente mètres plus loin chez ses parents. Un ou deux copains tentent mollement le tir d'un caillou sur le fuyard. Inutile de tirer encore, Jojo est entré en refermant bien vite la porte derrière lui. On l'aperçoit, derrière la fenêtre, continuer son œuvre inachevée : grimaces, doigt et bras d'honneur, pied-de-nez et autres provocations mimées.

Une minute passe. La porte s'ouvre et timidement, Jojo revient sur le seuil et crie, les mains en porte-voix : « Alors, bande de dégonflés, allez-y, tirez si vous êtes des hommes ! Bande de mauviettes ! Rigolos pleins de poils ! » Il finit à peine sa phrase que j'ai déjà armé l'élastique de mon lance-pierres. Je suis sûr de mon coup. Je prends mon temps, j'appuie mon coude gauche sur le tronc d'un tilleul pour assurer une stabilité maximale, je dose, je rectifie d'un cheveu la trajectoire visualisée et j'envoie ! Tant pis pour lui !

De l'endroit où nous sommes, on entend *ting*, c'est tout. Jojo est toujours debout. Il tourne la tête pour regarder le petit trou tout rond que je viens de faire dans un carreau ! La vache, quelle erreur de ma part ! Pourtant, j'étais bien certain de... Ouhlala, je crains que ça barde sous peu, faut pas rester là ! Tous les copains sont déjà partis en courant se planquer dans tous les coins possibles. Quand je vois le père de Jojo qui sort à son tour en enfilant promptement sa veste, je sens que décamper au plus pressé devient vital pour mon matricule !..., parce que le bon Jojo, cafteur de première, s'est empressé de balancer le nom du fautif responsable ! Derrière mon tilleul, je vois le père de Jojo enfourcher son vélo et partir précipitamment. Il ne va pas chercher les flics, tout de même !? Je prends le chemin de retour à la maison. En arrivant, je vois devant la porte un vélo inconnu. À qui peut être ce... Nom d'une pipe ! Le vélo du père de Jojo ! Machine arrière toute ! Je m'extrais de la zone dangereuse pour me mettre aux aguets et attendre le départ du bonhomme. Courageux, mais pas précisément d'une témérité affichée ! Il y a de la chasse à l'homme dans l'air !

Je me suis fait incendier façon première classe, avec calottes redoublées, menaces de punition tous azimuts, remontrances à gogo, retombées de giroflées à cinq feuilles, leçon de morale à la clef et tout le saint frusquin habituel. « Tiens-toi le pour dit ! À partir de maintenant, t'as intérêt à te tenir à carreau ! » conclut péremptoirement mon père excédé. L'orage était passé. Je trouvais très à-propos le mot carreau involontairement lâché vachement en adéquation avec les faits reprochés. Il est vrai que se tenir à carreau ne signifie nullement aller y faire un trou en le déglinguant au lance-pierre. Du remontage de bretelles, ce fut le seul truc rigolo[36] !

Des cadeaux reçus à l'occasion des événements annuels, Noël, Pâques ou anniversaire, je ne sais plus trop, la tente d'indien fut incontournable, accompagnée d'un tomahawk en plastique mou et d'une coiffure type chef indien à deux balles, avec des plumes vert pomme, bleu ciel et rose bonbon ! Du grand n'importe quoi, ridicule à souhait ! La tente elle-même était décorée de motifs irréalistes plus nouilles les uns que les autres ! Des trucs pour bébés ou pour demeurés, peut-être… Et encore ! Le réalisme minimum manquait au rendez-vous. Cadeau raté, cadeau vite délaissé.

En revanche, pour mes douze ans, la surprise est de taille quand je reçois une carabine à air comprimé, avec des vrais plombs à mettre dedans ! Là oui, on sort du jouet, on tape dans le sérieux, dans le truc d'homme ! Mon père aussi impatient que moi m'explique rapidement le fonctionnement de l'engin : plier complètement le canon pour faire entrer l'air et le compresser, introduire le plomb correctement sans précipitation, rabattre et cliquer le canon dans sa position initiale. Enfantin. On va dans le jardin faire quelques essais. Ah, dommage, ce n'est pas très bruyant, ça fait seulement un bruit entre le *chtomp* et le *kumpf*, on est loin des détonations d'armes à feu habituelles ! Je me raisonne, il n'y a pas non plus de feu dedans… et puis c'est d'une plus grande discrétion. Par contre, il y a le feu pour continuer la partie engagée. Impossible de s'arrêter en si bon chemin ! Et de tirer plomb sur plomb sur une vraie cible en carton noir et rouge que papa a été poser à quelques mètres.

« Allez, amuse-toi et surtout fais bien attention ! » Voilà les derniers mots de mon père qui, après mille autres recommandations de prudence, me laisse seul avec l'engin sous le bras. Fier comme un p'tit banc[37], j'avais enfin une arme sérieuse, une vraie, comme les grands, presque comme John Wayne, comme Davy Crockett, comme papa.

J'ai deux boîtes de plombs, bondées de ces mini-projectiles, les diabolos en forme de bouchons de champagne, les autres semblables à des petits obus, tous avec une cavité concave arrière qui permet à l'air libéré de mieux les pousser hors du canon. De quoi tirer un nombre incalculable de fois[38] ou de tenir un véritable siège !

---

36 Se faire remonter les bretelles, expression équivalente à : se faire appeler Arthur, en prendre pour son grade, se faire chanter Ramona, se faire assaisonner, se faire sonner les cloches, se faire agonir, entendre parler du pays,…

37 Amusante expression paternelle couramment employée.

38 Incalculable n'est pas le mot juste, puisque chaque boîte contenait 500 plombs, c'était écrit sur les couvercles !

Le carton transpercé de toutes parts et vite transformé en dentelle, je tire sur tout ce que je trouve à viser : un bout de bois, une motte de terre, un caillou… Comme au stand de la fête foraine où j'ai maintes fois vu les mêmes carabines qui tentent de couper et de gagner la fleur en papier, la pipe ou la photo emplumée de la pin-up. Dans le jardin, un piaf volète et se pose. Tilt ! Voilà revenues les cibles idéales ! Epaulage instantané : *Kumpf* ! Crotte, raté ! À partir de ce jour béni des dieux, je passerai des heures et des heures dans le jardin à faire le petit chasseur, à reproduire et adapter tout ce que j'ai appris de la chasse, à me camoufler à l'affût du petit gibier, à contrôler ma respiration, à me déplacer à pas feutrés, plus silencieux qu'un Sioux, plus invisible qu'une ombre… Je n'ai plus besoin d'une quelconque panoplie de parade pour afficher mon état. Cette fois, *je suis chasseur.*

À l'époque, le respect pour l'environnement se limite aux cultures et à l'humain. Le reste, on s'en fout royalement. Il y a tellement d'animaux et d'oiseaux dans notre campagne qu'un de plus ou un de moins n'a strictement aucune importance. Plus ils sont reconnus nuisibles, plus on peut faire son devoir de citoyen en l'éliminant, peu importe le moyen employé. Nous sommes dans un temps où, seul ou en bande de vauriens, on arrache les ailes de mouches pour voir ce que ça fait ; on asperge les fourmilières d'essence, on y met le feu et, attentif, on regarde l'effet produit ; on procède de manière similaire avec les taupinières ; on chope les papillons pour les épingler sur un carton, vivants, c'est mieux ; on capture – avec tous les risques encourus ! – des gros frelons rouge et or près de leur essaim, on les enferme dans un bocal et on plonge le tout délicatement dans l'eau pour vérifier comment ils réagissent devant la noyade imminente ; pour l'aventure, la gloriole et le challenge à relever, on va dénicher les œufs de merle, de pie ou de corbeau, jusqu'à grimper à des hauteurs inconsidérées et dangereuses ; on attrape des lézards pour vérifier l'idée selon laquelle leurs queues cassent comme du verre et repoussent ; on fait fumer les grenouilles[39] ; dans les mares, on capture des têtards qu'on s'empresse d'emporter chez soi pour voir plus tard s'ils vont se métamorphoser en grenouille ou en crapaud…, pour ne citer que ce qui me revient en mémoire. La seule et unique exception, espèce protégée reconnue d'utilité par la

[39] Véridique. Comme le batracien respire beaucoup par la bouche, la fonction innée ne cesse pas quand on lui colle une cigarette allumée dans le bec. C'est idiot, mais étonnant et spectaculaire. D'où le verbe crapauter ou crapoter, fumer comme un crapaud, fumer déraisonnablement à s'en étouffer et de façon incontrôlée.

société entière et par l'instituteur en particulier, c'est l'hirondelle. Là, pas touche, interdit, prohibé, verbotten, nicht gut cacahuète[40] !

[40] Locution pseudo franco-germanique d'origine inconnue, probablement issue d'une vieille anecdote locale, à prononcer obligatoirement avec l'accent prussien, résurgence des temps d'occupation de la dernière guerre. Autant le début de la proposition semble de bon aloi, autant le mot cacahuète vient comme un cheveu sur la soupe dans cette histoire qu'on ne connaîtra jamais !

ACTE IV

Scènes de feu

> « N'a-t-on pas, quand on arrive à tirer vraiment avec adresse une singulière sensation de l'esprit, et une sorte de joie de la main, une sensation de triomphe intense, cette sensation et cette joie nerveuses, fines et délicieuses que doivent éprouver les jongleurs ? »
>
> GUY DE MAUPASSANT

Depuis l'enfance, j'ai bien souvent trouvé mon père dans le jardin ou assis sous le gros noyer près de la maison, carabine 9mm en attente et prête à asperger de plomb le premier qui pointe son nez. Beaucoup de piafs, quelques merles ou grives d'hiver l'ont payé de leur vie. L'oiseau ramassé était ensuite balancé au chien qui, sans hésitation, mettait son savoir-faire en œuvre en quelques croquages et dépiautages nerveux. Du flingage inutile pour assouvir le plaisir de réussir un tir et de contenter un chien demandeur de rien tant il était suffisamment grassouillet. La seule utilité reconnue et acceptable des plombs de la 9mm était de tirer les piafs qui s'abattaient en bande organisée sur les semis ou picorer les tendres plants de laitue fraîchement germés. Mais comment organiser 24 heures sur 24 la surveillance !? Impossible. Au temps des cerises, comment être constamment sur le qui-vive pour empêcher merles et sansonnets de se repaître continuellement jusqu'à ruiner la récolte ? Mon père envoyait des salves pour la forme, comme on dit, ou pour son plaisir, ou pour les deux cumulés, c'est tout. Les chats des voisins qui venaient eux aussi faire des incursions dans les plantations, à gratouiller dans la terre finement ratissée pour y faire une belle crotte, n'étaient vraiment pas les bienvenus non plus ! Plus d'un est reparti comme une flèche avec du petit plomb dans les fesses !

Alors, avec ma petite carabine, je reprenais fièrement le flambeau, sans même me poser de questions philosophiques et existentielles, missionné par transmission héréditaire. De mon père et de mon grand-père, je devenais, à défaut de veuve et d'orphelin aux environs, l'adoubé défenseur des œuvres potagères de tout leur jardin. La carabine n'était pas d'une puissance considérable. Je savais que le plomb projeté fléchait rapidement dans sa trajectoire et que tirer au-delà de vingt mètres devenait une gageure dans la réussite. Il fallait donc me rapprocher le plus près possible de l'objectif si je voulais augmenter mes chances de réussite.

Je n'ai plus gardé bonne mémoire du premier oiseau dégringolé, un moineau sur un toit, je crois. Mais il y en eut tellement par la suite que je ne m'aventure pas dans la narration de ce premier exploit. Je me souviens simplement avoir ressenti une vibration intérieure, semblable à une montée d'adrénaline, comme une petite onde choc qui parcourt tout et se transmet partout ; côté cérébral, sensation de réussite totale, de contentement, une pointe de fierté, une auto-congratulation logique et méritée. Le problème, quand on ressent tout ça en bloc, c'est comme une cigarette : il faut vite en allumer une autre pour vérifier si l'effet de celle qu'on vient d'éteindre se reproduira pour celle qu'on va allumer… J'anticipe et confirme : de tous les piafs que j'ai allumés, ces sensations et ressentis en moi ne se sont jamais éteints ! Voilà la vraie drogue chimique et psychique du chasseur, maligne, insidieuse et viscérale. Voilà pourquoi, quand il est sur sa lancée, il continue inlassablement à envoyer du plomb dans tout ce qui bouge. Les docteurs et la médecine n'existent pas pour cette maladie et cette dépendance. Personne n'a su traiter le phénomène par des patches anti-chasse ou des produits de substitution. L'acupuncture traditionnelle, même adaptée à ces cas d'espèces, serait inefficace : pour ressentir et savourer égoïstement son plaisir, le chasseur infecté par son virus irait jusqu'à chercher – et tirer – une anguille dans une grotte de loin ! En grossissant volontairement le trait outre mesure, la maladie du chasseur, toutes proportions gardées, ressemble étrangement à la folie qui s'empare du mari jaloux et terriblement amoureux, celui qui tue sa femme pour qu'elle lui appartienne à jamais ! Possession et maîtrise, propriété et domination. Comme une déconstruction par un jeu de l'égo sans notice explicative, on détruit pour avoir plutôt que de construire pour être… Tirer encore et toujours, ne serait-ce que la couverture à soi.

Déglinguer, dézinguer, défalquer, dégommer, flinguer à en devenir une obsession. Comme le collectionneur toujours insatisfait, constamment tendu vers l'acquisition de ce qui lui manque, de ce qu'il espère et désire ardemment, le chasseur s'engage inconsciemment dans une course effrénée à la possession en oubliant qu'il lui manquera toujours quelque chose à son palmarès !

Carabine en mains, l'adolescent est à des années-lumière de ces considérations quand il arpente le jardin à la recherche de sa prochaine cible. De tout ce que j'ai tiré avec cette petite Diana à air comprimé, pas grand-chose n'est tombé. Je faisais endosser les échecs successifs à l'arme plus qu'à moi-même, un moyen habile de se défausser... Il y a pourtant deux événements bien précis – plus précis que la carabine ! – qui m'ont considérablement marqué.

Une fin de printemps d'une année non mémorisée, je suis sous le couvert des pruniers du jardin grand-paternel, le plus silencieux et le moins mobile possible. J'attends patiemment qu'un oiseau vienne se poser là. Je fais le poireau, j'y suis habitué, attentif à tout ce qui peut survenir d'une seconde à l'autre. Un *frrtt* très bref dans le feuillage : un oiseau vient de se poser. D'en bas, le problème est de le repérer en bougeant seulement un peu la tête et les yeux. Rien, invisible. J'attends une demi-seconde de plus : bien souvent, après le premier branchage, l'oiseau, sous un très court battement d'ailes, se déplace légèrement pour mieux s'agripper en assurant sa stabilité. Bingo, deuxième *frrtt* qui me permet de mieux le situer ! Je l'ai ! C'est une mésange..., un peu casse-pied la mésange, ça n'arrête pas de bouger par petits bonds, par de courts déplacement voletés, nerveux, zigzagants, rapides. Une petite boule de nerfs infatigable à la recherche de sa pitance de petits insectes. J'ai déjà épaulé en direction de la cible. Je sais qu'il faut que je tire au dixième de seconde, à l'instant pile où elle sera à nouveau calée après un petit bond sinon le plomb passera à côté. Le canon suit la mésange. *Kumpff* ! Le plomb est parti. La mésange froisse trois feuilles dans sa descente et tombe à mes pieds, raide morte. Je m'accroupis et regarde. C'est beau, une mésange charbonnière ! Le dos verdâtre et le ventre rond tout jaune, les ailes et la queue bleu-gris bordées de blanc, un plastron noir, une mignonne tête de duvet bleu-noir luisant sur de larges joues blanches. Mais... pourquoi je l'ai tuée ? Qu'on me donne une raison, une seule ! Aucune raison précise ne me vient. J'en cherche. Je n'en trouve pas. Court flash-back mental vers la mésange qui s'active en haut du prunier, retour instantané à la même immobile les pattes en l'air. Je comprends sans comprendre. Je laisse l'oiseau là, je n'ai aucune envie de le ramasser.

Le second fait d'armes d'un autre jour conserve le même lieu pour cadre. Même attente d'affût, même patience, même camouflage soigné, même forêt de pruniers, même bonhomme et même carabine. Rien ne change, tout continue.

Le petit pinson qui vient de se poser chante son pink-pink-pink decrescendo et le conclut en fioritures variées. Pendant qu'il réitère entre deux fleurs d'un prunier gorgé de soleil, je m'approche de deux pas pour mieux le distinguer. Deux pas de loup pour s'approcher du mouton. J'aperçois difficilement son manteau brun noisette, mais je discerne sa gorge rosée et sa tête gris ardoise. Le loup s'infiltre toujours, au ralenti, sur ses coussinets de velours : je suis exactement à la verticale de l'oiseau, peu de chance qu'il puisse détecter ma présence maintenant. À gestes lents, je lève la carabine et vise. Le pinson, calme[41], relance sa trille et ses variations pointues. Ventre et poitrail sont calés dans le point de mire. Feu ! *Kumpf* !

Rien n'a bougé ! C'est impossible ! Le chant a cessé, seule constatation logique après le bruit de l'air comprimé libéré. Le pinson est toujours à la même place, entre ses deux fleurs blanches du prunier. Je tente de recharger avec une prudence accrue. Le plomb calé, je dois refermer le canon de l'arme, ça risque de faire un peu de bruit… Un simple cliquetis de trop et l'oiseau s'envole, certain ! Un œil sur l'oiseau, un œil sur la carabine, j'épaule une seconde fois, destination poitrail, j'appuie sur la détente. Cette fois, le duvet de plumes qui frémit ne trompe pas, il est frappé, c'est certain, j'ai réussi mon coup ! Seconde suspendue… Le soleil qui se cache derrière un nuage éteint un instant les fleurs du prunier. Je reste les yeux vissés sur l'oiseau. Il est toujours là ! Je réarme et tire un troisième plomb. Aucune plume ne bouge, pas plus que le pinson. Plus qu'étonné : hébété, sec de tout mot et de toute pensée. Je n'existe plus, je viens de passer dans un monde parallèle ! Quel est ce rêve où plus rien n'est plausible ? Je secoue ma léthargie, recharge et balance un quatrième plomb. Rien, décidément rien. Rien de rien, non je ne regrette rien en envoyant un ultime plomb au cœur de l'insondable mystère.

Un rai de lumière vient rallumer les pétales du prunier. Je reste dessous, stupéfait, les yeux rivés sur le pinson. Je me déplace un peu pour tenter de comprendre, sans succès. Je fais le tour de l'arbre pour examiner la situation sous toutes les coutures. Je reste interdit, sans le moindre iota d'explication. Je ramasse une pierre et la lance fortement en direction de l'oiseau. J'arrache une feuille et une grappe de fleurs, c'est tout ce que mon caillou parvient à faire. Avec le bruit, le pinson aurait dû…, mais non. Alors, il est mort !? Un oiseau perché sur une branche, ça ne peut pas être mort ! La situation qui dure trop sans se conclure de manière habituelle et sensée m'insupporte. Il y a du maléfice là-dessous, du pas clair ; l'affaire se complique et s'embrouille dans ma tête. J'imagine soudainement des trucs pas sains et mouline des bizarreries pas claires. Le surnaturel me submerge, je sens des présences, des fluides, des influences invisibles désagréables. Avant que les lieux hantés transforment mon inertie hagarde en définitive statue de sel, je quitte les lieux sans m'attarder dans un dernier sursaut de survie.

Avoir regagné la maison et délaissé la carabine dans son coin, la distance ne change rien. Je me suis calmé mais le problème persiste et je ne comprends toujours pas ! Dès le lendemain matin, je suis impatient de savoir d'où en est le pinson au « sommeil de plomb »,

[41] Accoler serein en second adjectif m'a paru malvenu… Un pinson gai, oui ; un pinson serein, non.

première pensée au réveil. Je prends un peu sur moi, une pointe d'inquiétude au ventre, et cherche le pinson du regard à l'endroit même où j'étais la veille. Il n'est plus là ! Les mêmes sentiments remontent en moi et reviennent à la charge. C'est trop, je m'en vais. En tournant les talons, je porte un dernier regard circulaire : surprise, le pinson gît à terre, à moitié caché dans les feuilles et les brindilles, une aile dépliée et rabattue sur la tête, comme s'il voulait se cacher à ma vue sous une cape d'invisibilité. Je l'ai laissé là, comme la mésange, sans avoir la force ou l'idée de faire autre chose et sans un soupçon d'explication à l'étrange phénomène.

La possession d'une carabine fait naître les idées les plus folles. Un jour, pour changer de registre et varier les plaisirs, je trouve excellent d'aller faire un tour à l'extérieur de la maison en plaquant le plus discrètement possible la carabine contre moi, chose prohibée mais terriblement excitante. Depuis la nuit des temps, braver l'interdit est au compte courant des ados ! L'idée première est de rejoindre furtivement la mare la plus proche et les grands arbres qui l'entourent. Un point d'eau et de la végétation en abondance, les champs et la plaine qui commencent là, quoi de mieux pour un chasseur en herbe ! Manque de chance, ce jour-là est vide de toute âme qui vive. Pas un petit piaf, pas une grenouille, pas une guêpe, pas une mouche, pas un moucheron. Devant le néant constaté, je retourne sur mes pas en longeant le grand mur d'enceinte du Parc[42], long et haut mur de meulière sans attrait particulier. Pendant la marche, il me semble voir bouger quelque chose sur le mur. Débrayage, coup de frein : un lézard. En laissant passer quelques secondes au point mort, j'aperçois non pas un, mais une ribambelle de lézards qui paresse au soleil. L'occasion est trop belle, je viens de dénicher un nouveau gibier qui tombe à pic pour satisfaire mes velléités jusque-là insatisfaites. En plein milieu du chemin, sans rien alentour pour dissimuler mon approche, il faut abandonner les pas de loup pour adopter la ruse du renard. Je reste planté à deux mètres du mur, immobile comme une pierre, plus silencieux que le silence. Un lézard puis deux pointent le bout du museau hors de leurs trous et sortent doucement par petites saccades, comme intrigués, sur le qui-vive permanent. Le premier mini-mouvement pour épauler la carabine se traduit illico par un retour-éclair des lézards dans leurs anfractuosités.

---

[42] Ce qu'on appelait Le Parc était un grand domaine boisé appartenant aux châtelains du village. Entièrement modifié, il n'existe plus aujourd'hui sous son aspect d'antan ni sous cette appellation. L'enceinte en meulière a presque disparu, ne reste que le mur nord humide et froid… là où il n'y aura jamais de lézards !

Une amélioration de stratégie s'impose. Je sais que les bestioles veulent profiter au maximum du soleil, en conséquence de quoi elles ne vont pas tarder à se repointer. Je me mets donc directement en position de tir, gardant de temps à autre un œil à gauche et à droite du chemin au cas où quelqu'un arrive inopinément, on ne sait jamais ! Position prise, il ne manquera qu'un ajustage de quelques centimètres du canon pour avoir le lézard en ligne avec un minimum de mouvement envisagé. Pointage de nez d'un lézard, sortie lente mais pattes nerveuses, tortillage du corps à chaque centimètre parcouru. J'attends. Viseur et mire sont déjà dans l'axe, le lézard ne s'est aperçu de rien. *Kumpf* ! Le lézard tombe du mur où il était accroché, le ventre coupé en deux par le plomb. Plaie rouge béante, convulsion du lézard déchiré à terre, battements de pattes qui ne parviennent plus à saisir le sol. Sur le lieu de chute, re-kumpf d'appoint et d'apothéose, fin du lézard.

Gonflé de fébrilité, je me remets en position. Attente courte, scénario identique à la version originale. Lézard 2 : out ! Et lézard 3... et 4, à n'en plus finir ! La chasse aux crocodiles de campagne est un succès sans précédent ! Si je continue, je vais pouvoir me faire confectionner des chaussures ou un sac en peau de lézard ! Une demi-heure s'est écoulée et je prends la décision de stopper le carnage. Ce n'est plus drôle, c'est trop facile ; sans compter que plus le temps passe, plus le risque augmente d'être pris sur le fait dans mes œuvres reptiliennes ravageuses. Un dernier coup d'œil aux lézards gisants : une colonie de fourmis s'est déjà précipitée sur eux, grouillant de vitalité sur les cadavres, plongeant dans les plaies avec frénésie ! Je m'en retourne prendre mon goûter. Avec tout ça, il ne doit pas être loin de quatre heures...

Vous avez dit lézard ? Comme c'est bizarre ! Bizarre, effectivement d'aller trucider sans vergogne de pareilles bêtes pendant leur bain de soleil, de leur expédier pleine bille un plomb gros comme le quart de leur tête..., comme si on tuait un lièvre au canon de 155, c'est à peu près la même chose ! Bref, la carabine faisait toujours son œuvre, je ne ratais pas grand-chose et c'est le principal. Après tout, les lézards, on s'en fout comme de l'an quarante, on se demande bien à quoi ils servent ! À glander toute la sainte journée, scotchés sur les murs de meulière comme des imbéciles sous un soleil de plomb, des fois, j'vous jure, on s'demande ma bonne dame, on s'demande !

Entre les reptiles des murs et les passereaux des branches, je naviguais aussi à vue vers d'autres rivages colorés. Dans le jardin, aux heures où les ramages ne se distinguent pas plus que les plumages ne s'aventurent, je reste l'hôte de ses bois. Ici, pas de fromage qui tombe du bec, mais seulement du plomb qui tombe du canon. Avec son fromage, le pauvre La Fontaine, imposteur de première, ne s'y connaissait pas plus en corbeau qu'en renard ! Vous en avez déjà rencontré des corbeaux et des renards qui discutent le bout de gras et se chamaillent pour un calendos ? Moi, jamais. Fin de la digression.

Sans oiseau dans le jardin, c'est au tour des limaces, des loches et des escargots de se plier aux diktats du tonton flingueur. On n'arrose plus en eau, le nouvel arrosoir est en acier et ses gouttes en plomb. Le jeu consiste, par exemple, à percer de part en part un gastéropode sans briser sa coquille en mille morceaux. Celui qui parvient à ne faire qu'un trou d'entrée à droite et un trou de sortie à gauche remporte la médaille d'or du championnat de l'hélicicide. Pour les tireurs tout en délicatesse, il est loisible de compliquer le tir en ne visant qu'une corne avec l'œil au bout. Celui qui, à trois mètres, rend l'escargot borgne en un seul plomb est déclaré fine gâchette. Très très drôle, hilarant à souhait, je recommande particulièrement. Un autre truc amusant : tirer sur les papillons, les guêpes ou les abeilles en vol, si possible quand ce beau monde s'apprête à se poser sur une fleur. C'est mieux, ça bouge moins ; surtout le bourdon, hélicoptérisant comme un gros pépère somnolent. Revers de médaille : les dahlias, les glaïeuls, les roses ou les zinnias en prennent un sale coup au passage ! Il est bon de ne pas trop abuser de ces amusettes, sinon le père a vite fait de s'apercevoir que son fils, chasseur à-la-manque, a transformé une partie de la flore jardinée en véritable passoire ! Tous ces exemples ne sont qu'amusements, parfois irrévérencieux, parfois taquins, certes. Cruels et sadiques ? Non, tout cela n'est que leçon de chose, éveil au monde et science de la vie. Un peu de tolérance, que diable ! Il faut bien que jeunesse se passe !

Je clos le catalogue de La Déroute à Bouray[43] par une page en couleur d'un intérêt tout particulier, celle où le chat du voisin, pour la millième fois, procède à une incursion remarquée dans les plates-bandes paternelles. Dans ce cas particulier, il ne s'agit nullement de le tuer – le chat, pas le paternel ! –, mais de lui claquer sévèrement et suffisamment le train à distance de manière à ce qu'il retienne la leçon le plus durablement possible. Le gibier est d'importance, mais seul le fessier compte, il est rigoureusement interdit de taper ailleurs sous peine d'embrouilles tonitruantes de voisinage et de disqualification immédiate sans appel. Des points bonus sont accordés si le fin tireur parvient à lui couper la queue. J'ai essayé de mesurer mes compétences à ce jeu-là, je n'ai jamais rien gagné. Même si je ne fais pas la queue, je rate toujours le train.

---

[43] Bouray est un village peu éloigné du nôtre. Je le cite uniquement pour compléter ici le jeu de mots en forme de double contrepèterie un peu boiteuse. D'autres que moi ont peut-être eu la même idée !

À l'âge de quatorze ans, après requêtes en bonne et due forme formulées auprès de la direction parentale de l'équipement, j'acquiers en retour après délibération du jury deux droits fondamentaux :

Article 1 – Je suis autorisé à utiliser la mobylette de mon père, avec parcimonie, le corse bien connu, et avec prudence, la mère de sûreté (on sera donc à trois sur la mobylette, ce que ne préconise nullement la sécurité routière).

Article 2 – Je suis également autorisé, sous des conditions identiques et nonobstant l'article 3, à utiliser la carabine 9mm paternelle.

Article 3, corollaire du précédent – Selon ses possibilités financières, le bénéficiaire devra acheter de l'essence en puisant dans son argent de poche et le susdit autorisé devra acquérir ses cartouches par retrait à la même source. Entendu et approuvé.

Peu de temps après la signature du contrat, j'ai allègrement plié la mobylette de mon père en dérapant sur des graviers sournois, ce dans les plus belles règles de l'art… et en faisant un peu l'andouille avec les copains motorisés, avouons-le humblement… Ce jour-là, Parcimonie était en vacances et Prudence n'avait pas mis le cran de sûreté. Par le retour au garage de la nouvelle œuvre d'art aux allures de compression digne de César, je craignais que le contrat passé soit rapidement dénoncé et annule les effets énoncés dans l'article 2 ! Par une haute intervention surcéleste providentielle, tel ne fut pas le cas. Cette grâce inespérée me fit redoubler d'attention à chaque utilisation de la carabine.

La carabine à plombs fut reléguée dans son placard au rang d'amusette définitivement révolue, remplacée par un engin digne d'intérêt puisque dix fois plus efficace. Il ne restait qu'à la faune locale à bien se tenir. Sur ses gardes, notamment ! Ou à carreau, puisque j'en étais devenu le grand spécialiste. La puissance de feu multipliée de l'un ne décuplant pas les capacités naturelles de l'autre, on pouvait prévoir du carnage dans l'air. Et du carnage, il y en a eu.

La 9mm Manufrance à percussion annulaire des années 50 possède la particularité de pouvoir être chargée soit avec des petites cartouches à petits plombs – les célèbres Gevelot, douilles de cuivre et manchon de carton vert et blanc –, soit avec des balles. Imaginez une balle de neuf millimètres de diamètre : à destination du petit gibier, c'est un véritable boulet de canon ! La taille de la munition est identique à celle de certains Parabellum, une folie pure !

Généralement, je charge au petit plomb. Les premiers à en faire l'expérience et les frais sont les sansonnets, considérés par les jardiniers et les cultivateurs comme nuisibles de premier plan. L'oiseau, bruyant, gueulard, envahissant et glouton, se déplace très souvent en bande pour s'abattre sur des lieux où le casse-croûte lui paraît abondant. Ils adorent les terrains plats herbagés, prairies et pâturages, les champs fraîchement hersés, les zones gazonnées des jardins et l'ensemble des jardins eux-mêmes. Les mois de juin, un vol de cent ou deux-cents sansonnets qui dégringole d'un coup dans votre cerisier pour un pillage en règle est courant. Sans discrétion aucune durant leur larcin collectif, émettant des sons rauques alternant avec d'étonnantes mélodies, le commando, en une demi-heure, ne vous laisse que les noyaux par terre ! Toutes les sortes d'épouvantails placés dans les cerisiers, des plus sonores aux plus mobiles sous le vent, n'ont strictement aucun effet de dissuasion. Le plomb et les détonations sont les seuls à même de faire déguerpir le gang de voraces. Mais provisoirement seulement… L'animal grégaire, insatiable, conscient de la force du groupe mais inconscient du danger solitaire, revient sur les lieux de ses méfaits.

S'embusquer pour le tir au sansonnet est donc une petite performance. Quand la bande renouvelle son assaut au temps des cerises, il s'en pose tellement que je ne sais lequel choisir ! Plusieurs fois, je me suis vu assister un moment au spectacle avant de me décider à tirer un des étourneaux. Ça piaille, ça craillotte, ça discute de becs et de plumes dans un climat électrique et désordonné, ça brouhahate, ça éructe, ça craquète, ça larsène dans les aigus, ça sature dans le registre médium-basse, ça carillonne et ça klaxonne à qui-mieux-mieux ; des coassements de grenouille, des claquements de becs de canards, des couinements pointus de brindilles cassées, une mélodie esquissée, ça grouille de bruit autant que ça grouille de cerises à s'enfiler dans le lampion… Sous l'agitation débridée et confuse, le cerisier frémit de partout. Ma gâchette aussi : pan ! Et de un ! Envolée immédiate du troupeau redevenu silencieux. Le cerisier allégé respire cinq minutes. Retour au point d'embuscade. Les sansonnets reviendront deux fois, et deux fois, ils repartiront avec un congénère de moins dans la compagnie. Le dernier nécessitera un serrage de kiki, réminiscence d'un proche passé. Je vais vous la chanter, moi, la chanson du temps des cerises, avec son gai rossignol, son merle moqueur et sa plaie ouverte !

La fin de l'automne et l'hiver sont les temps bénis pour tirer les merles et les grives. La nature se dépouille doucement et s'enfonce dans la grisaille chaque jour un peu plus. Dans le jardin, plus de fruits ni de fleurs. Tous les insectes sont partis se coucher pour une longue nuit, la nourriture habituelle et naturelle se raréfie. Quelques merles fouillent et dénichent encore un ver ou une vieille pomme pourrie sous les feuilles. La nature les oblige à se déplacer et à se découvrir davantage qu'aux beaux temps ; en un mot, à prendre plus de risques encore pour survivre. La survie de l'animal n'est pas le problème prioritaire du chasseur. La préoccupation est plutôt inverse : louper un tir et voir le gibier survivre en lui échappant est la crainte permanente. Quand le chasseur n'a pas, il n'est pas. L'échec, voilà le seul tracas, l'ennemi intime N°1.

J'ai descendu un nombre de merles dont il est difficile de chiffrer l'étendue. Deviner où il se trouve est un jeu d'enfant. Entre ses cheuk cheuk en notes basses gloussées dans sa cache et ses notes claires, flûtées et mélodieuses lancées d'un arbre-perchoir, il signale trop précisément le lieu où il se tient. Il suffit au chasseur de se laisser guider par le son et d'aller trouver au plus proche la zone de tir idéale sans effrayer l'animal. Ne reste que le repérage visuel de la boule de plumes noires au bec jaune. Généralement, le tir ne fait pas un pli. Un mort seulement à chaque fois.

Tirer la grive à l'affût est beaucoup plus délicat. Je dis affût car un jardin avec trop de mouvement n'incite pas vraiment les grives méfiantes à venir y faire un tour. De plus, la grive a besoin d'avoir repéré au loin un endroit sûr le plus discret, le plus couvert de végétaux possible, avant toute décision d'approche et de festin. Avec mon ingéniosité proverbiale, ma haute intelligence et mon extrême modestie, je choisis comme cache et affût l'intérieur du vieux hangar familial. Erigé en des temps que seuls les contemporains de Napoléon III ont dû connaître, le hangar aux planches fatiguées offre l'aubaine d'une extraordinaire planque avec un toit et un grand nombre de lames de bois disjointes qui vont permettre d'y glisser le canon ! Sauf qu'avec toutes ces fentes et ouvertures diverses offertes au vent, il y fait chaud comme dans un igloo sur la banquise. Qu'importe, à la guerre comme à la guerre ! Parce que c'est bien une guerre qui se prépare, sans ultimatum, une guerre sournoise, une guerre de position. Le poilu est dans sa tranchée, il attend que l'emplumé monte au front.

Le front, c'est le pignon d'un bâtiment de ferme voisin attenant en partie au hangar. Aubaine des aubaines, ce pignon est chaque année couvert de lierre jusqu'au faîte. Et le lierre d'hiver, avec ses myriades de petites boules violettes et noires en grappes, est l'appât idéal pour mesdames les grives. Comble de fortune, tout le bas du mur est bordé par une suite de petits sureaux dont les frêles tiges cintrées croulent sous le poids de leurs fruits. Dans ces conditions favorable, un aussi beau projet ne peut tomber dans le lac, seules les grives tomberont dans le sac. Et, comme je l'escompte, dans le panneau.

L'attente est impérativement faite dans le silence total. Le canon de la 9mm est déjà passé entre deux planches, corps et crosse posés sur un ballot de paille spécialement recouvert d'une vieille couverture afin d'amortir le moindre bruit. Cinq minutes passent, puis dix, puis vingt… Rien à l'horizon, pas un piaf, pas un bruit, rien. Patience et longueur de temps font mieux que force ni que rage. T'as raison, La Fontaine, pour une fois t'as raison. Mais ton corbeau qui va livrer un brie de Meaux en haut d'un arbre, vraiment, quand j'y repense ! Et l'autre andouille de renard qui lui fait du gringue en-dessous avec des gnigni et des gnagna ; et votre plumage et votre ramage, c'est pour que ça rime avec fromage, c'est tout, faut pas m'la faire ! Et dire que je la connais par cœur, la fable de ce vieil andouille qui a tout pompé sur Esope ! Parce qu'il s'est pas gêné, le perruqueux poudré avec son blair à piquer les gaufrettes ! Et de parader dans les jardins et les salons de la cour de Loulou le quatorzième, bonjour Madame la duchesse, vous avez vu les p'tits nœuds sur mes chaussures ? Et ma canne, vous avez vu la canne que je me trimballe, avec des petits rubans bleus et roses au pommeau ? Ça vient de la mignonne petite boutique de chez Lulu et Tétette, c'est bath, c'est choupinet, n'est-ce pas ? Je viens d'écrire une nouvelle fable, vous savez, c'est l'histoire de la grive et du sureau. C'est en vers, évidemment, voyons madâââme, comme il est souvent coutume pour moi ! Comment pourrais-je écrire aussi savamment et aussi poétiquement la vie en prose ? Eh, dites ! Hahahaha ! Vous êtes fort drôle, Madame, j'aime cette ingénuité, je vous adôôre ! Huhu ! Les deux derniers vers, ciselés dans un final somptueux, font fi de la morale vulgaire et s'écartent du discours généralement adopté par le sens commun, voyez-vous. Oh ! Me feriez-vous l'honneur, madâââme, de vous en offrir la primeur ? Soyez remerciée ! Que de bonté ! La fable se termine donc ainsi, hem hem :

« Sauriez-vous, dans un souffle,… »

Un souffle. J'ai entendu comme un souffle. Noyé dans l'imaginaire de mes pensées un instant égarées, je ferme d'urgence le robinet de La Fontaine. Je n'ai rien vu arriver, mais on bouge dans le lierre. Je prends en mains la carabine chargée d'une cartouche de petit plomb. L'interstice entre les deux planches du hangar est assez large, sans qu'il permettre pour autant un panorama complet sur la végétation. Il faut laisser un peu de temps pour que l'oiseau s'installe en toute quiétude, pas de précipitation. Et le lierre de se remettre à frétiller, tout en haut, je perçois même comme un léger bruit de papier froissé. Mais l'oiseau est bien camouflé ; ce serait insensé de tirer trop précipitamment en arrosant de plombs le vague endroit entr'aperçu ! L'oiseau apparaît enfin, une grive, sans aucune ambiguïté, mais sans pouvoir déterminer le type exact, litorne ou grive musicienne. Comme elle ne chante pas, occupée à se goinfrer et à tirer avec acharnement pour détacher les baies, je ne peux lever le doute avec certitude. J'épaule d'une lenteur à rendre un escargot cramoisi de jalousie. Sautillant et bondissant, un rouge-gorge frigorifié autant que moi vient se poser sous mon nez près du lierre ! Mais va-t'en, toi, p'tit machin ! Qu'est-ce que tu viens faire ici, allez ouste, décampe ! Évidemment, la grive a disparu, je l'ai perdue de vue ! Elle a dû faire un petit bond pour changer de place dans le lierre épais, je n'ai pas eu le temps de voir où ! J'ai les mains froides, à la limite du gelé. Si j'appuie sur la détente, mon index va casser comme de la glace ! Le lierre s'ébroue, la grive réapparaît bruyamment dans un djak-jad-djak de contentement. *Paoow* ! Une grive à zéro ! Excellent ! Sauf que l'oiseau est tombé dans le fouillis de lierre. Je scrute et fouille des yeux, je ne vois rien… Je quitte mon hangar pour m'approcher au plus près : visuellement introuvable. Non, rien de rien, non, je ne vois vraiment rien… Zut de crotte de piaf ! Je décide de regagner mon affût, décidé à éclaircir plus tard l'affaire de la grive perdue. Sautillant et bondissant, le rouge-gorge frigorifié autant que moi revient se poser sous mon nez ! Va-t'en, toi ! Qu'est-ce que tu viens bricoler ici ? Allez ouste, du vent !

En moins de deux heures, j'ai occis quatre grives dont celle évaporée. Quatre cartouches, quatre grives, opération Litorne réussie, mon colonel. J'ai sorti Richter, la grande échelle, grimpé et tapoté un peu partout avec un bâton dans les feuilles de lierre. Puf ! La grive number one, prise dans une fourche de branchage, roule enfin au pied de l'échelle. Le compte est bon !

Mes quatre grives gisent à terre, sur le dos, poitrails jaune orangé et ventres beiges marqués de taches festonnées noires déjà froids. Je regroupe les pattes et, d'une main bien chargée, j'emporte le lot à ma grand-mère, car une idée vient de me traverser l'esprit : autant les piafs et même les merles n'offrent qu'un intérêt limité, autant les grives ça se déguste ! Et la seule personne susceptible d'accepter la proposition est ma grand-mère Edith, celle qui râle tout le temps, qui n'est pas d'un abord commode, qui maugrée et rechigne devant l'événement, celle qui a propension à méconnaître le mot oui en imposant systématiquement le non. Mais je la connais bien : après les râleries d'introduction d'usage, la convaincre ne devrait pas être si compliqué que ça.

« Qu'est-ce que t'apportes là ? C'est des grives ? Mais qu'est-ce que tu veux que j'en fasses ? Pose pas ça là, tu vas salir ma table ! Va donner ça à ta mère ou à ton père, ou va les jeter sur le tas de fumier ! C'est toi qu'as tué ça ? Fais bien attention avec ta carabine à pas aller éborgner quelqu'un en tirant n'importe où ! Ton père est bien insouciant de te laisser avec ça dans les mains, t'es encore un peu jeunot, à ce qu'y m'semble ! Enfin ! Alors, tu veux quoi ? Parce qu'y faut que j'me mette à finir mon frichti pour ce soir, j'ai pas trop l'temps avec toutes mes occupations… » dit-elle en s'essuyant les mains nerveusement sur le devant de son tablier.

Je lui explique que, t'inquiète pas, je fais attention, que maman elle aime pas trop s'occuper de ces trucs de bestioles, et que toi tu sais bien faire ça et que ce serait bien si tu pouvais t'en occuper.

« Tu t'rends pas compte de plumer et d'vider tout ça, le temps que ça va me prendre, j'ai vraiment aut'chose à faire ! C'est vraiment s'donner d'la peine pour pas grand-chose, y'a rien à boulotter là-d'dans ! Tiens, mets tout ça dans l'journal et porte-moi ton gibier d'misère à la cave, j'verrai bien c'qu'on en f'ra ! »

À ce point du monologue, je sais qu'elle satisfera ma demande pour me faire plaisir. Toujours un peu sèche et sur la défensive dans la forme, mais toujours le cœur en or dans le fond. La difficulté, c'est toujours de trouver le fond.

Jardin et hangar, hangar et jardin, j'ai passé là des heures à n'en plus compter, heures de va-et-vient ou de planque, à guigner tout ce qui bouge et prêt à faire parler la poudre. J'avais appris à mettre un nom sur chaque chant d'oiseau, à distinguer les nuances sonores et leur signification. En effet, le même oiseau peut émettre plusieurs chants très différents suivant les circonstances, des renseignements très utiles donnés aux oreilles du chasseur. Le décodage des sons et chants indique si l'oiseau est tranquille, joyeux, inquiet, apeuré, effrayé, agressif ; si le chant est une parade nuptiale ou un dialogue avec ses congénères. Un catalogue d'oiseaux en illustrations musicales[44]...

Cet autre jour qui s'annonce sera un jour... curieux, un de plus. Un jardin de printemps, verdissant et fleuri. Poiriers et pêchers en fleurs, cerisiers blancs et pommiers roses[45], violettes et fleurs de pissenlit... Sur une allée de marguerites à peine écloses, une touffe de fleurs de boutons d'or encore en boutons dort. Un air clair, une paix solennelle. Deo gratias.

À quelques mètres de moi, une petite branche de groseillier tremblote. Un petit oiseau excité comme une puce passe de brindille en brindille. Il revient à terre, agite par saccades sa longue queue noire en bascule avant de reprendre son ouvrage dans le groseillier. Une bergeronnette ! Que fait-elle ici ? C'est super-rare d'en voir une, et une seule, isolée. À intervalles réguliers, elle envoie une trille rapide de ti-tchirr-tchi-ti-tchirrrr toute de délicatesse pointue en roulant les R dans un duvet. Elle se suspend, tête en bas, pour grappiller entre les pousses tendres de l'arbuste, change de branche, se suspend et change de nouveau. J'observe, fasciné. Je n'ai jamais pu observer d'aussi près une bergeronnette. J'en avais vu dans les prés, hélas de trop loin, faire leurs petits flip-flap de queue nerveux, un coup en haut, un coup en bas. Celle qui est devant moi m'ébahit totalement. Elle n'est pas grise comme toutes celles que j'ai vues, mais de blanc et rose immaculés sur la tête et la poitrine, d'un noir profond sur le dos et la queue. En voletant, elle découvre ses petites ailes noires barrées d'un arc blanc. Extraordinaire ! La bestiole est

---

44 Dans la campagne, le compositeur Olivier Messiaen passait un temps considérable à relever musicalement les chants d'oiseaux. Il utilisera tout ce qu'il a couché sur papier réglé dans nombre de ses œuvres dont le fameux Catalogue d'Oiseaux pour piano. Si l'écriture de ses partitions l'obligeait à des nuées d'altérations, la perception des mélodieuses essences et leur retranscription ne nécessitaient aucun plomb à la clef.

45 La chanson dit l'inverse. Mais la chanson s'est trompée !

toute petite, mignonne, un oiseau de dessin animé, une boule de duvet moins grosse qu'une balle de ping-pong.

Je ne peux me décider à avancer plus au risque qu'elle s'envole définitivement. Je la veux ! C'est bien beau *je la veux*, c'est vite dit, mais comment procéder ? La voir et l'avoir sont la fixation du moment. J'attends trop, elle partira, dans une seconde ou dans dix minutes, mais elle partira, c'est certain. Je ne réfléchis plus et opte pour une satisfaction rapide, unique et radicale : *Paoow !* Radical est le mot. Sans un bruit, la bergeronnette tombe des quarante centimètres où elle était perchée… Je l'ai eue ! Un tout petit oiseau aussi beau, dans nos contrées, ça n'existe pas, du jamais vu ! Un exploit digne de l'ornithologie reconnaissante, assurément ! Je m'approche et détaille le gibier d'importance abattu. Ce n'est qu'une aérienne bille d'ouate qui ne pèse rien dans ma main ! Une beauté d'ange à couper le souffle. Je réalise que la bergeronnette n'en est pas une : c'est une mésange à longue queue, probablement toute jeune récemment sortie du nid familial. Pour l'avoir, je l'ai. Et après ? Je l'ai vue de près, et après ? Et maintenant, je fais quoi ? Mes neurones les plus fins me font parvenir l'idée que, quelque part, je suis un peu con. Les neurones n'ont pas réussi à m'envoyer un autre qualificatif mieux approprié. J'ai fait un petit trou au pied du groseillier, j'ai enveloppé la mésange dans un papier, j'ai rebouché à petites poignées de terre. Je suis resté à cet endroit longtemps, partagé entre une réussite facile et un échec cuisant. Tout s'est tu aux alentours. Abandonnant le tueur sur la petite tombe, les coupoles de corolles roses des pommiers, tournées vers la lumière des anges, saluaient la mésange en un clair bouquet de dernier au revoir.

J'ai gardé en mémoire cet épisode de la mésange à longue queue, troublé, au point que j'y pense quelquefois encore. Aussi puissant peut-il être, le chasseur a aussi ses failles… Mais le temps et la volonté sont les clefs de ces portes entr'ouvertes. Il suffit de passer outre, de se reprendre, comme on dit, de s'auto-suggérer en minorant les faits jusqu'à gommer entièrement souvenirs et sentiments, et le tour est joué. À ces moments-là, quand la moutarde des remords vous monte au nez, on fait comme si rien n'avait existé, on tourne la page, on tire un voile et un trait, on relègue aux oubliettes profondes les regrets et les failles. J'ai agi de la sorte, j'ai muré la faille. Pour l'homme à la carabine, finis les faiblesses et les ressentiments, il n'y a de faille qui m'aille. Les cornichons armés, guère enclins à la divination, ne peuvent envisager que certains exploits à venir peuvent parfois tourner au vinaigre.

« Manufrance, la qualité, la confiance… » chante à la TSF la réclame en boucle. Les paroles sont justes, rien à redire. La 9mm de papa, modèle ordinaire mais de qualité – la carabine, pas papa –, on peut lui faire confiance. Elle l'a démontré, elle le démontrera encore.

La longue maison de meulière des grands-parents est flanquée d'un noyer à chaque extrémité, les branches centenaires sont à caresser les pignons. Les arbres tellement hauts sont visibles de loin et, de ce fait, deviennent l'attraction des vols d'oiseaux pour une halte et une inspection des lieux. Seuls les corbeaux ne s'y aventurent pas trop, les arbres sont trop proches de la maison et de son agitation. À la saison des noix, ce n'est pourtant pas l'envie qui doit leur manquer ! Bien avant moi, mon père et sa carabine avaient bien compris l'avantage d'un tel imposant couvert. Assis tranquillement au-dessous, ils n'avaient qu'à attendre, viser, tirer, descendre de la cime le pauvre piaf débonnaire et insouciant qui était venu se poser là cinq minutes. Le plus souvent des tirs de passereaux, surtout des tirs de passe-temps…

Un jour, en m'approchant d'un noyer, noyé dans mes pérégrinations et démarches paramilitaires, j'aperçois en haut, presque au cœur, un machin, une masse, un truc… je ne sais pas quoi… Tel un chien bien dressé, je me mets immédiatement à l'arrêt, interrogatif, pensif, expectatif et tous les qualificatifs en if du dictionnaire. Je ne distingue rien de précis, rien de connu sur lequel je peux mettre un nom, du jamais vu. Je glisse comme une ombre en me coulant le long du pignon. Là-haut, rien ne bouge. Avec mille reptations de couleuvre, je parviens presque à l'aplomb du gros machin perché. Encore pire, impossible d'identifier la grosse boule beigeasse sur la branche. Ma grande logique proverbiale déduit qu'il doit s'agir d'un oiseau, il est rare qu'un hérisson ou un épagneul breton, même alpiniste averti ou fortement alcoolisé aille se fixer dans un endroit pareil !

Et je fais quoi ? Je tergiverse, réfléchis, scrute encore, totalement indécis. La bête – si c'en est une ! – n'a pas bougé d'un millimètre et n'a émis aucun son. Bon, je fais quoi, je ne vais pas rester prendre racine là ! Si je tire sur une cible inconnue, je risque de faire une ânerie ; si je ne tire pas, j'en fais une autre puisque je ne saurais ni n'aurais jamais ce qui me nargue passivement là-haut. Dans les deux cas, je risque de m'en mordre les doigts… Dans ces cas de dilemme, j'ai toujours opté pour la solution propre à m'avantager. Comme dirait l'autre, y'a pas d'mal à s'faire du bien et dans la vie, chacun pour soi et Dieu pour tous.

La masse conséquente à débrancher impose, non plus le petit plomb coutumier, mais une balle. Je fais jouer la culasse bien huilée dans un silence à couper au couteau, extrais la cartouche engagée et la remplace par mon boulet plus gros que la chevrotine. En épaulant, un dernier doute de guerrier m'assaille, cependant trop fugace et trop faible pour freiner le coup qui part. Le milliardième de seconde qui suit une détonation m'a toujours empêché de suivre précisément l'effet produit par le projectile. Ce délai infime court-circuite ma vision sur l'objectif. Que s'est-il passé, en haut du noyer ?

Eh bien… d'apparence, rien de rien du tout ! Raté ? Possible, mais si c'est un oiseau, le truc aurait dû s'envoler ! Je recharge d'urgence avec une nouvelle cartouche à balle. Paoow ! J'ai vu des plumes bouger, cette fois-ci je n'ai pas rêvé, je l'ai eu, enfin ! Enfin, non… Enfin de rien du tout, oui !

À cet instant d'hébétude, me revient en mémoire l'épisode ancien du pinson, criblé de petits plombs successifs, le pinson qui n'était pas tombé, tétanisé mort sur sa branche. Se passe-t-il la même chose en ce moment, avec cette grosse bidulerie anonyme en haut du noyer ? Les mêmes choses peuvent-elles se reproduire de manière similaire à plusieurs années d'intervalle ? Il m'est impossible de pouvoir formuler une réponse négative autant qu'une affirmative.

Paoow ! Une troisième pour confirmer. Et une quatrième et dernière pour confirmer la confirmation qui, au bout du compte ne confirme, n'affirme ni n'infirme quoi que ce soit. La grosse boule beige dont je ne vois ni les pattes ni la tête alouette demeure impassible à la même place. Dépité par cette partie de chasse peu commune, en proie à des ressentis contradictoires, mentalement tiraillé dans tous les sens jusqu'à n'en pouvoir démêler quoi que ce soit, je hisse le drapeau blanc avant d'aller ranger rageur la carabine.

L'endormissement du soir est instable. Je passe en revue les faits de la journée, le noyer, la bestiole, je récapitule et me remémore, un peu en vrac, en essayant de résoudre l'énigme et de dénouer ce canevas de jeu, de folie et d'incompréhension, ce tricotage de fierté, de puissance et d'imbécillité noire, un filet finement tressé dans lequel je suis pris. Rets implacables, plus ma pensée s'y débat, plus elle s'emmêle. Rien ne se démêle et le cerveau se débat.

La première pensée du jour suivant est la même. L'intellect aime bien comprendre. Je traverse le jardin, les yeux rivés sur les branches du noyer. Des branches, oui, mais les sempiternelles branches que je vois depuis que je suis gamin, sans rien d'autre ! Pourtant, plein centre de l'allée qui mène à la maison du grand-père, un gros et grand truc gît à terre, ventre en l'air, les ailes entièrement déployées : une chouette blanche, une grosse et imposante mémère de hulotte blanc-gris-beige, morte… J'ai quelques réticences lorsque je me décide enfin à la prendre par les pattes pour aller la planquer dans le gros tas de lierre et de hautes herbes folles, là où aiment se réunir les grives annuellement. Les chats ou les rats du coin s'en chargeront bien et laisseront peu de traces.

Par la suite, mon père m'expliquera le phénomène. Je ne citais ni le cas du pinson, ni celui de la chouette blanche ; je demandais seulement, par chemin détourné, si ce que j'avais constaté pouvait avoir quelque réalité.

« J'ai vu ça une fois, je ne me souviens plus quel piaf c'était[46]. C'est comparable au perdreau touché plein cœur qui monte sans fin à la verticale au lieu de bouler. Quand on tire un piaf branché en l'atteignant directement au cœur, il n'a le temps de rien faire. Sous le choc, les pattes se crispent et enserrent plus fortement encore la branche sur laquelle il est posé. En moins de temps qu'il ne faut pour le dire, il passe de vivant à piaf empaillé. Si l'impact ne le déstabilise pas, il reste là, comme il était venu. Après, ma foi, je ne sais ni pourquoi ni quand ni comment il tombe ! En toute logique, rien n'est fait non plus pour qu'il reste accroché en haut jusqu'à la saint-glinglin ! »

En résumé intéressant, du pinson et de la hulotte, le premier boulet envoyé leur avait brutalement explosé le cœur. En ce qui concerne la chouette blanche, je compris qu'elle dormait quand je l'ai ajustée ; que pendant son sommeil diurne, sa tête entrant dans son cou et son cou dans son corps, je ne pouvais voir d'en bas qu'une masse non définissable. Une crise cardiaque à la vitesse du son pendant qu'on fait dodo, ça c'est une belle mort ! Mais tuer une hulotte n'a, en définitive, rien de spécialement chouette, au fond…

Entre deux journées de chasse ou de pêche, j'arpentais les jardins jusqu'à ma vingt-et-unième année, avec les mêmes gestes, les mêmes ruses, la même patience et la même carabine. Les uns prenaient du plomb dans l'aile, moi je prenais des années. Les années, c'est du plomb à retardement.

Quand j'entends un koo-koh-kouu suivi d'un flap d'ailes, une tourterelle n'est pas loin. Une ou deux, elles aussi, ont eu grand tort d'annoncer leur atterrissage. Comme tant d'autres auparavant, les tourterelles turques roses et leur semi-collier noir finissent sur le tas de compost, entre les pelures de patates et les fanes de carottes, en attendant que la micro-faune grouillante du dessous monte à la surface pour une dernière autopsie ravageuse. Un coup de plombs, un coup de vers, un partout, match nul, la balle au centre…

Avant que le temps de la carabine 9mm paternelle ne soit compté et révolu, trois oiseaux échappent miraculeusement au jeu de massacre. Le premier est un bouvreuil. Je n'en ai jamais vu dans la région. Je suis intrigué par son petit sifflement bas empreint de mélancolie. Il grignote les bourgeons, calme, presque timide. Sa gorge rose pivoine et sa calotte noire me rappellent le triste épisode sanglant de la mésange à longue queue. Je le regarde. Je ne l'entendrai pas chanter une seconde fois, il est déjà parti !

---

[46] Dans la région, tout truc pas très gros qui vole et qui ne peut être distingué avec précision, prend l'appellation générique de piaf. Sauf les hirondelles au vol très caractéristique.

Le second est un roitelet huppé qui attire mon attention par un cliquetis chanté super aigu à la limite de l'ultrason, encore un intrus inconnu que, de visu et de loin, je confonds avec un verdier ou un chardonneret. Je m'approche autant que faire se peut ; la houppette noire et jaune dressée confirme ce qu'avait lancé le chant : un roitelet excité, tête en bas à inspecter les dessous de feuilles. Trop mignon ! Le canon restera muet.

Le troisième qui échappe à une mort certaine, c'est un troglodyte. Je les connais bien, je les aime bien. Ils nichent dans des trous de vieux murs. C'est un vrai spectacle de les voir pointer le bec et un œil hors du trou avant de se décider à prendre leur envol. Des papillons supersoniques, voilà à quoi ils me font penser. Râblés mais épais comme rien, munis d'ailes trop courtes pour effectuer de longs vols, ils zigzaguent et vadrouillent à proximité de leur retraite. Lorsqu'un de ces pétulants et microscopiques oiseaux revient au bercail en s'accrochant une seconde aux pierres du mur dans un ti-ti-titt pointu, je ne peux pas tirer, la musique est trop belle, le crime ne serait pas gai.

Vingt-et-un ans, l'âge de la majorité. Mon premier emploi sérieux m'autorise à mettre quatre sous de côté pour acquérir une nouvelle carabine, cette fois bien à moi. La 9mm reste au râtelier chez les parents. Avec une idée bien arrêtée, je me rends à l'armurerie familiale arpajonnaise, certain d'y trouver le modèle, d'être conseillé et chouchouté puisque le client n'est pas ordinaire. Mon grand-oncle Louis n'est pas là, lui qui me semblait à même de me guider dans l'achat. Son épouse Rachel, oui, fidèle indéracinable derrière sa caisse enregistreuse, personnage haut en couleur fort à son aise dans le registre « caissière du Grand Café » des temps anciens. Le problème, avec ma grand-tante, c'est qu'elle écoute sans écouter et, en commerçante intemporelle, a déjà pour objectif de vous vendre ce qu'elle a sur place, que c'est ce qui se fait de mieux en ce moment, que c'est tout nouveau, que c'est très abordable parce que « je suppose que t'as pas trop de sous à mettre là-dedans » et qu'elle en a vendu deux depuis le début de la semaine. Celle qu'on appelle la tante Rachel est aussi érudite et passionnée autant en armes que moi en moteurs de Caterpillar ou en tailles de chasubles pour le clergé régulier. Peu convaincu par les arguments déployés, arguments qui parlent de tout sans cibler l'essentiel, je lui demande si je peux voir d'autres modèles sur catalogue, gentiment, à la limite du mielleux pour éviter de froisser la patronne. Un peu sèchement, elle me tend un gros catalogue sur le comptoir. Pfff ! Feuilleter tout ça ! Après tout, non. Je vais lui acheter un modèle disponible et tout ira bien comme ça.

« Je peux revoir ce modèle-là de plus près ? » C'est une 22 long rifle à répétition. « On peut l'utiliser sans le chargeur ou pas ? Est-ce que la chambre accepte les bosquettes et les longues ? »

Le « Ah mais oui, bien sûr, je crois bien » en retour laisse planer un doute. Je ne suis pas sorti de l'auberge… Alors, j'abrège, impatient de repartir avec la 22.

– Je vais la prendre, ne te casse pas la tête, ma tante !

– Tu veux des cartouches ? »

J'envoie un oui de la tête. Acheter une nouvelle carabine sans munitions, faut être un peu demeuré !

« Qu'est-ce que je te donnes ? » dit-elle en faisant coulisser une porte vitrée derrière elle. Je réplique par une interrogation, sachant que le mot « donner » entendu n'a pas, chez elle, la signification habituelle.

« Y'a quoi de bien ? réponds-je en essuyant le tir de la question posée.

« Prends celles-là, c'est ce que je vends le plus. Et si tu veux une boîte de bosquettes, celles-ci. » En gros, il n'y a pas vraiment à discuter. Le conseil est de taille, l'argumentaire sans pitié.

Et de poursuivre : « Attends une seconde, je sers le monsieur et je te fais ta facture. Monsieur ? Bonjour, oui ? Que puis-je pour votre service ? » À l'ancienne, quoi ! Mais c'est marrant.

Ma facture sur papier en-tête de l'armurerie est rédigée à la main.

« Je t'ai fait une petite remise, hein ! Voilà. C'est bien normal, oui, hmm. Attends une seconde, je vais t'envelopper la carabine, tu ne pas partir comme ça dans la rue ! Hein ? Hmm… »

Je lui fais le chèque sans vérifier quoi que ce soit, je fais la bise habituelle à la tante, la remercie et tourne les talons, carabine enveloppée de craft sous le bras.

« Donne bien le bonjour à tout le monde de la famille, n'est-ce pas ? Au revoir, hein ! Hmm oui, allez, au revoir ! »

J'aurais bien voulu voir l'oncle Louis, le frère de mon grand-père, mon grand-père en plus petit… Tant pis. Dans la voiture, juste avant de mettre le contact, je jette un œil sur la facture : eh bé ! Elle s'est pas foulée le poignet pour la remise, la tante ! Elle ne les attache pas avec des saucisses !

Je n'ai retenu ni la marque ni le modèle de cette 22 toute neuve. J'ai seulement mémoire de m'empresser pour aller l'étrenner dans mes lieux familiers mille fois fréquentés. Là où j'ai rôdé, on the road again, je vais rôder ma carabine… Premiers essais sur une cible-carton grossièrement fabriquée dans l'urgence. À quinze mètres, trente puis quarante, au coup par coup, carabine chargée avec une bosquette, petite munition courte. Résultats : pas mal, mais peut mieux faire. Nouveaux essais avec les balles 22 longues dans le chargeur, mêmes distances. Première surprise : ça pète fort ! Un aussi grand potin dans des jardins entourés d'habitations risque de m'attirer des remarques rapidement ! À cette époque, et depuis bien des années, le bruit des carabines traditionnelles, celles dédiées au petit gibier, ne fait naître aucune réflexion ou rouspétance de la part du voisinage, c'est monnaie courante d'entendre des petites détonations, tout le monde y est habitué. Pourtant, cette 22LR surpasse les seuils sonores habituels. D'où le risque... De plus, comme ces coups de feu sont assez caractéristiques, il est aisé d'en déduire que le tireur est plus lourdement armé que de coutume ! Et de surplus, tout le monde connaît grosso modo la portée de cette arme, la distance où la balle est encore dangereuse... Ce qui ne fait que grandir mon inquiétude face à d'éventuelles revendications des habitants voisins... Dans l'expectative qui installe son théâtre sur la grand'place de mon cerveau, le régisseur général des arts cynégétiques enjoint la troupe de comédiens de pacotille à plier leur bazar et à repartir dans les roulottes voir ailleurs si j'y suis. En gros, on laisse la situation en l'état, on intime à son cerveau l'ordre de la mettre en veilleuse cinq minutes et on continue comme si de rien n'était.

Dernier essai avec le système automatique à répétition : une pétarade infernale, une cartouche pète par seconde ! Drôlement bien vu, ce truc ! Par contre, le boucan, je n'ose même pas en parler ! C'est comme à la guerre, j'imagine, sauf qu'en matière de guerre, je suis loin d'en être un exégète, je n'y connais strictement rien.

Les jours suivants, je rencontre rapidement quelques soucis d'utilisation. Le système automatique se bloque parfois, les cartouches se coincent dans le chargeur et ne s'en extraient pas pour s'enfiler dans la chambre. S'ensuit le chargeur lui-même coincé, impossible à extraire de son logement. Je ne vais tout de même pas faire appel à un huissier pour qu'il procède à une injonction suivie d'expulsion ! Les résultats des tirs ne me satisfont pas non plus. J'ai bien déglingué un corbeau et une tourterelle, mais j'en ai raté tellement d'autres que je me pose des questions sur la qualité de cette arme.

Le truc rigolo et nouveau avec une 22 long rifle, c'est de pouvoir tirer les oiseaux en vol, les gros de préférence. Dans cette optique, le choix des pigeons et des corbeaux s'impose. C'est une nouvelle époque, une nouvelle ère qui s'ouvre, redevenue clémente et sereine pour le petit gibier, violente et sombre pour le plus gros. L'automne et l'hiver, on ne voit que des nuées de corbeaux passer haut dans le ciel. Parfois, un ou deux traînent plus bas d'un vol lourd. Alors je m'embusque une fois de plus en attendant les passages de groupes ou de solitaires. Mais les tirs au vol ne sont qu'échecs sur échecs. Au coup de feu, le corbac bifurque d'un coup d'ailes brusque et passe la surmultipliée pour décamper. Cette carabine m'exaspère, elle a la puissance de feu d'un missile antichar et la précision d'un lance-pierre !

Je confie ces problèmes à un ami qui me conseille, pas idiot, de munir le chargeur en alternant une balle standard et une balle traçante ! Ce qui me permettrait de suivre au moins la trajectoire d'une balle tirée sur deux ! Ni une ni deux, je fonce chez la tante Rachel acheter une boîte de balles traçantes... qu'elle n'a évidemment pas en stock ! J'écume les armureries du coin et trouve enfin ma boîte espérée. De retour à l'affût, j'enquille les cartouches dans le chargeur comme convenu. Le premier corbeau qui apparaît ne se doute pas qu'il vient d'être élevé au rang de cible mobile test. *PââWw ! PââWw ! PââWw ! PââWw* ! Quatre tirs en moins de trois secondes sur le volatile. Les deux balles traçantes remplissent correctement leur office : une lueur rouge éphémère positionne leur trajectoire dans l'espace. Constat effectué, résultat noté, séance d'auto-débriefing : les balles passent à plus de vingt centimètres de l'objectif à chaque fois ! Conclusion : je ne sais pas, je ne conclus rien, je... Jaillit alors une idée, géniale, une fulgurance, le eurêka du siècle, l'illumination divine, cosmique, universelle et intersidérale : il me faut une lunette ! Une lunette à installer sur les deux rails au-dessus de l'arme, une lunette qui va me permettre de caler à coup sûr les bestiaux à la loupe dans le croisillon ! Je suis un pur génie. Qu'on me réserve sur l'heure une place au Panthéon ! Oui, sauf qu'à y regarder de plus près, la carabine n'a pas été conçue avec les deux rails pour recevoir quelque lunette que ce soit ! Merdouille de merdouille ! Je maudis en bloc les saints et les dieux, Diane, saint Hubert, Artémis, Banka Mundi, Abnoba, Camaxtli[47], Manufrance et la tante Rachel en cerise sur le gâteau !

L'adage tout nouveau tout beau a bien été constaté. La carabine me passe par les yeux et par les trous de nez, ceux qu'on nomme plus élégamment narines. Bref, je ne peux plus la voir, je ne peux plus la sentir. Je la revends aisément trois francs six sous à un copain bien heureux de la circonstance. Mais je n'ai plus rien à proposer à mes bestioles sauvages en compensation, pas plus qu'à mes récréations... Une trêve dans les hostilités s'impose. Des animaux, le ciel s'est éclairci, le mien s'est assombri. Deux jours passent dans le désert de mes cogitations.

En fin de compte, je décrète la lunette inutile, inadéquate et inopérante pour le tir au vol. Pour le tir posé oui, pour le tir mouvant non. De plus, argument choc, tirer avec une lunette en passant d'abord par mes lunettes risque que l'empilement optique ne rende pas les choses à viser plus nettes. Il faut donc mettre de l'ordre dans les idées, réviser les faits passés et aviser posément avant de pouvoir viser à nouveau.

Et j'avise d'assouvir un vieux fantasme sorti tout droit des bandes dessinées, de mes souvenirs d'enfance et des films du grand

[47] Les trois derniers cités, successivement : dieu du panthéon hindou de la chasse et des bêtes, déesse gauloise de la chasse et l'un des dieux aztèques de la chasse.

ouest américain : posséder une Winchester, l'arme mythique, au même titre que la Harley Davidson des bikers fanatiques, la Telecaster des mordus du rock n'roll des années 50, la Buick amande ou la Cadillac rose des inconditionnels des fifties et sixties. John Wayne, Joss Randall et tous les cow-boys de ma mémoire me pressent à acquérir l'engin culte. La démangeaison est trop intense. Autoconvaincu, je n'occulte aucune de ces réminiscences ; au contraire, j'enjolive, j'auréole, j'idéalise, je sanctifie, je pousse au culte. Et tant qu'à pousser, autant pousser une fois de plus jusqu'à l'armurerie arpajonnaise, je sais qu'ils ont l'engin en stock dans les râteliers.

Ding-ding, bonjour ma tante, la bise, je prends celle-là, voilà, merci, ah oui la facture, la bise, au revoir, d'accord je passe le bonjour à toute la famille je n'oublierai pas, ding-ding fermeture de porte.

Superbe carabine ! Je dis carabine à cause du calibre 22 long rifle identique à l'arme précédemment utilisée. Bien que la marque Winchester soit la même, ce n'est pas le vrai fusil original du farwest conçu, lui, avec un calibre plus gros. Où s'étendent mes territoires de chasse, l'absence de troupeaux de bisons, de hordes hurlantes d'Apaches ou de pilleurs hors-la-loi ne nécessite nullement l'acquisition d'un fusil aussi destructeur ! Superbe, disais-je : noyer d'Amérique ciré légèrement veiné de noir, joue de crosse quadrillée, canon à section octogonale et magasin tubulaire bronzé noir assorti à la boîte de culasse et au levier d'armement. Magnifique. Il me manque une monture, sinon j'aurais illico glissé la carabine dans l'étui de selle, comme on le voit dans tous les westerns hollywoodiens ou spaghettis ! Cette vision idyllique implique d'acheter un cheval, hypothèse rapidement exclue du rêve de chevauchée. Pas de fantasme enfantin, je reste fantassin dans mes fantaisies et très à cheval sur mes seuls principes.

The gun that gone the West[48] ! Réplique de « The Legend », qui ne la connaît !? La Winchester est l'un des premiers fusils à répétition manuelle, sans barillet, pourvu d'un ingénieux système : à hauteur de détente, le levier d'armement, rapidement manœuvré de haut en bas, éjecte la cartouche tirée pour en enclencher aussitôt une nouvelle. Sous le canon, sont rangées bout à bout neuf cartouches dans le magasin tubulaire. Le premier essai en situation donne de bien meilleurs résultats que ma carabine précédente. Pas plus de bruit, plus précise et surtout drôlement plus amusante à manipuler ! L'avis ne semble guère partagé par les corbeaux, tourterelles et sansonnets qui pullulent toujours autant dans le jardin et ne donnent nullement l'impression d'en rire à s'en tenir les côtes…

---

[48] Dénomination américaine du modèle original Winchester de 1873, Le fusil qui a gagné l'Ouest.

De manière très inattendue, ma Winchester me donne un jour l'occasion de combiner deux arts majeurs, la chasse traditionnelle et la peinture contemporaine, alliance contre nature de l'art plastique et de l'art du plomb. L'affaire peut paraître curieuse et insolite, et pourtant… Dans le jardin voisin, tout au faîte d'un estimable noyer – un de plus –, vient se percher une palombe. Sans Coulommiers ou Chaussée-aux-Moines dans le bec. Voisin ou pas, roucoucou du ramier ou pas, j'envoie un pruneau de cow-boy vers l'oiseau estimé trop loin pour être atteint. *Paoow* ! Une poignée de plumes vole, mais la palombe s'envole. Toutefois pas longtemps : elle décrit un grand arc de cercle pour s'enfuir, en décrit un second en revenant vers moi, elle monte et descend comme affolée. La suite est une lente descente inexorable dans d'ultimes battements d'ailes fatiguées. Le pigeon termine sa course dans un drap tout propre que ma grand-mère vient d'étendre sur son fil à linge ! Le pigeon se débat encore et chacun de ses bonds ne fait qu'amplifier le désastre sur la toile. Le drap vierge est maintenant devenu œuvre d'art au style indéfinissable, impressionnisme impressionnant, tachisme certain, pointillisme partiel, d'un modernisme étonnant, une toile de Soulages inachevée dans les tons rouges ! Je ramasse mon pigeon et une bordée d'engueulade from mamy Edith, the legender Calamity Jane grand-mother ! Le pigeon est mort. De la grand-mère, j'ai failli l'être aussi par devant bien que je fus mort de rire par derrière !

Quelques mois plus tard, je remarque que le levier d'armement de la carabine a pris un jeu latéral conséquent. Les pièces mobiles donnent des signes de fatigue : faire sauter une douille pour réenclencher une cartouche demande des mouvements de plus en plus brusques et virils. Jusqu'au jour où le mécanisme crie au secours et agonise. Shiiitt ! comme disent les cow-boys ; la tuile, comme on devrait dire dans le plus policé des français… et que personne ne dit jamais dans de telles occasions.

S'ensuit une boulimie d'achat de carabines, ou plutôt, devrais-je dire, une suite d'envies compulsives puisque la réalité du porte-monnaie ne peut suivre et satisfaire à la même vitesse le rêve ou le désir. En remplacement de la Winchester défectueuse qui vient de m'exaspérer et ne me porte nullement à quelque idée de réparation, je décide d'acheter du lourd, du sérieux, du pro, du qui-rigole-plus-du-tout. Mon choix s'arrête sur une carabine de marque Anschutz, engin destiné au tir de compétition. Si les pros utilisent ce produit pour mettre dans le mille sans coup férir, un amateur comme moi, même à moitié bigleux, doit pouvoir au moins mettre chaque coup dans le neuf-cent-quatre-vingt-dix-neuf. Je range mon Stetson et remise mon canasson virtuel à l'écurie.

Quand j'ai pris possession de la carabine de tir olympique, fabrication allemande réputée, modèle 1807 long rifle pour être précis, j'en suis resté complètement scotché ! Carabine mono-coup, canon lourd pour un maximum de précision et d'équilibre, crosse orthopédique ajustable, dioptre et guidon à tunnel, tout respire l'ajustage micrométré, c'est à tomber par terre ! Une tuerie, c'est le cas de le dire ! Le premier boulot avant toute mise en action de chasse : effectuer les tests à diverses distances de tir et fignoler les réglages du dioptre si besoin. Comme on joue désormais dans la cour des grands, j'emploie les grands moyens. Je sors l'établi de menuisier du grand-père pour l'installer dans le jardin – l'établi, pas le grand-père ! – et bloque dans l'étau de bois la carabine en position de tir. Tirs à 15 mètres sur cible, puis 25 puis 40 mètres et encore au-delà. Hallucination des hallucinations ! Sans rien régler du tout sur l'optique de l'arme, la balle tape à chaque coup plein centre ! Pour du sérieux, c'est du sérieux ! Je range mon bazar Menuiserie et Compagnie et teste de manière classique, debout, arme tenue épaulée : idem ! Intrigué et bluffé par la donne, je relance par du vicieux : je vais placer à plus de quarante mètres un petit caillou blanc posé surélevé sur un petit piquet de bois. Le premier tir fait voler le caillou en éclats ! Ah ! On pouvait en vouloir aux Boches pour des milliers de raisons historiques, mais les Boches c'est tout de même autre chose en matière d'usinage et de technique que notre bonne franchouillarde Manufrance de l'ancien temps !

Six mois se passent à vadrouiller Anschutz sous le bras, par tous les temps, en toutes saisons. Tout tombe, mises à part l'admiration, la vénération et l'attention toute particulière que je porte à cette incroyable carabine. Pendant que je cumule et augmente de façon prodigieuse mes tableaux de chasse composés de jolis cadavres d'oiseaux divers et variés, le tireur olympique que je suis devenu est de nouveau assailli par un retour de souvenirs. Un tireur tiraillé, c'est spécial. En effet, il me revient de plus en plus fréquemment à l'esprit le souvenir de la Winchester. J'avais cru l'oublier dans les profondes oubliettes du définitif grand oubli. La voilà qui resurgit avec insistance. Non, non et non ! Je ne vais pas céder devant ces idées persistantes et de plus en plus prégnantes !

Si. Je cède. Je suis mon propre lâche et je lâche prise. Une lâcheté de désir qui me fait désirer l'acheter. Une nouvelle Winchester, mais une mieux, une vraie, comme les cow-boys, comme… Comme un éternel recommencement, une fièvre et un piège, une insatisfaction chronique, une boulimie d'avoir.

Vingt-sept ou vingt-huit printemps : j'en suis à un compte personnel dans ces eaux-là lorsque je vais prendre possession de mon nouveau bâton-qui-crache-le-feu, un modèle 22 Magnum surpuissant, une énergie cinétique multipliée par 2 et demi ! Une babiole plus proche du fusil de guerre que de la carabine à flèches ! Le look Winchester reste le même, les pruneaux à balancer sont musclés ; l'ensemble ne fait pas dans la dentelle et dans l'amusette ; c'est le but de la manœuvre ! Je m'empresse d'aller faire voir le joujou à mon frère, amateur s'il en est de toutes ces choses à poudre. On décide de tester : au fond de son jardin, il va placer un morceau de madrier dressé presque à la verticale. Après courte réflexion, il le double en plaçant un second sur le premier. À une quinzaine de mètres, coup de feu en direction des gros bouts de bois : la balle a traversé les deux épaisseurs comme si c'était du beurre ! On ajoute une troisième épaisseur pour un nouvel essai : résultat quasi identique, sauf que la balle se cale juste en sortie du dernier madrier ! Les balles de 22 Magnum transpercent sans difficulté 45 centimètres de sapin ! Par un calcul rapide – et très approximatif ! –, un seul projectile serait donc à même de tuer d'un coup une brochette d'une quarantaine de pigeons ! Encore faudrait-il que les pigeons soient correctement alignés sans bouger, hypothèse naturelle très incertaine à la probabilité proche de zéro.

Durant ces tests, le cow-boy réconforté et regonflé par ces performances n'a pourtant pas été dupe du seul point douteux et négatif de l'histoire : le terrible potin que fait chaque détonation ! Aux pays des cow-boys, pourquoi-pas, mais en plein village, la nuisance sonore risque de créer des perturbations annexes et périphériques dans les oreilles du quartier ! Des récriminations de voisinage futures sont à craindre... Je choisis de passer outre cette hypothèse, qui vivra verra, à Dieu vat, qu'importe le flacon pourvu qu'on ait l'ivresse, à cœur vaillant rien d'impossible, qui ne tente rien n'a rien et tous les goûts sont dans la nature. C'est comme ça et pas autrement.

Dans le double jardin parental et grand-parental, le premier coup de feu de la machine de guerre en action passe totalement inaperçu. Pas plus d'inquiétude remarquée pour les suivants. La dizaine de tirs dépassée, je vois mon père débouler. Il a son air pas content, les sourcils en V, et vient à ma rencontre à pas décidés en ne regardant que ses pieds. Pas bon. Affaire mal engagée. Par expérience, je sens devenir palpable une certaine électricité dans l'air.

« C'est toi qui fais tout ce boucan ?! Ça suffit ! Arrête-moi ça tout de suite ! Tu vas emmerder tout le monde, j'ai pas envie d'avoir tous les voisins sur le dos ! Rentre chez toi, ça va comme ça ! » C'était fatal. J'escomptais passer au travers, perdu ! Amorcer une négociation ou une justification quelconque n'était nullement envisageable. Le décret royal était sans appel. Et moi, je repartais comme un chien la queue basse, la carabine en berne, le moral dans les chaussettes et les espoirs de futures parties de cache-cache avec mon « gibier » à six pieds sous terre. Je stoppe la descente, je crains de trouver du pétrole...

Quinze jours seulement après la superbe acquisition, obligation est faite d'une sourde relégation au râtelier. Sans préambule particulier, la table des négociations paternelles s'ouvre un peu plus tard. Le patronat accepte et signe un accord mutuel stipulant que toute entreprise se doit d'inscrire désormais à son programme la non-production de toute nuisance sonore excessive, seuil au-delà duquel le contrat devient caduc sur-le-champ. Implicitement, les nouveaux accords autorisent le retour sur le marché du travail des dispositions anciennement établies. *PââWw* et autres *Paôow* trop pétants sont bel et bien bannis ; seuls admis : des *paf*, des *paf*, oui, mais des *paf* minis ! Bonne pâte, j'accepte… par défaut ! Et de cogiter le scénario de mon prochain film : Anschutz 2, le retour. Silence, ça tourne !

Le temps passe et mes activités extérieures grignotent de plus en plus de temps sur les petites parties de chasse-de-jardin. J'y reviens souvent aux temps lourds d'automne quand les derniers fruits attirent encore les oiseaux, quand les corbeaux freux descendent sur les noyers déjà fort dépouillés de leurs feuilles. Je retrouve mes embuscades, ma 22 long rifle au côté. Un de ces jours noirs chargé de nuages bas, plusieurs corbeaux tentent des atterrissages dans un noyer voisin, là où, des années auparavant, un pigeon tiré et blessé avait atterri dans le drap bien sunilisé et persilé de ma grand-mère[49]. Les friands de noix s'envolent à peine posés, c'est curieux. Ils parviennent à me voir ou à détecter ma présence du haut de leur perchoir ? Possible, c'est futé ces machins-là ! Je m'accroupis et cherche la meilleure façon de faire fomec derrière les quelques branches maigrelettes près du mur où je me tiens[50]. Un autre volatile s'approche et se pose dans un croââ assuré. À peine ai-je esquissé un début de levée du canon que le corbac s'esquive en tombant de tout son poids pour ne déployer ses ailes qu'à ras de terre ! Malin de malin le copain, impossible de tirer dans de tels mouvements rapides, cursifs et planés à dix centimètres du sol ! Ils ont des yeux d'aigle, les corbeaux, et des ruses de renard !

Je décide d'adopter la seule position susceptible de ne créer aucun mouvement, situation d'attente assez inconfortable, canon légèrement appuyé sur l'angle du mur et déjà pointé vers le noyer, prêt à tirer, position identique à celle employée pour les lézards du temps jadis ! Le jeu consiste donc à être plus malin que corbeau et renard réunis. Je croâa l'idée excellente et payante à court terme : faire le mort pour faire un mort.

Le corbeau suivant se branche en silence sans même un bruit d'ailes. J'ai juste à le cadrer dans le viseur par un mouvement minime

---

[49] Double néologisme un peu osé : Sunil et Persil étaient les deux marques de lessive utilisées par la grand-mère… Ca va bouillir ! Les slogans rattachés : « Sunil bleu, qui ajoute l'éclat à la blancheur ! » et « Persil lave plus blanc que tout ! »

[50] Terme militaire créé à partir des initiales des mots forme, ombre, mouvement, éclat, couleur. Faire fomec, c'est se fondre dans le paysage. Peut-être aussi, de ce fait, un jeu de mots avec faux mec.

d'un centimètre. Tir instantané : le corbeau chute à la verticale. Il est tombé dans les herbes hautes du jardin voisin et l'épaisse clôture grillagée qui m'en sépare en interdit l'accès. En m'approchant, je vois les herbes bouger sous le noyer : la bestiole est blessée mais se débat encore pour s'enfuir. Et puis plus rien, tout s'arrête. J'ai la solution de contourner le grillage et de l'escalader par un côté plus accessible (je l'avais déjà fait avec des copains pour aller subrepticement bouffer les cerises du voisin !), mais ce voisin, type sec comme un coup de trique et acariâtre, vieux ronchon et peau d'hareng à ses heures, moins affable que La Fontaine, n'est pas connu dans le quartier pour sa franche convivialité. J'ai la seconde solution de laisser les choses en l'état… dont le corbeau à son destin. Clôture du débat, je repars pour une nouvelle tournée d'inspection dans le jardin.

Dix minutes de visite jardinière infructueuse me ramènent sur les lieux. Un *crrââow* prononcé m'interpelle : sur une surface d'herbe rase, le corbeau est debout sur ses pattes, marchotant tant bien que mal, une aile pendante. Crrââow ! À mon arrivée près du grillage, il stoppe et tourne son gros bec vers moi. J'arme, je ne peux décemment laisser l'animal souffrant dans cet état. Je la joue fine et vise la tête pour en finir. Boum ! Le corbeau fait un bond sur ses pattes. Mais c'est tout !…. Ou plutôt non, il n'a été qu'apeuré un peu plus parce que la balle a coupé une maille du grillage ! Tuer le grillage du voisin n'étant pas le but recherché, j'y passe cette fois au travers le canon de la carabine, destination corbeau plein centre. *Pââow* ! Mais qu'est-ce que je bricole !? C'est si coriace que ça, un corbeau ? Il est blindé ou quoi !? La bestiole gueule à grands cris dans ma direction, bec ouvert à s'en décrocher ce qui lui reste de mâchoire. L'affaire commence à me coûter en cartouches et à me courir sur le haricot. Non mais, y connaît pas Raoul ! Une balle supplémentaire et une en dernier coup de grâce. Ah ! Tout de même ! Bon sang, je commençais à douter de l'efficacité de mes mises en joue !….

Le corbeau dort dans le soleil, l'aile sur sa poitrine, tranquille. Il a deux trous rouges au côté droit[51].

Et le temps de passer, toujours et encore, invisible présent, dévoreur caché entre hier et demain. Mes visites carabinées de jardins deviennent plus rares, sans cause vraiment précise. Du répétitif, peut-être, de la lassitude sûrement, seuls motifs à même d'expliquer pourquoi ces envies de poudre et de plomb s'espacent tant. J'y reviendrai parfois, lors de moments d'incertitude, par habitude récréative ou comme bouche-trou dans le désœuvrement d'une heure ou d'un jour, sans grande conviction. Un passe-temps

---

51 D'Arthur Rimbaud, *Le Dormeur du Val*, deux vers de conclusion modifiés et adaptés à notre situation particulière. Que le poète me pardonne !

pour tuer le temps l'espace d'un instant... L'histoire du corbeau avait ouvert une brèche. Je ne savais pas encore que je m'y engouffrerai.

ACTE V

Scènes de famille

Le grand tableau chasse, pêche et compagnie jusque-là esquissé serait incomplet si on omettait d'y adjoindre en corollaire les mœurs et les habitudes de l'époque, de l'éducation aux faits de société généraux ou particuliers ; un moyen de voir comment s'articule ce qui nous entoure et nous influence en retour. Baigné depuis la prime enfance au point de convergence de tous ces faisceaux d'influences, il est d'abord à démêler dans cette enquête, non pas le pourquoi, mais le comment des choses. Et, comme tout un chacun, l'influence prépondérante est à relever à l'intérieur même de la famille proche, le premier cercle de vie. Enfant, je ne pouvais pas comprendre que sous les aspects simples, joyeux, merveilleux, tranquilles, insouciants et badins de la vie se camouflaient insidieusement la dureté, l'épreuve, la peine, la cruauté, l'atrocité, toutes les abominations et la mort.

Camille, mon grand-père paternel m'apprend plein de choses capitales : en faire le moins possible évite la fatigue, adage non formulé mais mis en pratique journellement ; quand on est dans l'obligation de faire quelque chose, il faut le faire, sauf si quelqu'un le fait à votre place, c'est mieux ; on doit faire les choses du mieux possible et si on les fait mal, ce n'est pas grave, les autres n'avaient qu'à le faire s'ils ne sont pas contents du résultat. Le plein de choses se résume donc à une unique philosophie appliquée, sans détour, simpliste et redoutable. Il traverse deux guerres, mais traverse seulement. Il échappe à celle de 14-18 on ne sait par quelle pirouette administrative et regarde passer 39-45 assis dans son fauteuil. Irréprochable. Neutre, presque suisse. Ni combattant, ni collabo. Patriote, peut-être, mais je n'en suis pas certain. Aller mettre le drapeau à la fenêtre ou l'agiter, tout ça pour devoir le ranger après, non. Trop contraignant, trop fatigant. De la dépense d'énergie pour pas grand-chose…

À l'inverse, mon grand-père maternel Jean me fait découvrir tout le reste ou presque : la nature, le ciel, les nuages, la lune, les arbres, les plantes, les saisons, les animaux en général et les oiseaux en particulier, le jardinage, l'élevage, l'arboriculture, le travail du bois, etc. Des deux mêmes guerres, il est enrôlé pour la première et actif durant la seconde. Le fauteuil est moins confortable : sieste prolongée imposée au Chemin des Dames et journées récréatives à Verdun, pour ne citer que ces deux jeux de plein air historiques festifs à souhait.

Sur ces faits de guerre, il reste d'une grande discrétion. Il se hasarde à rompre le silence uniquement lors de rares grands repas familiaux, principalement lorsque certains de sa génération sont présents autour de la table. Les narrations souvent courtes vont à l'essentiel. Peu de détails dans les récits, simplement des tableaux nébuleux de vie dans les tranchées, sur le front, comme si mille réticences l'empêchent encore de tout raconter… En revanche (c'est le cas de le dire !), ça y va et ça débite sur les Boches et leur pays la Bochie, les Frisés, Les Schleus, les Vert-de-gris, les Teutons, les casques-à-pointe, les Fritz, les Kaiser et compagnie, les Fridolins, des mots qui lui restent nettement en travers de la gorge et qu'il ne digérera jamais. Une haine contenue, sobre et digne, plus envers la folie du système qu'à l'encontre de personnages particuliers. Tout le monde sait, par contre, qu'il est soumis à des insomnies et des cauchemars perpétuels. Chaque nuit, sans le moindre répit depuis l'armistice de novembre 1918, il revit sa guerre, hanté par cette non-vie dantesque ! Par ce fait tout simple, on peut à peine comprendre ce qu'il fut contraint de vivre, de voir et d'endurer… L'atrocité humaine est présente en filigrane, obscure, impossible à évoquer ouvertement : peut-être ne parvient-il pas à trouver en adéquation des mots assez justes et clairs pour décrire des circonstances aussi sombres et injustes ? À moins que, préférant gérer seul ses terribles souvenirs, non partageables car trop terrifiants, le silence du soldat s'érigeât en dernier sacrifice ? Jusqu'à son dernier souffle, la guerre planera sur lui comme un fantôme errant. Son nom ne serait jamais inscrit au burin d'acier sur la pierre du monument aux morts. Pourtant, sans mot dire, les morts, le patriarche les traînait avec lui.

Une fois pourtant, et une seule, il me fait la surprise et l'insigne honneur d'aller décrocher un bout de sa mémoire, perdu dans un coin de poussière de la grange : son casque de poilu, sa baïonnette, son quart et son pistolet de sous-officier. Il me montre les deux traces de balles qui ont ripé sur le casque. Il me fait le récit du jour où il est déséquilibré par l'impact fulgurant d'une balle de mitrailleuse : le projectile transperce de part en part l'acier du pistolet porté à la ceinture côté droit, tord le canon, termine sa course dans le portefeuille en poche et stoppe sa course à un demi-millimètre de la hanche ! De ses deux mains en offrande, il me tend le pistolet[52],

---

[52] Le pistolet de sous-officier de la guerre de 14 était un Ruby calibre 7,65 semi-automatique de fabrication espagnole. Certains corps d'état français – les douanes, notamment – en seront équipés jusqu'aux années 1980.

mangé par une oxydation de quarante ans. La baïonnette, elle aussi, est brune de rouille. Il m'a simplement dit l'avoir enclenchée plusieurs fois au canon, sans préciser une utilisation ou non dans la bedaine pleine de bière et de choucroute des copains d'en face…

Une guerre en chasse une autre… Si l'on s'en réfère à cette formule, même les guerres se chassent entre elles ! Mon père, lui, ne part pas spécialement chasser quand, à dix-huit ans, il a la très mauvaise idée de s'engager dans l'armée. Mauvaise pioche puisqu'il se retrouve directement à l'appel sur les listes de mobilisation en 39 ! Après avoir été fait prisonnier, suit un long séjour dans la belle Allemagne bucolique de ce temps-là. Pire que le grand-père précédent, il n'a jamais rien évoqué de sa guerre, silence radio complet, black-out total ! Un seul détail me parvient aux oreilles, une fois et une seule, lors d'une discussion avec l'un de ses amis. Une de mes oreilles traîne par hasard ce jour-là : j'entends parler de visions d'horreurs, de Russes écrasés par les chars allemands ; de piqués hurlants de stukas. Sans détails supplémentaires… Détails d'ailleurs inutiles, on imagine suffisamment le tableau… J'en ai toujours déduit que papa, lui aussi, avait vécu des trucs irracontables et pas simples à gérer. On comprendra aisément, en comparaison des folies précédemment vécues, que ses actes de chasse et de pêche fussent ensuite considérés comme petites banalités de la vie ordinaire…

Les femmes de la famille proche, ma mère et mes deux grands-mères, ne subissent que les effets et contrecoups des guerres successives. Une femme est protectrice, elle incite rarement à la haine et au combat destructeur. Les femmes d'alors ne font qu'attendre les fins d'hostilités en priant le ciel qu'elles tardent le moins possible. Pendant que les uns marchent la fleur au fusil et la revanche chevillée au corps, les femmes restent la peur au ventre et l'espoir à fleur d'esprit.

En 40, ma mère et ses parents connaissent l'exode, direction la Loire via Malesherbes, Pithiviers et Gien. À pied, cela va de soi, seulement accompagnés du couple Chain qui s'embarque, lui, avec ses deux chevaux, sa charrette à foin bardée d'ustensiles de première nécessité, matelas, couvertures, sans oublier la cage en osier : les coqs de la basse-cour sont du voyage ! Sur la route encombrée, ils sont loin d'être seuls ! La peur d'être mitraillés par des avions italiens – disait-on – est présente dans tous les esprits ; ancrée également celle de l'inquiétante Cinquième Colonne dont tout le monde parle sans réellement savoir de quoi il retourne. En ce temps où les murs ont des oreilles, on se méfie de ces faux partisans infiltrés qui œuvrent dans l'ombre au bénéfice de l'ennemi, on parle de fausses informations volontairement propagées, on parle d'Allemands déguisés en bonnes sœurs ou en curés !

Le 22 juin 1940, le bon, docile et visionnaire Pétain signe l'armistice. La nouvelle se propage chez les marcheurs de l'exode, nouvelle assortie d'une seconde : les ponts sur la Loire sont devenus infranchissables, détruits par des bombardements. Ma mère et les grands-parents décident de faire demi-tour. Dix jours de peur au ventre, dix jours de périple, pour rien…

À deux kilomètres de chez nous, la gare de Marolles est souvent prise pour cible, convois mitraillés ou bombardés ; celle de Brétigny et son centre de triage, pire encore, à trois kilomètres plus au nord. En 1940, les Allemands sont là, installés dans le village : dans le château tout-confort pour ces messieurs les officiers, à la ferme-hameau de Bressonvilliers pour la troupe, et juste en face de la maison des grands-parents pour les bureaux de la nouvelle kommandantur locale ! Il est toujours très agréable de sortir chercher le pain et de tomber nez à nez sur une poignée de types en noir de la SS-Panzer dont les chars s'alignent sous l'allée de tilleuls à cinquante mètres de là ! Ah, les belles journées ensoleillées et tranquilles de ce temps-là ! Quelle nostalgie ! C'était le bon temps ! Avec de tels vécus, comment voulez-vous que tout cesse d'un coup sans marquer encore les esprits, même bien longtemps après la guerre ?

Moi, je suis au milieu de tout ça. Bien sûr, les guerres sont terminées depuis des années, mais j'en sens le souvenir et la présence comme un sceau marqué sur les êtres et les choses. Sans qu'on puisse nettement en discerner les causes, certains comportements humains en exhalent les conséquences. Les temps sont encore durs, la vie stricte et parfois sévère. On ne tire plus les ennemis d'hier, seulement le diable par la queue en espérant un jour tirer son épingle du jeu.

Je suis un bon écolier, sage et studieux. Les parents me poussent à être le meilleur : la compétition commence. Quand je ne suis pas le premier de la classe, j'en sors la tête basse en ne décrochant que la seconde place, un scandale ! Je ne cesserai de lutter contre mes propres ennemis héréditaires dans une lutte inégale : calcul, arithmétique, géométrie, calcul mental ; plus tard, mathématiques, physique, chimie et géométrie dans l'espace resteront hors de mes frontières cérébrales. Fort heureusement, j'ai des alliés dans la bataille : orthographe, grammaire, écriture, rédaction, leçons de choses, dessin ; plus tard, dissertation, philosophie, histoire, géographie, sciences naturelles, peinture, musique… Certains construisent à partir de règles et de compas ; moi je construis à partir des instruments de mes rêves, des outils non proposés à la vente dans toute bonne papeterie.

J'adore les dictées et les lectures. J'aime bien, quoi que j'en aie dit, le père La Fontaine, ses animaux qui parlent, son renard et sa cigogne, son laboureur et ses enfants à qui il parlait sans témoin tant et plus. À l'école, par-delà les baies vitrées, j'aime bien regarder les tilleuls de la cour qui changent de couleur, tout doucement aux changements de saisons, ou l'horloge du clocher qui tape chaque heure et chaque demie.

Je lis peu. À vrai dire pas du tout. Ma littérature d'enfant se borne à Tintin, Mickey et Spirou. Tout le reste, je feuillette ou je délaisse. Au collège puis au lycée, on ne change pas une équipe qui ne gagne pas. Les lectures imposées, les auteurs imposés, de l'Antiquité aux plus contemporains ont l'art particulier de me pourrir la vie allègrement. De Corneille à Racine, en passant par Montaigne et Pascal, pour finir avec les Sartre et les Camus, bonjour l'ambiance ! De plus, rien n'était mis en œuvre pour qu'on y adhère un minimum ! Imposé, point final. Quelques auteurs avaient pourtant accroché mon attention : Balzac quelquefois, Chateaubriand, Jules Vernes, Théophile Gauthier, Jules Romain, Daudet, Saint-Exupéry et Charles Dickens, mais sans que je me lance à dévorer l'œuvre complète à chaque fois, loin de là !

En rapport avec notre thème, je m'extasie en ces temps lointains devant les bandes dessinées, Buck Danny et Lucky Luke en tête : un militaire et ses avions de combat durant la guerre de Corée d'un côté, un cow-boy solitaire et son colt qui tire plus vite que son ombre de l'autre. Dans les premières années 60, viennent se greffer à ces lectures de gosses les nouvelles publications des éditions Artima, Lug et autres, un régal d'inventions et d'histoires fantastiques, du rêve sur papier petit format. Les thèmes sont récurrents : le far-west avec force colts, winchesters et autres objets de combat et de démolition ; le nord-américain des Davy Crockett et autres Blek-le-Roc ; l'exotisme sauvage des Tarzan, Tarou et autres Jim-la-Jungle ; la science-fiction ou le fantastique des Mandrake, Strange, Flash Gordon, Guy l'Éclair ou Cosmos. Je suis fou de ces trucs-là ! Des situations toujours inédites où ça bouge, ça saute, ça virevolte, ça pétarade, ça tue, ça se bagarre à toutes les pages dans des confrontations interminables entre les bons et les méchants – ou du moins définis comme tels –.

J'oublie l'influence considérable de Hergé. Du premier album ouvert, je suis resté comme deux ronds de flan. Au premier coup d'œil, je comprends l'univers du dessinateur. Le *Tintin au Congo* me sidère, m'ébouriffe les yeux et les synapses par l'intermédiaire d'un jeune reporter, explorateur, pseudo-défenseur de la veuve et de l'orphelin, vaillant, gentil, intrépide, malin comme un singe ou parfois naïf… Comme beaucoup d'autres jeunots de mon âge, je m'identifie rapidement à lui. Je gobe les dessins et le scénario de bulles gloutonnement, j'intègre chaque fait et geste du héros au premier degré, j'adhère à tout sans restriction… y compris ce que les détracteurs d'Hergé dénonceront quelques années plus tard. En effet, quand on détaille cases et phylactères – surtout les images elles-mêmes –, Tintin, armé d'un fusil, n'éprouve aucun sentiment particulier en flinguant tout ou presque sur son passage : une dizaine de gazelles, un singe, un gros serpent, un éléphant, un buffle et pour clore le tableau, un rhinocéros bousillé à l'explosif ! Soit par obligation soit par amusement, le héros semble y prendre plaisir. Le missionnaire qui sauve Tintin est lui-même armé et dégomme un crocodile ! Dans la même veine, le *Tintin en Amérique* n'est que poursuites armées, coups de feu tirés sur les bandits qui répliquent à grand renfort de mitraillette, explosions à la dynamite, forfaitures, trahisons, pièges mortels, attentats, bagarres, lynchage et pendaison. Si Tintin le fait, pourquoi-pas nous !? Le bien et la morale finissent toujours par triompher, c'est un fait. Mais le fait induit en raisonnement inverse que, pour parvenir à *la fin qui finit bien*, les moyens employés peuvent être légèrement violents et radicaux ! Quand Tintin tue, c'est normal. Quand j'imite Tintin, c'est donc normal aussi. Fin de la démonstration.

À la même époque, personne ne se formalise devant ce qu'étalent certains journaux : meurtres, règlements de comptes, fusillades, explosions, catastrophes, guerres, etc. Le fait n'est pas nouveau, on ne fait guère mieux aujourd'hui ! Le fameux *Chasseur Français* lui-même n'est qu'un pousse-au-crime sur papier. Le journal *Le Saint Hubert* ne fait pas mieux. La plupart des pages de la revue *L'Illustration* s'en donne souvent à cœur joie pour relater – et illustrer par la même occasion – les meilleurs faits de guerres coloniales, les plus beaux safaris aux tableaux de chasse impressionnants ou les mises sur piédestal des hauts faits d'armes de tel général, maréchal ou célébrité du moment. Glorifications de la maîtrise et de l'exploit, honneurs aux vainqueurs et honte aux vaincus. Poil au nez.

Dès la fin des années 50, le cinéma et la télévision élargissent leur audience. Notre village ne compte encore que peu de postes télé, petits meubles de bois ciré à l'écran gris-vert. Tous les soirs vers dix-neuf heures, ma mère m'envoie chercher le lait à la ferme voisine : j'adore ça, les fermiers font partie des heureux élus à posséder le petit écran magique ! Avec mon pot en alu balancé à la main, je suis sûr de voir, n'en serait-ce qu'un bout trop court, la série *La Flèche Brisée*[53], avec Cochise, les Apaches, les chevauchées, les cow-boys, les colts et les Winchester ! La diffusion ne dure que vingt minutes, il ne faut pas s'attarder en chemin ! Madame Solange, en partant remplir mon pot, a compris depuis belle lurette mon intérêt pour la télé : « Tu veux regarder un peu ? » Je ne sais pas dire non, mais je ne sais pas dire oui non plus. Je regarde, j'ai les yeux dans le poste, je suis passé de l'autre côté de la vitre de l'écran. Solange peut me rendre le pot plein ou vide, le service peut demander une

[53] Série éponyme du film de 1950 « Broken Arrow » avec James Stewart. La série télé, diffusée de 56 à 58 aux USA, avec Michael Ansara dans le rôle de Cochise, ne parvient en France que deux ans plus tard.

minute ou deux heures d'attente, mon temps n'existe plus, je suis parti ailleurs...

Des premières années télé pour les gamins, on restera baba à chaque épisode de Rintintin ou, plus tard, devant les aventures de Thierry la Fronde. Comment ne pas citer l'explosion des séries américaines, plus hypnotiques les unes que les autres : Au nom de la loi, Bonanza, Zorro, L'homme à la carabine, Hondo, etc[54]. La série américaine la plus réaliste mais aussi la plus violente, Les Incorruptibles, jaillissante d'hémoglobine en noir et blanc, arrive sur nos écrans en 1964. L'expression aujourd'hui un peu galvaudée de lanterne magique prend à l'époque véritablement tout son sens, même si ce que nous présente la lucarne est tragique.

Quand les parents ont un peu de sous ou veulent varier l'ordinaire, ils aiment bien, de temps à autre, s'offrir une séance de cinéma. Là encore, les sujets varient peu : films de guerre ou nouveautés avec de grandes têtes d'affiche sont de préférence retenus, des soirées hors du commun dont on revient la tête pleine. Mon père est content ; moi aussi, puisque je marche dans ses traces et que je fonctionne avec les mêmes idées ! C'est à ses côtés que j'ai fait les découvertes, c'est lui qui me les a faites aimer ! Sauf les jours où, sans regarder préalablement les programmes, on s'est farci *Une nuit chez Maud*, avec Trintignant, et une autre fois *Orfeu Negro*. Là, ce fut l'erreur ! Pas d'indien, pas de bataille, pas de guerre, pas quoi que ce soit d'intéressant. Pour moi, du moins. Et puis pour papa, quand manquent Gabin, Bourvil et Charles Vanel dans la distribution, c'est pas des bons films. Hop. Y a pas à discuter.

L'ensemble télé-cinéma-lectures, aussi influent soit-il, n'est qu'un périphérique de distraction légèrement en marge de la vraie vie de tous les jours. Il faut que je vous conte ici quelques-unes de ces gaietés quotidiennes, celles en rapport avec notre sujet du jour.

Commençons par une amusette née spontanément, un beau jour d'été des années 50. Notre maison jouxte la ferme Arnaud, avec sa basse-cour, ses chevaux, ses vaches, son tas de fumier et sa fosse à purin. Jusqu'ici, rien d'anormal, c'est la vie à la campagne. Toutes ces belles et bonnes choses attirent un nombre considérable de mouches, logique, toujours rien d'anormal. Dans notre cuisine, obligation est faite de suspendre périodiquement ces rubans attrape-mouches couverts de glu jaunasse. Les pièges sont redoutables d'efficacité. C'est rigolo de voir les mouches qui s'y plantent les pattes et qui battent des ailes jusqu'à épuisement pour tenter de

[54] La série Rintintin date de 1958, Thierry la Fronde de 1963. Au nom de la loi, avec Steve MacQueen et sa Winchester à canon scié, est diffusé en France à partir de 1963 ; Bonanza, plus familial et moins violent, en 1965, la série Zorro également ; L'homme à la carabine, 1966 ; Hondo, avec un succès mitigé : 1970.

s'extraire. C'est drôlement marrant. Mais le hasard fait que tous les insectes volants ne s'y prennent pas. Alors papa invente la chasse d'intérieur, sans fusil ni carnier, avec un simple élastique, lance-pierre rustique improvisé. L'invention est proprement géniale, on va bien s'amuser avec ça ! Et mon frère et moi de se munir d'élastiques, impatients de prêter main forte au paternel novateur dans les jeux de société. Comme l'élastique posé au bout d'un pouce et tendu par l'autre main ne remplit pas toujours sa mission – il y a des loupés ! –, j'adapte et fignole l'arme astucieuse : je place l'élastique à l'extrémité de ma règle d'écolier et je tends en droite ligne sur la règle. Qui plus est, la trouvaille permet de viser et d'aligner la cible beaucoup plus précisément ! Que de génies, dans cette famille ! Et, comme on peut s'y attendre, les mouches sont claquées, tapées, blessées, désailées, esquintées, bousillées ou écrabouillées à chaque fois ! Bon, c'est vrai, ça fait des traces pas bien propres un peu partout, sur les vitres, les peintures ou le papier peint. Mais que voulez-vous, c'est la guerre contre l'envahisseur, il faut bien en accepter les dommages collent-aux-carreaux..., pardon, collatéraux !

La campagne, c'est aussi les granges, les remises et les greniers à blé. Rien d'étonnant à ce que les souris et les rats viennent y jeter un œil ou y élire domicile. À proximité des céréales ou d'aliments destinés à la consommation, il est inenvisageable d'employer des produits nocifs et dangereux tels la mort-aux-rats ou d'autres composés chimiques hyper-toxiques de ce genre. Le seul moyen d'éliminer les rongeurs, c'est le piège, la tapette et engins du même acabit. Une autre guerre contre d'autres envahisseurs. Mes deux grands-pères sont les spécialistes du genre : Camille a posé des pièges dans son grenier et attend dans son fauteuil. Jean fait de même dans sa grange et les autres dépendances de la maison en prenant le temps de m'expliquer le fonctionnement et les ruses ; comment ne pas se pincer les doigts, comment poser l'appât et régler la tige de déclenchement, où poser les pièges-tapettes et pourquoi. Pendant des années, un nombre impressionnant de souris viendra se faire prendre par le cou dans ces trucs infernaux et sans pitié. Adolescent, je me suis toujours posé la question suivante : est-il possible d'inventer un système où le même nombre impressionnant de filles-souris se laisserait prendre par le cou dans le piège de mes bras sans pitié ? Dutronc avait bien eu son piège à filles, un joujou extra, paraît-il..., pourquoi pas moi !?

Le grand-père est aussi équipé de pièges à ressort, deux demi-cercles qui se rabattent fortement l'un sur l'autre quand une bestiole trop gourmande s'est approchée. Je ne l'ai jamais vu les utiliser...

« Pourquoi tu te sers jamais de ceux-là ? Ils servent à quoi ? dis-je ingénument.

– Ces pièges-là, c'est pour les piafs qui viennent picorer mes p'tits plants de salade tout frais tout tendres. Ils aiment bien ça, les piafs ! Mais j'm'en sers plus, parce que si j'en ratatine un, il y en a toujours des volées entières qui r'viennent cinq minutes après, on n'en finirait pas ! Maintenant, j'mets des filets au-dessus des plantations, c'est plus simple !

– Tu veux bien me prêter un piège ?

– Qu'est-ce que tu vas faire avec ça ?

– Bin… attraper des piafs !

– Aoff ! Tiens, en v'là un, mais fais bin attention à tes doigts, écoute bin c'que j't'ai dit ! Et tu m'diras où c'est qu'tu l'as mis, que j'aille pas m'bigorner une patte là-n'dans ! »

J'ai été poser mon piège attaché au pied d'un prunier, piqué une petite boulette de mie de pain au centre, tendu le piège et ajusté finement la baguette-déclencheur. Deux heures après, une mésange charbonnière s'est fait prendre le kiki en étau. Clac et couic. Le truc marche ! Plus besoin de plomb ! Je félicite et bénis l'inconnu inventeur du procédé, extraordinaire continuateur des basses œuvres cervicales, émule à petite échelle de l'illustre Joseph Ignace Guillotin, un brave homme de génie qui avait la tête sur les épaules.

Quand le grand-père ne piège, ne jardine ni ne menuise, ne répare ou ne retape quelque chose, il s'occupe de la basse-cour. Tout le monde ou presque, possède une basse-cour depuis des temps anciens, une nécessité quasi vitale dans un village retiré des grandes villes. Sa spécialité : le lapin. Il les élève, les bichonne, se met en quatre pour aller périodiquement leur couper de l'herbe ou de la luzerne. La spécialité se spécialise elle-même quand il s'agit de choisir un spécimen pour dégustation spéciale de gala prévue le dimanche qui s'annonce. L'affaire est vite enveloppée : chopage direct par les pattes arrières, allègre coup de tranchant de la main sur le col de fourrure, calage du lapinos sous un bras, introduction d'un couteau dans l'orbite du bestiau, découpe rapide et extraction de l'œil pris d'un coup sec entre le pouce et la lame du couteau ! Vachement drôle, hilarant, tordant ! Je n'ai jamais vu rien de mieux depuis Zavatta, Georges Marchais et Yvette Horner ! La bête regimbe un peu, pédale trois secondes dans le vide comme elle peut, ramollit et cède. À un grand clou prévu à cet usage[55], le grand-père pend son lapin par les pattes de derrière liées entre elles et s'en va boire un coup pour arroser ça en écoutant l'arrivée du Tour de France à la TSF.

Le sang pisse par terre deux minutes. Opération ophtalmique terminée. Une petite heure passée, il revient dépendre le lapin, lui fait faire un gros pipi par pressions sur le bide et le pend dans la grange à un crochet. Aiguisage rapide du couteau sur la pierre douce et le dépouillage commence. Je regarde, j'assiste, mais j'aimerais ni n'assister ni regarder. La curiosité l'emporte, je reste. Les coups de

---

[55] C'est ce que j'appelais le clou du lapin ; d'autres fois, le clou du spectacle, au choix !

lame précis déchaussent le lapin, dégrafent sa culotte, déboutonnent sa redingote, coupent ses manches et préparent le démasquage. Les deux mains du grand-père s'accrochent de chaque côté des pattes arrières et tirent avec force vers le bas. Voilà en cinq sec le lapin tout nu, tout blanc-rouge-rose-gris, façon écorché du plus bel effet. En une heure, il est passé de mignonne boule de poils à horrible langue de chair pantelante ; de vessie poussée à civet-souper ; de grignoteur de carottes à grignoté sous peu... Avec des carottes, évidemment. Le grand-père me dit que Charly Gaul a gagné l'étape et que Bahamontès conserve sa première place au classement général. J'en suis bien content pour eux.

Le coup du lapin ne s'achève pas là. Après avoir été transféré dans la cuisine, il faut s'occuper de sa peau. Le grand-père passe à l'intérieur un gros fil de fer plié en forme d'épingle à cheveux en guise de ressort pour tendre la peau. L'affaire du lapin se termine par l'accrochage de la peau en vue de séchage dans un coin de la grange. Parce qu'on garde tout, le moindre gaspillage est interdit. La peau et ses copines déjà préparées seront revendues à celui fort bien nommé, le fameux marchand de peaux de lapins, bien sûr ! Avec sa camionnette XIXe siècle modifiée début XXe, il passe régulièrement dans les rues, s'annonce à grands coups de klaxon à manivelle, passe la tête par la portière et hurle à s'égosiller « Peaux d'lapins ! Peaux d'lapins peaux ! » En France, le podlapinpooôô est ainsi devenu fort célèbre, puisque tous les ambulants de ce type avaient adopté la même formule dans toutes les régions ! Chez nous, c'est le père Shoffer qui fait office de ramasseur-acheteur, de stockeur-magasinier et de revendeur aux fabricants de vêtements. Il remise et pend son stock dans son grenier. Passer devant sa fenêtre ouverte est un calvaire pour le nez et les yeux, une repoussante ballade des pendus que Villon lui-même n'aurait imaginée !

De la basse-cour familiale, la grand-mère Édith a de longue date défini ses spécialités : les volailles. À chacun son affaire : son mari trucide les lapins, elle zigouille coqs, poules ou poulets. Un coup de couteau enfoncé dans la gorge et toc, plus de gloussements, finis les cocoricos auroraux, les pôot-pôot matinaux et les cot-cot-codett vespéraux. Direction la casserole allegro et on discute pas, mes cocos ! Une flaque de sang par terre, peu importe, la prochaine pluie emmènera tout ça. Voilà le seul moment où, dans sa courte vie, une poule prend pleinement conscience qu'elle vient de trouver un couteau. Il est vrai que la prise de conscience tardive et éphémère lui reste un peu en travers de la gorge...

Grand-mère est la professionnelle du plumage et du vidage, les deux mamelles de la popote à venir. Ses plumages ressemblent à ses vidages, rapides et méticuleux. Du pro. Sans mentir, si tous ses vidages se rapportent à tous ses plumages, c'est vraiment la Phénix des hôtes chaque fois. J'aime bien la regarder plumer. J'aime moins, beaucoup moins, quand elle ouvre le bide de la volaille, plonge la main pour sortir bout à bout des poignées d'entrailles pas très sympathiques, molles et dégoulinantes, en un mot pas très ragoûtantes, entrailles peu catholiques dont le fruit n'accueille aucune bénédiction. Spectacle de qualités visuelle et olfactive très moyennes, à la limite du supportable. Je préfère la phase de finition quand le poulet et sa chair de poule passent sur le haut des flammes de la gazinière pour un dernier brûlis de duvets. La petite plume brûlée, ça sent super bon !

La grand-mère, des mêmes tours de mains, se voit confier la préparation de toute volaille, de tout gibier et de tout poisson. À la maison, c'est maman qui, selon ses propres termes, « se coltine » le vidage des poissons. Papa écaille avec son couteau et coupe les têtes ; maman tripatouille, brandouille les poissons en tous sens, incise les ventres mous et les vide. Bref, y'a papa qui pique, y'a maman qui découd. Le grand journal est étalé sur la table d'opérations, faut pas abîmer le Formica. Et de voir chaque retour de pêche doublé du scénario habituel, à s'y méprendre remake gore des étripailles volaillères de la grand-mère. Organes, vessies et boyaux glissent comme des limaces gluantes sur le tas gélatineux d'aliens agonisants qui grandit, dégouline, sanguinole, s'affaisse. Coulis d'embruns rouges, bulles graisseuses, écumes de tripes à la mode de sang. Les fuyantes extractions intestinales aux couleurs incertaines glairotent sous la main dans de petits bruits de succion et des clapotis baveux. En couronnement – et sans circonvolution syntaxique de ma part –, la marée fouette un max, la triperie de poissonnaille envoie grandiose ! Par moments, j'émets des doutes sur les qualités d'accrochage du cœur maternel face à de tels relents et remugles d'un dantesque troisième type… Pendant ce temps, il est fréquent que l'autre grand-mère prépare des tartes au sucre et à la rhubarbe, des roussettes de Carême ou parfois des gaufres. Je trouve que c'est mieux. Nettement.

Vient le temps de passer à table. Après la préparation, la dégustation. Le lièvre ou le perdreau de la chasse, le gardon ou le brochet de la pêche arrivent sur la table avec leurs garnitures respectives. Jusqu'ici, rien d'anormal. Tout est bien qui semble vouloir finir bien : volutes de chauds arômes, senteurs agréables et fumets exquis, que demande le peuple ! Tout le monde autour de la table se régale à l'avance et se pourlèche cérébralement les babines… sauf moi. À ma naissance, les fées ont dû oublier quelque chose dans leurs formulations de vœux, se gourer dans les mots magiques ou s'emmêler les pinceaux en brandissant leurs baguettes dorées mal réglées. Depuis, dans ma chaîne spirale ADN, le chromosome bidoche est manquant ! Une tare non héréditaire, une erreur de la nature entraînant le handicap inéluctable. La médecine ne pourra jamais rien pour moi ; et les divers psychiatres d'avis similaires d'y voir que le décret divin supplante sans conteste leurs surfaits divans. Tout ça pour dire que la viande et moi, on n'est pas franchement copains.

Pendant que la famille entière affamée coupe, découpe, lèche, suce, rogne, gratte, dépèce, racle, décortique, désosse et en redemande, je me satisfais d'un petit bout de viande maigre, histoire de me désolidariser le moins possible du chantier de groupe. Dans une vie antérieure, je devais être lapin ou tortue, prénommé Jeannot ou Caroline sûrement, puisqu'un bout de salade me suffit. Par une suspecte providence, je suis tombé au milieu de réincarnations de tyrannosaures ou de tigres à dents de sabre ! Mon père et mon frère engloutissent tout, de la viande la plus rouge au morceau le plus gras, du flasque gélatineux aux pires couennes croquantes en passant par toute triperie non restrictive. J'ai des difficultés à suivre, ne serait-ce qu'en idée ! La grand-mère, encore dans sa vie de privations de la guerre de 14, ne laisse rien perdre, surtout pas ! Dans son assiette, immuable rituel, la carcasse de la volaille termine gratouillée au millimètre dans tous les coins ; des miettes de viande portées à la bouche par petits coups rapides, prises entre son pouce et la lame du couteau. Comme pour l'œil du lapin, quoi. Et qui sait, peut-être avec le même couteau d'ailleurs, allez savoir !

Tout ça ne m'a jamais grandement ouvert l'appétit. Mes parents sont souvent excédés par mon attitude. Il est vrai que je rechigne devant ces plats. Les moues de dégoût instinctives que je camoufle mal ne font qu'accentuer les exigences parentales. Je ne parviens ni à minimiser ces réticences envers la barbaque, ni à les expliquer pour me faire définitivement comprendre.

Au fond de moi, je ressens pourtant le pourquoi du comment : je visualise trop, je garde trop en mémoire la succession de faits imagés qui font passer la bestiole de son état vivant à celui de défunt dans l'assiette. Je bloque sur la notion. Comment expliquer ça quand on a huit ou dix ans ? C'est un coup à faire s'esclaffer de rire toute l'assistance et de passer pour un zinzin ou une choupette plus sensible qu'une fillette douce, délicate et fragile ! Alors, comme solution intermédiaire acceptable, je prends le parti de minimiser mes réticences en signifiant avec diplomatie que, aujourd'hui, je n'ai pas très faim… Excuse qui deviendra récurrente et qui, ma foi, ne sera jamais éloignée de la réalité. La non-faim justifie le moyen.

Un nombre incalculable de fois, mon père m'a vertement tancé, pignocheur que j'étais devant mon assiette de viande, renâcleur invétéré devant la chose carnée à ingérer, cheval têtu refusant l'obstacle à franchir. Les arguments avancés, les recommandations répétées et les impératifs lancés étaient toujours les mêmes, tempo crescendo : Mais mange, c'est bon ! C'est plein de vitamines, le docteur a dit qu'il fallait manger de la viande, c'est bon pour les enfants, sinon tu vas nous faire des problèmes de croissance et tu vas être malade ;

tu vas encore être obligé de prendre du fortifiant trois fois par jour ; tu nous fais toujours la même comédie ! Tu vas t'arrêter quand !? Mais qu'est-ce que t'as dans la caboche, écoute un peu ce qu'on te dit, pour une fois ! On se saigne aux quatre veines pour que vous puissiez avoir correctement à manger, et ta mère qui se décarcasse à préparer tout ça tous les jours ! Tu y as pensé à ça ? Ah, t'as pas idée de ce que ça coûte et on voit bien que t'as pas connu la guerre, tu l'aurais bien avalé, ton biftek, dans ce temps-là ! Tu aurais moins fait le difficile ! Et tu penses un peu à ceux qui n'ont rien à manger ? T'as pas l'air de bien réaliser ! Tu mérites qu'on t'envoie en pension, tu feras moins le fier devant ton assiette ! Un jour, ça finira comme ça ! Et quand tu seras en colonie de vacances, à la cantine de l'école ou à l'armée, faudra bien que tu t'y fasses et tu feras comme tout le monde, tu mangeras ce qu'on te donne, un point c'est tout, bon sang de bonsoir de tête de mule ! L'interminable litanie s'achevait toujours avant qu'elle ne déborde trop dans une indignation proche de la colère. J'attendais que ça passe, voilà tout. Ma viande refroidissait, mais c'était le cadet de mes soucis.

Un jour, au bord de l'apoplexie, mon père furibard m'intime l'ordre de finir d'avaler mon steak, sinon « tu resteras à table tant que tu n'auras pas terminé ! » Je reste à table, tout seul, longtemps. Et je ne termine rien. Plus on me pousse et me contraint, moins je fais. « On te le resservira demain, et après-demain s'il le faut, jusqu'à temps que tu te décides à obéir ! » En temps ordinaire, je suis très obéissant. Là, c'est une autre paire de manches, je décide de ne pas céder à des injonctions injustifiées et corroborées par rien. « Fiche-moi le camp, et file te coucher ! Demain tu seras privé de dessert ! » Je gagne la partie. Provisoirement. Au moins, dans le lit, je suis tranquille : de viande, il n'y a que moi ! À part me ronger les ongles de plein gré, il n'y a pas grand-chose d'autre de carné à grignoter sous la menace !

J'aimais les animaux, curieusement j'aimais aussi les tuer, mais j'avais en retour un sérieux blocage pour les manger. Allez comprendre ! J'en gustais de petits bouts cuisinés pour faire comme tout le monde, mais je ne dégustais pas. Peut-être à cause de la connotation apportée par le verbe déguster lui-même, plus proche du mot dégoût que du mot goût ! De surcroît, la vie en général en fait suffisamment déguster au sens figuré pour éviter de déguster encore au sens propre du terme !

Et l'histoire des quatre grives ? Que sont-elles devenues, celles-là ? Ma grand-mère a consenti, après mille renâclements purement formels, à les plumer, les vider, bref à tout préparer. Ma mère est chargée de la cuisson. Lorsque les quatre grives baignant dans leur jus arrivent sur la table, ça me donne faim, curieusement faim. C'est assez rare pour que le fait soit souligné. Mon père les dévore déjà des yeux. La grive dans mon assiette me rappelle illico les circonstances de sa fin. Les images des lieux, les bruits et tout l'environnement me remontent à l'esprit et défilent à vitesse supersonique dans une précision d'horloge atomique. J'ai à peine entamé le découpage de la bestiole que mon couteau et ma fourchette se bloquent. Je ne vais pas plus loin, je stoppe et tire le frein à main. Fin de la faim.

« Eh bien ? Tu ne manges pas ? interroge ma mère qui s'était cassé la nénette pour mitonner le plat et faire plaisir à tous... et plus précisément à moi.

– Je n'ai pas très faim, j'ai un truc qui a dû me rester là... » dis-je en me frottant doucement l'estomac.

Ma mère compatit et s'inquiète. L'œil en biais de mon père soupçonne grandement l'entourloupe. L'un des deux a raison. Les deux vrais hommes de la maison se sont partagés ma grive. Avaleurs de tout, ils avaient toujours les crocs et des estomacs en béton. Moi, en de telles circonstances, je ne suis accroc à rien, seulement embêtant. Pour donner le change jusqu'au bout, j'ai même refusé les petites patates sautées qui baignaient dans la sauce, décision dramatique et perverse d'une violence inouïe, supplice d'auto-flagellation insupportable, un véritable sacrifice christique.

Ma grand-mère aime bien seriner ses petits lieux communs faits d'avertissements, de sentences, de petites morales dédiées à la bonne éducation.

« Tu vas aller bientôt en colonie, faudra être bien sage et obéissant, hein ? Et puis faudra bien manger tout ce qu'on va te donner. Tes parents font des sacrifices pour toi, alors il ne faut pas les décevoir, il faut être raisonnable, tu es grand maintenant, tu as l'âge de raison ! » Oui mémé, d'accord mémé, mais tu chantes toujours la même chanson mémé, faut changer un peu de disque, tu commences à radoter mémé... Je suis grand, ouais, tu parles ! J'ai huit ans ! Grand ! Elle est bonne celle-là ! J'ai un vélo rouge tout p'tit avec une sonnette qui marche même plus, l'instituteur est un géant au moins quatre ou cinq fois plus haut que moi, j'arrive même pas à attraper les pommes dans le jardin et je suis grand ! V'là aut'chose ! Et puis l'âge de raison, je sais même pas ce que ça veut dire ! Raison, c'est le nom du docteur d'Arpajon, le docteur Raison qui tient son cabinet en face du cinéma ! Je comprends rien du tout, j'ai pas l'âge du docteur, c'est idiot, lui il est tout vieux avec son stéthoscope autour du cou et ses radios des poumons accrochées au mur, jolis paysages ! Elle radote vachement, la grand-mère, quand elle s'y met ! Par contre, elle fait des drôlement bonnes confitures.

Et comme de juste, pour sûr et comme de par le fait[56], on m'envoie en colonie de vacances. En Haute-Savoie. Au bon air, chez les curés. Qu'on se rassure, je n'ai rien contre les curés en colonie.

---

[56] Trois expressions d'exclamation anciennement utilisées dans le village.

Ou même tout seuls, d'ailleurs. Non, le problème n'est pas là. Très rapidement, je m'y ennuie à mourir, entre des jeux collectifs d'une niaiserie sans nom, des obligations insipides, des ballades imbéciles où il n'y a rien à voir ni à faire, et la messe en plein air le dimanche matin. C'est chérot à payer, l'air de la montagne ! Le bol n'est pas donné ! Pour tout arranger, le bol, j'en manque complètement un midi : au réfectoire, une des femmes des curés[57] gifle dans chaque assiette une paire de tranches de jambon. Le premier coup d'œil sur la charcuterie m'inquiète et me déstabilise. Ce truc, comment le nommer autrement, est visuellement infâme. Pendant que mes voisins braillards entament la mangeaille sans souci particulier, je cherche déjà le moyen de me débarrasser de ces deux infectes lamelles issues d'un soit-disant cochon. Je détoure, découenne, dégraisse, tente d'extraire tout le gélatineux et tous les machins douteux et translucides pas catholiques qui constellent cette horreur. Bon sang, je n'y parviendrai jamais ! Je tente une négociation avec les copains géographiquement proches : sans succès. Suit une nouvelle tentative, celle de leur fourguer un bout de truc dans leur assiette pendant qu'ils ont le dos tourné. Réussite très partielle et peu concluante. Il me vient l'idée de découper des petits carrés du pseudo-jambon pour les coller sous la table, comme on fait avec les chewing-gums !.... Et ça marche ! Mais il reste encore une tranche entière, c'est un calvaire, un chemin de croix ! Petit Jésus, aidez-moi ! La femme du curé revient faire une tournée d'inspection des assiettes. Comme de juste et comme de par le fait, belote, rebelote et dix de der, elle se colle juste derrière moi : « Alors, tu ne manges pas ? Dépêche-toi, il faut me finir ça ! Et vite ! Regarde, tous tes petits camarades ont déjà fini ! » Je n'aime pas le mot camarade, et d'abord j'te f'rais dire que je n'ai pas de camarade ici, petit ou grand. Et ton jambon, il est nul.

Evidemment, je ne pipe mot, je ne dis rien en retour, je ne fais que penser. Zut ! Sous la table, les bouts de jambon se détachent les uns après les autres et tombent sur mes chaussures. Ma ruse de Sioux s'évente. Je shoote un peu au hasard pour dispersion maximale des bouts de cochon douteux.

« Mange-moi ça tout de suite, ça suffit ! » me cingle la harpie que je n'ai pas entendue revenir. Je me surprends moi-même, m'étonne, m'auto-sidère : « J'en veux pas et j'en mangerai pas ! D'abord, il est pas bon, il est tout pourri ton jambon ! Non, j'le mangerai pas ! »

« Comment ça ? C'est pas toi qui décide ici ! » crie-t-elle en m'attrapant les deux joues pour me faire ouvrir la bouche et

57 Eh oui ! À huit ans, on ne peut pas tout savoir ! Et puis, je n'ai jamais aimé ce mot, réfectoire ; ça me fait toujours penser à directoire, défection, réfection, offertoire ou suppositoire... Et pour coller les cinq ensemble, il faut se lever de bonne heure !....

m'enfourner la tranche. Ce qu'elle ne pouvait pas deviner, c'est que ma prière au petit Jésus était en train de s'exaucer, parce que même le petit Jésus, il aurait eu sûrement bien du mal à avaler cette cochonnerie. Et le petit Jésus, lui, il comprend bien tout ça, il laisse venir à lui les petits enfants et il repousse les démons, lui ! Alors, quitte à mordre quelque chose, je plante joliment mes dents dans le bras de la bonne du curé et je me débats tant et tant que la démone lâche prise… comme les petits bouts de jambon sous la table, pareil.

« Vaurien ! Tu seras puni, tête de cochon ! crie la femme de Ponce-Pilate, tu n'iras pas en promenade avec tes camarades, voilà ce que tu as gagné ! » C'est vrai, la tête de cochon a gagné en l'emportant sur la cuisse : pas de simili-jambon vomitif avalé, pas de promenade ennuyeuse imposée à suivre et écouter religieusement le seul gros corbeau en soutane noire du coin… Et j'aime pas le mot camarade, d'abord !

Cette après-midi-là, je suis resté tout seul dans le grand dortoir vide et gris à rôder dans les allées de lits comme un âme en peine, à lire un peu, à regarder par le carré de lumière de la fenêtre, coudes en appui sur le rebord et mains sous le menton. J'ai regardé longuement les montagnes bleues, les grandes prairies vertes piquées de fleurs jaunes, les lignes de sapins noirs au loin. Un aigle a longtemps tournoyé, comme un vautour de western, en larges cercles, en lent plané, si haut dans le ciel que les rayons d'ostensoir du soleil m'en piquaient les yeux. Ce fut ma plus belle journée.

« Tu verras quand tu seras en colonie, à la cantine ou au service militaire ! Tu seras bien obligé de manger ce qu'on te donne ! Tu f'ras sûrement moins le difficile ! » Les mots de la grand-mère me revenaient en mémoire. Eh oui, j'ai effectivement vu, des années plus tard, à la cantine du collège et au réfectoire durant mes jolis mois d'armée : quand la bouffe était nulle et repoussante, quand elle n'entrait pas dans mes critères de gustation pour s'inscrire uniquement dans ceux de ma dégoûtation, je ne mangeais pas, tout simplement ! Ce ne fut pas plus compliqué que ça !

Le grand-père Jean insistait beaucoup moins sur ces obligations enfantines à manger tout et n'importe quoi. Il lui arrivait pourtant, par d'habiles détours, d'attirer ma curiosité pour parvenir aux mêmes… faims.

« Dans l'temps, on mangeait c'qu'on nous donnait, et surtout c'qu'on trouvait à s'mettre dans l'gosier. Pendant la guerre de 14, ici, chez nous, y avait des gars qui tiraient les corbeaux pour les manger ! Y avait tellement d'ces corneilles que ça débarrassait l'plancher, les culs-terreux étaient bin contents ! Oh, ils les mangeaient pas comme on fait cuire une poule, ils en faisaient d'la soupe. Eh oui, d'la soupe de corbeau, mon p'tit gars. Ah, ça t'fait rigoler, hein ! Et pourtant, c'est pas des histoires que j'te raconte là. Eh, tu sais comment on fait cuire un corbeau ?

– Dans une gamelle avec de l'eau ? Faut le mettre avec les plumes ? répondis-je sans trop savoir.

– Oui, si on veut ! Eh bin, pour faire cuire un corbeau, on ajoute un fer à repasser dans la marmite. Quand le fer commence à d'venir mou, il faut laisser encore mijoter l'corbeau une bonne heure ! » Et mon grand-père de rigoler comme un beau diable. Je dois avoir la comprenette en carafe, j'ai rien compris du tout.

« Dans l'ancien temps, y avait aussi le vieux père Trubert qui attrapait les hérissons. Après les avoir zigouillés, il les pendait d'vant sa porte plusieurs jours pour que la viande faisande un peu. Eh bin après, il les mangeait. Il paraît que c'est très très bon, la viande de hérisson ! »

Mon cerveau pédale à cent mille tours minutes dans son catalogue d'images animalières.

« Et le taupier ? Il en fait quoi des taupes qu'il attrape ? C'est pour les manger aussi ? »

Parce que, dans le village, figurez-vous qu'on a un taupier. C'est un drôle de métier d'être taupier. À la demande des habitants, cultivateurs, éleveurs ou non, il s'en va dans la campagne avec ses pièges et son fourbi d'outils bizarres dans sa sacoche. Pour attraper des taupes. Une fois, j'ai aussi entendu dire qu'il avait attrapé une pneumonie. J'ai jamais compris le rapport.

« Le père Pierre, l'taupier, y r'vend les taupes attrapées. On lui donne des sous pour piéger les taupes, et y s'refait encore des sous quand il les r'vend. Après, des gens vont utiliser les peaux pour faire des manteaux ou des habits dans c'genre-là.

– Ah, c'est pour ça que papa dit des fois : la mère Machin, c'est une vieille taupe ? Parce qu'elle a un manteau en peau de taupe du taupier ? Même des fois, il dit aussi que c'est une vieille peau, c'est pour ça, alors ? »

Le grand-père élude le jugement rapporté de son gendre, celui qui, par un curieux cumul de mandats, est aussi mon père.

« Je sais pas. Mais tu comprends au moins pourquoi la mère Pierre, tout le monde l'appelle la taupière, t'as compris ça ? »

En rajustant sa ceinture de flanelle, le grand-père sourit et n'ajoute rien.

« Pépé, et pourquoi, dans les champs, y'a des corbeaux pendus ? J'imagine la réponse, mais j'aimerais qu'il confirme.

– Oh, t'en as de ces questions aujourd'hui ! C'est les culs-terreux qui mettent ça comme épouvantails pour éloigner les corbeaux qui viennent bouffer les s'mailles. Un peu comme c'que j'mets dans l'jardin, les têtes de chats en tôle avec les deux billes en verre pour les yeux ; le vent fait bouger, les yeux brillent avec e'l'soleil, les oiseaux s'méfient.

– Ils vont chasser des corbeaux et pendre les corbeaux morts pour faire peur aux corbeaux vivants ?

– Oui, mais ça sert à rien, y'a même des corbeaux qui viennent picorer les yeux d'leur copain crevé accroché sur sa perche ! C'est un truc qu'on fait de moins en moins. Maintenant, on utilise des pétards à corbeaux, des machins comme des détonateurs automatiques qui pètent tous les quarts d'heure pour effrayer les corneilles. Mais j'suis sûr que dans quêq'temps, ça effraiera p'us rien du tout, les corbeaux vont s'habituer, y sont pas aussi bêtes que ça ! »

Le grand-père a beau me raconter toutes ces petites histoires rigolotes et curieuses, rien n'inclinera jamais mon appétit à se recentrer sur toutes les vianderies du monde ! Et c'est encore beau ! D'un doigt, je remonte mes lunettes de taupe sur mon nez et je replonge dans ma taupinière. Je ne veux plus rien voir ni savoir de tout ça ! Le compte est bon.

Quand j'étais gamin, le même grand-père Jean m'avait expliqué comment piéger et capturer des animaux vivants. J'avais momentanément délaissé la carabine à plomb pour m'appliquer à cette nouvelle technique. Il avait été chercher sa mue[58], remisée au fond de son fouillis de bidouilleries d'accessoires de bazars de trucs et de machins, et la posait dans le jardin. Et joignant le geste à la parole :

« Voilà. Tu poses ta mue où tu veux, l'mieux c'est dans un endroit tranquille. On appelle ça, des fois, un trébuchet. Mais moi, j'ai pas de vrai trébuchet, j'ai qu'une mue. Tu la soulèves un peu d'un côté et tu mets un p'tit bout de bois de vingt centimètres pour la caler dans c'te position. T'attaches ensuite une ficelle au bout d'bois, tu déroules la ficelle le plus loin possib'e jusqu'à l'endroit où tu d'vras aller t'cacher. Pour finir, r'gade, on met des grains de blé ou d'orge ou de maïs sous la mue, bin au milieu ou vers e'l'fond, pour attirer les monieaux. Ou des p'tits bouts de pain, aussi, c'est comme on veut. T'as plus qu'à aller t'cacher et attend'e l'arrivée des moigneaux sous la mue. Si y en a, tu tires la cifelle et la bobinette cherra, comme le p'tit chap'ron rouge ! »

La cifelle, j'ai tout compris, mais pas la bobinette du chaperon rouge qui va cherrer, j'arrive pas à suivre, je sais même pas ce que ça veut dire.

Le gros souci de capturer avec une mue, c'est d'attendre ! Ouhlala, c'est long ! Qu'est-ce qu'on s'ennuie, ppfff ! Quand je vois enfin le premier piaf y entrer avec de petits sautillements, ma patience est mise à rude épreuve pour ne pas tirer la ficelle tout de suite et faire prisonnier le petit piaf. J'attends un peu qu'il s'habitue et commence à picorer. Un *tac* sur la ficelle, la mue tombe, le piaf

---

[58] La mue est une sorte de petit enclos grillagé, généralement en forme de demi-sphère, utilisé pour l'élevage des animaux de basse-cour. On l'employait couramment pour les poules qui venaient d'avoir leurs poussins, évitant ainsi que tout ce beau monde s'égaye et s'égare trop aux alentours.

est coincé. Hourra ! Euh... pas hourra : le piaf épais comme un haricot vert s'est faufilé entre deux mailles de grillage sans demander son reste ! Zut et crotte de moineau de crotte de bique ! Tout est à recommencer !

Sans meilleur outillage piégeant à disposition, j'ai vite compris que la mue grand-paternelle ne pouvait faire son office qu'en capturant des oiseaux plus gros. Oiseaux plus gros dit appâts plus gros aussi. Je change de lieu de chasse et vais placer la mue près de la ferme d'à côté, trébuchet mis en évidence sur un espace bien dégagé : il est impératif que les pigeons sur les toits de la ferme aperçoivent vite l'appât. Du maïs alléchant, j'en mets dix tonnes sous la mue et même autour ! De là-haut, si les pigeons n'en repèrent pas un seul grain avec tout ça, faudra qu'ils s'achètent des lunettes ! Je mets le piège en place et pars me planquer, bout de cifelle à la main.

J'attends dix minutes à peine. Une volée de pigeons domestiques s'abat sur le maïs. Des roucoulements comme s'il en pleuvait ! Un concours-rou-cou-cou à qui avalerait le plus de graines dans un minimum de temps ! Ils sont maintenant cinq sous la mue à danser nerveusement une valse anarchique. Je tire la ficelle, la mue tombe et enferme le groupe de danseurs. Les tourbillons gracieux se muent en un rock-and-roll acrobatique endiablé, pagaille de battements d'ailes, changements impromptus de partenaires, glissés et courtes envolées contrées par le grillage. Quand cesse la musique, les cinq volatiles cherchent à comprendre la nouvelle situation. Pendant qu'ils font les cent pas en tirant et balançant le cou, je cours prévenir mon grand-père.

« Ah bin dis-don'! Et tu vas faire quoi, main'nant, avec tous ces bestiaux-là ? interroge-t-il une fois arrivé sur place près du dancing à pigeons.

– Bin... je sais pas ! Tu dois savoir, toi ! Comment on peut les attraper un par un sans qu'ils s'envolent tous ?

– Mais... c'est des pigeons à Arnaud, ça !? Ooohhh ! Faudrait voir à pas avoir d'ennuis avec le voisin, hein, hé, dis-don'! Faut m're-lâcher tout ça ! En plus, ces machins-là, c'est guère mangeab'e ! C'est des vieilles carnes dures comme chicotin à s'casser l'râtelier d'ssus ! Ils doivent être là d'puis la Libération ou p'têt même e'd'puis Pétain, si ça s'trouve, tu t'rends compte ! »

Je me suis demandé ce que venait faire Pétain dans cette histoire de mue, mais comment faire autrement qu'écouter le conseil du papy ? Il n'y avait pas d'autre solution. Avec un peu de regret, j'ai basculé la mue. Les pigeons ne se sont pas fait prier pour reprendre leur liberté. C'était la libération. Vive de Gaulle !

Le grand Charles est depuis deux ans à l'Elysée quand je décide de construire une volière pour élever des pigeons. Comme quoi un fait historique majeur peut en cacher un autre. Après une demande en bonne et due forme déposée auprès des autorités compétentes, le grand-père habituel est mis à contribution dans la mise à disposition et la fourniture de grillage, lattes, piquets, bouts de tôle et outillage divers. J'y mets autant de cœur à l'ouvrage que de clous au grillage. Amplement satisfait du résultat après des jours de sciages, de vissages et d'ajustages, mon architecture romano-baroque aux façades bidonvillesques de type néo-moucharabieh n'attend plus que ses occupants. Argent de poche en berne, demande de financement auprès de la Family's Bank & Co refusée, quête organisée au profit de l'association à but non lucratif DSPP – Donnez des Sous Pour mes Pigeons –, quête superbement infructueuse, que faire ? Je tourne comme un pigeon en cage quand l'idée me vient d'utiliser une fois de plus la mue. Ce jour-là, la chance me sourit : une heure d'attente seulement, mais deux palombes prises comme des rats !

Les deux pigeons sauvages ne donnent pas l'impression d'être très à l'aise dans mon enclos, c'est le moins que l'on puisse dire ! Les premiers jours se passent sous des furies d'ailes désordonnées et d'incessants accrochages furibonds de pattes désespérées sur le grillage. Il faut un bon mois pour que, succédant au stress intense, le calme revienne peu à peu dans la volière. Les jours suivants, à chacune de mes visites, les palombes placides souvent perchées ne bougent qu'un bout de leur bec ou un œil amorphe de temps à autre. Un peu plus tard encore, un mauvais matin, j'ai la désagréable surprise de trouver mes ramiers à terre, morts, tous les deux, froids, l'un contre l'autre… Cette histoire est absolument amorale. Voire immorale.

Les scènes de famille seraient incomplètes si j'oubliais encore quelques faits, toujours en rapport étroit avec cette triangulation bizarre qui détermine la pensée, articule les paroles et façonne les actes : interaction constante entre les armes, les animaux… et moi. À croire que j'y fus prédestiné ; à croire que ces circonstances tenaient plus du déterminisme que du fatalisme ordinaire. Quoi qu'il en soit, plongé naturellement dans des ambiances de chasse et de traque, d'animaux et d'armes, il fallait bien que, jour après jour, j'émerge et agisse d'une façon ou d'une autre ! Ces ambiances ne me quittaient pas, et quand elles s'éloignaient trop de moi, j'étais là pour les réclamer. Cercle vicieux.

La grand-mère Lucienne, la spécialiste en pâtisserie, sucreries et gâteries en tous genres, hybride de Mère Térésa et de saint Honoré, la championne du monde de bi-ouverture de cœur et de portemonnaie en tous lieux et toutes occasions, double médaillée d'or de la bonne pâte et de la gentillesse, ne cherche qu'à faire plaisir. Tout gamin, je comprends vite qu'il m'est possible d'en tirer avantage. Par exemple, chaque fête foraine au village est l'occasion pour elle de glisser une pièce, ou plusieurs, ou encore plus souvent un billet. Manèges, loteries ou confiseries, ce n'est pas mon truc. Devinez où je vais casser les sous de la grand-mère ? Au tir. Quand elle a, comme chaque année en septembre, à la fois la très bonne et la très mauvaise idée de m'accompagner à la Foire aux Haricots d'Arpajon, festivité incontournable de la région, où s'arrête-t-on ? Au tir. Elle a une patience d'ange et sûrement encore des pièces dans son porte-monnaie. Alors, que refait-on un quart d'heure après ? On retourne au tir, celui à flèches sur les animaux qui défilent sur un tapis roulant dans le fond de la baraque. Cinq flèches, cent francs[59]. Faites le compte : en une journée, j'ai dû tirer plus de cent ou deux cents flèches sur l'ours, l'éléphant, le tigre ou le sanglier en carton peint. Sur mes insistances, on y retourne le lendemain ! Même cause, même punition : direction le stand de tir, le même, invariablement le même. On ne change pas un tireur d'élite qui gagne, on ne change pas le patron du tir qui gagne aussi sa croûte en se frottant les mains discrètement, on ne change pas une grand-mère qui gagne la compagnie de son petit-fils. Bref, tout le monde gagne à tous les coups. Belle invention !

Tout dégommer à chaque fois donne droit à des tickets gagnants. L'accumulation des tickets donne droit à un lot à choisir. Chaque lot à choisir donne droit à le remporter triomphalement. Chaque retour triomphal donne droit à une horreur en cadeau à ma mère : le plus extraordinaire fut un caniche assis sur ses pattes de derrière, moulage en plâtre peint et verni. Ma mère, elle aussi, fut drôlement vernie avec un cadeau pareil ! Le porte-monnaie de la grand-mère, lui, n'était pas verni mais grandement dégarni ! Le seul verni de la compétition, c'était moi ! Amusement, compétition, maîtrise, possession.

Le slogan s'applique toujours des années plus tard quand les tirs forains voient les copains du village se confronter et mesurer leur habileté à coups de carabine sur cibles, pipes et objets plus ou moins de bon goût à gagner. La présence des filles ne fait qu'augmenter la pression compétitive : à celui qui tirera le mieux et qui offrira une fleur en papier à la demoiselle de son cœur. Amusement, compétition, maîtrise, possession, invariablement. Certains tireurs font monter l'adrénaline d'un cran en tirant au fusil de chasse sur un carton ! Dans la baraque en tôle, un boucan considérable pour impressionner davantage, pour faire se pâmer les filles, pour être le meilleur et le plus téméraire du lot. Le plus tout, quoi. Comme quand on jouait à celui qui ferait pipi le plus loin. Pareil. Sauf que là, les canons étaient d'un calibre plus modeste.

---

[59] Avant 1960, 100 francs équivalent à 1 franc d'après la dévaluation. Compte tenu de l'érosion monétaire due à l'inflation, les 100 anciens francs de 1954 correspondent à 2,16 euros actuels ! Sur deux jours, le tir à flèches a coûté au total à la grand-mère une moyenne de 140 euros ! C'est considérable, surtout pour l'époque !

Nos fêtes communales se terminent invariablement le lundi après-midi avec une série de jeux destinée à tout public. Excepté celui qui le clôt, réservé aux adultes : le cou de l'oie, grand classique campagnard. Régis, le régisseur de la fête au nom prédestiné, est allé suspendre le volatile – déjà mort, tout de même ! – par les pattes à une corde tendue au milieu de la rue. Chaque participant, armé d'un sabre et yeux bandés, tente successivement d'aller couper le cou du bestiau pour relever le défi et remporter, en cas de réussite, l'oie décapitée par la même occasion. De chaque côté, la foule est compacte, l'adrénaline reste intacte à chaque nouvel intervenant, à chaque départ vers une tentative d'impact. Applaudissements, encouragements et vivats soutenus des spectateurs. De nouveaux jeux antiques d'arènes revisités, sans César et sans lions, façon cambrousse. Régis, le monsieur Loyal local et maître de cérémonie de l'instant, surveille les opérations. Pour que le jeu dure un peu plus longtemps, il a enfilé un bon fil de fer dans le cou de l'oie ; et pour que le sabre ne fasse trop rapidement son œuvre, il en émousse le fil régulièrement en le frottant sur la bordure en grès du trottoir ! *Ave Caesar ! Morituri te salutant !* Après vingt ou trente coups reçus sur la cafetière, l'oie commence à donner des signes de faiblesse côté cervicales. Chaque coup de sabre réussi envoie voler un paquet de plumes sous les bravos, les acquiescements de la tête et autres mimiques d'approbation du public. Il n'y a plus qu'à attendre le coup de grâce du vainqueur qui envoie définitivement valser le cou de l'oie et son fil de fer… Amusement, compétition-confrontation, maîtrise du coup de bol, appropriation, lauriers de gloire. C'est pas tout, faut aller décrocher l'oie.

« Marcel, passe-moi l'escabeau ! » La cérémonie de clôture est en marches. Après l'oie, c'est au tour du protocole d'en prendre un bon coup. Le sabre retrouve son fourreau. L'oie a définitivement trouvé son bourreau. C'était la fête.

« Régis ! T'en fais quoi de la tête ?

– Garde-là ! Tu la f'ras monter en lampe, ça t'f'ra un beau cadeau à offrir à ta femme pour la prochaine Saint-Valentin ! »

Il est vrai que ces histoires s'écartent des scènes familiales proprement dites pour s'étendre à celles vécues par la grande famille villageoise. Une famille au sein d'une famille. L'environnement rural et agricole de ce temps, avec ses habitudes et ses traditions, ses obligations et ses rituels, interagit sur le seul premier cercle familial. L'un dans l'autre, on est bien, c'est connu !

Quand un village de 500 habitants compte 20 fermes, il est facile d'en déduire qu'en termes de proximité et d'influence directe, une ferme s'intercale environ toutes les cinq maisons. Sans partager réellement la vie agricole, cultures et élevage réunis, l'ensemble des habitants baigne obligatoirement dans cette ambiance. En conséquence, voir mener journellement les vaches au pré est aussi ordinaire et normal que de voir partir deux veaux pour l'abattoir. Étriller et bouchonner un cheval est aussi ordinaire et normal que de tuer le cochon. Sauf que l'un de contentement hennit et que l'autre… eh non !

Tuer le cochon, selon la belle expression consacrée, c'est annoncer un peu de boulot, mais surtout des réjouissances en vue. Tuer le cochon, c'est une fête. Je ne sais pas si vous avez déjà assisté à une telle démonstration, mais il me semble, sans vouloir jouer les trouble-fêtes, les empêcheurs de tourner en rond ou les coupeurs de cheveux en quatre, que le vocabulaire utilisé n'est pas vraiment en accord avec le sujet ! Organiser une tuerie pour lui coller une notion festive, ce n'est même plus paradoxal, c'est tout bonnement aberrant, disons-le tout net. Quand j'ai entendu pour la première fois s'élever un cri terrible à cinquante mètres de la maison, cri ininterrompu à vous fendre l'âme, à vous faire dresser les cheveux sur la tête, j'ai tout d'abord cru à un jeune enfant en détresse, à un accident, à un drame d'envergure, à une catastrophe humaine inconnue. Un enfant qui pleure et qui, à trop pleurer, perd sa respiration par à-coups… Et qui hurle de nouveau. Ce jour-là, intrigué et croyant bien faire, dans une peur mêlée d'incompréhension, je commets la grande erreur de courir sur les lieux.

Le cochon, pattes liées, a le ventre posé, coincé et sanglé sur deux chevrettes à bois[60]. Sur le cou, une plaie béante de vingt centimètres pisse le sang à gros bouillons. Une large bassine en fer blanc réceptionne la vie qui s'en va. Les gueulements, les pleurs de la bête sont insoutenables. Autour, on patiente, on discute, on raconte un bon mot, on allume une cigarette, on attend. Parce qu'il n'y a plus qu'à attendre… Cette salle d'attente en plein air est morbide et désinvolte à la fois, autre paradoxe. Le train de la mort arrive enfin en gare, avec un quart d'heure de retard sur l'horaire. L'enfant ne crie plus. Dans le wagon, il est monté s'assoir près de la fenêtre pour voir défiler d'autres paysages.

Deux personnes portent la bassine de sang à l'intérieur de la ferme. À l'extérieur, des couteaux entrent en action. La fête continue. Caca boudin. Le train est déjà loin.

Ah ! Quand je repense à ça ! Quand je repense à ma tranche de jambon ! Mais comment peut-on oser faire ça ?! À croire que l'homme se complaît à traîner ce boulet venu de la préhistoire ! Et on se demandera pourquoi je rechigne et fais le difficile devant un pâté de tête ! Rien que le mot, pâté de tête ! À lui seul, il est plus enclin à fermer les écoutilles de la raison qu'à titiller les papilles de l'appétit ! Comme pied de cochon, museau vinaigrette, boudin,

---

60 On appelle chevrette le chevalet utilisé pour poser les bûches à couper, support fait de deux X maintenus entre eux par des entretoises.

joue de porc, rôti de porc en jambon, pied paquet, plat de côtes… Certains trouvent même le moyen d'accommoder les oreilles sous prétexte que dans le cochon, tout est bon ! C'est vite dit, mon colon. Et dans les cons, qu'y-a-t'il de bon ? « Les cons, ça ose tout, c'est même à ça qu'on les reconnaît ! » Mais non, j'm'énerve pas, Madeleine, j'esplique aux gens !

Il y en aurait, des choses à expliquer aux gens ! Puisqu'on est dans le cochon, tiens, parlons deux secondes du sanglier. Depuis plusieurs années, l'animal prospère et envahit de plus en plus de nouveaux territoires. Celui qu'on ne voyait qu'avec une longue vue tous les trente-six du mois vient mettre son groin plus qu'il n'en faut dans les cultures. Longtemps cantonné dans les forêts de la Brie, des Yvelines et dans leur périphérie, il arrive en force pour jouer à la charrue-déchaumeuse dans les rangs de maïs. Les cultivateurs pas contents, on les comprend, insistent pour que soient organisées des battues afin de réduire les hardes proliférantes et destructrices. Voilà le rare exemple où, sans applaudir des deux mains les bienfaits de telles opérations, il reste concevable de réagir à coups de fusils. À moins de clore tous les espaces cultivés par des murs de béton, on n'a pu, jusqu'à ce jour, trouver meilleure solution plus douce et plus pacifique.

Côté cervidés, cerfs et chevreuils, notre plaine en voit passer un ou deux par siècle. De notre plaine vide, on ne peut pas affirmer qu'ils sont d'une gêne de premier ordre ! Ce manque implique qu'aucune chasse à courre ne se soit jamais déroulée sur le territoire de la commune. C'eût été d'un ridicule consommé de chasser le lapin à cheval en sonnant de la trompe à proximité des terriers. En revanche, sans gros gibier, plusieurs messes de Saint-Hubert ont été célébrées dans notre église ! Pourquoi ? Mystère. Le décorum et le symbolisme attachés à cet évènement ne m'ont jamais laissé indifférent, en un mot, ce n'est pas pour me déplaire. Quant à bénir les chiens comme on bénissait les champs au temps des rogations, ça, je n'en parlerai et ne donnerai mon avis, au pire que sous la torture, au mieux qu'en présence de mon avocat…

Une tétralogie non wagnérienne pour terminer nos scènes de famille, quatre scènes de la vie. De la vie à la mort, s'entend. Dans quelques-unes d'entre elles, on retrouve mon père, ce héros au sourire si doux[61] et d'autres protagonistes.

[61] À l'école primaire, les récitations à connaître par cœur m'avaient inspiré un jeu rigolo : mélanger les vers d'auteurs différents. En l'occurrence ici, après ce vers initial d'*Après la bataille*, de Hugo, je rajoutais un vers du *Héron de La Fontaine*, ce qui donnait : Mon père, ce héros au sourire si doux, un héron au long bec emmanché d'un long cou… Des trucs de gosse pour faire rigoler les copains ! Je n'avais pas prévu qu'un jour, je sois appelé au tableau pour contrôle de la récitation. À force de répéter la bêtise, j'ai commencé le poème par ce joli lapsus, sous les yeux médusés de l'instituteur et la rigolade générale des élèves !

La première scène a pour décor la ferme Lefrand. Je me trouve là, Dieu sait pour quelle raison, je n'en ai plus mémoire. Arrive une dame qui vient acheter un canard. Bonjour, je viens chercher mon canard. Bien. Salutations réciproques, considérations météorologiques alternées, comme quoi le temps on ne sait plus trop à quoi s'en tenir avec tous ces Spoutnicks qu'ils envoient dans l'atmosphère, qu'un jour il fait beau, le lendemain il pleut, que ça fait deux jours de passés, mais quand même, de not'temps, bref... Bon, jusqu'ici, on pourrait penser à un début de sketch de Robert Lamoureux ou de Fernand Raynaud. Loin s'en faut. Le patron s'exécute, court après le canard, l'attrape par les ailes, lui pose le cou sur un billot. D'un coup de couteau aiguisé comme un rasoir, il lui tranche le cou, net et sans bavures... et repose aussitôt l'animal sur ses pattes ! Personne ne pouvait s'attendre à cette facétie macabre ! Avez-vous déjà été le témoin de cette scène étrange où un canard sans tête court en tous sens pendant une bonne minute avant de s'écrouler dans la poussière les ailes en croix !? Le fermier se marre à s'en étrangler ; son fils s'en amuse par habitude ; la dame apprécie franchement peu, esquisse un demi-sourire pincé de complaisance ; et moi, je n'ai pas beaucoup aimé tout en restant sidéré devant cette recette spéciale, arcane de la vie campagnarde. Déconfit, le canard saignant ne m'agrée que très moyennement...

Un autre de ces beaux jours, évidemment pas une nuit, près d'un sac, il s'était endormi : un chat, dans un coin de la grange. Mon père ne fait ni une ni deux : coup de pied au train, dégage de là ! Papa et les chiens oui, les chats nicht sheck, raoust, schnell, hors de question !

« Allez, fous-moi le camp de là ! Haben sie ja verstanden oder nicht ? » Remontées de bouffées germaniques, version originale et ton de rigueur. Le lendemain, le chat est là de nouveau, assis près d'une pile de sacs à patates.

« Mais c'est pas vrai ! Raoust, saloperie ! » Rebelote, le chat déguerpit à toutes pattes. Le père, soupçonneux, décide l'inspection de la grange... et découvre, derrière les sacs à patates, trois petits chatons !

« Manquait plus que ça ! Eh bé ! Nous v'là bien lotis avec trois mannequins comme ça sur les bras ! » dit mon père en portant une main sur le bas du visage.

Mon père tourne les talons, je vais jeter un œil sur les chatons. La chatte – et non le chat – revient tendre prudemment un bout de museau à la porte. Sur un bout de sac, calfeutrées près d'un ballot de paille, il y a trois petites boules de poil, collées l'une à l'autre, une grise, une zébrée et une noire avec un bout de nez blanc. Adorable ! On ne les entend presque pas, ils n'émettent que de furtifs et bas couinements. Je crains la réaction du père, je ne sais pas où il est parti...

Parti oui, mais ni loin ni longtemps, c'était écrit d'avance. Il ramasse sans douceur les chatons et les colle au fond d'un panier. La chatte a disparu. Mais il va où, avec son colis ? Je le suis, à distance. Près du mur voisin, papa s'arrête, pose le panier, empoigne un chaton, et dans un geste de lanceur de javelot, l'envoie avec force valdinguer et s'écraser sur le mur de pierres ! Aïe, ça commence fort ! Le second subit le même sort. Le noir à museau blanc n'a rien vu venir non plus : Paêf ! contre le mur. Et de trois. Record du monde de vitesse catégorie relais-chaton battu ! Le dernier qui bouge encore, plié en douze au bas du mur, est bon pour concourir à nouveau, catégorie handisport. Paêf ! Cérémonie de clôture, rangement du panier vide, extinction de la flamme olympique. Concis, rapide, efficace. Un trou de bêche dans la terre du jardin, sans hommage rendu à l'ennemi, fin des jeux. La chatte a cherché et miaulé une journée complète. Elle est restée un long moment au bas du mur, flairant le drame. Et puis elle est partie, silencieuse sur ses pattes de velours, comme elle était venue, Dieu seul sait où...

Vingt ans plus tard, presque jour pour jour, je suis confronté au même dilemme ! Comme si le destin tapait à ma porte pour me proposer une nouvelle partie : il y a longtemps, tu as vu faire ton père ; aujourd'hui, copain, c'est à toi de jouer, voilà les cartes ! Un tranfert père-fils par-delà le temps. Eh ! Destin ou Providence, là-haut, qui que vous soyez, faudrait pas pousser le bouchon trop loin, si ça ne vous dérange pas trop ! Je n'aime pas jouer aux cartes avec un si mauvais jeu en main ! La triche est autorisée ou pas ? On peut me distribuer de nouvelles cartes ou pas ?

Ma fille unique et préférée, ma Coco, petite fille à l'époque, avait reçu en cadeau une chatounette qu'on avait baptisée Mandoline. Oui, parce qu'elle grattait partout et qu'elle accordait ses câlins à qui voulait bien la caresser. Mandoline avait dû se lâcher dans une série de galipettes un soir de fiesta olé-olé, avec croquettes spéciales en surboum ou délicieuse pâtée en boîte, de nuit[62] ; ce qui devait arriver arriva : une portée de quatre chatons pondue en catimini dans le garage. Et qu'est-ce que donc que je fais-je que je ferai donc bien de faire pour résoudre le problème ? Imiter les anciennes habitudes de mon père ? Hors de question. Bon, c'est simple, on va les donner, les petits chats. Et youpi tralala, the tour is joued ! Le lendemain, les enfants sont mis à contribution pour proposer l'offre à tous leurs petits camarades de l'école. Avec les enfants en première ligne, et d'enfant à enfant, le truc va marcher à tous les coups ! Eh bien non, hélas. Tous les enfants étaient d'accord, mais pas les parents, j'aurais dû m'en douter ! Retour donc à la case départ.

62 Celle-là, j'aime bien ! En plus, je ne l'ai pas fait exprès, promis juré !

Je laisse passer un autre jour, puis deux, puis trois, sans trouver de solution acceptable. Et plus le temps passe, plus les chatons grandissent ; plus ils grandissent, plus on s'attache à eux, surtout ma fille… Les noyer est une autre solution classique, mais elle ne me convient pas. À ce moment, je sens que vais laisser tomber et crier joker ! Quatre coups de carabine successifs me semblent une troisième solution trop disproportionnée. En dernier ressort, une seule ouverture, soufflée par mon père : « Tu verses un demi-verre d'éther dans un sac plastique, tu enfournes les chats, tu fermes le sac bien hermétique, tes bestioles tournent de l'œil, s'endorment et s'asphyxient dans leur sommeil ! Qu'est-ce que tu te compliques, va pas chercher midi à quatorze heures ! » Parfait. Excellent, même ! Quatorze heures cinq : je vais à la pharmacie quérir un flacon d'éther…

… Et j'applique, largement à contrecœur, le remède indiqué à mes quatre loustics bien encombrants. J'aurais dû choisir un sac plastique non transparent, idiotie de ma part ! Parce que les chatons qui prennent un bain de pattes dans l'éther ne s'endorment pas aussi vite que prévu ! Je les vois griffer le plastique, je les entends miauler un concert d'au secours de petites âmes perdues. Ambiance pas folichonne dans le sac et dans ma tête. Être obligé de faire des trucs pareils ! C'est inhumain ! Merci le destin ! Quand le chat Mandoline n'est pas là, la providence qui généralement sourit, elle est où ? Dix minutes plus tard, le fond du sac est encore secoué de petits spasmes. Exécution éprouvante qui semble ne jamais vouloir se conclure… Pour que ma fille ne trouve aucune trace de la mise à mort des petits chats, j'ai poussé mes pas jusqu'à la décharge municipale balancer de rage mon sale paquet aussi loin que je pouvais. Cadeau empoisonné aux corbeaux, cadeau de morts aux rats.

Mandoline a cherché ses petits en furetant tous les coins de la maison pendant deux jours. Puis elle est revenue s'assoir auprès de nous. Désolé Mando, dire pardon en langue de chat, pour moi, ce n'est pas du gâteau… Ma fille Colette a versé une larme. Le Noël suivant, on lui offrait un lapin nain, petit cadeau de consolation. Le lapin est mort huit jours après. Joyeux Noël et bonne année !

Petit retour en arrière, dans le milieu des années 50. Dans la rue, presque devant notre maison, un coup de frein sonore et brutal fait tendre l'oreille. Bruits de portières qui claquent, suivis d'un échange verbal virulent : la curiosité l'emporte, je vais voir ce qui se passe. D'autres voisins intrigués m'ont précédé. Ah ! Pour une fois qu'il y a un peu d'animation dans le bled, il ne faut pas rater ça !

Devant la voiture arrêtée plein milieu de la rue, je reconnais Badine, la chienne de la ferme Arnaud, nos voisins. L'animal est couché sur le bitume, tête haute. Pas besoin de détective ni d'enquête pour comprendre qu'elle vient de se faire bousculer, heurter ou faucher par la voiture. La chienne gémit doucement en essayant à deux ou trois reprises de se remettre debout, sans succès : seules les pattes avant se redressent, le reste du corps ne suit plus… Après d'interminables palabres, la voiture repart et disparaît. Avec mille précautions, Badine est placée dans une sorte de boîte-cageot et rentrée dans la ferme. Selon toute vraisemblance, tout le train arrière, pattes incluses, a été écrabouillé par la bagnole… On reste auprès du toutou, sans pouvoir l'aider vraiment, on prodigue quelques douces caresses sur le haut de la tête. Personne ne peut rien faire de mieux. Le fait divers en direct terminé, le voisinage repart à ses occupations.

Le lendemain, on frappe à notre porte. C'est le père Arnaud. Mon père le reçoit sur le perron, ça discute. D'où je suis, je n'entends pas grand-chose, mais les mots qui me parviennent suffisent : écrasé, souffrance, décision, gémissements, pauvre bête, vétérinaire… Il est étonnant que le père Arnaud qui ne nous rend jamais visite soit venu uniquement à la maison pour donner des nouvelles de la chienne. Mon père rentre dans la maison, le visiteur du soir attend. Et papa de réapparaître avec le fusil et un paquet de cartouches à la main. J'étais prêt à parier qu'au vu de la situation nébuleuse, tragique et mal engagée, ça allait finir comme ça ! Mon père descend les marches du perron, tourne la tête et me lance un « Tu viens ? » Eeuuhh… oui, je viens. Je n'en ai pas trop envie, mais je viens, occasion de voir aussi d'où en sont mon copain Jacques et la pauvre Badine.

On sort de la ferme en petit cortège : papa a décidé de sortir du village pour cette chasse spéciale, il faut éviter d'ameuter le quartier une nouvelle fois. On porte Badine dans sa boîte. La vieille chienne fatiguée se laisse faire sans comprendre ce qui lui est arrivé, résignée devant l'inexorable qui l'attend. Sur le chemin, le père Arnaud raconte qu'après vérifications, la chienne à demi-écrabouillée ne s'en sortira pas, qu'il est inutile d'appeler le vétérinaire pour ça, qu'il a pris la décision d'en finir pour que la chienne ne souffre plus. Au premier champ atteint, derrière les grands arbres de la mare à Payen, on dépose le lit de fortune de Badine sur l'herbe. Le soleil orange commence à descendre à l'ouest, allongeant l'ombre de la chienne qui vient de relever la tête un court instant. Dans une ambiance mordorée, l'assistance recule en silence. Seul mon père est devant, une ombre diffuse face à la lumière. J'entends cliquer le canon. Deux déflagrations l'une sur l'autre : la première fouette la tête de la chienne et lui arrache le cou, la seconde termine l'œuvre maudite. Badine a les yeux clos, couchée tête au couchant.

C'était un triste lundi soir de la fête au village. Durant sa vie, Badine avait donné naissance à quantité de chiens, tous excellents à la chasse. Badine, elle, n'avait jamais chassé : elle était toujours terrorisée par les détonations des coups de fusils !

Bizarreries de la vie, récurrences incompréhensibles, spirale des événements, malchance des probabilités, coups foireux du destin ? Depuis la disparition forcée de la chienne Badine, douze ans se sont écoulés. Je demeure maintenant dans la même petite maison qu'habitaient mes parents. Un jour, on frappe à la porte. C'est monsieur Soenel, l'autre voisin qui habite à vingt mètres de là. Que me veut-il, lui qui ne s'est jamais spécialement déplacé ici ?

« Bonjour, pardonne-moi de te déranger. Je voulais voir ton père, mais il est absent. Ta maman m'a dit qu'il était parti en déplacement à Istres deux ou trois jours pour son boulot. Alors je viens te demander si tu peux m'aider…

– Bien sûr, que puis-je pour vous ? dis-je un peu intrigué et un poil sur la défensive.

– Bin voilà. Si je viens t'embêter comme ça, c'est que notre chien, depuis quelques temps, nous crée vraiment beaucoup de soucis. Il est de plus en plus agressif et méchant, ma femme et les enfants ne peuvent plus l'approcher, ils en ont de plus en plus peur. Même moi, j'ai de moins en moins confiance quand je lui apporte sa gamelle, il montre les crocs et grogne comme une bête féroce. Je ne peux plus continuer comme ça. Est-ce que tu voudrais bien te charger de l'éliminer avec ta carabine ? J'aurais bien attendu que ton père revienne, tu comprends, parce que je sais que lui, ça ne le dérange pas de rendre service comme ça, mais la situation à la maison devient intenable, je ne peux plus attendre. Si j'attends trop, je crains qu'arrive un malheur ! »

Pooouuuh… Que je fais quoi donc en réponse que je pourrais faire ? Que rien, que je sais pas, que tiens, j'ai trouvé pour pouvoir réfléchir encore un peu tranquillement et radoucir la chose proposée :

« Je peux aller voir votre chien ? Je ne sais plus comment il est, s'il est gros ou petit. Parce qu'il faudra adapter la munition en fonction de ça. »

Je gagne un peu de temps, on va voir le chien. C'est vrai que le coyote attaché à sa chaîne n'est pas d'un accueil chaleureux ! Je reste un peu à distance, craignant que l'attache ne cède sous les coups de gueule et de collier du barbare clébard furibard. Ni convivial ni accort le moins du monde ! C'est vrai qu'il fout carrément la trouille, le bâtard jaune à poil ras haut sur pattes.

« Le problème, monsieur Soenel, c'est qu'actuellement, je n'ai plus de carabine. Je viens de me séparer de ma 22 long rifle peu satisfaisante et j'attends la nouvelle dans quelques jours. Je ne sais quoi vous dire, je suis désolé. »

Et c'était vrai, pas de pieux mensonge pour m'extirper de la proposition encombrante, c'était bien vrai.

« Ah ! Ma foi tant pis, j'attendrai que ton père soit revenu, que veux-tu ! Mais pendant tout ce temps, je ne vais pas dormir tranquille ! »

Le bonhomme me coince : primo, j'ai donné l'impression d'accepter pour me défausser ensuite ; secundo, sa sécurité et sa tranquillité ne sont pas résolues ; et tertio, c'est une fois de plus mon père qui sera mis à contribution à ma place. Je suis piqué au vif, mon orgueil en prend un coup au passage.

« Attendez, j'y pense ! Je vais aller chercher l'arme de papa, et puis voilà ! J'aurais pu y penser plus tôt ! Quand voulez-vous que je vienne ? »

On a pris rendez-vous pour le lendemain. Il m'a laissé les clés de sa maison, préférant partir quelques heures avec toute sa famille, évitant surtout à ses deux jeunes filles d'être choquées, évitant aussi à son épouse et à lui-même d'assister au spectacle. Voir tuer son chien n'a rien de spécialement réjouissant. J'avais, en résumé de la situation, à la fois gagné et perdu. En simultané, j'avais une charge à accomplir et une autre à mettre dans la chambre du canon. J'étais bien chargé de partout ! Il fallait désormais réunir et réussir le tout.

À l'heure dite, je rentre chez le voisin, carabine 9mm à la main, six cartouches à balle dans la poche. Six, car j'ai la crainte que la puissance de l'arme soit insuffisante pour un flingage d'un seul coup. Hurlements du chien cabré prêt à briser sa chaîne, il fallait s'y attendre. Et de chercher comment procéder au mieux et au plus vite, pour lui comme pour moi. Je ne pouvais plus faire machine arrière sans prétexter une allégation vaseuse. Impossible de reculer pour moi. Impossible d'avancer pour le chien. À chacun sa chaîne.

La première chose que je tire, c'est une chaise de jardin pour y poser mes fesses et attendre que le chien se calme. S'il veut bien se calmer, ce qui n'a pas l'air d'en prendre le chemin… Tirer une chaise, jusque-là, ça ne fait pas grand mal à quiconque. Le clebs tourne un instant en rond, me jette un œil noir, s'arrête puis bondit sur moi ! La chaîne qui le retient crisse sur son anneau. Il veut me bouffer, c'est pas possible ! Et cette foutue chaîne va finir par céder ! Je n'en mène pas trop large, je l'avoue, je doute de l'issue de la confrontation.

J'ai engagé ma cartouche, je reste assis, immobile. Le chien s'apaise un peu. Je cherche le point le plus faible et le plus accessible pour que le premier plomb fasse son maximum d'effet. Résultat de l'analyse : pleine tête, entre les deux yeux, comme Tintin au Congo avec son éléphant. Le temps passe, on y va. J'épaule et vise l'endroit choisi, un œil sur la mire, un œil sur le chien face à moi. La bête s'est tue. Aucun mouvement. Et je ne tire pas. Impossible, bloqué face aux deux grands yeux du chien qui me regarde, normalement, presque gentiment. S'il persiste, il va m'avoir par le sentiment, ce satané cabot ! Je baisse la carabine et je soupire un bon coup. Déstabilisant au possible. Mais pourquoi ai-je accepté cette besogne de folie, pourquoi, mais pourquoi ! Bon sang d'âne et bond'là d'bourricot ! N'ac-cep-te-plus-ja-mais-de-fai-re-des-cho-ses-com-me-ça !

Y a pas à tortiller, faut aller au bout. Ma motivation revient à son poste quand je repense au désarroi du propriétaire, à sa demande, à sa prière instante pour lui et les siens. Je me lève d'un bond, j'épaule et tire direct d'instinct, toute réflexion écartée, hors tout sentiment. La balle tape plein centre à l'endroit prévu. Le chien vacille et tombe au ralenti sur le côté. Il a déjà fermé les yeux, il ne veut plus rien voir de cette vie de chien. Je lui colle la seconde balle quasi bout portant, même endroit. Sur le dallage du jardin, deux yeux aux paupières closes pleurent une larme rouge.

Je me suis rassis sur la chaise en pin, stoïque comme un baron. J'ai attendu. Rien ne se passait plus. J'ai couvert l'animal d'une vieille toile qui traînait par là et je suis parti. Le devoir était correctement accompli sans que la leçon soit clairement comprise. Dans ma tête, ne restait gravé que le dernier regard du chien, droit, limpide, aimant. Les yeux étaient dans la tombe et regardaient Caïn.

Des scènes de famille les plus originales que j'ai pu vivre, comment s'arrêter en si bon chemin sans parler de la plus belle, celle qui fut pour moi ma raison de vivre, mes espoirs et mon horizon, mes amours et mes passions, mon guide et ma vraie lumière, j'ai nommé… l'Armée ! Ah ! Voilà une famille qu'elle est bonne ! Que le lecteur se rassure, je ne vais pas jouer les vétérans gâteux, rabâcheurs de faits de guerre, d'anecdotes plus ou moins cocasses de pioupiou à bidasse, épisodes toujours barbants et grandement rasoirs pour l'auditeur lambda, non. Je conserve mon cap et, en filigrane de mes narrations, mon fil guère épais. Je reste en alerte pour ces histoires à l'Armée. J'espère parvenir à montrer que les armes à l'Armée sont des larmes larvées, qu'il y a moins à en rire qu'au final à pleurer.

Car c'est bien par le biais des armes et des hommes, et par cette loupe uniquement, que j'explore aujourd'hui cette étrange planète. Je l'ai parcourue de janvier 1967 à avril 68 en terres teutonnes, à Trier, ville en territoire ennemi située grosso modo à mi-chemin entre Douaumont, capitale de l'ossuaire, et Frankfurt, capitale de la saucisse.

Dès les premiers jours, la bleusaille que nous étions est prise en mains par des instructeurs qui nous font entrer dans le cigare un ensemble de notions attractives : la mère Patrie, les trois couleurs, les combattants, la hiérarchie et les grades, la discipline, l'honneur, l'attaque et la défense, les armes et la guerre nucléaire. Rien que ça. Le tout dans une ambiance carrée où il fallait que ça tourne rond. Passionné de plomb, j'attendais le jour où, enfin, je pourrais voir et peut-être utiliser ces armes de guerre.

Petit soldat de plomb, j'aurais dû être moins impatient. Les premiers mois ne furent consacrés qu'à deux choses : primo, le maniement des armes. Oh, non pas pour tirer, mais simplement pour préparer les parades et les défilés ; secundo, les explications et tous les détails sur les armes, l'idée première et unique étant de savoir les démonter-nettoyer-remonter. Perspectives ennuyeuses qui nécessitent d'être armé, certes, mais surtout de patience et d'une belle dose de tolérance et d'optimisme.

Passer des heures entières sans discontinuer, jour après jour, debout sur l'immense place d'armes, les pieds fichés dans vingt centimètres de neige en hiver ou la tête sous un cagnard de plomb en été, à apprendre et refaire des centaines, des milliers de fois, les gestes du garde-à-vous, de l'arme-sur-l'épaule, du présentez-armes, de l'arme-au-pied, du demi-tour-droite et de toute cette série de trucs gonflants jusqu'à en être épuisé physiquement et excédé moralement, chaque section composée d'une trentaine de bidasses en a vite ras le béret ! Pire : le sous-officier qui dirige les opérations prend systématiquement le malin plaisir un tantinet sadique de faire durer outre mesure, ça se voit, ça se sent ! Quand ça commence à mollir ou à renâcler dans les rangs, la sentence tape encore un peu plus fort. Les sanctions ou les humiliations programmées pleuvent, collectivement ou individuellement, sous un déluge de commandements hurlés. Le maître fait soumettre la masse de bidasses, et tous les moyens sont bons pour y parvenir. C'est le métier des armes qui rentre, on aurait aimé s'en sortir autrement…

Les vieux fusils MAS 49 utilisés pour ces entraînements fastidieux sont pesants[63] et prennent des tonnes au long des exercices de plein air. Les éternels défilés militaires demandent un préalable de répétitions sans fin avec ça sur le dos. Le MAS ne fait plus partie des armes, il devient un véritable boulet, au même titre que celui ou ceux de la hiérarchie qui décident et organisent leurs plaisirs vains par des tortures inutiles supportées par les autres ! De l'autosatisfaction désuète, de la gloriole dérisoire, de l'onanisme déguisé par hommes de troupe interposés.

Le MAS, on se le trimballe dans les marches forcées de 10, 15 ou 30 kilomètres. Ajoutez un barda conséquent, casque lourd inclus sur le citron, le tourisme local est franchement guilleret dans les vallons germaniques. Une nuit, réveil imprévu à trois heures : sursauts dans les chambrées, branle-bas de combat général, harnachement-éclair demandé, passage à l'armurerie ramasser son flingot ; stress total ambiant, énervements de cerveaux encore calés dans les trous de balle, on part. On part où ? Dans le noir le plus total, la colonne suit l'adjudant-chef organisateur des festivités. Sur une route de montagne, il ne fait que pester et gueuler comme un veau

---

[63] Le fusil MAS 49, avec son épaisse sous-garde en bois, tourne autour des 4,7 kilos. En main ou sur le dos toute la sainte journée, on a l'impression de porter un âne mort qui vous tue l'épaule !

contre tout et rien, et principalement contre nous, le fautif n'est jamais loin. Une demi-heure plus tard, on parvient au milieu de vignes sur les hauteurs. De sermon sur la montagne, j'avais connu mieux : le juteux grogne, hurle, invective Untel ou Untel, gueule en remontrances, avilit Truc ou Machin en passant, re-peste, accumule moquerie sur moquerie, nous oblige à ramper, à stopper, à marcher en canard, à s'allonger sur la terre humide, à courir sur place, à... Mais il est dingo, le gazier, ou quoi ? Puis tout cesse, on rentre... On est venu là pour faire quoi ? Uniquement ces idioties sous contrôle d'un aliéné, chef de pacotille avec une pauvre petite barrette dorée sur l'épaule ? Un test peut-être, un asticotage mental, un truc pour rien, une emmerde de plus à subir ? Faut être militaire pour savoir inventer de pareilles imbécillités ! Fort heureux que la troupe soit partie sans munition : même en nocturne, l'un de nous, à bout de nerfs ou à bout de forces, aurait pu se laisser aller à dérouiller son fusil pour un carton juteux... Colèrer dans les raisins, péter les plombs dans des vignes allemandes ou tourner la vendange en vengeancc n'aurait fait qu'un peu de raisinet de plus.

De toutes ces contraintes et soumissions destinées à faire plier les bœufs d'appelés rétifs, à les destiner et à les réduire encore, plus tard, qui sait, en docile chair à canon, je ne donne pas plus d'exemples. Si je devais tout relater, prévoir une édition encyclopédique serait nécessaire. Et encore, je minimise.

Quand le sous-officier habituel, Maréchal des Logis de son état, consent enfin à nous expliquer, arme après arme, le fonctionnement et le pourquoi du comment, je sens ma curiosité se réveiller et mes rancœurs passées s'assoupir. Je m'étais cependant exalté un peu rapidement, j'allais aussi vite déchanter.

« Le fusil MAS 49, dont voici le nouveau modèle, le 49-56, est une arme qui signifie qu'il a été conçu en 1949 et qu'elle a été rectifiée en 1956. »

Vache ! Pour partir fort, ça part fort ! Ouhlà ! Là, je sens que je vais apprendre des trucs, à commencer par la grammaire !

« Cette arme est à répétition semi-automatique de calibre 7,5 mm, c'est-à-dire, notez bien, qu'elle n'est pas automatique. On peut tirer coup par coup uniquement, mais en semi-rafale aussi. »

Punaise ! Qu'est-ce que je fais ? Je démissionne, je déserte ou je me tire une balle tout de suite !? On n'est pas rendu ! Semi-automatique, semi-rafale ! Et pourquoi-pas semi-remorque pendant qu'on y est !

« Son poids est de 4 kilos 100, sauf le chargeur que voici qui peut contenir lui-même dix cartouches par chargeur. Je vous ferai voir tout à l'heure toutes les parties de ce fusil, puisque je vais démonter devant vous l'ensemble un par un. »

Oui, ou la totalité une par une, c'était bien aussi. De l'arsenic, du curare, de la ciguë, n'importe quoi, une corde pour me pendre ou un colt pour me faire sauter le caisson, vite, je ne peux plus, ça urge ! Le grand spécialiste instructeur, genre para, treillis serré-moulant, mini-béret sur tronche d'aigle, jambes semi-écartées pour bien stabiliser l'éducateur et en imposer à la bidasserie amorphe, pose le MAS et enchaîne :

« Voici un PM modèle MAT49. Cela veut dire pistolet-mitrailleur de 1949. Comme son nom ne l'indique pas, c'est une arme automatique qui peut tirer 32 coups. Voilà le chargeur. Il est plus long que celui du MAS, parce qu'il peut contenir 32 cartouches de calibre 9mm Parabellum au lieu de dix. On l'utilise généralement à la bretelle, en tir au jugé, couché, debout ou genou à terre. Sauf couché, toutefois. Au temps pour moi ! Bien qu'en fait, on puisse aussi. » Discours lumineux, tout bonnement lumineux de luminosités, *Fiat Lux* militaire hors-normes.

« Maintenant, regardez, ceci est un pistolet de sous-officier automatique. Je le fais voir seulement pour information, puisque vous ne l'utiliserez pas, négatif, sauf si vous êtes sous-officier un jour. Mais ce s'ra pas donné à tout le monde, faudra en baver un peu pour le mériter. Moi, j'en ai un. C'est exactement le même modèle, sauf que c'est le mien. Enfin, ce gros matériel est une mitrailleuse AA52 au bout de la table qui porte à 800 mètres. On verra ça aussi une autre fois. Paris ne s'est pas fait en un jour et vaut bien une messe, à ce qu'on dit ! »

Grands dieux ! Les appelés réformés ne sauront jamais ce qu'ils ont loupé ! J'irais bien prendre une aspirine. Voire deux.

Et ça continue de plus belle.

« L'instruction d'aujourd'hui que je vais vous faire sera basée sur le fusil MAS seulement, puisque c'est l'arme principale qui vous sera révolue à chaque fois, pour les manœuvres ou pour le tir, et parce qu'on n'aura pas le temps de tout voir en une seule fois. Prenez des notes que j'aie pas à le répéter cinquante fois. Méfiez-vous tout de même de pas trop faire les cons, parce que je poserai des questions à la fin. Celui qui va répondre à côté de la plaque va devoir faire attention à son matricule, OK ? »

Devant l'assistance publique trouffionnière, le Maréchal des Logis, grand professeur de la chose guerrière et mécanique, dépiaute le fusil par bouts, expliquant ci, expliquant ça, que la culasse s'insère dans la boîte de culasse, on s'en serait douté un peu, et qu'elle s'active par prélèvement des gaz dans le canon, où-comment-pourquoi, on n'en saura jamais rien ; que l'embout du canon est équipé d'un cache-flamme et d'un système permettant le tir de grenades ; que tout le reste, vous n'avez pas à y toucher et que le fusil doit toujours être bien entretenu, bien entendu et troululu. Parce qu'en cas de conflit, votre vie en dépend, celle de vos camarades aussi, et la défense de la patrie et blabli et blabla, et le mot camarade de resurgir, mon camarade. Bref, on est tous coincés pour seize mois dans cette galère semi-teutonne, il faut s'y résigner, il faut attendre que ça passe et que ça se tasse, *alte kamaraden* !

J'aime bien les armes. En toute logique, je pensais m'intéresser aussi à celles-là. Pas du tout. Les circonstances vécues à l'armée ne poussent pas à la logique, pas plus qu'à l'amour de quoi que ce soit, camarade, patrie et tout le bazar. Parce que la logique de l'Armée, basée sur aucune fondation naturelle logique solide, est donc illogique. La seule logique recevable est la défense du territoire. En temps de paix, faut m'expliquer. Le militaire ne tire sa légitimité que d'un temps de guerre envisagé. Si personne n'envisage la guerre, les militaires peuvent rentrer chez eux faire du point de croix ou des mots croisés. Un moyen de croiser autre chose que le cimeterre et le fer. Ou de faire autre chose que des croix dans les cimetières.

La présentation rapide du pistolet-mitrailleur et de ses composantes ne me conforte pas dans mon attirance envers ces machins guerriers français : l'engin ressemble plus à une grosse quincaillerie douteuse qu'à une arme costaude, usinée au millième et fiable. Le PM respire le vite-fait et la camelote. L'utiliser ne m'inspirerait pas confiance du tout ! Je m'en balance, je ne suis pas sous-officier, je suis juste rien, tout en bas de la pyramide militaire. Le Président de la République, Chef des Armées, ne s'est jamais préoccupé de ça : il est au sommet d'une pyramide dont la base repose sur du sable mouvant ! C'est sûrement pour cette raison que, à chaque conflit mondial, on est obligé d'appeler au secours outre-atlantique et d'importer d'urgence, par air et par mer, du renfort en béton… armé[64] !

Je digresse, je digresse… Habile transition qui nous amène à l'un des sujets majeurs au sein de notre famille armée, à l'une des plus fantastiques gaités de l'escadron : le graissage et le dégraissage. Je savais logique de nettoyer une arme après utilisation et de graisser ensuite certaines parties, notamment les parties mobiles. Bien. Jusqu'ici, tout baigne dans l'huile. Ce que je ne savais pas, c'est que, suivant les lubies et desideratas de certains dits gradés facétieux en quête de nouveauté et l'esprit toujours en goguette, il faut parfois nettoyer et dégraisser des armes absolument propres pour les regraisser ensuite ! Voire, si elles ont été trop graissées, les nettoyer à nouveau et les sécher entièrement. Et les graisser une nouvelle fois si on veut ! Ce type de décision relevant d'un incompréhensible n'importe quoi se produisait souvent, hélas, au détriment des hommes du contingent, évidemment, sans pouvoir entendre en retour la moindre explication rationnelle ! Le plus amusant, si l'on

[64] Époque où les appelés du contingent existent encore. L'Armée actuelle uniquement composée de professionnels ne conduit plus au même raisonnement. Du moins, je l'espère !

peut dire, était par exemple de se voir consignés un dimanche entier, sans aucun motif, afin de nettoyer une bonne partie des armes de l'armurerie, fusils, pistolets et autres. L'amusement était bien sûr surveillé de près par celui qui en avait donné l'ordre. Tout décideur un peu siphonné ne se prive nullement d'aller jusqu'au bout de son tuyau. Surveillance donc, et inspection des armes de temps à autre, quand ça lui chantait. En fait, consigné comme nous au casernement puisque c'était son boulot, il fallait bien qu'il s'occupe, ce brave homme ! On lui présentait des culasses et des canons nickel-chrome : non, il fallait refaire, il avait vu encore de la saleté ; on les lui présentait à nouveau une heure après : non, à refaire, il y a encore une trace d'huile là et une trace de poudre dans le canon. Idem une demi-heure plus tard : trop sec, mal graissé ! Le plus comique est que, entre les trois tournées d'inspection, rien n'avait été fait de mieux ou de pire ! Les armes étaient dans le même état, absolument rien n'avait été touché ou modifié ! Preuve de l'extrême mauvaise foi du contrôleur qui n'avait rien à cirer des armes et de leur état, propre ou sale, graisseux ou sec, et qui faisait de nos nerfs lubrifiés son jeu lubrique dominical ! Quand nous avons enfin compris ça, il était trop tard, la journée était terminée ! Il y avait là, matière à se rebeller ou à pleurer sur notre sort, les armes ou les larmes… La connerie humaine est d'une folle inventivité. S'il existait un prix à décerner en ce domaine, choisir le plus beau spécimen prendrait un temps certain ! Il n'était même pas monté à l'esprit de ce brave petit gradé imbu et fort de son pouvoir lilliputien, qu'on ne pouvait pas faire aimer les armes et l'Armée en utilisant de telles contraintes punitives, sottes et injustes ! Il y a des limites à la bêtise humaine ; encore faut-il être un minimum équipé pour savoir qu'elles existent. On a su plus tard que son avancement dans la hiérarchie était bloqué, que Maréchal des Logis[65] serait son grade définitif à cause de son penchant affiché pour la bouteille ! Pour lui, impossible désormais de gravir les échelons de la hiérarchie dans l'alcool !

C'est consommé. Leurs armes à la noix, je ne peux plus les voir, elles commencent à m'exaspérer sérieux et, comme le dit Lino Ventura, « à me les briser menu. » Alors que l'intérêt que je leur porte dégringole vers le zéro absolu, on nous annonce une journée de séances de tirs. Le mercure de mon intérêt reprend de la vigueur et de l'altitude. L'annonce stipule en annexe que les deux meilleurs tireurs par section pourront être sélectionnés en vue d'intégration dans un groupe de tireurs d'élite. Mon mercure bout et grimpe à faire péter le thermomètre de ma fébrilité. L'adjud-ange Gabriel

65 Nom de grade utilisé dans certains corps d'Armée, dont l'Artillerie. Sergent est l'exact équivalent dans d'autres corps. « Trois sardines sur la manche et un litre dans la poche, y'a des logis qui penchent, c'est pas l'Maréchal Foch ! »

vient de faire sa meilleure annonce depuis celle faite à Marie. Je me connais assez bon tireur, voilà l'occasion rêvée de renouer avec l'amour des armes, pour la gloire, pour mes frères d'armes, pour la Mère Patrie, pour la France ! Hissez les couleurs ! Ouvrez le ban !

J'en rajoute un peu, certes. Je retrouve surtout une nouvelle motivation face aux stérilités quotidiennes, face à l'inexplicable routine militaire démobilisatrice et désespérante.

Nous montons en colonne au sommet d'une énorme colline nommée Grüneberg, plus de quarante-cinq minutes de grimpette, harnachés comme par temps de guerre, MAS 49-56 à l'épaule. La petite montagne se termine par un plateau où l'Armée Française a construit une dizaine de travées de tir, couloirs longs d'environ 200 mètres séparés entre eux par de hautes buttes de terre de 5 mètres. Briefing général en demi-cercle devant un lieutenant spécialement requis pour l'occasion, explications sur le déroulement des opérations, recommandations individuelles et collectives sur les procédures à respecter, etc. Pour une fois, l'affaire s'annonce sérieuse, allons-y, jouons le jeu, j'ai mes dés. Des dés pas pipés.

À plusieurs mètres en retrait, je regarde les premiers collègues effectuer leurs tirs, position couchée, coudes à terre pour un bon appui. La cible est à cent mètres. Dans les tranchées alentour, ça pète déjà dans tous les sens[66] ! Mon tour arrive, je me présente devant l'officier, grand ordonnateur des opérations. Cérémonial de salut à l'officier, rituel de présentation de l'arme, mise en position de tir sur ordre, enclenchement du chargeur sur ordre, préparation de tir et visée sur ordre. Que du tout-sur-ordre, aucune place laissée à l'improvisation. On nous aurait signifié de faire la génuflexion, la révérence ou le baisemain, je crois qu'en bons lèche-culs couards devant l'autorité et ses possibles sanctions, on l'aurait fait de bonne grâce !

Je suis en position, bien calé, chargeur enclenché, cible en ligne de mire. Le lieutenant attend le signal des servants de cibles. « Prêt ? Ouverture du feu ! » Mon casque lourd tient mal, je ne l'ai pas bien serré à la jugulaire. *Ting* ! L'avant du casque vient de basculer sur mes lunettes. Merdouille ! Je relève le casque d'un pouce comme certains le font avec leur casquette pour dire bonjour. Re-*Ting* ! Casque 2, le retour. « Alors ? C'est pour aujourd'hui ou pour demain ? Allez ! » me balance le lieute guère patient. Je me recentre, me reconcentre et centre la cible. Pour éviter tout retour de visière de casque, je bloque ma respiration plein pot, je ne bouge plus d'un millimètre. Peine perdue, je sens ce foutu casque glisser tout doucement. *Ting*, contre les branches de lunettes. Tant pis, j'appuie sur la détente.

---

66 Les soldats employaient autant le mot travée officiel que le mot tranchée officieux, en rappel de la guerre de 14.

J'ai entendu un foin énorme, une déflagration d'apocalypse. J'ai senti ce son phénoménal d'intensité tourner plusieurs fois à vitesse folle entre ma tête et le casque lourd en ferraille, la détonation m'a pris les oreilles en étau ! Je suis un peu secoué mais, problème majeur, le son s'est calé dans mes oreilles et ne disparaît pas. Tout le spectre sonore de la détonation s'y est bloqué, des suraigus les plus stridents aux extrêmes graves plus lourds que le casque lui-même. Je jette un œil en biais en direction du lieutenant qui me dit : « .... ». Je tilte. Je n'entends strictement plus rien de rien ! Très décontenancé, je me force à tirer le plus rapidement possible les neuf autres cartouches, cible à demi-coupée par ce foutu casque très obéissant aux lois de l'attraction terrestre. J'envoie la seconde balle qui m'en remet un coup au plus profond des étiquettes. Toutes les suivantes, je ne les entends même pas, je tire du coton dans un rêve bleu avec un silencieux magique... Je n'ai aucune idée de ce que j'ai pu dégommer sur la cible ; j'ai idée que le lieute va m'en donner pour le grade que je n'ai pas.

«......é.......i........unnn... » Oui, d'accord, on est du même avis, mon gars ! Je me suis relevé pour lui expliquer que j'en ai pris plein la tête et que je ne l'entends plus du tout. Il saisit mon fusil, sort le chargeur, inspecte l'arme et me la bourre sur la poitrine. J'échappe au rituel de fin de tir, aux courbettes, aux paroles d'évangile selon sainte Barbe et autres obséquiosités militaires de rigueur. Je vois qu'au bout de son bras tendu, il y a un index tendu m'indiquant la sortie d'urgence du champ de tir. Situation inattendue tendue, final en malentendu. Paradoxe au pays des handicapés, la Grande Muette comptait un sourd de plus dans ses rangs.

Je suis resté trois jours, assez inquiet, sans entendre quoi que ce soit. Que du bruit blanc. Ou rose. Un peu de couleur dans le non-son, ça ne peut pas faire de mal. Quand on nous a donné les résultats de tir, j'étais bien sur la liste, mais à la queue de la queue. L'adjudant m'a dit d'aller faire changer mes lunettes d'urgence ou d'aller me procurer une canne blanche. Humour militaire juteux, petite humiliation pas méchante. Quant à être retenu pour le stage de tireur d'élite, on verra ça dans une vie future, quand les casques seront moins lourds et leurs problèmes de stabilité jugulés ! Ou dans une prochaine vie d'élite où les tireurs seront inexistants et les militaires sensibles, c'est bien aussi.

Je passe rapidement sur le jour où nous sommes conviés à une séance de tir au pistolet automatique, ce fameux PM de fer blanc et de tôle, inquiétant d'inconsistance. Tir au jugé, debout, cible à vingt mètres. On m'avait dit « fais attention, quand on envoie la rafale, le canon de l'arme a tendance à monter, monter, on ne peut plus l'arrêter ! » Fort du conseil, je serre tellement le PM qu'effectivement il ne monte pas d'un centimètre durant le tir, mais tous les pruneaux partent labourer la terre à cinq mètres devant mes pieds ! Risée générale. L'adjudant me demande si ce labourage est fait dans le but de planter des radis ou des patates et que c'eût aussi été de bon aloi que j'apporte mon râteau pour fignoler le terrain. Très rigolo, un boute-en-train, l'adjudant.

La mitrailleuse AA52, je ne l'ai jamais vue en action. En revanche, je me suis attardé à voir la 12-7 dans ses œuvres, un canon-mitrailleur généralement fixé sur un lourd trépied rotatif. Cette arme de fou équipait les tourelles d'autos-mitrailleuses ou de half-tracks. On les montait aussi en sabord sur hélicoptères. Une seule balle vous coupe un bonhomme en deux ! Sur le champ de tir dédié à cet engin surpuissant, c'est intenable de décibels, obligation est faite de rester à bonne distance. Les cibles : de vieux fûts d'essence de 200 litres, évidemment vides, alignés à 300 mètres au pied d'une dune de sable. Quand la 12-7 entre en action et fait défiler l'interminable bande de cartouches, c'est un véritable enfer et un déluge de plomb : au loin, les fûts de ferraille touchés bondissent à plusieurs mètres de hauteur ! À l'arrière de la dune, on distingue qu'avant il y avait des arbres : à force de tirs, il n'en reste que des bouts de troncs coupés, hachés menu, déchiquetés.

« Tu veux essayer ? » me propose le sous-lieutenant qui m'avait, comme on dit, à la bonne. Pas un vrai copain, mais un gars sympa qui m'aimait bien. C'était tentant, parce qu'en temps normal, rien ne m'y autorisait. J'ai décliné poliment. En fait, j'avais un peu la trouille de m'imaginer, ne serait-ce qu'un instant, aux commandes infernales de cette machine de folie…

Plus les armes prennent de la consistance spatiale et de la puissance de feu, plus je deviens méfiant et peu assuré. J'ai constamment la crainte d'une mauvaise manipulation de ma part ou de dégâts provoqués ou d'accident irréversible.

Quant à cet autre jour où il est décidé en haut lieu d'initier la troupe au maniement du LRAC avec tir réel à la clef, je suis au pied du mur. En général, c'est à cet endroit que l'on voit le maçon. Car l'heure est venue de faire du mortier. Ou presque. Le lance-roquettes anti-char, parfois nommé bazooka, est une sorte de simple tube-tuyau de poêle kaki qui, de prime abord, ne paye pas de mine. Comme le PM, il respire la quincaille. En haut de la colline dominant un grand creux de plaine en contrebas, des bidasses préparent l'engin. Instructions et consignes habituelles du lieutenant instructeur, explications sur explications : ordre est donné de préparer les tirs. Chaque soldat présent est mis dans l'obligation d'officier en tant que servant ou pourvoyeur dans un premier temps, puis de passer à la fonction de tireur dans un second temps. S'avance le premier tireur qui pose l'arme sur son épaule droite et le premier servant, celui qui va enfourner la roquette à l'arrière du tube. Sur terrain dégagé, à 300 mètres en contrebas, une carcasse de camion : la cible.

Genou à terre, le tireur est prêt. Le pourvoyeur engage la roquette. Feu !

Feu est le mot. Dans un boucan sans pareil, le servant n'a que deux secondes pour se mettre de côté et s'extraire du cône de dégagement : à l'arrière, le paquet d'échappement des gaz éjectés fuse sur quarante mètres et accompagne une flamme fugace de cinq mètres en sortie de tube ! Qu'est-ce que c'est que ce truc de malade ?! À l'avant, la roquette percute et explose sur les ferrailles du vieux véhicule-cible. Applaudissements de la troupe en délire. Je ne participe pas à l'ovation, je suis sidéré. Enfourner le missile à l'arrière est une pure folie, un danger excessif ! Tirer doit être plus drôle et plus sécurisant, mais je n'en suis vraiment ni certain ni convaincu… Une roquette d'une soixantaine de centimètres d'un calibre 73mm prête à vous percer quarante centimètres d'acier, une flamme de dingo et un barouf de fêlé, rien n'est fait pour attirer mes faveurs. Je veux bien jouer au tueur et au dézingueur, mais gentiment.

Décision immédiate est prise de ne pas participer à cette folie ! Mais comment s'extraire de ce guêpier de feu sans se faire repérer ? J'ai mon idée derrière la tête, mais le stratagème va-t-il fonctionner ? Ils sont malins, à l'Armée, mais connaissant maintenant les us et coutumes de ces messieurs, je ne vais pas me gêner pour utiliser leurs propres ruses donc en réalité leurs propres failles… Héhé ! Ma vengeance sera terrible ! Je me frotte les mains mentalement, ce qui, vous en conviendrez, n'est pas simple à réaliser. Surtout quand on a mis des gants.

Depuis plusieurs mois, j'ai un avantage : ma formation militaire de télétypiste m'oblige, quand je suis d'astreinte, à suivre tout déplacement et toute manœuvre des troupes dans un camion Unimog équipé de tout le matériel de transmission nécessaire[67]. Je suis relié en permanence avec le PC de Trêves et avec ceux des grandes villes allemandes où sont stationnées les Forces Françaises. Si une guerre atomique est déclenchée, je suis le premier prévenu. Si le courant et la transmission radio sont coupés, on est tous morts.

Dans ces conditions guerrières, comment ne pas utiliser mon atout ? Pendant que ça tire à tout-va, que ça bazookate aux frais du contribuable français à coups de cinq-cents balles par projectile à ailettes, je regagne mon camion-atelier-communications. Quand j'entends un peu de bruit qui s'approche, je bidouille, j'allume des

[67] À l'époque, l'Armée formait régulièrement quelques appelés du contingent aux transmissions radio-morse et télétype. Le téléscripteur ou radio-télétype était une grosse machine à clavier, sans écran, susceptible de recevoir et d'émettre des messages, codés ou non, imprimables sur papier classique et mémorisables sur bande de papier perforé type mécanographie, matériel détrôné plus tard par la messagerie électronique.

trucs pour les refermer aussitôt, je me mets à quatre pattes pour raccorder un câble qui n'a pas besoin d'être vérifié, bref je brasse du vent pour donner le change. Trois heures plus tard, après trente ou quarante tirs de roquettes – soit une moyenne de 17.500 balles dans la nature –, la bâche arrière du camion se soulève :

« Tout va bien ? Pas de souci, pas de message particulier ? » Le lieutenant tient toujours le coin de bâche en l'air.

Et moi, gros faux-cul de première : « Négatif, mon lieutenant, RAS, sauf un petit ennui de connexion tout à l'heure. J'avais aussi un QSL en standby qui refusait l'émission en retour. Mais tout est remis en ordre. »

Je suis content. Je lui ai casé un code Q dans le... la conversation, je doute qu'il en connaisse la signification[68] !

« Vous êtes passé au tir ? Parce qu'on va bientôt rentrer. Je ne vous ai pas vu ? »

Aïe. Tant pis, je tente le tout pour le tout. Les plus grosses ficelles fonctionnent souvent mieux que les petites ruses.

« Oui oui, bien sûr, c'est fait mon lieutenant. J'ai même tout raté, vous ne vous en souvenez pas ? Tout le monde se fichait de moi ! »

Sans un mot, la bâche retombe. Ouf !

Depuis plus de huit mois à la caserne, « ils » m'en ont fait voir de toutes les couleurs, des vertes, des blettes et des pas mûres, des corvées les plus immondes aux brimades les plus insupportables, des décisions injustes aux obligations imbéciles les plus folles. Les armes en furent bien souvent le support. Et comme je le disais, les armes en cause déclenchaient parfois, chez les plus abattus d'entre nous, bien des larmes... Entre les deux mots, arme et larme, il n'y a qu'une initiale de plus qui fait toute la différence : le « L » de l'aile brisée qui empêche tout envol...

En ce qui me concernait, et l'épisode du LRAC aidant, les rapports avec l'ordre et la hiérarchie prirent enfin un autre tour. Ma vision des choses venait de changer, bien que j'eusse toujours les mêmes lunettes. Sans m'en rendre compte, je venais de transposer et d'adapter la philosophie grand-paternelle, celle qui consiste à tout faire pour en faire le moins possible et à ne rien faire en confiant aux autres le soin de faire ou de ne pas faire eux-mêmes. En résumé, quelquefois, ça fonctionne. Et puis je venais de faire faire des économies à la Mère Patrie en laissant une roquette toute neuve dans sa caisse. Il y a des choses qu'on ne lâche pas. En principe.

---

[68] La série radio et télétype des codes Q permet d'annoncer en tête de message le sujet à traiter, le résume et le simplifie. Ex : QRA : quel est le nom de votre station ? QRM : êtes-vous brouillé ? QRV : êtes-vous prêts ? etc. Quiconque ne connaît la signification des codes ne comprend évidemment rien à rien.

La liste alphabétique non exhaustive des joies militaires portait le mot *garde* à la lettre G. Preuve, entre parenthèses, que l'Armée compte en son sein des gens lettrés drôlement bien organisés. Dans tous les régiments français, on fait garder tout et rien par des hommes en armes, surtout la nuit puisque, la nuit, tous les chats sont gris et la plupart des sous-officiers aussi. Étant donné que j'ai toujours eu une chance inouïe dans les jeux de hasard, j'ai souvent fait partie des heureux gagnants désignés pour effectuer cette corvée. Le gros lot est particulièrement appréciable quand la température extérieure flirte avec les moins dix degrés. Ma première garde s'effectue dans ces conditions idylliques. On me positionne nuitamment à 800 mètres du casernement, objectif : sentinelle gardien de l'ensemble des bâtiments-garages où sont parqués les chars. Me voilà garant des hangars. Je connaissais les gardiens de phares, me voilà gardien de chars. C'est pareil, sauf que le premier a l'air marin et que le second a l'air con.

Sur place, l'adjudant-chef me remet en main propre huit cartouches, en les comptant une par une comme le ferait un gamin de quatre ans.

« Tu les mets dans ta poche et tu ne t'en sers que si besoin. Tu connais les consignes ? »

Les consignes de quoi ? C'est la première fois que je fais ce truc-là, on ne m'a jamais donné quelque instruction que ce soit ! Devant mon air figé et probablement un peu ahuri, il poursuit :

« Les sommations d'usage. Tu connais les sommations d'usage ?

– Oui oui, bien sûr, mon adjudant. » En fait, j'avais seulement entendu parler de ça, mais tellement vaguement... L'usage, ça m'usait sans vraiment m'amuser.

« Attention à tes cartouches. Je t'en ai données combien ? »

Il me prend pour un demeuré ou quoi ? Il a bu un coup ou quoi ?

« Huit, mon adjudant. » Faut toujours dire mon adjudant ou *mon* truc, à la fin des phrases, c'est obligé. On ne peut pas dire que ça serve à grand-chose, mais c'est obligé, c'est comme ça. C'est la politesse militaire, l'usage militaire. Lui-même sait qu'il est adjudant – encore faut-il l'espérer –, mais obligation est faite de le lui répéter à chaque fois, il aime bien, ça le réconforte, ça lui donne conscience de lui-même.

« Neuf. Je viens de t'en donner neuf. Fais voir tes cartouches !» Ordre bizarre. Je viens de basculer dans le monde déjanté d'Alice au Pays des Merveilles, c'est le chapelier fou qui est devant moi, ou le lapin blanc peut-être,... mais avec un béret et des rangers, ça m'étonnerait. Je sors la poignée de cartouches et la lui tend.

«... Sept, huit. Et la neuvième, elle est où ? »

Ce type est frappadingue. Où est le piège ? S'il y en a un... Je bredouille... rien, parce répondre serait s'enfoncer dans plus de folie encore. La sienne suffit.

« On règlera ça tout à l'heure. Monte bien ta garde et n'oublie pas les sommations d'usage. »

Le juteux s'en va. On va régler quoi, tout à l'heure ? Je suis décontenancé. Sous deux lueurs d'ampoules faiblardes, engoncé dans ma capote à boutons dorés, je reste seul tout au long d'une nuit sans fin, orphelin, à me geler les pinceaux deux heures durant, fusil à la bretelle, huit cartouches en poche. Huit ou neuf ?

J'arpente les allées des garages. Des cent pas qui en font vite mille. Le silence total ne fait qu'amplifier tous les rares bruits suspects alentour : un frottement, un cliquetis lointain, un craquement. Je repense à toutes ces sentinelles qui, dans les films, se font attaquer au couteau par-derrière... Je regarde ma montre toutes les cinq minutes et dans mon dos de temps à autre. Et pourquoi l'autre andouille me donne seulement huit cartouches, alors que le chargeur du fusil peut en contenir dix ? M'aurait-il réellement confié neuf cartouches ? C'est moi qui déraille ou quoi ? Les sommations, c'est pas quand on dit halte-là ou qui-va-là ou un machin comme ça ? Je crois bien que oui.

Une heure du matin. Un voile de crachin floute le peu de lumière. Encore une demi-plombe à faire le poireau. Je n'ai vraiment pas chaud. Et ma grand-mère qui me disait toujours de ne pas rester dehors comme ça, que j'étais fragile des bronches, que j'allais prendre un coup de froid sur ma gorge, que j'étais trop dépotraillé, que j'allais attraper la mort.

Un léger bruit de pas. C'est l'autre fêlé qui revient ou pas ? Je lance les sommations ou pas ?

« Alors ! Et les sommations, tu sais ce que c'est ? On entre ici comme dans un moulin ! T'as pas l'air bien futé, mon pauv'vieux ! » C'est bien le chapelier fou, accompagné de la relève. Dis ce que tu veux, pauvre type, mais par pitié, fous-nous la paix cinq minutes ! Le bidasse de relève semble aussi enjoué que moi de devoir passer deux belles heures de sa vie dans d'aussi agréables circonstances...

« Allez, on rentre au poste. Tes cartouches ! Active, on caille, ici ! » dit le juteux main tendue. Merci de me rappeler qu'ici, il caille, je n'avais pas remarqué. Je rends les munitions.

« Une, deux,... huit. Et elle est où, la neuvième ? »

Pitié, ça recommence ! Il le fait exprès, ce n'est pas possible autrement ! Mais il cherche quoi, cet abruti !? Et d'insister : « Alors ? La neuvième, elle est où ? Parce que les p'tits malins comme toi, j'en ai vu défiler des régiments ! On dit qu'on n'en a que huit, on garde l'autre dans sa poche, les petits copains font pareil et, au bout d'un moment, on se retrouve avec des caisses de cartouches en moins dans les stocks ! Je connais la chanson, faut pas m'la faire, j'suis pas un perdreau d'l'année ! Alors ? »

Estomaqué. Je n'ai même pas le temps de tenter une ultime justification, il fouille déjà les deux poches de ma capote ! Celles de mon treillis sont palpées de la même manière, toujours à la recherche de la cartouche manquante ! Le gars venu me relever n'en croit ni ses yeux ni ses oreilles qui commencent à geler, stoïque et sidéré. L'adjudant lui confie mes huit cartouches :

« Fais bien attention à tes cartouches. Tu les as bien comptées ? Tu te rappelleras combien je t'en ai données ? »

Un éternel recommencement, un jeu idiot, ou une araignée qui fait la culbute dans un cerveau trop comprimé par le képi ? Mystère. On rentre enfin au chaud, direction le poste de garde. En croisant ma relève, je lui glisse un rapide clin d'œil de complicité. Il doit encore se demander pour quelle raison ! L'histoire des cartouches n'aura jamais de suite. J'en suis toujours à me questionner sur le fondement de ces obscurs agissements. À savoir s'il faut en pleurer de rire ou de désespérance…

Mattheiser Wald. Tout le monde en parle. Ceux qui en reviennent narrent avec force détails ce qu'ils y ont fait, vu, entendu et vécu. D'après les récits, le lieu ne semble guère accueillant. D'après certains, il serait même terrifiant. Des choses réelles et de celles à porter au compte de la fantaisie, il est bien difficile de démêler l'ensemble. La loterie militaire m'ayant désigné une fois de plus heureux élu de son dernier tirage, je gagne une bien involontaire participation.

Le dépôt de munitions de Mattheiser Wald, au sud de Trêves, est une emprise de dix hectares en pleine forêt. On dit le lieu composé d'une partie américaine séparée d'une seconde, bien française. Dans le domaine des on-dit, il y aurait là des silos camouflés où sont stockées les ogives nucléaires des fusées Honest Jones américaines et où sont planquées les réserves de munitions des Forces Françaises en Allemagne. D'autres, plus ou moins bien renseignés, affirment qu'en fait, il n'y a rien du tout, que le dépôt ne contient que du vent, que depuis 1959, le lieu est devenu un leurre. On parle aussi de bergers allemands avec leur maître-chien français, belle trouvaille de dénomination alternative d'après-guerre. Avec de telles informations d'une précision assez basse, me voilà arrivé sur les lieux en compagnie de deux autres gagnants du loto. De l'extérieur, rien de visible, si ce n'est la guitoune-maisonnette destinée à la garde.

On me gratifie et m'honore par la prise du premier tour de garde à la tombée de la nuit. Description des lieux et des choses à y accomplir, recommandations, consignes, obligations : néant total. J'ai toujours particulièrement apprécié ce type de comportement à l'Armée : être contraint de faire, mais sans jamais savoir précisément ni quoi ni comment ! On vous balance dans une situation inconnue et advienne que pourra. On exécute sans que l'ordre soit franchement et clairement formulé, donc sans savoir où et comment l'exécuter ! Et si par malheur, on considère que vous avez mal exécuté, vous trinquez ! C'est fort, tout de même !

Ce soir-là, le Maréchal des Logiques m'indique en tout et pour tout : tu te mets sur le chemin de ronde, tu marches si tu veux, on viendra te relever dans deux heures. L'ordre est puissant, la mission d'importance. Il me tend un petit sac de toile : « J'oubliais. Prends tes cartouches. Oui, je sais, le sac est cousu. Tu laisses comme ça et tu ne cherches pas à comprendre. » Il venait de faire en trois mots le résumé de ces situations ubuesques à répétition dont s'enorgueillissait au grand jour la glorieuse armée française.

Cette nuit-là, j'ai donc rôdé sur un chemin de ronde paradoxalement rectangulaire, fusil à la bretelle, cartouches dans le sac cousu, à m'en user les rangers en bas et le moral en haut. L'endroit est réellement lugubre à souhait. Ma seule source de lumière est une extraordinaire lampe-torche alimentée par deux piles d'un volt cinq, au rond de lumière pâlot portant à la distance considérable de deux mètres cinquante.... quand le contact de l'interrupteur farceur l'y autorise... Tout alentour est d'un noir d'encre, seule la lune compatissante me refile un blême rebond de soleil de temps en temps. Je vadrouille mollement entre deux doubles rangs de barbelés. Des barbelés. C'est la guerre, les camps de prisonniers, le stalag, la ligne Maginot, le débarquement sur Utah Beach, c'est l'enfer, du fil de fer, du barbelé, c'est la guerre, le stalag, le...

Je n'entends que mes rangers crisser sur le gravier. Tous les trois ou quatre tours, j'essaie de me planquer au mieux pour fumer une cigarette. Près de silos nucléaires, c'est osé. Si je suis attaqué, s'il se passe quoi que ce soit de terriblement anormal, je fais quoi ? Je sors mes petits ciseaux de couturière pour accéder aux cartouches ? Je vais déposer une demande écrite en triple exemplaire pour autorisation d'ouvrir en force et j'expédie en recommandé à l'attention de Monsieur le Général Commandant en Chef des Forces Françaises en Allemagne ? Je crie et j'appelle maman ? Je me fais pipi dessus ?

Je n'ai vu ou entendu aucun chien de garde, pas plus que de berger allemand ou landais, ni maître d'un groupe cynophile quelconque. Je n'ai rien vu des soit-disant silos d'ogives, pas plus que des autres entrepôts qu'on dit enterrés. Je n'ai rien vu des miradors américains ni entendu quelque sentinelle US de l'autre côté des barbelés. Je n'ai été confronté à aucune force surnaturelle, à aucune terreur surgie du ciel ou des entrailles de la terre, à aucun démon, fût-il de midi, de minuit ou pas. Je me suis vu moi, dans un piège de seize mois. Mon tour de garde se termine. Je vais me reposer. À la bon heur, je recommence dans quatre heures.

Automne 1967, manœuvres de quinze jours dans un lieu de villégiature nommé Grafenwöhr près de la frontière tchèque à 500 kilomètres de Trêves. Une impressionnante colonne de véhicules se met en branle pour un voyage d'agrément interminable. Je suis dans l'Unimog des transmissions télétype, comme d'habitude, j'ai mon chauffeur, c'est super. Mais long, terriblement long. Au cœur de l'immense forêt, la haute hiérarchie a décidé de procéder à des tirs de fusées Honest-Jones. L'affaire mérite le voyage, ça doit valoir le coup, il faut voir ça avant de mourir. Qu'on ait envie de participer ou pas, le choix est limité : il faut y aller.

Après dix heures éreintantes de route, nous voilà comme le Petit Poucet en pleine forêt. Chacun vaque aussitôt à ses occupations. Moi aussi. C'est-à-dire, comme tout mon bazar de télétype est toujours prêt à l'emploi, je ne fais rien. Si, quand même, j'exagère ! J'attends que les préposés au montage de l'antenne-radio aient terminé le boulot qu'ils viennent à peine d'entamer. Sans ondes radio, pas de messages télétype. Je surveille leurs opérations de haubanage d'antenne, assis à l'arrière du camion, jambes pendantes. C'est crevant, je n'ai même pas de dossier pour m'appuyer ! En fumant ma cigarette, je leur donne un insensé coup de main mental qui me fatigue terriblement. Dans un effort suprême, je visse le câble d'antenne qu'on me tend et je pousse l'interrupteur de la machine sur ON. Pff ! Je suis déjà éreinté. Je descends du camion pour essayer de trouver une bière, si possible fraîche et sans mousse.

Huit jours se passent à travailler durement, du vrai travail de forçat : le plus souvent, je ferme la bâche arrière, je m'assieds devant le télétype et je lis un bouquin. Un travail inhumain. Je ne reçois aucun message et personne ne me demande d'en envoyer. Je me demande à quoi je sers. J'ai confié à un copain le soin de m'informer en temps voulu de la date retenue pour le départ des fusées, si toutefois il parvient à obtenir de source sûre l'information ! Parce que le système est toujours le même : on ne sait rien, on nous cache tout, on ne nous dit rien, plus on apprend, plus on ne sait rien du tronc… du tout, pardon. Le but de la manœuvre, c'est de voir partir les fusées. Le reste, comme dit mon père, c'est de la littérature !

Ces fameuses fusées, je les ai vues souvent sur la place d'armes. L'endroit n'était choisi que pour faciliter les exercices en restant à l'intérieur du régiment. Un camion apportait la fusée en trois morceaux. Un camion-grue les descendait sur un autre camion-plateau pour assemblage. L'ensemble était ensuite hissé par la grue sur la rampe de lancement d'un troisième camion. Tout le matériel était américain ; le nom Honest-Jones, à lui seul, ça ne sonne pas Ménilmuche ou Brive-la-Gaillarde. Si ma mémoire est bonne, ce furent les premiers missiles conçus pour transporter des charges nucléaires vers la fin des années 50. Sur sa rampe, la fusée ressemble à un gros joujou de huit mètres de long. Propulsion à poudre et portée maximale quarante kilomètres. Je les ai tellement croisées en stationnement que j'aimerais bien, enfin, les voir bouger !

On m'a enfin prévenu du jour J et de l'heure H. Je quitte mon camion, tant pis si le télétype se met à crépiter pendant que je ne suis pas là. Mon copain me guide dans la forêt, sans mie de pain et sans cailloux blancs. L'ogre d'adjudant n'a rien vu, rien entendu. À moins que lui aussi n'ait déserté son poste pour aller voir les fusées, éventualité tout à fait plausible ! Dix-huit heures à ma montre. Pourquoi organisent-ils leur tir si tard ?

La bestiole est là sur sa rampe de lancement, montée sur un petit tertre. On reste en retrait sous les arbres, prudence. Autour, une fourmilière de trente personnes s'active ; sur le côté, un paquet d'huiles en grande tenue olive s'active à regarder les autres s'activer. Ceux-là ont dû lire les œuvres complètes de mon grand-père Camille. À quelques mètres, un mât gigantesque ; au bout du mât, une girouette et un anémomètre. Le préposé éolien est en train de téléphoner. La rampe monte un peu, on doit corriger la trajectoire en fonction du vent. Et on attend. Pendant un quart d'heure, il ne se passe plus rien. Comme le jour tombe, il ne se passe toujours rien et, de plus, on y voit de moins en moins.

C'était pour mieux te voir, mon enfant ! Une flamme énorme dans un grondement de tonnerre : la fusée vient de glisser sur la rampe ! Il y a eu un millième de seconde où la fusée donnait l'impression de ne pas vouloir s'extraire en résistant à la poussée de poudre et de feu. Pendant que la masse de fumée se dégage lentement, on voit le missile tanguer légèrement en l'air, rouler un peu sur lui-même et reprendre sa ligne pour disparaître en un tout petit point blanc.

Bon. C'est fait. Malgré tout moins spectaculaire qu'espéré. Un gros pétard à ailettes, quoi. Je formule le souhait qu'ils aient bien pensé à ajuster une tête d'ogive inoffensive…, j'ose l'espérer ! Sinon, les frontaliers Tchèques non barrés et à découvert en recevaient pour leur compte !

Le lendemain matin, on m'apporte des nouvelles fraîches : le tir a été un succès… complet ! Les débris de la fusée ont été retrouvés à quarante kilomètres du point d'impact initialement prévu : une précision aussi diabolique que d'avoir ciblé la Tour Eiffel en atomisant la ville de Meaux à quarante bornes de là ! Quarante kilomètres de parcourus pour un écart anodin de quarante kilomètres à l'arrivée, il faudra me présenter les techniciens pour que je les félicite ! Il y a de la remise de décoration dans l'air ! Sur le podium des baltringues, ça va se bousculer pour grimper les marches ! Y en aurait-il certains, dans tout ce joli panel pas net de militaires, qui n'auraient pas inventé la poudre ?

L'Armée, ses armes, son ambiance, son savoir-pas-faire et son système m'ont, en seize mois, allègrement tapé sur le mien, érodé le moral et particulièrement démobilisé. Lorsque je le suis officiellement moi-même, juste avant la guerre franco-française de mai 1968, celle où l'on voit des pavés carrés voler plus droit que les fusées Honest-Jones pointues, je retrouve une famille, ma famille. Ma mère ne s'appelle plus Patrie, mon père La Victoire ou mon frère d'Armes. Il est idiot de prénommer les gens comme ça... Quand je revois ma carabine et celle de mon père, je les trouve bien petiotes et bien gentillettes, inoffensives, mignonnettes sages comme des images. On leur donnerait le bon Dieu sans confession. J'ouvre un battant de la fenêtre donnant sur le jardin. Il y a toujours des oiseaux.

ACTE VI

Scène de crime

« L'expérience est le nom que
chacun donne à ses erreurs. »

OSCAR WILDE

À mon retour, je retrouve l'armée de copains, de copines, de voisins, de voisines ; à la chasse, les lapins, les lapines ; dans le jardin, le grand-père qui jardine ; dans la cuisine, la grand-mère qui rouspète. Je retrouve mon vieux copain Michel qui va bientôt partir à l'Armée, chacun son tour. Les vingt ans dépassés, on ne se déplace plus en bande à mobylette. C'est le temps des Floride Renault, des R8 Gordini, des 4L, des Simca 1000 ou des 404 pour toutes les sorties du week-end. À l'occasion de ces virées nocturnes, il est fréquent de rencontrer sur les routes de campagne plus d'un lapin pris dans les phares. Ce qui nous donne l'excellente idée d'organiser des raids spéciaux et nocturnes, sans arme à feu, uniquement avec une arme motorisée à parc-chocs gros calibre. L'ami Michel (qui aura l'honneur suprême de devenir mon beau-frère, tout ça reste en famille) est le grand spécialiste des bignages, heurtages et bigornages de lapinos bloqués dans le faisceau des phares. On peut y aller, il a son permis ! On a repéré les meilleurs terrains de chasse, on s'y amuse comme des fous. Le lièvre est la cible de choix, mais souvent, faute de lièvre, on taquine le lapin. Tonk ! Et de un. Demi-tour un kilomètre plus loin. Tounk ! Et de deux ! Quand on sort de la voiture pour ramasser le gibier, on a de mauvaises surprises, trop souvent d'ailleurs. Soit les bestioles sont estropiées à outrance sous le choc trop violent, soit les roues sont passées dessus en les éclatant complètement. On a joué ce rodéo-chasseur quelques temps. Face à la coquette débilité de ces tueries inutiles et un peu faciles, on s'en est détourné assez vite. Avec les voitures et un peu d'essence en vue de satisfaire les nôtres (les sens ! Avec décence !), d'autres cibles furent prises en ligne de mire : se consacrer à la chasse aux filles, l'idée était quand même meilleure ! Le gibier très méfiant nécessitait une remise en question par des approches plus fines ; les armes étaient toujours dans leur meilleur état et, du nouveau gibier, il était nécessaire de prendre soin des galbes de carrosserie, des pare-chocs et des bas de caisses. Sauf quand certaines d'entre elles nous posaient un lapin. Là, c'était plein phares sur la déconvenue, en arrière toute, remisage du fusil et bredouille assuré.

Petit thon dans le banc ou petit bond dans le temps, passons dans le futur pour retrouver la période de mes trente ans, celle où mon mini-râtelier d'armes compte une Winchester 22 Magnum et une carabine Anschutz 22 long rifle. À cause de ses détonations violentes, je n'utilise plus la première, elle reste passive en décor d'intérieur. La seconde est à même de poursuivre activement ses œuvres à l'extérieur. C'est ce qu'elle va faire une nouvelle fois dans les bien-connus et bien-aimés jardins parentaux.

Ce jour-là, je ne sais pas où sont passés les oiseaux. Quelques piafs classiques volètent au loin, mais à part ça, c'est Tristesse de Chopin, en mi majeur, tonalité originale. Chacun de mes pas, chacun de mes regards sur le ciel et les arbres m'emporte sur une tangente qui mène au vide absolu. L'être et le néant. Pas le moindre petit morceau de mouche ou de vermisseau. Ô rage ! Ô désespoir ! Ô vieillesse ennemie ! N'ai-je donc tant vécu que pour cette infamie ? Et ne suis-je blanchi dans les travaux guerriers que pour voir en un jour flétrir tant de lauriers ? Mon petit Don Diego de La Vega, aujourd'hui c'est zéro dans l'hacienda. Le renard rusé qui fait sa loi, j'ai la vague impression que ce sera pour une autre fois… Mais patience et longueur de temps font mieux que force ni que rage. Une nouvelle demi-heure d'attente… Après Corneille, je suis en train de prendre racine. Stop, ça suffit. Je tire la culasse, j'éjecte ma cartouche.

La chose qu'il ne fallait pas faire ! Un petit groupe de sansonnets se pose bruyamment dans les arbres à une quarantaine de mètres de là. Et que je te chante et piaille et crie et craille et module et siffle et claquote des ailes et du bec ! Le concert traditionnel des étourneaux en bande. Je tente une approche furtive pendant que les gosiers jacassent dur dans les branches. Avec une précaution infinie, je réengage une cartouche et ferme la culasse. Jeu de loto et roulette russe : je choisis et mets en ligne de mire une bestiole au hasard. Elle est franchement un peu loin quand même, la cible n'est pas grosse dans le viseur. PaâowW ! Zut, raté, c'était à prévoir. Les sansonnets ont pris la poudre d'escampette. Tous.

Tous, sauf un ! Impossible. Impossible qu'un seul soit resté sur sa branche ! Soit il est aveugle et n'a pas vu ses congénères décamper, soit il est sourd comme un pot ! Soit les deux, phénomène totalement extraterrestre inenvisageable. Je reste comme une nouille froide collée au fond de sa marmite. Il va bien partir, tout de même ! Il va bien se rendre compte un jour ou l'autre qu'il s'est gouré, qu'il est tout seul comme une gourde, que ses réactions innées ne se sont pas enclenchées au moment voulu, que son inaction n'est pas naturelle ! C'est grandement curieux. Ou alors, il a bu un coup de trop, il est bourré comme un coing ? Je ne quitte pas mon stationnement, pas plus que mon questionnement. Je ne quitte pas le sansonnet des yeux, tous sens en éveil tendus vers cette curiosité, mais tous sens interdits…

C'est tellement curieux qu'ayant remis une nouvelle cartouche sans précaution sonore particulière, l'étourneau soit toujours tranquille sur sa branche, à regarder un coup à gauche, un coup à droite, comme François Hollande. Encore un coup de la caméra invisible, je suis filmé, ma parole ! C'est tellement incroyable que la bestiole mérite le respect. Je reste encore à la regarder, comme un benêt. Comme la situation dure et stagne un peu, j'appuie sur la détente, canon vers le ciel, pour tuer le temps et détendre l'atmosphère… et voir surtout la réaction de l'oiseau. PAâoOw ! Effrayé, le sansonnet déplie ses ailes et s'envole… sur une autre branche, cinquante centimètres plus haut ! Ohlala ! Il va falloir que je consulte urgemment, moi ! Me voilà avec une nouvelle histoire de fou sur les bras et dans la tête ! Je n'ai plus de mots et plus d'idées sensées. Plus rien de cohérent dans ce bas-monde, je retourne au non-être. Le néant sans couleur, le vide sans musique, sans poésie, sans rime, sans ode, sans rondeau, sans sonnet.

Pourtant, quand soudain la réalité profonde du chasseur refait surface à la vitesse du requin qui bondit sur sa proie, il n'y a plus de place pour la rêverie et le sentiment. Chasser demande un aboutissement en accord avec le principe énoncé et le but visualisé. Chasser sans tirer ne répond à rien ni ne comble rien ; chasser en ratant la cible participe déjà à l'action sans la conclure ; chasser en tuant remplit entièrement la mission. Comme je l'avais fait pour le chien de monsieur Soenel, j'épaule, vise rapidement et tire à l'instinct. Paâow ! L'étourneau tombe de sa branche comme une pomme trop mûre.

À terre, la pomme bouge. D'un élan des pattes, le sansonnet fait une tentative d'envol et retombe : j'ai vu une aile problématique, bien abîmée. Il se cache, revient. S'élance une série de cris, plus affreux les uns que les autres, entremêlement de gargouillis et de croassements, de sifflets d'arbitre et de raclages de gorge. D'un bond, il parvient à s'avancer d'un mètre vers moi, en gueulant comme un âne, pas content, blessé atrocement. Je ne sais pas ce qui se passe dans sa tête. Il me gueule toujours dessus, face à face, yeux dans les yeux. Il bondit encore de vingt centimètres. L'aile sanguinole, le bec ouvert vocifère. Je prends deux mètres de recul et l'aligne. Face à face de western, yeux dans les yeux, prêt à dégainer pour l'un, désarmé et désailé pour l'autre. Je ne peux pas tirer, il est plus fort que moi ! Je l'ai toujours en joue, il n'a pas bougé d'un pouce. J'imagine les rôles inversés : de l'autre côté, on joue le va-tout, on sait qu'on va mourir. Inéluctable, inexorable. Alors on fait face dans une lutte sans espoir, un dernier défi fou, un sacrifice ultime soutenu par une force inconnue…

J'ai tiré une fois de plus. L'oiseau accuse. Il s'est tu, ramassé en boule, inerte. À peine ai-je fais deux pas dans sa direction qu'il s'envole, on ne sait par quel miracle, on ne sait comment avec maintenant deux ailes bousillées ! Il pousse le comble jusqu'à s'envoler dans ma direction et passe juste au-dessus de ma tête ! Stupéfait, je suis stupéfait au dernier degré ! Quand il est passé, j'ai même courbé le dos, croyant qu'il allait me foncer dessus ! L'étourneau n'a pu parcourir que peu de distance. Il s'est écroulé les ailes en croix et bec pleine terre, comme un avion atterrit en cheval de bois en piquant son hélice dans l'herbe de la piste. L'étourneau, avec une énergie insoupçonnable, s'est relevé pour aller se cacher dans un trou de mur. Je ne l'entends pas, je vois seulement la pointe de son bec.

J'avais déjà connu expérience quasi similaire avec un corbeau coriace. Mais comparé à cet étourneau, le corbeau n'était qu'un petit enfant de chœur ! L'oiseau blessé est terré, coincé dans son anfractuosité providentielle ; les résolutions à prendre semblent coincées ; la situation est coincée ; tout est coincé. L'étourneau va crever là sans que je puisse intervenir davantage. Tant pis. Cependant, pour bien faire voir au jeune piaf blindé qui est le maître dans cette affaire, je décide de me cacher un peu en retrait et d'attendre qu'il sorte de son trou. Pour lui en remettre une plein cadre dans la mesure du possible. Et on n'en parlera plus.

Et je reste près d'une demi-heure sans que rien ne se passe ! Le maître du jeu décrète pourtant de jouer la patience. On continue l'affût, vigilant, baïonnette au canon, pas de trêve dans les hostilités, à l'abordage et pas de quartier.

Dans le trou, ça bouge ; le sansonnet n'est pas mort. Le bec apparaît, puis un pan de la tête. L'œil scrute les alentours. Toréador, un œil noir te regarde ! Une petite secousse, il va sortir, certain. Il passe le cou, rejette un œil circulaire. PaâoOW ! Merdoum at vitam et merdam ! Loupé, il est rentré ! Allez hop, ça suffit mon coco, on ne va pas y passer la nuit ! Carabine sous le bras, je trouve un bout de bâton pour aller le faire sortir de son trou et en finir une bonne fois pour toutes. Au pied du mur – c'est vraiment le mot ! –, mon bout de bois est à peine engagé que l'étourneau, d'un jet de pattes, sort de sa cachette, se plante à mes pieds et se remet à gueuler comme un damné. Il a levé la tête et me regarde. Ses ailes tachées de sang pendouillent sur les côtés. Il est misérable, dramatique mais il tient ! Plus peut-être par l'opération du Saint-Esprit, mais il tient ! Non content de tenir le coup, il continue de tenir tête ! À sa place, un homme privé de ses deux bras serait déjà mort cent fois ! Quand il me saute sur les pieds d'un bond inimaginable et dans un long gueulement de hargne, je comprends que… que je ne comprends pas. Il y a du maléfice là-dessous, ce n'est pas possible autrement. Il y a… quelque chose. Il se passe de la bizarrerie. Ce monde-là n'existe pas !

J'ai fait un bond en arrière. L'étourneau, ses pauvres ailes traînantes, s'est arrêté de brailler et me fixe. Deux nouveaux pas rapides en arrière et je l'ajuste une fois de plus, entre les deux yeux, sur son crâne de pauvre piaf, sur son Golgotha de merde où il va aller porter et planter sa propre croix pour le compte, puis implorer son père en lui demandant pourquoi il l'a abandonné ! Eloï, Eloï, lama sabbaqthani ! Non mais sans blague !

L'étourneau voit le rond du tube d'acier devant lui, c'est tout ce qu'il voit de l'arme qui va lui exploser la cervelle. Et l'étourneau, à petits pas comptés, marchant sur un nuage, commence lentement à s'avancer vers moi dans un silence à couper au couteau. Une perle de sang frais roule sur une plume de son aile. Il avance.

Je recule. Il s'arrête, ouvre son bec. De l'intérieur jaune-orangé, rien ne sort. Il parle muet. Il parle du silence. Sa minuscule langue fine comme une écharde de bois tremblote. Un frisson me parcourt, des extrémités des membres jusqu'au centre du corps, comme une chair de poule soudaine, intérieure et profonde. La vibration se diffuse et se cale sur mon plexus. La sensation est étrange, elle apporte autant d'inquiétude que de force et de douceur. Trente secondes suspendues, une lévitation, une légèreté soudaine, une dimension inconnue, sereine, un rayonnement intérieur indescriptible.

L'étourneau pose son ventre sur ses pattes doucement repliées. Son regard se porte sur un horizon imaginaire. Les petites paupières s'abaissent, il s'endort. Non. Je crois qu'il est mort. Les rayons de soleil de mon plexus faiblissent et s'éteignent.

Je laisse l'étourneau à l'endroit choisi pour son repos. J'extrais ma cartouche de la carabine. Je m'en vais. Expérience étrange, irréelle… Et pourtant ! Je me repasse le film complet plusieurs fois, cherchant à comprendre ce qui m'a échappé. L'histoire m'obsède. Je reste dans le jardin un peu groggy, un peu lunaire, à regarder des choses que je ne regarde pas. Je sais qu'elles sont là, mais je ne les sens pas : arbres en décor diaphane, pastel de jardin aux surfaces imprécises. Je passe sous le gros noyer vide de sens et d'oiseaux, près des vieux pruniers noirs aux feuillages de nuages. Et là-bas, serait-ce la mésange en robe blanche et rose à la traîne de jais qui vire et qui volte près des branchettes du groseillier ? Et là-haut, le pinson sur sa branche accroché ? Qu'attend-il, no canta cantabile, qui l'attend ? Non, il n'y a rien que moi et des fantômes passés, l'esprit des fleurs de groseilles, l'exhalaison crème des pétales de pommiers. Une nostalgie amère, univers d'agnosie.

J'erre sans vraiment voir. Revenu sur mes pas, j'ai beau chercher, l'étourneau n'est plus là… Si je raconte cette histoire un jour, peu de monde me croira.

J'erre sans vraiment voir. Revenu sur mes pas,
Où s'est assis l'oiseau pour la dernière fois,
Les ailes déchirées par le plomb imbécile,
Je crois comprendre enfin, était-ce si facile ?
Nommez-le sansonnet, son nom commun je crois ;
Gardez-moi étourneau, le seul nom qu'on me doit.

La carabine est sur son râtelier, près de la Winchester. Je regarde le duo. Son acier bleuté luit encore, mais pour lui, c'est la fin. Un suprême sentiment d'abandon après avoir fait long feu, à la fois trahison et lueur de fin de nuit obscure. Il restera là, inerte, pointé vers le plafond, à viser l'invisible, à n'avoir plus rien à tirer de bon que sa seule révérence. Et plus jamais de plomb.

ACTE VI

Scènes de ménage

Qu'on ne s'attende point à trouver sous ce titre la narration de quelque conflit entre un mari et son épouse, quelque fait divers où l'antagonisme conjugal implique la mise en œuvre du rouleau à pâtisserie ou, pire, celle d'un bon coup de fusil dramatique qui achève le débat, non. Les mots sont à prendre au second degré en pseudo-litote imagée. Nos scènes n'ont trait qu'à un seul couple, réuni au sein d'une seule et même personne, scènes de tiraillement continuel dans les idées et leur mise en application, scènes de réflexion ou d'introspection pour choisir entre le noir et le blanc, le bon et le mauvais. Chaque vie connaît ce balancement de roulis, savoir si l'on va faire ou ne pas faire, savoir si l'on prend telle ou telle direction... Et la boutique nécessite souvent un bon coup de balai dans certaines pensées, paroles ou actes ; bref, les modes de penser et d'agir requièrent de temps à autre un ménage d'importance.

L'histoire de l'étourneau, qu'on y croie ou non, est une fulgurante prise de conscience. C'est à la fois l'eau qui fait déborder le vase et le vase qui n'a plus besoin d'eau. Parce que les fleurs sont fanées. C'est le point d'aboutissement des choses vécues qui se transforme et s'ouvre en point d'extension vers d'autres à venir. La scène de ménage naît et s'opère au point d'intersection. Je ne saurai jamais combien j'ai bousillé de bestioles dans mes petites parties de chasse à la carabine. Des dizaines, plus sûrement des centaines. Au bout du compte, pour quels motifs et pour parvenir à quoi ? Des défunts qui ne justifiaient guère les moyens.

Mes deux machines à tuer sont restées plusieurs années silencieuses sans qu'aucune envie de les faire parler m'ait traversé l'esprit. Elles n'étaient plus qu'amères porteuses de mauvais souvenirs sans plus rien à enfanter. Dans le même temps, elles devenaient le symbole du plomb dans la cervelle : j'en avais tellement distribué, à droite et à gauche, que l'effet boomerang m'était destiné en retour. Le symbole ne nécessitait plus cet affichage permanent. Sans état d'âme particulier, j'ai revendu mes deux armes, citoyens... Une bonne paire de choses faites sans rester les deux pieds dans le même sabot.

Ma seule excuse est d'avoir toujours vécu dans un environnement fait d'habitudes et de traditions, d'avoir suivi les pas de mon père, d'en écouter les idées, de les partager et de les mettre plus tard en œuvre pour mon propre compte. J'ai toujours pensé que les choses étaient bien ainsi, sans me soucier de quoi que ce soit d'autre... On était dans l'amusement, le passe-temps, la passion, la découverte, l'adrénaline, la compétition, la maîtrise à toujours mieux maîtriser, le dépassement de soi et des autres, la gloire, la puissance, l'appropriation, l'avoir, la domination. Sans que rien n'en fut nettement formulé. L'ennui réside dans le fait que, au bout de tout ça, la mort rôde ou s'installe. Surtout quand c'est la mort de l'autre et qu'aucune raison impérieuse ou vitale ne nécessite de tels agissements ! Mon père n'est nullement mis en cause, il n'y a ni à l'accabler ni à le juger d'aucune manière. Dans sa réalité, il pensait que c'était bien comme ça. Pourquoi donc aurait-ce été mal ? Je respecte toujours sa vision des choses, sans la partager aujourd'hui.

Un chasseur avoue rarement ses motivations profondes. Il prendra toujours des chemins détournés en prétextant l'amour de la nature, la promenade et le bien-être tranquille au bon air vivifiant, la découverte et la protection de la faune et de la flore, la régulation des espèces, la protection des œuvres humaines, les échanges humains, l'amitié, le plaisir simple et sain, la tradition séculaire. Comme d'autres avant moi l'ont souligné, si le chasseur claironne aimer les animaux, il est à souhaiter qu'il n'aime pas trop ses enfants ! Il ne dira jamais ouvertement qu'il a envie de flinguer tout ce qui bouge parce qu'il veut inlassablement satisfaire son désir d'avoir et de paraître. Il n'avouera jamais qu'une moindre réticence intérieure ait pu, ne serait-ce qu'un instant, lui effleurer l'esprit et le faire douter dans sa démarche. Un chasseur ne parle pas de ces choses-là, il est là pour chasser, point barre. Sa réussite, c'est la mort ; sa défaite, c'est la vie. C'est le monde à l'envers. Lorsque le chasseur prendra conscience que la chasse est un monde où l'on marche sur la tête ; quand il prendra un jour conscience qu'à se déplacer ainsi, le dessus de son crâne meurtri lui rendra la marche insupportable, il trouvera agréable de revenir poser normalement les pieds sur terre.

Sur la tête, il y a de quoi y tomber parfois ! Récemment relevé sur un blog, l'un des plus beaux écrits de chasseur annonce fièrement que « la chasse requiert cette qualité d'âme qui veut que la quête soit plus importante que la prise » ! La qualité d'âme ! Il n'y va pas de mains mortes, le pauvre coyote ! Dans la mesure où l'on considère que l'âme est le plus pur attribut divin, je ne vois ni comment ni pourquoi une étincelle de Dieu viendrait épauler une brumeuse cervelle de chasseur dans ses démarches en vue de flinguer tout ce qui est animé sur cette terre par la même étincelle de vie ! Dans cette vision, le chasseur serait donc missionné par haute intervention céleste ? Ridicule. Une fois encore, le raisonnement-chasseur renverse les rôles. À son profit et pour justifier une action qu'on nomme « quête » pour donner plus de poids et de dimension initiatique au propos vicieux. Le monde à l'envers, comme je disais.

Un de mes bons amis, plombier de son état, grand spécialiste du plomb et fileur de tuyaux à ses heures, me donna un jour sa définition de la chasse : « La chasse est toujours au-dessus de la cuvette. Quand on la tire, elle libère son contenu pour emporter les cochonneries. Mais si elle est en panne, tu restes dans la merde ! » Cette parabole selon saint Éloi, patron des plombiers et grand spécialiste de tout problème de culotte, est amusante, certes, mais manque de clarté. « Bin oui, le chasseur, le vrai avec son fusil, reste avec sa chasse en tête, comme obnubilé. Sur le terrain, libérer ses pulsions de chasse entraîne la tuerie de gibier qu'il considère, en fait, comme rien, comme des excréments. En sens inverse, quand il ne chasse pas, il reste avec ses pulsions contenues et son caca mental dans sa cuvette cérébrale ! » C'est une nouvelle vision des choses… par le petit bout de la lunette.

Je ne tirerai pas plus sur les chasseurs, ne serait-ce qu'avec de petites armes d'encre et de papier. Pour avoir vécu des expériences similaires dans un état d'esprit similaire, je n'aurai pas cet aplomb : je comprends parfaitement les motivations de tous les plus beaux viandards de la terre qui sévissent dans ce domaine. Ils sont excusés d'office et ce pour la raison suivante, résumée par ces quelques mots célèbres : pardonnez-leur, ils ne savent pas ce qu'ils font. Ces mots rapportés d'un temps ancien contiennent autant de vrai que de faux, ambiguïté probablement due à la traduction. Faux, parce que l'homme, chasseur ou pas, possède un minimum de cerveau, donc il sait, il a conscience tant de lui-même que de ce qui l'entoure. Vrai, parce qu'il n'utilise pas ses capacités à des fins plus fines, sa connaissance est limitée. La différence entre savoir et connaître, entre le savoir et la connaissance est fondamentale. Un grand érudit peut tout savoir. Mais n'ayant rien vécu ni expérimenté lui-même, il ne peut tout connaître. Ce n'est qu'une encyclopédie à pattes avec un savoir extérieur, superficiel. Cette affirmation, gratuite et péremptoire au premier abord, va nous conduire sur des terres moins giboyeuses mais assurément plus fertiles. Je l'espère et j'explique.

En préambule, je reviens un instant sur mes hauts faits passés de bousillages animaliers en tous genres, plumes, poils, écailles et autres confondus. Toutes les différentes scènes de tueries présentées, à bien y regarder, se concluent dans le paradoxe : je suis aussi satisfait d'avoir réussi un tir qu'insatisfait d'avoir déglingué un oiseau ; je suis aussi satisfait d'avoir attrapé un poisson qu'insatisfait de le voir crever asphyxié à l'air libre ; je dis aimer les animaux et je leur envoie du plomb. À chaque fois, la cible n'est prise que dans un feu, mais le tireur, lui, est pris entre deux ! L'histoire de l'étourneau, catalyseur et déclencheur, montre que, à force de rester le cul entre deux chaises, il est bon de n'en choisir qu'une seule pour être enfin assis confortablement. Elle démontre aussi la dualité entre l'avoir et l'être, et plus finement, la dualité entre le monde extérieur et le monde intérieur. Les deux mondes sont indissociables et leurs interactions génèrent des modifications. Ce sont les deux mondes de la conscience, modifiés sans cesse à chaque seconde sur la route de la vie et de l'évolution. Je m'étais longtemps laissé guider par mon petit cerveau de piaf que je pensais infaillible, étourneau que j'étais. Il fallait me rendre à l'évidence : ce guide est loin de détenir la clé de toutes choses sur les chemins des erreurs et de la vérité.

Dès l'âge de vingt ans, mes nouvelles lectures, mes réflexions et mes recherches me conduisent doucement à envisager les choses d'une toute autre manière qu'auparavant. Il faudra dix ans et l'affaire de l'étourneau pour que le virage dans la compréhension des choses soit amorcé définitivement. Vieux motard que j'aimais. J'ai laissé au vestiaire les raisonnements et les impulsions primaires du passé pour me laisser mener par un GPS nouveau modèle, le guidage par soi. Si l'analyse philosophique traditionnelle du Soi est intéressante, j'y préfère nettement la conception spirituelle que prône, développe et met en pratique, par exemple, la vraie philosophie hindoue ou celle, quasi identique, mise en lumière par de nombreux mystiques du passé, Denys l'Aréopagite, saint Augustin, Maître Eckhart, Jacob Boehme, Ibn Arabî ou Louis-Claude de Saint-Martin pour ne citer que les plus connus.

Qu'on se rassure, je ne vais pas me lancer dans un discours ontologique nébuleux susceptible de dérouter le lecteur. Dans ces pages, passer du discours d'un plomb dévastateur à celui d'une métaphysique, qu'elle fût au final réparatrice, salvatrice ou rédemptrice, serait insensé… ou demanderait la rédaction spécifique d'un volume entier, voire d'une série sans fin ! Obligation y serait faite d'aborder des sujets aussi divers et controversés que Dieu, la Création, le Livre de l'Homme et de la Nature, les lois qui régissent l'Univers, le tout assorti des théories de la réincarnation et du karma, les archives akashiques, les formes-pensées, le psychisme, l'esprit, l'âme, la théorie de l'évolution de la conscience, etc.

Tout cela ressort d'une chasse personnelle qui a pour mérite d'abattre les préjugés et l'ignorance, les doutes et les erreurs, avec pour seules cartouches celles de la détermination et de la persévérance. La quête d'une essence, d'une quintessence, sans plomb.

Qu'on soit chasseur ou pas, chacun vit une vie faite d'actualité et non de réalité. La Réalité est le fruit de la Connaissance majuscule ; l'actualité est la réalité du moment généralement guidée par la raison et les sens, domaine du savoir et de la connaissance très partielle. Bien des philosophes ont fait remarquer que la vie

« basique », raisonnée et sensorielle, n'est que source de tromperies et d'erreurs. Et d'autres – ou parfois les mêmes – d'ajouter à leur discours l'impérieuse nécessité de plonger en soi-même en vue de réalisation de soi, de connaissance véritable des êtres et des choses. « Connais-toi toi-même et tu connaîtras l'univers et les Dieux » : la citation attribuée à Hermès Trismégiste est assez explicite pour éviter d'en rajouter. La chasse est une actualité qui conduit à de tristes réalités. Elle exclut et ne reconnaît aucune des plus belles formes de conscience puisque le règne animal est considéré et dit inférieur. En réalité, inférieur à quoi ? Il n'est inférieur que dans la gradation que l'homme lui-même a définie. La valeur n'en est que relative. Comment la vie de l'un pourrait-elle être inférieure à la vie de l'autre ? C'est aussi méconnaître ou sciemment ne pas reconnaître certaines facultés et vertus animales souvent supérieures aux nôtres, facultés extra-sensorielles balayées d'un revers de la main. Chasseur ou pêcheur, devant l'Éternel ou non, il est temps de se rendre à l'évidence : personne n'a la propriété de rien mais uniquement la jouissance temporelle de ce qui lui est confié. Notre appropriation et notre domination sur les êtres et les choses sont un leurre et une impasse : nous ne sommes pas au-dessus de tout, nous sommes partie intégrante du tout.

Ces notions d'infériorité et de supériorité ne datent pas d'hier. Un coup d'œil dans la Genèse biblique les confirme sans ambiguïté : « Que l'homme domine sur les poissons de la mer, sur les oiseaux du ciel, sur les bestiaux, sur toutes les bêtes sauvages et sur tous les reptiles qui rampent sur la terre. » Dominer et soumettre. Ces impératifs édictés et propagés par une littérature dite sacrée n'ont jamais arrangé les choses... À chaque phase de la Création, Dieu lui-même dit qu'il trouve cela très bon ! À qui se fier !? Et tout le monde chrétien de prendre ces mots comme argent comptant et comme paroles d'Évangile, fatalement. La réalité est tout autre. Remercions au passage les traducteurs successifs de la Bible, qui, de l'araméen à l'hébreu et passant par le grec et le latin pour finir en bon français, ont édulcoré, vidé et totalement défiguré le message originel. Merci aux Septante, merci à saint Jérôme, merci au pouvoir décisionnaire et discrétionnaire de toutes les jolies oies vaticanes de tous les temps[69] ! À tous ces braves gens pavés des meilleures intentions et des plus douteuses résolutions, je préfère l'image d'un saint François d'Assise parlant aux oiseaux. Voilà le vrai langage, la langue universelle, la mise en lumière du verbe être

[69] Une partie de la *Genèse* a été traduite en conservant son sens originel et littéral par Fabre d'Olivet, écrivain et philologue français (1767-1825) dans son ouvrage La langue hébraïque restituée, Éditions Delphica – *L'âge d'homme*, Lausanne. Passionnant et presque lumineux.

conjugué à tous les temps et partagé sans mot articulé dans une harmonie avec le Verbe originel.

L'injonction biblique de dominer le monde animal n'est pas à prendre au pied de la lettre. Ce n'est qu'une formulation mal comprise et donc mal interprétée dont le sens premier et véritable devrait nous incliner vers le seul but de dominer notre propre animalité. Un objectif moins simple à réaliser que l'asservissement pur et simple des animaux communs.

Aujourd'hui, mes relations avec le monde animal se sont inversées, presque à l'excès. J'en suis venu à avoir mille réticences pour écraser une araignée ou pour exploser un moustique particulièrement agaçant ! Passer la tondeuse sur la pelouse ne m'est pas plus sympathique : les coccinelles insouciantes ou les quelques abeilles trop affairées à butiner risquent souvent de passer à la moulinette pour le compte.

Il me reste une dernière chose à résoudre : lorsque je vois un oiseau se poser à terre ou se brancher non loin de moi, pourquoi ai-je toujours envie de le posséder, même momentanément ? À ces moments, pourquoi mes cases-mémoires se remettent-elles en fonction pour mieux l'apercevoir, l'approcher et même trouver encore le meilleur angle de vision et de tir virtuel pour me l'approprier ? Ces interrogations demeurent à l'état d'énigme.

Dans ces lignes, j'ai très rapidement évoqué la chasse à courre, la vénerie majuscule, pour la simple raison que je ne l'ai ni suivie ni pratiquée. Elle véhicule une symbolique dont une partie recoupe ce discours de conclusion : celle de la Chasse au Grand Cerf Blanc[70], la quête de la plus grande lumière en tuant l'animal qui est devant nous, en chacun de nous. Son pendant, nommé la Mesnie Hellequin, en est la version noire et démoniaque, une Haute Chasse terrifiante et maléfique dans la compréhension des esprits ténébreux. Une chasse aux symboles et aux mystères qui aurait mérité d'être développée. Mais je m'en tiens là dans une suspension volontaire.

Si vous êtes bien sages, petits étourneaux, je vous raconterai, un jour. Peut-être… À moins que, d'ici-là, dans le miroir de la vie, vous trouviez face à vous un drôle d'étourneau pour lui mettre vous-mêmes et définitivement un peu de plomb dans la cervelle !

---

[70] Voir l'excellent livre de Robert Ambelain, Symbolisme et rituel de la chasse à courre, Éd. Robert Laffont, 1981.

« Hélas ! Ai-je pensé, malgré ce grand nom d'Hommes,
Que j'ai honte de nous, débiles que nous sommes !
Comment on doit quitter la vie et tous ses maux,
C'est vous qui le savez, sublimes animaux !
À voir ce que l'on fut sur terre et ce qu'on laisse,
Seul le silence est grand ; tout le reste est faiblesse.
Ah ! Je t'ai bien compris, sauvage voyageur,
Et ton dernier regard m'est allé jusqu'au cœur ! »

Alfred de VIGNY, La mort du loup

CONTES ET NOUVELLES

LE ROUGE-GORGE

À sa naissance, ses parents ne lui avaient pas encore choisi de prénom. Ils hésitaient. Les jours passaient et la petite fille n'avait toujours pas de nom. Elle s'appelait… rien, ou personne. Sept jours plus tard, il fut décidé enfin de l'appeler Nancy. Parce que les parents habitaient Nancy. Grâce à Dieu, ils n'avaient élu résidence ni à Bondoufle ni à Vert-le-Petit. Ce fut donc Nancy.

Et puis, comme tout le monde, la petite fille grandit et devint une belle demoiselle, comme dans les contes de fées, mais sans Prince Charmant, sans roi ni reine, sans sorcière et presque sans soucis. Nancy n'avait que des qualités. Pourtant, il arrive parfois qu'une qualité poussée à l'extrême joue de vilains tours en débordant du côté des défauts. La sensibilité : voilà une belle qualité, celle qui compte l'empathie, la compassion, le bonheur d'autrui, la délicatesse, l'art de ce qui est bon et beau… Nancy était tout ça à la fois, véritable sphère d'émotion à elle seule.

Un jour, alors qu'elle faisait quelques pas dans le jardin, elle aperçut un mouvement inhabituel. Dans le grand tonneau qui recevait l'eau de pluie de la gouttière, un oiseau tombé était en train de se débattre. Il avait voulu se pencher pour boire, peut-être, et avait chuté. À grands coups d'ailes, il tentait vainement de s'extirper de la très fâcheuse situation. Plus il redoublait d'efforts, plus sa tête s'immergeait et plus son bec s'engloutissait d'eau. Quelques petits et bien faibles pépiements d'appels à l'aide n'avaient pu, jusque-là, attirer l'attention de quiconque pour sauver l'oiseau en perdition. Le sang de Nancy ne fit qu'un tour. Elle plongea ses mains en coupe dans l'eau du tonneau pour en extraire l'oiseau aussi rapidement qu'elle put. Mais elle ne sortit qu'un pauvre petit rouge-gorge affaibli à l'extrême et exténué par tant d'efforts, déjà froid, qui rendit l'âme sur l'instant entre ses mains.

Elle resta figée avec son triste échec de sauvetage entre les mains. Elle posa l'oiseau tout ébouriffé à terre et courut en pleurs se réfugier dans sa chambre. Longtemps Nancy sanglota sur son oreiller, secouée de courts spasmes de détresse et de chagrin. Elle n'avait pas pu sauver le petit oiseau. Le lendemain, l'image du rouge-gorge était toujours dans sa mémoire, et le lendemain du lendemain… et tous les autres jours de tous lendemains suivants, le petit oiseau perdu s'enfonçait toujours et toujours dans le piège de l'eau. Nancy ne pleurait plus de larmes, elle pleurait encore à l'intérieur, en silence… Rude enfer de se noyer dans sa tristesse.

Le temps passa et, un autre jour, Nancy vit un attroupement dans la rue non loin de sa maison de Gomberville. Intriguée, elle se mêla à la foule. Au loin arrivait un carrosse tiré par six chevaux blancs.

« Qui est-ce ? demanda-t-elle au badaud le plus proche.

– Je crois que c'est la suite de Gan-Alchal et peut-être même le prince en personne avec ses gens. On n'a jamais vu son cortège passer par ici, c'est étonnant ! » lui répondit-on.

Nancy attendit, tendue sur la pointe des pieds. Elle avait juste entendu parler de ce personnage énigmatique qui préférait la tranquillité de son château aux fastes et aux excentricités du grand monde. Dans un fort claquement de sabots, les chevaux arrivaient au tout petit trot. Ils étaient déjà à sa hauteur quand un oiseau venu d'on ne sait où passa vivement sous les naseaux du premier. Le cheval surpris releva la tête, hennit bruyamment et se cabra. Son voisin d'attelage, apeuré, fit de même et le cocher n'eut que le temps de tirer sur les rênes pour freiner rapidement tout ce beau monde. Avec tant de spectateurs, ce fut miracle que la catastrophe ait pu être évitée de justesse !

Nancy avait vu l'oiseau passer en rase-mottes, un tout petit rouge-gorge. Le souvenir ancien du petit oiseau noyé lui revint aussitôt en mémoire et elle se mit à pleurer en se tenant le visage dans les mains. Gan-Alchal était descendu de sa voiture pour s'assurer que tout allait bien et que les chevaux étaient calmés. Il fit un signe au cocher. Un valet tenait la portière ouverte. En se retournant vers la foule pour la saluer d'un geste de la main, les yeux du prince s'arrêtèrent sur la demoiselle qui pleurait.

« Vous avez eu peur, demoiselle ? Ou avez-vous un gros chagrin ? Une poussière dans l'œil, peut-être ? s'enquit le prince d'une voix douce. Nancy baissa légèrement ses mains et leva deux pauvres yeux tristes plein de larmes.

– Ce n'est rien, c'est le rouge-gorge qui me fait pleurer !

– Le rouge-gorge ?

– Oui. Pardonnez-moi, c'est une vieille histoire… Je ne veux pas vous ennuyer avec mes petits soucis, veuillez me pardonner encore…

– Séchez vos larmes, je reviens vous voir demain, vous me raconterez. » Le prince déposa un léger baiser sur le front de Nancy, monta dans son carrosse, envoya un petit au revoir de la main et disparut au tournant de la rue.

Le lendemain, Nancy attendait, mais sans vraiment attendre. Pourquoi un prince reviendrait-il la voir ? Un prince avait sûrement bien d'autres choses à faire plus importantes ! Mais il tint parole : il revint seul chevauchant l'un de ses beaux chevaux blancs. Quand il frappa à la porte, Nancy sursauta, n'osant croire à la visite promise.

Il était bien là. Après une esquisse de révérence assez maladroite, elle lui fit geste de franchir le seuil de sa demeure.

Ce qui devait arriver arriva, le prince tomba éperdument amoureux de Nancy. Il revint tous les jours auprès d'elle et ne put jamais s'éloigner de sa présence. Gan-Alchal comprenait mal la mélancolie permanente de Nancy et pensait que son amour anéantirait cette tristesse intérieure.

Un jour, Nancy lui raconta l'histoire de l'oiseau, comme pour se libérer d'un poids énorme, le poids de millions de rouges-gorges noyés. Le prince l'écouta avec attention. Dans sa narration, Nancy, une fois de plus, ne put contenir ni émotion ni larmes. Gan-Alchal serra Nancy dans ses bras et sécha son visage de mille baisers. Mais au mille et unième, Nancy le repoussa, visage et yeux baissés dans un signe de pardon. « Partez, prince, partez d'ici ! Votre place n'est pas auprès de moi. »

Surpris et dépité, le cœur brisé, le prince se rendit dans le jardin et s'arrêta près du grand tonneau, là où, il y a bien longtemps, l'oiseau était mort dans les mains de Nancy. Il jeta un coup d'œil à l'intérieur : le tonneau était presque rempli. Machinalement, le prince enfonça une main dans l'eau et fit un petit tourbillon, comme pour effacer les mauvais souvenirs et le désespoir qui hantaient Nancy. Pendant que le tourbillon ralentissait lentement sous de petites ondes aux reflets d'argent, le prince aperçut une lueur au fond du grand tonneau. Un rayon de soleil, pensa-t-il, un rayon qui jouait avec l'eau. Mais le soleil était trop faible pour provoquer une quelconque luminosité tout au fond du tonneau. Intrigué, Gan-Alchal scruta de plus près ce curieux phénomène sans pouvoir définir ce qui le provoquait. Il plongea son bras dans l'eau, mais la lueur était bien trop profonde. Il tenta de renverser le tonneau, mais ses attaches étaient trop fortement scellées dans le mur. Et la petite lueur, pas plus grosse qu'une petite pièce d'or, tremblotait toujours au fond de l'eau.

Le prince entreprit de vider le tonneau à l'aide d'une grande cruche trouvée dans la grange. Mais plus il écopait, moins le tonneau se vidait ! Exaspéré, il ôta sa veste et se pencha le plus possible pour atteindre de la main la petite lumière qui miroitait. Il fit tant d'efforts infructueux et maladroits qu'au dernier essai, il en perdit l'équilibre et tomba tête la première dans le tonneau sans pouvoir se rattraper à quoi que ce soit ! Le noir était complet, le tonneau n'avait pas de fond… Le prince s'enfonça comme une pierre à une vitesse vertigineuse. Dans sa panique, il ouvrit les yeux dans un cillement rapide : la petite lumière descendait en même temps que lui. Il suffoqua rapidement et mourut noyé, comme le rouge-gorge de Nancy. Bien plus tard, on ne retrouva que la veste du prince au pied du tonneau. Dans une des poches, il y avait un papier plié en quatre, comme une lettre adressée à sa bien-aimée. Les intempéries avaient délavé l'encre, plus rien n'était lisible. Sauf un seul mot, plein centre, un seul encore intact, inaltéré : *amour*. Lui seul avait survécu, rien ne l'avait détruit.

Sans fin, le prince continue sa descente dans une eau sans fond, pour l'éternité, à la poursuite de l'or scintillant du jardin de Nancy, celle qu'il ne verra jamais plus, lumière sans nom des premiers jours, anonyme d'un court instant, joli fantôme de nulle part aux grands yeux d'eau claire et aux cheveux noirs de jais.

Ce récit n'est qu'une petite histoire en forme de conte. Personne ne trouvera nulle part mention des faits rapportés et des personnages présentés, dans aucun livre, même à l'intérieur des innombrables pages qui rapportent dans le plus grand détail l'histoire de France.

LES TROIS TOURTERELLES

Dans un petit cri rauque et sous un bref claquement d'ailes, une tourterelle vient se poser sur la plus basse branche du pêcher. Le bel oiseau gracile gris sable au demi-collier noir inspecte les alentours. Deux petits pas et elle inspecte quelques fleurs roses en posant tour à tour l'œil et le bec. À quinze mètres en retrait, caché par le pignon de la maison et par une énorme touffe de feuillus, le canon de la carabine 9mm est déjà en position de tir. À l'intérieur, une cartouche à petits plombs qui n'attend que le déclic de mise à feu. La tourterelle silencieuse et insouciante poursuit sa quête au milieu des fleurs de pêcher. Je presse la détente. Clic. Rien. J'ai bien entendu le percuteur percuter, mais je ne percute pas pourquoi le coup n'est pas parti. Je fais quelques pas en arrière, toujours à l'abri et hors de la vision de l'oiseau. J'extrais la cartouche : la percussion annulaire est indéniable, la base de la douille est bien marquée par l'impact. Je tourne la cartouche d'un demi-tour, réenclenche, réarme le plus silencieusement possible et reprend ma position de tir. Mais la tourterelle est partie… Plus de chair dans le pêcher…

Afin de vérifier mon arme, je pointe le canon en l'air et tire. Pan ! Cette fois, le coup est parti comme il le devait ! Bref, le coup raté ne fut qu'un coup de malchance sans grande conséquence.

Peu de temps après, une seconde tourterelle se pose à terre dans le jardin, même bruit, même très court discours, succinte vocalise. Elle se met à piéter, à la recherche de quelque graine. Le canon de la carabine la suit déjà, doigt fébrile effleurant la détente, œil vissé sur l'objectif pris dans la mire, nouvelle cartouche dans la chambre. Feu ! Clic. Rien. Incroyable ! Le coup ne part pas, une fois de plus ! C'est extrêmement agaçant ! Qu'est-ce que c'est que ces cartouches pourries ?! Il y a de quoi pester ! Ou bien, c'est le percuteur de la vieille carabine de mon père qui commence à donner de sérieux signes de fatigue ? Rageant, vraiment rageant ! Je sors nerveusement la cartouche. La culasse tape sur sa butée avec force et le bruit produit fait évidemment fuir la tourterelle. Inspection de la cartouche qui a été correctement percutée. Je reste dans l'expectative un instant, imprime à la cartouche le demi-tour réglementaire, réarme et tire n'importe où dans la terre à quelques mètres de moi. Et le coup part correctement… Je n'y comprends rien et décide de poursuivre mon objectif tourterellien du jour en réengageant une énième cartouche.

La troisième tourterelle ne se fait pas attendre et atterrit, elle aussi, au beau milieu des semis. Je prie le ciel pour qu'enfin tout fonctionne correctement. Visée rapide, appui sur la queue de détente. Tac. Rien. Rien de rien. Je regrette cet engin ! Je lance à la terre et au ciel un superbe mot de Cambronne bien appuyé et fait gicler rageusement la cartouche problématique, percutée mais restée sans effet de feu. Nouvel essai, canon pointé vers les nues : Pan !

La situation m'agace. J'ai raté trois tourterelles d'affilée, à cause de... je ne sais pas quoi. Mais ça m'escagace et ça suffit. Je rentre ranger la carabine sur le râtelier de mon père. Je ne passe même pas un coup de chiffon à l'extérieur de l'arme, pas plus qu'un nettoyage minimum de l'intérieur du canon. Cette cochonnerie de carabine ne le mérite plus.

Quelques mois plus tard, suite à une saloperie de maladie foudroyante, mon père nous quittait brusquement. De retour des obsèques, j'accompagnais ma mère dans sa maison. Sur le fil électrique de la rue, face à la fenêtre, étaient perchées trois tourterelles, silencieuses. Elles restèrent là longtemps, très longtemps, immobiles.

LE CADEAU DE NOËL

Dans les grands jardins arborés du château de La Prade[71] vit paisiblement une famille paon : papa paon – nommé Poppy –, maman paonne et trois petits pas plus gros que des perdreaux. En cette mi-juillet, de sa longue traîne faite d'une centaine de plumes magnifiques qu'il met en valeur lors de sa parade de printemps, Poppy commence à se déplumer de l'arrière-train. Une par une, les plumes de la queue tombent, par-ci par-là, sur le gravier des allées, sur le vert du gazon, sous les magnolias ou les petits palmiers. Il n'en faut pas plus pour que des visiteurs s'empressent de ramasser ces grandes et jolies plumes iridescentes aux ocelles d'un extraordinaire bleu métallique contouré d'or et d'indigo, aux fines barbes vertes bordées de bronze.

C'est exactement ce qu'est en train de faire le petit Noël. Suivi de ses parents amusés, le petit garçon, du haut de ses quatre ans à peine, cherche les grandes plumes du papa paon, un peu comme on cherche les œufs de Pâques cachés dans le jardin. Il en trouve une, puis deux, puis trois, toutes plus grandes que lui. Sous l'excitation de l'instant, chaque nouvelle plume récoltée lui pose un problème de ramassage et de stockage sous un seul bras. Les parents attendris laissent faire à Noël son apprentissage et son initiation à la débrouille avec tant de choses peu pratiques à gérer et à porter.

Au détour d'une haie, Noël tombe nez à nez avec Poppy. Le paon dérangé dans ses occupations tourne rapidement le dos et s'éloigne à distance. Les bras chargés d'une imposante gerbe de plumes, le petit garçon se met à courir derrière le paon. Estimant que, décidément, il n'y a aucun moyen d'avoir cinq minutes de tranquillité au sein de son propre chez-soi, Poppy accélère le train en jetant un œil vers l'arrière tous les trois pas. Mais le paon court bien trop vite pour Noël qui ne lâche nullement sa poursuite, paquet de plumes bloqué par ses deux bras en croix sur la poitrine :

« Paon ! Paon ! Eh, paon ! Arrête-toi ! Arrête, attends-moi ! Regarde, paon, j'ai un beau cadeau pour toi ! »

Un peu essoufflé, Noël s'est arrêté. De ses deux bras, il tend vers l'oiseau la gerbe de plumes.

---

71 Situé à Bram, dans l'Aude, à mi-chemin entre Carcassonnes et Castelnaudary, ce castelet existe réellement. Le petit garçon et le paon aussi !

Au loin, le paon tourne une dernière fois le bleu de sa tête vers son poursuivant, secoue fébrilement son aigrette et repart dédaigneusement à ses occupations ordinaires.

Au milieu de l'allée, le petit garçon est resté figé, silencieux, bras tendus en offrande avec son bouquet de plumes ébouriffé, sans comprendre pourquoi l'oiseau a refusé son joli cadeau.

« Maman, pourquoi il en veut pas que je lui donne ses plumes à lui… ? »

LA REINE PAPILLON

Il était une fois, dans un pays lointain qu'on appelait Terre-Lëpidop, très loin de notre galaxie, un royaume gouverné par la reine Assenav, celle que l'on nommait « la belle dame ». Toujours vêtue d'une somptueuse robe fauve d'un inégalable soyeux, elle devait surtout sa grâce et son élégance à ses deux grandes ailes brunes colorées d'or et de pourpre bordées d'un noir profond et tachetées çà et là de rutilants points de vif argent. Avec ses ailes semi-déployées, elle donnait l'image d'un ange. Tous ses zélés sujets ailés eux aussi se revêtaient de divers habits plus lumineux et rutilants les uns que les autres : la caste des Machaons et celle des Iphiclides étaient les plus élégantes et les plus nobles ; la caste des Piérides comptait le plus grand nombre d'individus, habillée plus sobrement de blanc ou de jaune d'or. Tous vivaient dans un monde couvert de verdure et de milliers de fleurs rivalisant de beauté exhalant des senteurs extraordinaires ; un monde idéal sans paix ni guerre, sans excès et sans mollesse, sans tension et sans indifférence où les jours se succédaient aux jours dans la plus grande sérénité.

La reine Assenav n'avait qu'un pouvoir unique : pour égayer de temps à autre la vie de ses sujets et rompre la monotonie quotidienne, elle décidait d'un jour de festivités collectives, le soin étant laissé à chacun d'y participer ou non. Environ tous les cent-huit jours, quand le soleil de Terre-Lëpidop montait au zénith, la tradition permettait de se mettre en chasse des Menkinds, les petits animaux du territoire. Oh, non pas pour les tuer, les manger ou les exterminer de manière brutale et inutile, non, simplement pour les utiliser dans la décoration des pièces d'habitation. Il existait une multitude d'espèces de Menkinds, très différents les uns des autres. Les traquer, les piéger, les prendre et les collectionner apportait un peu de piquant et d'émulation chez la plupart des Terlëpidopiens. Ce jour-là, à chacun de faire preuve de ruse et d'intelligence pour capturer le plus beau spécimen ou ceux qui manquent encore à la collection.

Le jour venu, quand la reine déplie largement ses ailes au perron du palais, les douze membres alignés de la garde du Bel-Argus sonnent de la trompe à l'unisson, antennes fièrement dressées : le divertissement de chasse est lancé.

Au plus bas des terres du royaume, les Menkinds, trente fois plus petits que le plus grand des Terlëpidopiens, sont insouciants, vaquent à leurs occupations, sans pouvoir deviner un instant qu'une fois de plus, une chasse vient d'être lancée contre eux par les géants ailés. Machaons, Iphiclides, Apaturas, Gonepteryx et toutes les tribus des Piérides, armés de filets et de petites épuisettes, se lancent à l'assaut du petit peuple dans la forêt des Herbes Basses et des Terres Rases. Comme dans une fourmilière soudainement attaquée et envahie, les Menkinds courent en tous sens, affolés, sans comprendre l'invasion soudaine des géants. Les filets s'abattent et on capture à qui-mieux-mieux tous les petits êtres bipèdes qui n'ont eu ni le temps ni la chance de gagner un abri.

« Regarde celui que je viens d'attraper ! hurle fièrement Aurora à son amie, il est entièrement bleu-nuit, avec de minuscules parures dorées ! Je n'étais jamais parvenu à en capturer un ! Tu sais ce que c'est ?

– À bien y regarder, il me semble que c'est un Gandharne ou peut-être une sorte de Faux-lissier. Prends garde, ce sont les plus rebelles et les plus méchants. Certains sont pourvus de petits dards qui piquent à distance, ça fait très très mal !

– Si tu vois des Menkinds rouge et argent, fais-moi signe, tu veux bien ?

– Des Kompiers ? Ceux qui ont une sorte de casque métallique et une épaisse carapace noire ? Ceux qui courent en tous sens en traînant des gouttes de rosée ?

– Oui, je ne suis jamais parvenu à en prendre un ! »

Les Menkinds se sont égayés dans toutes les directions, certains cachés au mieux, d'autres courant encore et toujours vers un espoir incertain.

« Aurora ! Aurora ! Viens voir ! Je viens d'en attraper un à la main ! Sûrement un super-rare ! Il est tout violet-moiré avec une mini-calotte de la même couleur ! Il ne bouge pas beaucoup, on dirait qu'il est tout vieux...

– Ah ! J'en ai déjà un comme ça. Je l'aime pas trop, mais je l'ai quand même mis dans ma collection. C'est un Vének. Ou un Närdikhal, je ne sais plus trop. Avec leur longue parure, on ne sait même pas s'ils sont mâles ou femelles... »

Le jour de fête touche à sa fin. Chacun emporte chez soi ses petites proies colorées, prises encore dans les filets et se débattant comme de beaux diables, ou terriblement excitées au fond de grands bocaux transparents en guise de prisons provisoires.

Sur le balcon de la grand'place du royaume, la reine Assenav attend le retour de tous les Terlëpidopiens qui, peu à peu, viennent se masser sous ses murs. Bel-Argus fait sonner les trompes de sa garde : la chasse est close. Comme il est de coutume, le Grand Machaon en personne vient offrir à sa reine les sept plus beaux trophées capturés par tous les sujets : un Närdikhal rouge écarlate, une Hyïfeth blonde avec ses deux minuscules ocelles bleu clair, un très rare Narkhelin à losanges multicolores, un Jhamissien et sa grande élytre d'ébène brillante sur la queue-de-pie de son dos ; un Firmier nain, entièrement blanc, avec son dard acéré encore dans sa patte ; une toute frêle Nharreuh, chrysalide rose et blanche bien langée, rare pièce de collection inestimable ; et un Menkind des Montagnes, blanc à pois rouges, irrémissiblement pris au piège avec sa prothèse à roues, le plus spectaculaire des trophées.

La reine remercie la foule assemblée d'un signe de tête et regagne son palais dans un doux frémissement d'ailes.

« Aurora ! Où as-tu rangé les bouchons ?

– Tout est prêt, derrière toi. Les épingles aussi ! »

La jeune Terlëpidopienne ouvrit son bocal avec mille précautions, plongea sa petite patte pour attraper tout au fond le Menkind qui lui plaisait le plus : le gros Khärchutier-Dëhal, superbe Sicarius Porcus Rungïsis, avec son demi poitrail blanc marqué de taches rouges. Allongé de force sur la rondelle de liège, le Sicarius eût beau faire des pieds et des mains, la grande épingle lui traversa le corps d'un seul coup.

Au palais, la belle dame avait confié la tâche des sept trophées à Magister Polygonias, son sénéchal qu'on appelait Robert-le-Diable. Lui aussi avait préparé sept bouchons du plus beau liège et sept épingles d'argent à boule de nacre. Il choisit en premier la petite Menkind blonde, recroquevillée, prostrée, mouillée de pleurs au fond du filet. Il la posa délicatement sur le support de liège et, de l'autre patte, chercha l'épingle fatale.

La petite menkind Vanessa sursauta, s'assit d'un bond dans son lit, alluma sa veilleuse et porta ses mains à son front où perlaient quelques fines gouttelettes. En ouvrant plus grand les yeux et en reprenant enfin ses esprits, elle comprit qu'à partir de demain, elle n'irait plus jamais courir champs et prairies à la chasse aux papillons.

LES GROS CROCS DE CODETTE

« Quand te marieras-tu, toi ?
– Quand les poules auront des dents.
– Il y en a qui en ont. »

RAYMOND QUENEAU
Le dimanche de la vie

De par le monde, quelle que soit l'époque, apparaît de temps à autre un génie, un Léonard de Vinci ou un Albert Einstein, qui vient remettre en question la science et bouleverser la vie de l'humanité entière. En cette année 2134, un grand scientifique ne sait pas encore que ses travaux en cours vont le porter à l'Olympe des nouveaux Dieux de la Connaissance et des plus belles réalisations humaines. Lui aussi se prénomme Albert, comme son illustre prédécesseur de deux siècles son aîné. Le nom de l'homme providentiel : Haybhasq. Depuis plus de vingt ans, il dirige un laboratoire de recherches et d'expérimentation. Génétique et clonage, voilà sa passion. Oh ! Depuis les années 1960, il s'en est passé des choses dans ce domaine ! On sait cloner l'animal et même l'humain de A à Z sans aucune difficulté, tout a été correctement maîtrisé au fil du temps ! Le temps du premier bébé-éprouvette réalisé sous le contrôle du Professeur Testart est bien lointain, l'histoire de Dolly la première brebis clonée aussi !

Le professeur Haybhasq, lui, vient de reprendre les travaux oubliés d'un ancien collègue Efthimios Mitsiadis et de son équipe qui avaient réussi, juste avant le nouveau millénaire, à faire pousser des dents chez certains spécimens de volailles après transplantation de cellules-souches dentaires de souris ! Ces travaux préliminaires étaient destinés à utiliser le même processus pour parvenir à faire pousser des dents sur des patients humains souffrant de graves anomalies dentaires.

L'idée de ce nouveau professeur génial : travailler les gènes de gallinacés de manière à ce que les modifications génétiques soient enfin permanentes et héréditaires. Ce qui était plus simple en théorie qu'en pratique. En décembre 2133, il lança enfin l'opération tant attendue et connue sous l'appellation de code « Codette », nom de baptême de la première poule clonée modifiée. Les cellules extérieures transplantées dans la chaîne ADN furent celle d'un lapin, en lieu et place d'une vulgaire souris blanche de laboratoire. Tant qu'à faire des dents à une poule, autant qu'on les voit bien ! Haybhasq avait également travaillé avec acharnement à diminuer considérablement le bec de la poule, quitte à le faire disparaître entièrement si les mutations espérées arrivaient à bon terme. C'était logique jusqu'au bout.

Le premier embryon modifié se développait suivant le plan prévu, sans qu'aucune interférence ne vienne contrarier le cours des opérations. Durant cette attente imposée et interminable, le professeur revoyait systématiquement et périodiquement l'ensemble de ses notes.

« Hmmm... Oui. Alors, donc, on récapitule une fois de mieux... L'histomorphogenèse et les cytodifférenciations coronaires spécifiques à chaque type de dent ainsi qu'à la bonne symétrie ortodontale doivent bien être sous contrôle total du mésenchyme, on est OK, puisque le mésenchyme lui-même contrôle particulièrement l'enamel knot primaire incluant des cellules hors cycles susceptibles d'induire la cuspidogenèse suite à de possibles migrations cellulaires... Oui, on est d'accord. Jusque-là, c'est sans faille... Prions le ciel pour que tout se passe pour le mieux... »

À la mi-janvier suivante, le ciel avait bien entendu la prière ; Codette, le premier poussin-clone génétiquement modifié sortait de son œuf-couveuse électronique. Une victoire totale et éclatante pour le professeur : une petite poule jaune avec deux semblants de lèvres cornées – ce qui restait du bec traditionnel – et deux petites paires d'incisives, encore à peine visibles ! Et toute l'équipe de fêter l'événement avant d'informer l'ensemble des médias et les autorités scientifiques.

L'équipe du bon et désormais grand Albert fut aussitôt sommée de poursuivre ces expériences d'arrache-pied. Quatre nouvelles poules transgéniques et cinq coqs furent mis en chantier en suivant la même technique que pour la célèbre Codette. Un mois plus tard, le laboratoire disposait d'une nouvelle petite basse-cour. Encore quelques mois de patience, et le professeur allait enfin savoir si ses recherches et ses réussites aboutiraient à la reproduction naturelle de cette espèce, sans aucun recours à quelque manipulation artificielle cette fois-ci. Et la réponse fut affirmative ! Une ribambelle de poussins éclot, piaillante arrivée à la vie d'œufs fécondés par les seuls bons soins de Dame Nature !

Gloire et honneur au grand Haybhasq ! La nouvelle se répandit rapidement dans le monde : tous voulaient voir et acquérir les nouveaux gallinacés-phénomènes ! Tant et si bien que, le temps aidant, poules et coqs traditionnels périclitèrent dans les élevages.... jusqu'au jour où il ne resta plus qu'une poignée de volatiles originels sur toute la surface du globe. Les races pures n'étaient plus qu'étranges curiosités derrière les grilles de quelques zoos... Désormais, il était de bon ton que toutes les poules de la nouvelle mode aient des dents !

Le professeur avait pris de l'âge et ne travaillait plus à quelque recherche que ce soit. Il se demandait parfois le pourquoi d'un tel rapide engouement universel pour ses créations..., parce qu'en définitive, mis à part le succès scientifique lui-même, sa trouvaille ne servait strictement à rien ! Qui plus est, un revers de médaille apparut sans qu'il fût nettement prévisible : les poules rechignaient à manger du grain ou des vers et ne picoraient plus rien faute de bec ! Poules et coqs, avec leurs dents de lapin, ne voulaient se nourrir que de luzerne fraîche et de carottes !

En revanche, il fallut peu de temps pour voir naître un autre phénomène, encore plus imprévu que le précédent, mais positif, celui-là : alors que le monde, années après années, s'enfonçait dans le marasme et la misère d'une profondeur de plus en plus insondable ; qu'une incroyable quantité de guerres, d'interminables et terribles conflits armés décimaient physiquement et moralement l'ensemble de la planète ; que plus personne ici-bas ne croyait plus en rien ni en personne, pas plus en Dieu qu'en Diable, l'année 2134 connut une petite embellie. Les deux années suivantes confirmèrent bizarrement cet état de fait. Il fallut encore presque sept longues années pour que le calme, la paix et la sérénité reprennent leurs droits sur la terre entière, d'une façon totalement incompréhensible et sur l'instant inexplicable...

Dans ses vieux jours, le professeur Albert Haybhasq rendit l'âme sans comprendre que ses travaux étaient bien à l'origine de toutes ces transformations des sociétés et de l'homme en général. Un génie, certes, mais un génie qui restera à jamais méconnu pour la plus grande réalisation de tous les temps : faire que tout soit enfin possible dans tous les domaines, pour tous sans exception et dans le meilleur des mondes... puisque, grâce à lui, pour des siècles et des siècles, les poules ont maintenant des dents !

En revanche, quand elles trouvent des couteaux, la mutation génétique ne les a pas vraiment améliorées cérébralement, hélas ! Un conseil, toutefois : méfiez-vous de ces poules aux dents longues : quoi qu'elles laissent paraître, vous pouvez tomber sur un bec !

CHASSE INTERDITE

San-Lothier, petite bourgade la plus au Sud de la France, la plus méditerranéenne, à l'extrême sud-est de Bonifacio, près du territoire de Sperono. Dans les premières années 1900, fut plantée dans cette région ensoleillée une belle quantité de caroubiers, arbres qu'on trouvait uniquement auparavant dans des lieux plus méridionaux encore, tels l'Afrique du Nord, les Canaries et une partie du Proche-Orient. Les farines et les gommes des gousses, les caroubes, sont utilisées tant en médecine qu'en confiserie ou transformées en produits culinaires. En 1905, un ex-tôlier-carrossier reconverti, eut l'excellente idée d'introduire ce grand arbre en France, mais sa mise en œuvre fit naître rapidement un inconvénient majeur totalement imprévu.

En effet, les premières maturations des gousses attirèrent quantité de parasites et de prédateurs microscopiques, myriades d'insectes et d'acariens divers, dont le premier propriétaire des lieux ne savait comment se débarrasser sans avoir recours aux produits chimiques. Toutefois, la nature faisant bien les choses, la plantation de caroubiers ne tarda pas à se couvrir d'oiseaux qui se mirent à nettoyer tout naturellement feuilles et branches des hordes de petits prédateurs. Curieusement, ce furent les rossignols qui s'implantèrent en majorité dans les arbres. Ils semblaient raffoler de l'endroit et investirent les lieux rapidement, au grand bonheur de l'arboriculteur satisfait de cette solution radicale providentielle et inespérée. Les arbres magnifiques, cerise sur le gâteau, venaient de s'agrémenter des petites phrases nocturnes, mélodiques et flûtées, du plus grand chanteur lyrique de la gent ailée ! Que demander de plus !

Une nouvelle cause engendrant un nouvel effet, quelques voisins, agacés nuitamment par l'incessante symphonie rossignolesque quotidienne, décidèrent d'en finir en allant plomber les indésirables par de belles séries de coups de carabine. En Corse, on ne plaisante pas avec la sieste, le calme et la tranquillité, caroubiers ou pas, rossignols ou pas. Devant ces incursions destructrices répétées, le propriétaire décida de porter plainte. Les gendarmes vinrent inspecter les lieux et constatèrent l'importance du nombre de petits chanteurs ailés, figés et froids comme du marbre qui gisaient sous les arbres. Un huissier, pour tirer définitivement les choses au clair, fut même mandaté pour effectuer officiellement un constat plus précis encore. L'affaire corsée fit grand bruit et, quelques temps plus tard, la Justice décida enfin une totale interdiction de destruction des oiseaux dans cette zone de culture boisée, décision assortie de lourdes sanctions à la clef en cas de prise sur le fait ou de récidive de telles exactions.

Aux quatre coins de son domaine, le tôlier planta de larges panonceaux indiquant clairement : *« Il est formellement interdit de tirer sur les rossignols du caroubier »*

Il avait raison. Sinon, effectivement, ça peut faire très mal ! Un peu de délicatesse, que diable !

L'AMER DES DOIGTS

Denis était ce que la haute science nomme un onychophage. Mais un onychophage périphérique seulement. À l'âge de onze ans, il se mit à dévorer et dépiauter le tour de ses ongles nerveusement, jusqu'à saigner souvent aux endroits les plus entamés. À l'époque, on se préoccupait assez peu de ce type de problème et il ne venait même pas à l'idée de quelque parent d'aller consulter un spécialiste pour porter remède à ces séries d'épluchages, de rognages et d'arrachages continuels. On disait que Denis était timide, trop en retrait et préoccupé par les choses de la vie, stressé par des insatisfactions intérieures non formulées, bref, qu'il était plus bouillonnant et anxieux qu'il ne le laissait paraître. Et l'affaire en restait là. Les jeunes ont toujours leurs soucis et on attendait simplement, comme il était coutume de dire, que jeunesse se passe... À multiples reprises, parents et grands-parents eurent beau faire pour tenter de mettre un terme à ce grignotage peu esthétique. Mille explications et mille réprimandes n'y firent jamais rien. Tout ce qu'on pouvait dire à Denis revenait à pisser dans un violon, ce qui, vous en conviendrez, n'est d'aucune efficacité pour réduire ou stopper ces mutilantes fringales digitales et encore moins d'une folle aisance à réaliser avec succès.

Un jour, la grand-mère, excédée une fois de plus de prendre en flagrant délit son petit-garçon se mutiler de la sorte, pesta et tenta une intervention définitive. Et punitive !

« Allez ! Viens avec moi ! Je t'avais assez prévenu ! Cette fois-ci, tu n'y couperas pas ! »

Denis suivit sa grand-mère en se doutant vaguement de la suite des événements.... Puisque, cette fois-ci, elle semblait vouloir mettre sa menace verbalement brandie à exécution.

« Donne tes mains ! » ordonna-t-elle. Elle avait été dans sa pharmacie prendre la petite bouteille de teinture d'aloès et elle en badigeonna fiévreusement et presque à l'excès toutes les extrémités des doigts de Denis.

« Comme ça, au moins, on ne te verra plus décortiquer et bouffer les peaux de tes doigts ! Regarde-moi ça, dans quel état tu t'es mis ! Mais qu'est-ce que t'as-don(c) dans la caboche, à faire des sottises pareilles ! »

Denis trouva la punition moins sévère et plus rigolote que prévu ! Il repartit avec les doigts tout jaunes et pensa qu'aux yeux de tous, c'était encore moins discret que le résultat habituel. Il attendit un moment que sèche cet aloès très amer à l'arôme pharmaceutique peu agréable. Puis, ne s'avouant pas vaincu par l'adversité, il tenta un premier coup de langue sur cet aloès détestable. Pouah ! Ignoble ! La grand-mère avait bien calculé son coup ! Second passage de langue sur son index, pour vérification : décidément, le produit appliqué et quasi-indélébile était une abomination de premier ordre à vous soulever le cœur ! Denis eut une idée de génie : l'aloès barbouillé ne devait pas être éternel et il faudrait bien qu'à un moment ou un autre de la journée, il faille se laver les mains ! Alors, pour accélérer le processus et se débarrasser rapidement de la médication appliquée, il prit un peu d'eau qu'il mélangea avec de la terre et se frotta vigoureusement les mains dans cette boue ! Et l'aloès disparut instantanément ! Victoire totale tant sur la science et la chimie que sur les injonctions et les punitions grand-maternelles !

Obstacle de taille : la grand-mère, qui n'était pas née de la dernière pluie, avait subrepticement suivi le manège à distance ! « Non mais ! Tu te moquerais pas du monde, par hasard ? Tu crois que je t'ai pas vu faire, salopiaud ? Reviens ici tout de suite ! »

Zut de zut. La grand-mère énervée reprit la bouteille d'aloès et recommença l'opération sur les doigts d'un Denis à la mine un peu confuse pour donner le change, mais jubilant intérieurement du résultat de sa bonne idée et du bon tour joué à la grand-mère.

« Et si je te vois recommencer, je te bande les mains complètement, ça t'apprendra ! Non mais des fois ! Et méfie-toi que je raconte pas ça à ton père ! Parce que, pour finir la fête, tu pourrais t'en prendre une de plus sur le coin de la figure ! Ça te ferait peut-être pas de mal, tiens ! »

L'affaire se corsait. Il fallait désormais la jouer plus fine. Le rapport de force venait de s'inverser. Que faire ?

Et Denis, opiniâtre à la limite du têtu, lécha tant et si bien ses doigts de nouveau qu'avec le temps, l'âcreté et l'amertume lui devinrent familières et presque agréables ! Quand il savait que sa grand-mère était dans les parages, et pour toujours donner l'illusion de la teinture, il passait autour de ses ongles un peu de gouache jaune-orange de sa boîte de peintures !

« Alors, disait la grand-mère, tes doigts s'arrangent un peu ? Fais-moi voir ! » Denis tendait les mains et le leurre faisait son office ! Jusqu'au malheureux jour où la mamie émit de sérieux doutes : depuis plus d'une semaine, les doigts restaient jaunes mais toujours aussi abîmés et portant de petites traces de sang tout frais.

« Ah ! J'ai compris ! Tu veux jouer au plus malin avec moi ! Mais j'ai plus d'un tour dans mon sac, tu ne t'en tireras pas comme ça ! Ce n'est pas aux vieux singes qu'on apprend à faire des grimaces, Denis ! Cette fois-ci, tu ne l'auras pas volé, depuis le temps que je te le promets ! Tu vas être bien attrapé ! Je vais t'enduire les doigts avec de la merde de poule jaune ! Et interdiction de se laver les mains sans mon autorisation ! C'est compris ?

– Eh, mémé, quand tu dis de la merde de poule jaune, c'est la poule ou c'est la merde qui est jaune ? » répliqua Denis du tac au tac avec un œil malicieux et une pointe d'insolence.

Abattue par cette réponse inattendue en forme de question-boomerang, la grand-mère définitivement décontenancée leva simultanément les yeux et les bras au ciel en une ultime imploration céleste. Elle souffla un bruyant soupir de désespérance, céda par dépit et s'en retourna sans mot dire à la préparation de sa tambouille, plantant là l'intrépide garçon un tantinet taquin. Le jeune onychophage, vainqueur du dernier round, reprit de plus belle ses expérimentations et autres hachages dermiques digitaux habituels, sans qu'il ne fût plus jamais inquiété par quiconque. Depuis, Denis n'a jamais obtenu une réponse claire et précise à son impertinente question.

Comme lui, je ne suis jamais parvenu non plus à résoudre cette énigme. Si solution il y a. À se demander si les poules elles-mêmes, et particulièrement les jaunes impliquées au premier chef, savent de quoi il retourne réellement dans cette affaire. Ce dont je doute.

QUAND ON PARLE DU LOUP…

Avant-propos

Quels que soient les lieux, quels que soient les temps, le loup a toujours fasciné les hommes. On l'a tantôt admiré et respecté comme un roi ; tantôt on l'a craint et chassé comme la pire des calamités. De par le monde, histoires, mythes et légendes regorgent de loups, plus souvent dévoreurs, destructeurs et démoniaques que bienfaisants et protecteurs. La phobie du loup, tueur de bêtes et d'hommes, s'est transmise depuis des siècles sans jamais faillir.

Il y a quelques années, une plume de talent de notre petit village, de surcroît bibliophage renommée et passionnée de contes, fit connaître le résultat de ses derniers écrits, intitulé « Le Rouéton du Loup », sous-titré « Ou pourquoi notre église s'appelle Saint-Martin ». L'histoire est censée se dérouler au début du IVe siècle de notre ère, une centaine d'années avant l'avènement de Clovis. L'auteur décrit comment Saint-Martin (de Tours) vient délivrer les leudevillois de la présence d'une bête terrifiante, un loup gigantesque « *à la gueule plus grande qu'une porte de grange, au ventre cuirassé de mailles de fer et aux griffes en lames de faux* » que les villageois terrorisés étaient contraints d'alimenter en offrandes animales ou en sacrifices humains !

La bête dont « *les poils de fer soulevaient des étincelles et des flammes* » avait son antre au fond d'un rouéton du village, une très étroite ruelle entre deux maisons dite quelquefois passage d'échelle, venelle exiguë qui existe encore de nos jours, visible entre les N°14 et 16 de la Grande Rue. Qu'il y ait eu là ou non un loup féroce d'une taille imposante, fatalement plus imaginaire qu'en ses habituels composants de chair et d'os, il faut reconnaître que ce rouéton est d'un abord peu engageant. Je n'ai jamais vu ni homme ni bête s'y aventurer, ne serait-ce que par simple curiosité ou par distraction. Coincé entre deux hauts murs, il est toujours sombre et humide. La lumière ne parvient jamais à le pénétrer entièrement. Les vieux crépis de pignons sont grisés de moisissures qui le mangent à cœur ou zébrés par endroits de longues coulures noires. Le dallage pavé d'un grès poli par les siècles et les eaux disparaît çà-et-là sous les mousses et les lichens microscopiques qui le rongent. À l'entrée, seuls quelques pauvres bouquets de fins capillaires étriqués parviennent à résister au manque permanent de soleil. Tout au fond, un grand mur de briques, lépreux et verdâtre, bloque toute issue.

On me pardonnera de m'être ainsi attardé sur la description de ce lieu particulier intrigant et à l'aura peu accueillante : il sera une fois de plus d'actualité dans le récit qui va suivre. Rémanence ou récurrence des causes et des effets, ou simple hasard des circonstances par-delà les siècles ? De notre nouveau conte, l'action se déroule un millénaire et demi après celle du bon Saint-Martin, à la mort du Premier Empire, une vingtaine d'années après la Révolution.

***

Octobre 1816, à Bersonville, grande ferme excentrée à plus d'un kilomètre du village, métairie dont le propriétaire n'est autre que le châtelain du bourg.

« Monsieur ! Monsieur ! s'égosille Amédée, courant comme un dératé, qui, de bien trop loin, tente d'interpeller le chef de ferme, monsieur ! » Monsieur de Hautefeuille perçoit difficilement l'appel et, tournant la tête, vise un Amédée plus qu'empressé, gesticulant les deux bras levés, à la mine totalement défaite comme s'il allait annoncer la fin du monde ou une catastrophe pire encore ! Essoufflé outre mesure, Amédée stoppe net, plie promptement le dos, pose ses mains sur les genoux, et annonce dans une série de respirations heurtées :

« Monsieur…, pardonnez-moi…, le Ledrin, Henri… il vient d'rentrer d'son labour… qu'il n'a pu terminer, il a tout laissé en plan…. Il n'a eu que le temps de dételer les deux gris pour rev'nir avec eux au plus pressé… Il y a… Veuillez m'excuser…

– Il y a quoi, Amédée ? Un accident ? Non ? Alors reprenez votre souffle, mon garçon ! dit le chef de ferme pour tranquilliser son ouvrier.

– Derrière le s'cond bois d'la Pillas,… plein nord,… Ledrin dit que c'est plein de loups !…. Qu'il les a vus comme j'vous vois,… qu'il a pris peur d'un seul coup en s'voyant aussi près d'eux !…. et qu'il en a jamais vu autant d'un coup ! Même que les chevaux commençaient à r'nâcler et hennir nerveusement, qu'il a dit, qu'il avait pas tout de suite compris pourquoi, que ça f'sait brinquebaler à gauche et à droite le timon des socs, avec e'l'risque que tout ce beau monde s'emballe e'd'panique sans qu'y puisse rien r'tenir ! Des loups, en quantité !…. à ce qu'il affirme… Vous vous rendez compte ! Faudrait aller y vérifier, monsieur… qu'y viennent pas une de ces nuits ravager la bergerie et y porter la mort ! Ce serait prudence ! Le Ledrin, y raconte rarement des incertitudes et des fadaises, savez-vous ! »

D'un pas décidé, Louis de Hautefeuille plante l'Amédée sur place et traverse la cour pour rejoindre l'écurie. Près des deux percherons, il trouve Ledrin assis sur la paille, adossé au mur, jambes tendues, épaules tombantes, les yeux dans le vague et l'air absent.

« Qu'as-tu vu, Henri, explique-moi ! demande le patron.

– C'est fou, monsieur, c'est fou ! J'ai jamais vu chose pareille ! Des loups, des centaines et des centaines de loups qui sortaient du bois… Ils se sont groupés à la corne du nord, pas bien loin de la Croix Louis, quasiment face à moi, et il en sortait, il en sortait à n'en plus finir !

– Henri, des hordes de centaines ou de milliers de loups, ça n'existe pas, personne n'a jamais vu pareil rassemblement d'animaux, et dans notre région encore moins ! Le loup se déplace par petites troupes, jamais de la sorte comme tu le racontes ! Tu n'as pas trop abusé de la bouteille, au moins ?

– Jamais, monsieur, jamais ! Et d'autant moins aujourd'hui ! Mais quelle frousse j'ai eue, par tous les saints, quelle frousse !

– Hmm. Bien. Amédée ! Amédée ! »

Au petit trot, Amédée rejoint son patron. Calé jambes écartées, poings sur les hanches, à peine visible de l'extérieur dans l'encadrement de la porte, Hautefeuille décide et ordonne :

« Amédée, regroupe tous les hommes disponibles au plus tôt ! Trouve le jeune Gillet et envoie-le alerter Giboury et Clavel qui doivent être encore aux labours sur la Pierre Beaumond ! Et puis Martin-le-Vieux, et peut-être aussi Colinot et Pierre à la limite du Plessy, près des terres de Fresnes ! Qu'ils laissent le matériel sur place et qu'ils nous rejoignent au plus vite ! Allez ! Que tous m'attendent ensuite au portail. Je les y rejoins avec les armes nécessaires ! Et toi, Ledrin, remets-toi de tes émotions, tu nous accompagnes ! Tu nous guideras dans la plaine vers l'endroit précis ! Toi aussi, Amédée ! Suis-moi, j'ai besoin d'un coup de main. Ne tardons pas trop, la journée est déjà bien avancée ! »

À l'intérieur de la maison de maître, le fermier ouvre les deux battants de bois pour accéder à son râtelier d'armurerie. Un par un, il saisit et passe les fusils dans les bras vite chargés d'Amédée, regroupe une demi-douzaine de poires emplies de poudre noire, ainsi qu'un petit sac lourd de balles de plomb. Tout est enfourné dans une besace que le patron passe illico à l'épaule d'Amédée-le-bien-chargé ! Puis Hautefeuille tire et fouille ses tiroirs à la recherche de sa petite lunette longue-vue télescopique, accessoire qui pourrait s'avérer fort utile.

« Monsieur ? Doit-on emporter les boules e'd'nitre ? Et l'amadou… et les briquets ? Des dagues, aussi ? interroge Amédée.

– Je ne pense pas que ce soit très utile, nous allons simplement en reconnaissance, pas spécialement à la chasse au loup ! Bien que si l'un d'eux pointe son museau, il risque une réception plombée de premier ordre !

– Ou de première bourre, hein patron ? Hahaha ! ironise Amédée, tapotant le canon de son arme et fier de sa répartie humoristique.

– Oui, Amédée, c'est très drôle. De la part de quelqu'un qui n'a pas spécialement inventé la poudre, c'est très drôle. Et paradoxal, même. Mais je n'ai vraiment pas l'esprit à la plaisanterie, vois-tu. Je serais même plutôt quelque peu perplexe et turlupiné par cette curieuse histoire de loups… Si toutefois Ledrin n'a pas été victime de la berlue ! »

Et les deux hommes de sortir armés jusqu'aux dents et de patienter encore quelques instants près de la grille d'entrée du domaine jusqu'à l'arrivée de tout le renfort espéré. Renfort qui ne tarde pas. Le Léonce Clavel arrive le premier, sitôt suivi de ce grand gaillard de Giboury qui s'empresse de s'éponger le front avec son grand mouchoir à carreaux. Quand tous sont enfin là, rattrapés par le gamin Gillet exténué par sa course folle de rameutage à travers la campagne, Hautefeuille distribue fusils et matériel à la troupe.

« Ledrin ! Où est-il celui-là ? Ledrin, on t'attend ! Toi, le fils Gillet, tu restes là. Tu vas chercher la corne et tu nous avertis par trois fois s'il se passait ici quoi que ce soit d'important qui nous obligerait à faire demi-tour urgemment ! Je compte sur toi, petit. Messieurs, en route et au trot ! Je vous explique tout ça en chemin ! Et comme aimerait le dire Amédée quand il est en grande forme, ce n'est pas le moment de rester à la bourre ! Hein, Amédée ? »

Le petit groupe de huit hommes sort de l'enceinte de la ferme par l'arrière des bâtiments, les champs tout proches donnant un accès plus direct aux bois de la Pillas. Dix minutes de marche plus tard, Hautefeuille stoppe la progression : « Voilà le premier bois en vue. Pour éviter toute déconvenue, je pense qu'il serait de bon aloi que nous chargions nos fusils maintenant et que nous progressions ensuite en ordre de chasse, comme à la battue, assez éloignés les uns des autres sur une ligne de front en arc de cercle. Objectif : l'orée nord du second bois. C'est bien ça, Ledrin ? Dès que tout le monde est prêt, fusil en mains, nous contournons ce premier bois pour nous retrouver face au second, légèrement en retrait ouest, là où Ledrin a vu les loups. »

Pendant que tout le groupe s'affaire, le fermier-en-chef, devenu chasseur-en-chef pour cette circonstance peu ordinaire, sort de sa poche la lunette et s'empresse d'inspecter méticuleusement les lignes des bois au lointain, mètre par mètre. Rien de particulier n'accroche son regard. « Allons-y ! » La ligne de chasseurs se disperse et s'étire lentement en ligne courbe dans la plaine encore couverte de chaumes craquant sous les bottes.

Arrivés sur place, le patron s'arrête, lève un bras et tout le monde de stopper avec lui. Il reprend lentement sa marche vers la pointe du bois, seul, fusil fébrile prêt à se mettre en position à la moindre alerte. Moment de silence interminable. Tous suivent des yeux la lente progression, tendus et suspendus dans un temps arrêté. Hautefeuille perce les premiers taillis du regard avec insistance, fusil à hauteur de torse comme s'il devait épauler d'urgence.

« Venez ! Approchez ! lance-t-il enfin à la ligne d'assaut toujours pétrifiée dans le champ. Regardez ces traces ! Il y a bien eu ici une belle bande de bêtes, c'est incontestable. Mais combien ? Difficile à dire... Le sol n'est pas assez humide pour que toutes les empreintes soient nettes...

– Si je peux me permettre, monsieur, intervint le vieux Martin, et sans vouloir porter contradiction, les traces de pattes dans la terre, les nombreuses petites herbes pliées entre l'orée et le champ, les hautes herbes folles cassées et tassées sur l'orée même, la très large surface de piétinement et les empreintes e'd'griffes dans tous les sens, tout ça me donne à penser que l'affaire est d'importance et que l'ami Ledrin n'a pas rêvé ! Avec tous ces éléments sous nos yeux, soit une petite bande a élu domicile discrètement ici durant un bon moment sans que nous en ayons en vent, plusieurs jours ou s'maines probablement, piétinant et vadrouillant continuellement sur place pour une raison qui m'échappe ; soit les loups n'étaient que de passage, mais dans ce cas, le nombre e'd'bêtes frôle l'incalculab'e et l'incompréhensib'e ! Tout ça ne me plaît guère, monsieur ! Allez savoir si y aurait pas quê'que fantasmagorie là-dessous ! Des choses comme ça, mes parents en ont connues souvent dans l'Berry ! Même qu'obligation était faite d'avoir recours parfois aux gens d'exorcismes et autres soit-disant désenvoûteurs ou des gars comme ça ! Surtout quand les prières et toutes les autres invocations et gesticulations du curé étaient restées guère efficaces. Là, j'vous l'dis comme je l'pense, monsieur, avec tout le respect, on a affaire à du bizarre, du pas ordinaire, et j'suis pas bin à mon aise au milieu d'histoires qui sentent e'l'soufre comme ça ! »

Le maître-fermier, perplexe, ne réplique pas et ne donne nullement suite à ces interprétations tenaces d'un autre âge. Il pense simplement que, rétrospectivement, il aurait dû emmener deux ou trois chiens. Eux auraient peut-être flairé et découvert une meilleure piste encore... Et débusquer quelque chose, s'il y avait là quelque chose à débusquer... Les loups, quel que soit leur nombre, avaient filé, c'est certain. Et Hautefeuille de s'en persuader et de s'en rassurer. La situation alarmante n'était que le fruit d'un trop grand pessimisme et d'une peur du loup récurrente exacerbée, réalimentée par d'inconscientes fadaises alarmistes, comme celles revigorées dans les esprits par le vieux Martin.

« Le soleil devient trop bas, on ne fera rien de mieux aujourd'hui ! On rentre, messieurs ! »

Les hommes n'ont pas entamé leur demi-tour qu'on entend Amédée s'écrier :

« Venez voir, monsieur, c'est… je sais pas ! Regardez ! »

Tout le monde accourt. Du doigt, Amédée montre sur le sol un petit espace de terre très meuble, marqué de quelques curieuses empreintes de pattes. En s'approchant, les chasseurs n'en croient pas leurs yeux. Deux ou trois traces de pas de plus de dix centimètres de long, aux empreintes cursives de coussinets bien marquées et aux cinq trous de longues griffes profondément plantées en terre laissent le groupe béat et interdit. Une bête aussi grosse, ça n'existe pas ! Nouveau silence d'interrogation collective. Hautefeuille lui-même n'en revient pas. Il y a bien de la bizarrerie là-dessous !…. Ou alors, ce n'est pas un loup…

Les hommes restent longtemps sur place, pour comprendre, pour trouver une cause, plausible et logique. Et chacun d'y aller de sa théorie et de sa conclusion. Tout devient confus. Il n'y a plus d'arguments, pas plus que de solution. Tout se chamboule dans les têtes. On se remet en marche dans le silence. Le soleil ne montre plus qu'un demi-rond rouge flouté de brume qui tombe à l'horizon. Les bois s'enfoncent dans les gris et les ocres sous un froid mouillé.

Sur le chemin du retour à Bersonville, à peine les hommes ont-ils parcouru un quart de lieue qu'à l'arrière, un long cri lugubre, un hurlement d'apocalypse les cloue sur place. Le maître saisit promptement sa longue-vue et la pointe vers le bois d'où semble provenir la voix. Tous plissent les yeux face au couchant, en une aide totalement inefficace. L'œil et la lunette cherchent, longent doucement la lisière, reviennent au point initial… sans avoir décelé quoi que ce soit. Tout est redevenu soudain calme. Sauf les hommes, les pieds statufiés dans la terre, les mains collées aux fusils, le cou avancé, l'oreille en alerte, le cerveau tourneboulé et au ventre une peur naissante.

« Je vous dis qu'tout ça c'est pas normal ! » marmonne le vieux Martin entre ce qui lui reste de dents… Pas normal. C'est l'avis général, sans que quiconque ose à nouveau le formuler ouvertement.

Blam ! Sans que ses compagnons n'aient pu le prévoir, Amédée, autant excité que désemparé, vient de tirer rageusement un coup de feu en direction du bois.

« Saloperie de bestioles ! gueule-t-il à la nature entière.

– Il suffit, Amédée ! C'est idiot et inutile ! » réprimande Hautefeuille mécontent.

La nuit est tombée au domaine de Bersonville. Après une brève discussion avec le fermier du lieu, Gillet le jeune et Colinot se sont proposés pour monter la garde à tour de rôle à quelques pas de la bergerie. Les remises de la basse-cour, tous les clapiers, l'étable et l'écurie ont été vérifiés soigneusement, tous hermétiquement clos sans possibilité d'intrusion possible. La grande porte de la bergerie a fait l'objet d'attentions redoublées. Ce soir-là, près de quatre-cents brebis et une trentaine d'agneaux nécessitent plus que de coutume qu'il soit porté à cette principale source de revenus une vigilance de tous les instants. Une fois n'est pas coutume, on a même pris soin de rentrer les deux chiens dans les bâtisses d'habitation. Vers vingt-deux heures, Simon Colinot prend le premier tour. Il s'assied dans le foin, au-demi étage sous le toit de la grange, fusil chargé posé en travers des cuisses. Les deux battants de la porte restent exceptionnellement grands ouverts pour permettre une vue en surplomb sur l'ensemble de la cour et sur la bergerie toute proche. Aucune lumière, aucun bruit.

Vers une heure du matin, Gillet prend la relève d'un Simon à demi-ensommeillé. Et la garde continue sans aucun trouble.

Deux heures plus tard, le jeune homme se redresse d'un bond en clignant plusieurs fois des yeux, secoue sa tête et sa tignasse pour sortir de sa torpeur : à force de piquer du nez plusieurs fois, lui aussi a bien failli s'endormir ! Gillet, qui veut accomplir son devoir jusqu'au bout, se défait de la grande couverture qui lui protégeait les épaules et le dos, et décide d'aller prendre le frais pour retrouver tous ses esprits. Fusil d'une main, il quitte l'étage à foin par la vieille échelle de bois et respire enfin une grande et stimulante goulée d'air frais. À deux pas de l'abreuvoir, il va même cueillir un peu d'eau au creux des mains pour s'en asperger le visage. Puis il s'assied un instant dans le froid, adossé à la pierre de l'abreuvoir, sans pour autant trop quitter de l'œil la bergerie et ses alentours. Ce fut l'erreur de sa vie.

Dans la maison du maître, l'un des chiens se met soudain à gémir et à envoyer deux ou trois aboiements, rapidement imité par le second. Intrigué, Gillet se déplie de sa position d'attente, s'accroupit et tente de percer au mieux l'obscurité ambiante en direction des jappements derrière la porte. Un frisson le parcourt quand, dans l'écurie derrière lui, un cheval se joint au concert canin en envoyant une série d'ébrouements, souffles d'inquiétude, et un court hennissement. À la seconde, le jeune Gillet est envahi d'incertitude et d'inconfort. L'atmosphère est-elle si lourde soudainement, ou bien se laisse-t-il berner par un maëlstrom de pensées qui brasse et échafaude à folle vitesse mille causes à ce remue-ménage nocturne pour se perdre dans mille théories inextricables de dangers et d'angoisses ?

La peur-panique s'empare de lui d'un bloc. Il se relève d'un bond, court à la grange chercher sa corne pour alerter la maisonnée. L'obscurité l'en empêche : il a beau s'escrimer à parcourir le long du mur à tâtons, il ne parvient pas à mettre la main rapidement sur le bougeoir pour donner un peu de lumière. Les chiens relancent leurs aboiements. La bergerie demeure étonnamment silencieuse. Gillet, désespéré dans sa quête infructueuse de lumière, s'énerve de plus belle en percevant de nouveaux ébrouements des chevaux et de terribles martèlements de fers sur le pavé de l'écurie. Ne parvenant nullement à trouver une issue favorable, le jeune homme affolé, submergé par une myriade de sentiments contradictoires qui l'écartèle, revient sur le seuil de la grange, pointe son fusil vers la lune et fait feu, une seconde avant d'être terrassé et de s'écrouler lourdement sur la terre battue de la cour.

Dans la maison du maître, les chiens sont déchaînés, frappent et griffent la porte sous un concert d'aboiements de plus en plus hargneux. Derrière la fenêtre, une lumière tremblote. La porte s'ouvre, libérant les deux chiens bondissant dans la cour. Réveillé en sursaut par ce vacarme, Hautefeuille et son fusil ne sont qu'une ombre immobile figée dans l'encadrement de la porte. « Gillet ! Eh ! Gillet ! Colinot ! Où êtes-vous ? » s'époumone-t-il. Cinq interminables secondes de silence sont enfin rompues par l'arrivée d'un Colinot à la démarche mal assurée et ficelé comme l'as de pique.

« Que se passe-t-il, monsieur ? dit-il en renfonçant au plus pressé ses deux pans de chemise à l'intérieur de son pantalon.

– Réveille-moi tout le monde à vive allure, Colinot ! Que tous prennent leurs lanternes et me retrouvent ici même !

– Mais qui a tiré ? Et où est donc Gillet ?

– Plus tard, Colinot, plus tard ! File, file ! »

Hautefeuille reste de marbre sur le pas de sa porte, chien du fusil levé, doigt sur la détente. À propos de chiens, il ne les entend curieusement plus. Ils ne sont pas revenus non plus. Leur furie s'est éteinte sans qu'ils aient naturellement rebroussé chemin...

« Tchap ! Tchap ! Gibbs ! » tonitrue le maître en appel direct à ses deux chiens. Les mots claqués résonnent contre les murs mais se perdent dans les ombres...

En un temps record, tous les gens de Louis Hautefeuille sont sur le pied de guerre, lanternes et fusils en mains. Un nouveau rappel des chiens reste sans effet. Mais les recherches à peine entamées montrent rapidement à tous la triste réalité.

« Il est là ! Gillet est là ! Vite ! Il est blessé ! » crie Colinot qui tient sa lanterne à bout de bras entre la grange et l'abreuvoir. Le cercle se forme, toutes les lumières se dressent pour éclairer le jeune gars gisant ventre contre terre dans une flaque de sang. Les deux chiens sont près de lui, silencieux, l'un couché, l'autre assis et langue pendante. Hautefeuille s'accroupit et pose la paume de sa main sur le cou du blessé.

« Il est... mort ? ose demander faiblement Colinot.

– Non non. Mais il a l'air bougrement mal en point, le pauvre... réplique le patron. Amédée, aide-moi à le retourner sans heurt, on l'emporte à la maison ! Colinot, cours prévenir ma femme et sa sœur qu'elles ouvrent le lit d'appoint à l'entrée ! Et toi, Ledrin, selle un cheval en vitesse et va-t'en prévenir le docteur Haudias au Plessy.

Tu te rappelles où est sa maison ? Alors, coupe à travers champs à bride abattue, démolis sa porte sur place s'il le faut, ligote-le de force si nécessaire, débrouille-toi comme tu l'entends, mais je le veux ici dans l'heure ! »

Les deux hommes retournent le pauvre Gillet avec la seule douceur qu'apporte la rudesse inhérente aux hommes de la terre. Le vieux Martin ramasse le fusil qui s'était bloqué sous la victime. Gillet, sanguinolent, pantin désarticulé et inconscient, est rentré à l'intérieur au plus vite... Sur place, Hautefeuille saisit son poignard de chasse plus acéré qu'un rasoir et s'empresse de découper l'épaisse veste du blessé. La chemise, rouge de sang sur le ventre et l'épaule gauche, connaît le même sort. Gillet semble respirer à peine, comme s'il était déjà mort... Et Hautefeuille ne peut que constater les dégâts et l'importance des blessures sur le torse inanimé du jeune Gillet : une entaille ouvre ses chairs du nombril à la poitrine, et le haut de l'épaule près du cou est entièrement déchiqueté...

Les femmes, rompues à résoudre ces problèmes d'accidents divers – et généralement agricoles–, ont déjà réactivé le feu pour y faire bouillir une grande marmite d'eau. Sans le consentement de quiconque, la patronne a pris l'initiative de poser quelques linges sur les blessures. Et l'assemblée de prier tant pour Gillet lui-même que pour l'arrivée et l'intervention rapide du docteur ; une assemblée plongée dans l'expectative quant à l'origine d'un tel accident.

« À mon avis, dit Martin, son fusil a bin failli le tuer net ! Le coup a dû partir comme ça, alors qu'il le manipulait j'sais pas comment... Peut-être qu'il a heurté quê'que chose dans l'obscurité et que ça a déclenché le chien qui s'en est allé percuter l'amorce et la poudre ! On a vu des accidents plus bêtes, plus incompréhensib'es ou incroyab'es que ça !

– Il aurait tout de même pas voulu s'suicider pendant qu'tout le monde avait le dos tourné, tout de même ? s'interroge Colinot qui se culpabilise de n'avoir pas été lui-même de garde à cette heure-là. C'tait un bon gars, sans souci particulier, j'vois pas pourquoi il aurait agi de la sorte !

– Tu parles comme s'il était déjà mort, Colinot ! Non, non, c'est un accident, terrible, mais un accident, intervint Amédée. On se suicide pas en s'tirant un coup de fusil en biais pour se bousiller seulement un bout du ventre et d'l'épaule ! L'idée tient pas debout !

– Un peu de calme et de silence, s'il vous plaît ! » dit Hautefeuille pour faire cesser les langues dans leurs discours et leurs hypothèses. Les deux chiens sont rentrés. Sans bruit, chacun d'eux reprend sa position près du lit de Gillet, en bons gardiens du moment présent, en fidèles veilleurs d'un futur incertain.

Dans son impatience de voir arriver Haudias, dans sa désespérance de laisser ainsi le jeune blessé dans les mains d'un temps qu'il sait compté, dans son impuissance face à l'infortune et au drame, Hautefeuille bouillonne mais se contient en cherchant, lui aussi, quelle pourrait être la cause, la seule et la vraie. Soit la thèse de l'accident est la bonne, soit Gillet a tiré sur quelque chose ou quelqu'un ; soit le coup de feu était un signal d'alarme adressé à tous ; soit… soit tout autre chose que personne ne connaîtra jamais. Et cet espèce de mécréant de maudit médecin-apothicaire-rebouteux qui, soit-disant, fait des miracles mais qui n'arrive toujours pas !

Des bruits de sabots et de fers résonnent enfin dans la cour. Calixte Haudias, le médecin dont le prénom est en totale contradiction avec son physique[72], saute de son cheval et presse le pas. On guide le petit bonhomme bedonnant vers le lit de douleur. Haudias soulève les linges et inspecte rapidement les blessures : « Pas beau, pas beau du tout ! Bien. Louis, et vous, mesdames, restez auprès de moi. Si tous mes autres bons amis ici présents pouvaient sortir, ce serait meilleure affaire pour mes occupations… »

Après une demi-heure de désinfections, de coutures et de pansements multiples, le petit médecin range hâtivement ses articles dans sa trousse, demande à se laver les mains, revient saisir son chapeau oublié au pied du lit et donne ses dernières consignes : « Il serait de bon augure de l'emmener au plus tôt à l'Hôtel-Dieu de Corbeil. Votre petit gars est aux dernières forces, je me demande même comment il n'a pas laissé sa peau sur l'heure dans cet accident. J'ai fait au mieux pour l'instant, mais la blessure abdominale nécessite une intervention plus aboutie et définitive que la mienne assez provisoire. Son extrême faiblesse et des saignements d'importance toujours à redouter imposent qu'on l'emporte avant l'aube afin d'être accueilli et soigné rapidement par les premiers chirurgiens de jour. Ce n'est qu'un conseil. Mesdames, monsieur, je vous souhaite la fin de nuit meilleure…

– Docteur, vos honoraires…, demande Hautefeuille.

– Je repasse par chez vous dans quelques jours, ne vous inquiétez pas. Allez vous reposer !

– Docteur, au risque de prendre encore quelques minutes de votre temps, je m'inquiète de la cause de cet accident. Vous qui venez de tout inspecter en détail, comment ce coup de fusil, aussi curieux et malencontreux soit-il, a-t-il pu ainsi cisailler Gillet à un endroit et lui déchiqueter les chairs à un autre ?

– Mon cher Louis, gardez ça pour vous : fusil, poudre, balle ou autre n'ont pas leur place dans cette histoire. Un coup de feu marque ou blesse de façon linéaire, ce qui n'est nullement le cas ici ! Une balle perfore, trace, brûle ou traverse ; elle ne crée pas de charpie à un endroit et, dans le même temps, une plaie ouverte comme pourrait le faire avec netteté un large et puissant coup de

---

[72] Le prénom est issu de la racine grecque kallistos signifiant « le plus beau »

couteau sur une seconde partie du corps ! De plus, je n'ai retrouvé sur votre garçon aucun impact de plomb, qu'il fût balle ou petits bouts de grenaille ! Pas plus qu'une trace de brûlure ou un quelconque noircissement dû à une poudre en feu reçue à bout portant ! Les vêtements que vous avez découpés abondent aussi en ce sens, j'y ai jeté un œil par curiosité. Vous voulez vraiment mon avis ? L'homme a été attaqué ! Par quoi ou par qui, un homme, une bête, je ne me prononce pas avec certitude. Mais pour aller au bout de l'hypothèse la plus vraisemblable, Louis, vu ce que je viens de constater et de soigner, je suis persuadé que la terrible estafilade sur le torse et l'abdomen provient d'une violente attaque des griffes d'une bête féroce, voire de plusieurs simultanément ; et que la blessure au cou et à l'épaule est due à une incroyable morsure qui a tout déchiré sur son passage ! Le coup de feu entendu ne fut probablement qu'un ultime et précipité geste de défense ou d'alarme. Et rien d'autre. Bonsoir, Louis. Ne ruminez pas trop mes propos, mais dès l'aurore, essayez d'examiner l'affaire de plus près. Et tenez-moi informé quand je repasserai ! »

Hautefeuille dort peu. Bien avant le lever du soleil, il fait sortir sa meilleure carriole, la mieux suspendue, et y fait atteler son cheval préféré. On porte et installe Gillet sur sa couche. Le patron lui-même aux rênes et Amédée sur le siège à ses côtés, l'attelage s'ébranle sans attendre, direction Corbeil et son hôpital.

Une heure plus tard, après avoir remis Gillet entre de bonnes mains, le maître décide de mettre à exécution l'idée qui lui a traversé l'esprit durant le voyage.

« Je fais un petit détour, Amédée. Je vais à la préfecture du district. J'espère que ces messieurs accepteront ma proposition..., qu'au moins quelqu'un prendra le temps de m'écouter ! Tu m'attendras et tu garderas la voiture pendant ce temps-là. En espérant ne pas être retenu trop longtemps... ! »

Depuis la fin de la Révolution, et malgré les ardeurs déployées par une administration encore jeune et dynamique, pleine de promesses et d'espoir, Hautefeuille se heurte à quelques difficultés de communication : entre le monde agricole et celui censé représenter l'État dans ce qu'il a de plus noble, les impératifs, les buts poursuivis et les temps nécessaires à leur réalisation ne sont pas véritablement en phase ! Après de multiples insistances, un délégué du bureau du préfet accepte une courte entrevue.

« Monsieur, commence le fermier, je me suis permis cette visite inhabituelle pour faire part à monsieur le préfet d'événements graves survenus dans notre village, et plus particulièrement dans la ferme de Bersonville que vous connaissez peut-être, ferme que je dirige depuis des années. » Et Hautefeuille de poursuivre une narration la plus concise possible, en appuyant l'idée selon laquelle des hordes de loups seraient aux limites du Hurepoix, voire déjà installées à l'intérieur, provoquant ou risquant de provoquer de terribles attaques sur le bétail et, qui sait, sur les hommes ! Gillet en est très probablement un des tristes exemples.

« Il me semble donc impératif, monsieur, que les populations du monde rural du district soient prévenues afin que toutes les précautions soient prises à ce sujet. C'est le seul objet de mon discours. Avez-vous eu récemment vent de ce type de calamité dans la région ? »

Le fonctionnaire ne donne qu'un non de la tête, sans ajouter une phrase ou un seul mot en réponse. Le sous-délégué du délégué de la sous-préfecture, commis-délégué du cabinet de la préfecture, lui-même délégué par intérim du délégué principal aux affaires du canton, bref, le sous-commis administratif délégué aux grattages de papier et aux archives du troisième sous-sol, met un terme à l'entretien et, d'une poignée de main molle et fugace, congédie Hautefeuille plus qu'il ne le salue courtoisement.

« Alors ? demande Amédée au patron qui vient de grimper dans la carriole et de reprendre son siège.

– Alors rien. Je viens de tenter d'alerter les autorités à propos de ces possibles histoires de loups dans nos régions. Autant ces loups invisibles ne me disent rien qui vaille, autant les bons toutous de la préfecture, dans un autre registre, non plus ! Le sous-fifre avec lequel je viens de m'entretenir a les dents bien moins longues que celles des loups ! L'édenté administratif ne bougera pas le petit doigt auprès de sa hiérarchie, tu verras ce que je te dis, Amédée ! Tout cela ne présage rien de bon, crois-moi ! Un coup pour rien, sûrement… mais j'aurais au moins essayé ! »

Hautefeuille fait claquer le fouet et tire la bride. Fin d'une demi-journée bien remplie et demi-tour vers le bercail. Il tombe une petite pluie fine, glacée et pénétrante. Les deux hommes s'engoncent au mieux dans leurs vêtements, les naseaux du cheval fument. Bien au chaud, le petit sous-délégué retourne à son petit bureau réchauffer ses petites mains au-dessus du petit poêle en attendant sonner midi.

L'après-midi, le fermier se rend une fois de plus sur le lieu du drame. Le sol de terre et de graviers, sans trace ou empreinte particulière, reste vide d'informations comme Hautefeuille reste vide d'explications. Une visite et une inspection attentive auprès de tous les bâtiments de ferme n'aboutissent à rien de mieux. Les alentours de la bergerie elle-même ne semblent recéler aucun indice supplémentaire. Pourtant, si bête ou loup il y eût, quel accès a pu être emprunté ? Un homme peut escalader ; mais une bête ordinaire ? À moins d'un singe ou d'un oiseau, l'impossibilité est de fait. L'enquête reste au stade de gigantesque point d'interrogation.

Du résultat de sa visite à la préfecture, Hautefeuille avait émis de fortes réticences sur la suite que pourrait donner ou non l'administration. Pour une fois, il s'est lourdement trompé : le petit bonhomme peu loquace, préposé subalterne sous-délégué, avait bien fait son travail ! Le préfet convaincu, lui aussi inquiet de l'éventualité d'un sombre futur planant sur les citoyens dont il avait charge, avait promptement rédigé une circulaire à l'attention de tous les maires du district. Trois jours après la visite de Hautefeuille, toutes les mairies recevaient l'information officielle assortie d'une liste de précautions nécessaires à mettre en œuvre dès réception. Par un bouche à oreille des plus efficaces, les informations officieuses de l'accident de Bersonville avaient déjà traversé toutes les bourgades alentour, agrémentées de détails plus rocambolesques les uns que les autres au fil des transmissions orales.

La tracasserie ne quitte pas le fermier d'un pouce. Il décide, quoi qu'il lui en coûte, de faire renforcer d'urgence toutes les portes et les fenêtres, les moindres vasistas, et même le seul œil-de-boeuf haut perché du domaine. Deux jours complets et cinq ouvriers sont nécessaires à la plantation de poteaux et à la fixation d'un fort enclos grillagé supplémentaire autour de la bergerie. Des lanternes font leur apparition dans les coins les plus sombres de la ferme, avec obligation de les allumer dès la tombée de la nuit. Décision est prise également de doubler la garde de nuit et d'entretenir un feu plein centre de la cour.

Deux jours et deux nuits s'écoulent sans incident. La soirée suivante, à peine la nuit tombée, Giboury tend l'oreille : un hurlement de loup se fait entendre au loin, très loin, aussitôt suivi d'un second plus persistant. La sérénade qui vient de la plaine et contre le vent dure peu. Mais elle a duré suffisamment pour que l'homme prévienne à la seconde le maître des lieux.

« D'après toi, ça venait d'où ?

– De la Pillas, comme l'aut'jour, répond Giboury, ou peut-être plus loin au sud-ouest en direction de Marolles. Avec ce vent contraire et ces bourrasques tournantes, on ne peut trop situer précisément. Mais sûr que ça, c'était du loup, mes deux mains à couper ! »

Tous deux restent plantés un long moment dans l'attente de nouveaux cris. Sur l'avis de Hautefeuille, les deux hommes sortent par l'arrière et se positionnent plein champ, silencieux, oreilles tendues. Plus d'un quart d'heure à prendre des paquets de vent, un gros quart d'heure à ne récolter rien d'autre…

Pourtant, en pleine nuit, les deux gardes de faction près de leur feu se lèvent d'un bond : il y a du remue-ménage dans la bergerie ! Le premier couinement d'un agneau, suivi des premiers bêlements d'un groupe de moutons, le concert terriblement anormal s'étend d'un seul coup à l'ensemble des bêtes. Giboury et Ledrin ne savent pas à quel saint se vouer, échangent un regard et hésitent à s'avancer. Le cri des bêtes redouble d'intensité.

« Allume une torche, dit à voix basse Giboury, laisse la lanterne. Moi, j'prends le fusil. On y va, suis-moi ! » Ledrin, échaudé il y a quelques jours par sa vision des loups, suit son compère avec une réticence non dissimulée. S'il avait pu marcher à reculons, il l'aurait fait ! Au même moment, réveillé par les bêtes, Amédée ouvre sa porte. « Prends ton fusil, Amédée, vite ! »

En première ligne, les trois hommes, fusils chiens armés, contournent lentement le pignon de la bergerie, sans le moindre bruit, et s'engagent à longer la forte clôture toute récente. À l'intérieur, les moutons n'ont pas baissé d'un ton leur bruyante cacophonie bêlante. Pour les hommes, c'est véritablement à en devenir assommé… et effrayé, puisque la cause de ce tumulte reste désespérément invisible…

Sous les rafales du vent qui redouble, la flamme de la torche passe souvent à l'horizontale, avec le risque à chaque instant qu'elle s'éteigne en laissant d'un coup les trois gardes prisonniers du noir le plus profond. La lente progression continue, interminable et stressante.

« Là-bas ! Devant ! » hurle Ledrin, haussant sa torche à bout de bras et indiquant le « droit-devant » de l'autre bras tendu. Sur le qui-vive, Amédée et Giboury ont vu et épaulé dans le même temps, les tirs sont simultanés. Amédée recharge son arme vivement ; Giboury baisse le canon mais reste pétrifié, le regard perdu dans les ténèbres du lointain.

« Vous avez-vu comme moi ? Hein ? Dites-moi que vous avez vu comme moi !

– J'crains qu'on ait bin vu comme toi…, répond Amédée dans un souffle inhabituel. Vous avez vu ça ? Mon Dieu, mon Dieu ! J'en ai encore des tremblements d'partout !

– Par contre, d'apparence, on l'a bel et bien loupé, l'animal ! Ou s'il a été touché, le plomb ne lui a pas fait grand effet !

– C'est l'diable en personne ! On s'est fichu un peu du vieux Martin, l'aut'jour, mais il avait p'têt'pas tort !

– Avec la lueur de la torche près de mes yeux, continue Ledrin, j'ai vu qu'une silhouette sombre qui bougeait et qu'a détalé en même temps qu'vos coups de feu.

– Une silhouette de masse, oui, poursuit Amédée. Mais pour un loup commun, un bestiau disproportionné d'la sorte, ça n'existe que dans les contes de fées… ou dans les pires cauchemars. Cette bestiole m'a paru aussi haute et aussi longue qu'un veau, aussi agile et rapide qu'un léopard ! À moins qu'ma cervelle m'ait joué un tour ! T'as rechargé, Ledrin ? Recharge-don', va savoir c'qui peut encore nous tomber su'l'paletot par une nuit pareille !

– T'as d'jà vu des léopards, toi ? Et où ça ? Sur la plaine d'Avrainville ou dans les bois des collines e'd'Boinveau, pour sûr, padié ! ironise Ledrin tout en rechargeant son arme.

– Ferme-la, Ledrin ! Si ça t'amuse, moi pas. Pasque l'machin sur e'l'quel on a tiré, y donne pas l'air non plus d'déborder d'humour ! Restons plutôt sur nos gardes ! »

Tout est redevenu silencieux à l'intérieur de la bergerie. Amédée en décadenasse la porte et l'entrouvre pour y passer la tête et s'assurer du retour définitif à la normale. Arrive le patron à grandes enjambées, réveillé une fois de plus en pleine nuit par les détonations. Près du feu qui se meurt, Amédée lui fait aussitôt des événements vécus un récit détaillé. Trop détaillé, d'ailleurs : Hautefeuille ne retrouve son lit que pour y ressasser en boucle les faits, sans pouvoir retrouver le moindre semblant de sommeil…

Sur le coup de dix heures du matin, Hautefeuille, l'allure franche et décidée, hèle tous les ouvriers qu'il rencontre.

« Armez-vous d'importance, on repart au loup ! Il a bien su nous trouver jusqu'à franchir les enceintes de nos murs, on devrait bien pouvoir lui rendre la pareille sans trop de difficultés ! Cette nuit, la bête a laissé quantité de traces dans sa fuite. Pour une fois, il faut bénir le temps pourri de la veille qui a gorgé d'eau une bonne partie du dessus de nos terres. On suit la route tracée et on l'expédie *ad patres* ! On y mettra le temps qu'il faudra ! Du simple et du définitif qui va mettre terme à mes insomnies et à nos tracasseries !…. et à cette bête de Satan venue du fond des Enfers ! Si ma foi ça existe…

– Ou de p'têt pas d'si loin, renchérit Amédée. Si ça s'trouve, elle vient d'Saint-Vrain, d'Ballancourt ou du bois des Roches e'd'Bouray, allez don'savoir ! À moins qu'c'te nuit, on ait tiré sur une vache ou une gazelle !

– Ou sur un léopard, tiens, toi qui t'y connais en léopard, soit-disant, mais qu'en a jamais vu la queue d'un ! » conclut Colinot.

Personne n'ose pousser la conversation plus loin ; les âneries d'Amédée, dans de pareils cas, ne sont pas forcément les bienvenues. Surtout quand le patron est sur place, tenaillé par des choses capitales et hermétiquement clos à ces gaudrioles verbales inopportunes !

« Les meilleures traces commencent ici, dit Hautefeuille en pointant de l'index l'angle de la clôture des moutons. Je ne voudrais pas vous influencer en portant votre appréhension au degré supérieur, mais visez-moi cette empreinte ! Elle n'a pas l'envergure de celle d'un sabot de poulain, mais c'est tout comme ! Cette bête doit être énorme… donc redoutable. Inscrivez bien ça dans vos cervelles pour être constamment vigilants et vifs plus de de coutume ! Pierre, tu tiendras les deux chiens le temps de la route en gardant ton fusil bretelle à l'épaule. Sur le chemin, redoublez d'attention, auprès comme au loin. Surtout, n'armez pas votre fusil en cours de marche, c'est trop dangereux sur de longues distances. On part en ligne serrée pour éviter toute surprise. Compris ? Allez ! »

Dans un premier temps, les traces de la bête sont aisément repérables. Hautefeuille constate à plusieurs reprises que l'écart entre deux empreintes d'une même patte frôle l'impensable. Même si la bête courait dans sa fuite à grande vitesse, il n'avait jamais pensé un jour devoir poursuivre un gibier aux dimensions si spectaculaires… Selon la nature du terrain, il arrive que la troupe de sept hommes perde provisoirement tout repère. Mais aussi nombreux sur une ligne de fuite aussi étroite permet de reprendre la piste sans trop de difficulté. Les chasseurs contournent la première garenne de Bersonville, traversent le chemin de la Croix Louis, puis bifurquent à hauteur du fossé de la Remise à Mademoiselle, direction les bois de la Pillas. Sacré nom ! jure intérieurement Hautefeuille, nous voilà revenus encore ici !

« Méfiance ! dit-il de va plus belle voix de baryton, on stoppe à cinquante mètres du premier bois si les traces y mènent toujours. Après, on lâche les chiens ! » Quelques enjambées plus tard, tous se rendent à l'évidence : la piste ne fait que suivre la lisière du bois, du premier comme du second, du second comme du troisième, sans jamais y entrer. Alors on suit, encore et toujours. La piste conduit derrière le bois Lafranc, tourne soudain à angle droit vers les terres de Fresnes sur deux cents mètres et semble reprendre en point de mire l'angle nord du bois des Saules où elle se termine enfin. Mais hélas, les dernières traces sont plus confuses et peu marquées. Concertation collective sur place, indécision générale.

« Dispersez-vous et rayonnez à partir d'ici. On va bien retrouver un indice ! » propose le patron en montrant lui-même l'exemple. Effectivement, Martin aidé des deux chiens retrouve aussitôt, à une trentaine de mètres de là, le chemin emprunté par la bête fuyarde. Le moins que l'on puisse en déduire, c'est que la bestiole n'apprécie guère la ligne droite : la troupe remonte vers le parc et le château de Beaulieu, coupe le chemin de Brétigny, vire à nouveau vers l'est et perd une fois de plus toute trace. Cette fois-ci, les recherches demeurent vaines…

« Pierre ! Pierre ! Lâche Gibbs, laisse-le chercher ! Il n'y a plus que ça à faire… et à espérer ! »

L'épagneul gris bondit, court en tous sens, s'arrête, repart de plus belle, partout et n'importe où. D'apparence. Il s'arrête, repart en marchant, stoppe à nouveau, sent et inspecte, puis tourne la tête vers le groupe de chasseurs et attend, haletant, langue à effleurer les vieux chaumes.

« On suit ! Face au chien ! » dit Hautefeuille qui connaît son animal comme personne.

Des traces dans les chaumes, il faut être chien pour se sortir d'un pareil labyrinthe d'odeurs sans aucune trace visible au sol. On voit le chien statique, tête en arrière en attendant l'arrivée de son maître. Une caresse de récompense et le chien repart comme un fou aussitôt. Les traces bien pratiques ont disparu, il faut désormais ne se fier qu'à Gibbs, à ses pistes relevées, à la capacité de son odorat de suivre une émanation avec constance ; tout le reste à venir ne dépend plus que de lui ! « On suit ! » réitère Hautefeuille. Le second épagneul, Tchap le blanc-roux, jaloux et excité, tire à tout rompre sur la laisse de Martin qui n'en peut plus : depuis plus d'une heure, ses bras sont mis sous tension par un chien bien en chair et sa tête mise à l'épreuve par l'idée d'un loup fantomatique de la pire espèce, dangereux et introuvable !

Pendant que Gibbs repart plus tranquillement truffe contre terre, Martin qui ferme la marche s'écrie : « Monsieur ! R'gardez à droite, au-d'là du fossé ! » On oublie le chien dans sa quête, les regards se portent vers l'endroit indiqué. Hautefeuille et Amédée sautent le grand fossé et découvrent avec stupeur une grande surface de terre rase, entièrement lissée et tassée par d'innombrables piétinements de pattes.

« Aucun doute, Amédée, c'est du loup tout ça ! Aucun rassemblement de chiens ou de renards n'aurait assez de têtes ni de pattes pour réaliser telle esplanade en plaine et, grands dieux, pour venir y faire quoi ! Martin, amène le chien ! En demi-cercle, vous autres, au galop ! Armez les fusils et attendez mes instructions ! » À leur tour, Martin et Tchap enjambent le fossé, l'épagneul d'un bond, le bonhomme très maladroitement avec sa laisse, son fusil en bandoulière et sa musette brinquebalante.

« Laisse-le renifler un peu et lance-le ensuite vers le bois, là-devant ! » Le blanc-roux, chasseur plus trapu et moins svelte que Gibbs, entame une danse improvisée, flairant tout sans rien omettre, véritable ratissage en règle de la zone. Puis Martin ramasse un caillou, le lance de toutes ses forces en direction du bois de la Grande Voie en criant à l'adresse du chien une série de « Chap ! Tchap ! Allez, Chap ! »

Le chien détale aussi vite que le caillou est parti et poursuit sa course folle en se jetant comme un boulet de canon dans les pénombres du bois.

« Une erreur. Grossière erreur de ma part… » rumine Hautefeuille qui prend conscience un peu tard de l'éventualité d'une multitude de loups silencieux tapis au cœur des taillis et de la futaie. Une multitude face à une poignée de bonshommes et à seulement deux chiens… dont un est resté on ne sait où… Dans l'empressement d'en découdre une bonne fois pour toutes, l'erreur de tactique pourrait coûter cher. Mais trop tard, il faut à présent attendre… et faire face si nécessaire. « En position de tir ! Ne faites feu que si j'en donne l'ordre ! » Les hommes épaulent, face au bois, prêts à voir surgir tout et rien. Une bonne montée d'adrénaline inutile qui retombe dans la seconde : sans avoir donné signe de vie par un seul aboiement, Chap revient en trottinant vers son maître. Soulagement de Hautefeuille, pas fâché que l'opération se termine ainsi, même aussi piteusement. Comme pour l'épisode précédemment vécu aux bois de la Pillas, le lieu ne fut en toute vraisemblance qu'un ancien point de rassemblement de meute, au singulier ou au pluriel, et rien de plus. Plus impressionnant en imagination au sein d'esprits surchauffés que dans la réalité. Et le bon Gibbs de revenir poser son arrière-train dans les chaumes sans que personne ne s'aperçût de son retour discret « à pas de loup »... Plus de piste, gibier volatilisé, sentiment d'imprudence et d'aléatoire dans la démarche engagée, risques encourus mal calculés : Hautefeuille prend la décision de mettre un terme à la poursuite infructueuse. Un peu de recul et moins de précipitation lui donneraient tout loisir de mettre sur pieds plus sereinement une bien meilleure stratégie.

Quand arrivent les derniers jours d'un octobre de plus en plus froid et triste, le fermier met un terme à ses cogitations. Durant des jours, il a passé en revue toutes les hypothèses, des plus courantes aux plus improbables. La première chose à faire, a-t-il conclu, est de s'enquérir de la présence ou non des loups sur le territoire des communes voisines ; la seconde, de voir sa traque au loup épaulée par un nombre bien plus conséquent de chasseurs. Lui et les siens passent donc ainsi plusieurs jours de déambulations dans tout le pays afin de recueillir le maximum d'informations. Le fermier lui-même ne compte pas son temps pour aller frapper aux portes des responsables municipaux, des responsables de chasse, des gardes-champêtres locaux et des cultivateurs, tous susceptibles de lui porter une oreille attentive et de lui fournir en retour des renseignements fiables de premier ordre. Toutes les compagnies de chasse du coin, sans exception, se sont engagées à lui prêter main forte le moment venu. Le maire de Leudeville lui-même a promis la participation de la gendarmerie si nécessaire, que demander de mieux !

De toutes les informations recueillies, force est de constater qu'aucun village alentour, tous territoires inclus, n'a aperçu de loup depuis des lustres, qu'aucun méfait de l'animal n'a été relevé nulle part, qu'aucune trace n'a été vue, que le moindre hurlement n'a été perçu ; en résumé, que le loup brille par son absence... Certain que lui et les siens n'ont pas rêvé tout éveillés ; que les traces sont bien réelles à plusieurs endroits sur des terres proches ; que les hurlements parfois entendus et les larges empreintes sur les terres de Bersonville ne sont pas le fruit de son imagination ; que ses hommes de garde ont bien aperçu et même tiré une bête d'importance ; et que le pauvre Gillet a été la cible d'une attaque mortelle attestée en aparté par le docteur Haudias, Hautefeuille est maintenant persuadé que le présence du loup se concentre en majorité sur la commune, depuis des jours et des jours. Fort de ses conclusions, le fermier s'en retourne frapper à la porte du maire.

Dimanche 27 octobre, au matin. Leudeville connaît ce jour-là la plus grande concentration de chasseurs jamais organisée ! À circonstance exceptionnelle, participation exceptionnelle : deux-cent-cinquante chasseurs accompagnés d'une centaine de chiens, tous venus des communes environnantes, réquisitionnés, fortement incités ou venus de leur propre chef ; une dizaine de gendarmes des postes alentour, comme l'avait promis le maire ; vingt chasseurs leudevillois, et enfin Hautefeuille lui-même et ses plus fidèles collaborateurs, totalement ébahis sur place par l'imposant dispositif mis en branle ! Le maire, flanqué d'un capitaine de la gendarmerie, tente un bref discours plus qu'il ne le tient encore :

« Messieurs, un peu de silence, s'il vous plaît ! »

Le maire lève et agite les bras, réitère sa demande avant de pouvoir se lancer. Entre les bavardages qui cessent difficilement et les chiens fébriles haletants, le silence se fait attendre.

« Messieurs, messieurs ! Avec l'officier ici présent et en collaboration avec le maître de ferme de Bersonville, Louis Hautefeuille également parmi nous, nous avons décidé, pour cette chasse peu ordinaire, de procéder de la manière suivante. Silence, silence ! Merci.

Nous chasserons en battue. Chacun de vous devra d'abord gagner les limites du territoire de la commune, sur tout son périmètre, afin d'encercler et de rabattre les nuisibles du jour vers le centre du village. Vu le périmètre à couvrir et le nombre de chasseurs ici présents, vous devrez vous positionner espacés les uns des autres de quarante ou cinquante mètres environ. Étant donné que la surface communale n'est ni ronde ni carrée, certains d'entre vous devront ralentir ou accélérer leur marche de progression, afin de conserver toujours au maximum la formation et l'esprit d'encerclement. Un moyen aussi de ne pas se tirer dessus les uns les autres si d'aucuns traînassent et que d'autres arpentent trop vigoureusement vers l'avant ! D'autre part, tous les chiens, sans exception, devront être tenus à la laisse, notamment dans un premier temps. Ils ne seront lâchés sur votre propre initiative uniquement quand le gibier pourra être vu et clairement identifié ou quand vous estimerez que la présence d'un bois, d'une haie ou de fourrés nécessite l'envoi momentané des chiens pour une fouille approfondie. J'insiste là-dessus.

Vous aurez amplement le temps d'aller vous positionner aux différentes limites, le capitaine Grosjean ici présent formera tout à l'heure les groupes, indiquera les chemins d'accès et chaque lieu-dit à rejoindre. Pour faciliter les choses, un leudevillois connaissant bien les lieux sera incorporé au sein de chaque groupe. Le début de la battue est prévu pour neuf heures : soit vous vous fiez aux oignons de vos goussets, soit vous patientez dans la plaine jusqu'à ce que vous entendiez l'horloge du clocher tinter ses neuf coups.

Pour terminer, gardez bien en mémoire qu'on n'est ici ni en villégiature, ni au lièvre ou au perdreau ! Que le gibier visé peut être plus destructeur et plus prompt que votre coup de fusil, qu'il est aussi à même d'utiliser des ruses que vous n'auriez vous-mêmes jamais soupçonnées, surtout s'il se sent traqué et acculé ! Enfin, qu'on se rassure : rabattre du loup vers le village ne comporte aujourd'hui aucun risque. Tous les citoyens ont été prévenus depuis plusieurs jours. Tout le bétail, toutes les basses-cours, tous les animaux ont été rentrés et mis à l'abri. La population elle-même a été priée de rester calfeutrée dans les maisons au-delà de midi. Rendez-vous donc au cœur du village dans quelques heures, en espérant que tout soit enfin solutionné. Bon courage, soyez prudents, et recevez dès à présent les remerciements de nos villageois ! Que saint Leu et saint Martin vous protègent ! »

Et ce qui fut dit fut suivi à la lettre et exécuté sans ombre au tableau. La seule ombre restante était le loup ; lui n'était pas encore exécuté… et le tableau de chasse, pour l'heure, restait vierge…

Les neuf heures tapantes de la cloche parviennent dans la plaine. Dans la froidure, l'armée répartie et disséminée aux quatre points cardinaux entame sa descente vers le village.

Les premières minutes passées à ratisser la plaine ne donnent rien, pas plus que la première heure. Sur l'ensemble des terres de Bersonville, certains chasseurs notent ce que Hautefeuille avait déjà précédemment constaté, espaces d'empreintes groupées et traces solitaires, mais c'est tout. Les chiens lancés dans chaque bois rencontré ne lèvent que le gibier commun, lapins ou faisans. De tout le périmètre, hommes et chiens convergent consciencieusement vers le village comme il fut prévu, mais aucun loup en ligne de mire, aucun signe ou présence sonore remarquable des animaux redoutés. Petit à petit et où qu'ils se trouvent, bien des participants à la battue commencent à douter de l'intérêt de cette chasse qui prend des airs de gigantesque farce née d'un canular et manifestée sous forme d'un bel attrape-nigaud…

La onzième heure n'a pas encore sonné que, par suite logique des choses, les chasseurs en viennent à se rejoindre à quelques pas des premières habitations. Le village ainsi encerclé, que faire de mieux sinon remettre le fusil à l'épaule en signe de fin de battue ? Il faut se rendre à l'évidence : chaque pouce de terrain, chaque fossé, chaque bosquet a été passé au peigne fin ; le loup le moins téméraire s'y serait fait immanquablement débusquer…

Dans la ligne de chasseurs arrêtée derrière la Croix Boissée et la Grande Voie, Hautefeuille est désemparé, dépité, interdit. Déployer un tel dispositif pour n'aboutir à rien ! Lui qui avait remué ciel et terre pour résoudre cette affaire de loups, qui semblait avoir enfin toutes les cartes en main pour réussir… Il devait maintenant, et seul, accepter en retour le jugement de la société, avec ce qu'il pourrait comporter d'opprobre à endosser. À n'en pas douter, il serait bientôt la risée de toute une région, son honneur et son crédit fondraient comme neige au soleil, il serait montré du doigt, considéré par tous comme un affabulateur ou un fou jusqu'à la fin des temps. Démoralisé, il relève la tête face à un soleil plus pâle sous la brume qu'une lune d'hiver enveloppée de nuages. Son regard se perd au lointain au-delà de l'horizon.

Un aboiement, à cent mètres : un chien s'est détaché pour galoper à un train d'enfer jusqu'au mur d'enceinte du Parc, propriété du châtelain. Le chien aboie de plus belle avec force, saute sur le mur, tente d'y agripper une prise, retombe puis regroupe ses muscles et recommence ses bonds successifs, inlassablement. D'une voix de stentor, son maître mécontent a beau le rappeler à maintes reprises, rien n'y fait. Hautefeuille, secoué dans son abattement et son rêve, comprend à la seconde la nouvelle situation. De la ligne de chasseurs, de la plaine vide, du loup invisible, de ce chien bondissant sur l'enceinte de meulière du Parc : le cerveau du fermier-chasseur, en une fraction de seconde, vient de réaliser la synthèse des éléments connus et inconnus. L'illumination !

Alors que les chasseurs commencent à se concerter, savoir ce qu'ils attendent encore ici à se tourner les pouces et perdre leur temps, savoir s'il est opportun ou non de rejoindre le village maintenant ou plus tard, d'échanger tel ou tel avis sur cette bizarre matinée, Hautefeuille coupe court à tout discours, gesticulant outre mesure pour obtenir l'attention nécessaire.

« Messieurs ! À qui appartient ce chien, là-bas ? demande le fermier au groupe qui se resserre.

– C'est mon berger, désolé, il a réussi à rompre sa laisse, j'ai tenté de le rappeler, mais il est têtu comme une bourrique, je vais…, répond un gars que personne ne connaît.

– Vous allez rien du tout ! coupe sèchement Hautefeuille. Laissez-le faire, il aura tôt fait de s'épuiser. Par contre, que tout le monde écoute bien et se passe le mot de bouche à oreilles jusqu'à faire le tour de tous les chasseurs, du maire et des gendarmes inclus ! Depuis des semaines, on n'a pas ménagé notre peine pour en finir avec les loups, et aujourd'hui, tous ensemble, encore moins. Tout a été exploré. Tout. Sauf le Parc ici, devant vous ! La propriété du châtelain est privée, ceinte de haut murs de pierres. Il n'est donc jamais venu à l'idée de quiconque d'aller y un faire un tour ! Messieurs, j'en mets ma main à couper : si loups il y a, ils sont là, dans le bois, derrière ces murs ! Le chien, lui, ne s'y est pas trompé ! Si tout le monde est d'accord, on s'approche du Parc jusqu'à vingt mètres du mur. Ensuite, si rien ne bouge, on escalade et on passe à l'intérieur ! Faites suivre l'information ! Vite ! Pierre, cours prévenir les gars postés tout au sud et à l'est, ils doivent être à l'entrée du pays et les autres autour de la Boissière et du Fossé Lissant ! Fonce, on s'occupe d'envoyer quelqu'un au nord-est vers la Croix Boissée et le Piège !

– Hautefeuille, sans vous obliger, on aurait peut-être pu demander autorisation aux châtelains, tout de même, non ? renâcle le leudevillois tatillon du groupe.

– Parce que tu crois, gros malin, que les loups ont demandé autorisation, eux ? Ils vont aussi sûrement te demander la permission de te sauter à la gorge, peut-être ! Pourquoi-pas une demande écrite à envoyer par la poste, pendant qu'on y est ! T'aurais pas non plus du papier timbré d'avance sur toi, par hasard ? Alors, on fait le boulot jusqu'au bout, châtelain content ou pas content ! Aujourd'hui, la sécurité prime sur la politesse et les courbettes d'usage ! Tu y vois un inconvénient ? Je prends la responsabilité de tout, ça te va ? »

Un peu tendu et guère aimable au-delà du raisonnable, Hautefeuille réfrène ses ardeurs bouillonnantes et reprend plus calmement : « Il faudrait lâcher deux ou trois autres chiens pour confirmer les hypothèses, le berger qui est là-bas est à bout de souffle ! »

Toujours à quelques cent mètres de l'enceinte de pierre, les chasseurs se revigorent mentalement de voir la situation tourner enfin à l'action. Deux d'entre eux détachent hâtivement leurs chiens et les laissent partir sans ordre préliminaire gestuel ou verbal. Le résultat ne se fait pas attendre : dans un concert de gueulements, ils prennent la même piste et rejoignent aussitôt leur congénère qui tourne en rond, nerveux mais sans voix, queue électrique, museau à s'arrêter flairer le mur à chaque rotation. Comme le premier l'avait fait, les suivants s'élancent sur le mur, reprennent de l'élan, sautent et bondissent sans discontinuer. Par un large geste de la main, Hautefeuille fait signe d'avancer vers l'enceinte. La ligne des chasseurs s'exécute sans broncher.

« J'ai besoin d'une quinzaine de volontaires, propose Hautefeuille à voix forte. Au programme des festivités : on escalade le mur, dans le même temps, tous ensemble. Vous autres nous prêterez main forte. Quand tout le monde sera stabilisé sur le haut du mur, on récupère nos armes et on saute en chœur dans le bois à mon signal ! Dès le rétablissement effectué, on arme en prévision de toute mauvaise surprise et on reste en ligne serrée. Ensuite, ceux restés en bas feront en sorte que ces deux chiens et le mien passent aussi le mur pour nous rejoindre au plus vite ! »

Les chasseurs ont escaladé et sauté. À peine fait-on subir aux chiens le même sort que les limiers posent leurs museaux au sol sur le tapis de feuilles mortes, improvisent un ballet d'entrelacs puis tracent comme des flèches à travers le bois, droit devant dans la même direction. « On suit ! On suit ! » rugit Hautefeuille tendu au plus haut point.

Bonne chose pour les chasseurs, la végétation du Parc est assez clairsemée, bien que de gros chênes et de nombreux fouillis de taillis fassent souvent obstacle à la vision. L'endroit montre encore çà et là l'emplacement d'allées rectilignes, perpendiculaires et diagonales, vestiges de saignées géométriques anciennes, apanage et reflet des parcs d'un temps et d'une esthétique révolus.

À cent mètres, on entend gueuler les chiens, sans discontinuer. La ligne de poursuivants marche à grands pas dans leur direction, souvent gênée dans sa progression par mille pièges de ronces, de racines, de trous, de traîtres flaques imprévisibles, de branches basses qui giflent ou égratignent sauvagement. Droit devant, ça gueule et aboie, ça crie et ça hurle de plus belle.

« Là-bas ! Là ! » hurle soudain un chasseur, bloqué bras tendu.

On distingue mal, on ne voit pas les chiens. Trois détonations partent en même temps, suivies de deux autres. Hautefeuille n'a pas tiré, gêné par la végétation. Entre les arbres, les chasseurs les mieux placés voient s'enfuir une ondulante masse noire imprécise d'une vivacité impressionnante. Les chasseurs accourent.

« Un sanglier ! hurle quelqu'un haletant et hoquetant dans sa course, un sanglier ! Attention, ça revient, ça revient ! » La masse véloce, ombre indéfinissable, crochète, zigzague entre les obstacles, poursuivie par un chien qu'on ne peut imaginer qu'en se fiant aux sons. Dans le plus stressant des qui-vive, les hommes ne bougent plus, bottes écartées calées dans l'humus, fusils épaulés, mires et canons indécis oscillants de droite et de gauche. Attente et tension interminables. On entend distinctement bouger, craquer, froisser à quelques mètres, mais sans rien percevoir visuellement. Soudain, un long cri pointu à vriller les tympans fait frémir l'ensemble des chasseurs, augmentant s'il en était besoin l'oppressante dose de tension qui prend des allures d'éternité. C'est Gibbs ! C'est la voix de Gibbs ! N'y tenant plus, Hautefeuille dont le sang ne fait qu'un tour lance à la compagnie un « on y va ! » rageur de guerrier à l'assaut.

Ras de terre, une ombre détale à nouveau. Quatre coups de feu claquent, sans qu'un laps de temps nécessaire ne permette une correcte prise en ligne de mire.

« Un loup ! C'est un loup ! s'époumone l'un des chasseurs, sûr de sûr ! Et de belle taille ! Je n'ai eu le temps que de voir son cul et sa queue en passant la travée, tout à droite, une fraction de seconde, mais c'est un loup ! Certain ! » Hautefeuille, assez mal placé pour juger avec certitude, a bien entr'aperçu un semblant de quelque chose, comme un sombre météore fugace filant entre les taillis. À deux pas, les chasseurs accourus trouvent deux chiens étalés, baignant dans leur sang. Masqué jusque-là par les troncs noirs d'un bouquet de charmes, l'épagneul de Hautefeuille, gît lui aussi, l'arrière-train arraché et le poitrail cisaillé par le travers d'une série de longs coups de poignard. Le chasseur qui le découvre n'en dit mot, préférant taire pour l'heure la macabre découverte. L'équipe atteint le mur d'enceinte est, celui qui longe les premières habitations du village. Courte interrogation générale : soit le loup a réussi un saut de plus de huit pieds pour s'enfuir au-dessus du mur par un bond gigantesque, soit il a dû longer cette barrière de pierres pour trouver une issue plus simple. Hautefeuille qui connaît bien les lieux estime que la seconde hypothèse est la plus plausible.

« Tous à moi ! Que ceux qui n'ont pas tiré me suivent ; que les autres rechargent leur fusil et nous retrouvent à la sortie de la cour de ferme, sur la place face à l'église et au château ! Lebret, envoie trois coups de corne dès maintenant pour alerter le voisinage et les autres chasseurs, et recommence à intervalles réguliers pour signaler notre présence à cet endroit ! » Et les hommes encore armés de suivre le chef de guerre courant vers le nord le long de l'enceinte pour parvenir, tout au bout, au seul accès possible sur l'extérieur : une petite porte de bois vieillotte rarement close que les ans ont rendue aisément franchissable. Toujours sur leurs gardes au plus haut point, les hommes s'y engouffrent à la queue-leu-leu, passent rapidement l'arrière de la maison-forte pour revenir vers l'avant du château et son esplanade. Le loup, s'il a pris la poudre d'escampette par la porte, a obligatoirement pris ce chemin et cette issue, pas d'autre option possible pour l'animal et les hommes de poursuite. Coup d'œil circulaire sur les arbres, les pelouses et les jardins : tout semble paisible et vide de loup… « Relance encore ta corne, Lebret, relance jusqu'à ce que l'air te manque s'il le faut ! Ameute ! Ameute ! » dit Hautefeuille grimaçant qui essaie lui-même de calmer sa respiration hachée.

De la pénombre des grands arbres, le son de la corne détache soudainement la silhouette du loup traqué, noir éclair que la troupe des chasseurs voit parfaitement pour la première fois ! À une allure d'enfer, l'animal coupe à découvert la zone de gazon, prend appui sur une bordure de grès et franchit d'un bond les petites douves du château[73] sous les yeux médusés des chasseurs trop éloignés pour pouvoir tenter quelque salve de plomb.

« Je rêve ! ânonne Lebret, la corne figée devant ses lèvres sans même penser à y souffler encore, je rêve… Grands dieux ! Il va falloir s'ragaillardir sérieusement pour continuer la chasse ! Jamais vu ça… Énorme, y'a pas d'aut'e mot !

– Sonne, Lebret, sonne ! C'est le moment ou jamais ! » ordonne Hautefeuille déjà parti à toutes jambes vers la grille du château et suivi de toute la bande armée.

Les chasseurs ne quittent pas des yeux le fuyard, ou du moins, certains d'entre eux tentent difficilement de le faire… Dans la demeure derrière eux, le châtelain entrouvre la porte du perron,

---

[73] Depuis cet épisode, qu'il fut réel, enjolivé au fil du temps qui passe ou totalement imaginaire, des leudevillois d'aujourd'hui nomment encore ces douves – de longue date asséchées – le saut-du-loup.

intrigué par cette invasion. À l'étage, des visages apparaissent, collés aux vitres des fenêtres.

« Il est parti tout droit, dans le champ du père Cocq ! annonce le maître-fermier qui ne l'a pas perdu du regard une seconde. Non, il se ravise ! Il vient de faire demi-tour et se relance dans l'allée à toutes jambes vers nous, soyez prêts à tout ! Restez derrière la grille, passez-y vos canons ! Corne, Lebret, corne ! »

À quarante mètres devant eux, la bête du diable fait un crochet à droite, coupe la Grande-Rue en diagonale au plus court, essuie une pluie de balles venue de la grille du château, mais accélère et disparaît, masqué par les murs de l'église…

« On coupe par l'arrière ! » hurle Hautefeuille. Et les chasseurs de quitter la grille du château pour se ruer comme un seul homme par le raccourci, étroit passage à la façade nord de l'église.

Les coups de corne répétés de Lebret et la tournée éreintante de Pierre, l'estafette de Hautefeuille dépêchée pour avertir un maximum de chasseurs, ont atteint leur objectif. Tous les chasseurs se sont repliés vers le centre du village, empruntant les chemins et les routes par lesquels ils étaient partis le matin.

Sur la Grande-Rue et passée l'église, le loup fuyard n'a plus de choix : à l'intersection, il voit sur sa gauche quarante chasseurs et autant de chiens qui envahissent la route de la Croix Boissée. Il continue sa course légèrement à droite sur la rue principale mais, trente mètres plus loin, le loup prend conscience que cette issue est aussi bloquée par un second groupe d'une cinquantaine hommes, les chasseurs regroupés au Carrefour Noblet, ceux de retour des terres de l'est et du sud-est. À l'arrière, Hautefeuille et son groupe s'acharnent pour ne pas le perdre de vue et pour lui coller au train.

Personne ne sait et ne saura jamais ce qui se trame et se décide dans la cervelle d'un loup. Se sentant traqué de tous côtés, il ralentit un peu : à l'endroit de la route qu'il vient d'atteindre, il lui reste deux voies de sortie, deux hypothétiques issues : une courte mais large ruelle à sa gauche et une longue mais très étroite ruelle à sa droite. Tout se passe avec une extrême rapidité. Le loup suit son instinct et s'engage dans le rouéton de droite, le plus exigu, le plus obscur des deux, avec, qui sait ?, l'espoir de se fondre rapidement dans le décor et de filer de plus belle sans qu'un seul œil ennemi ait pu observer son manège, sans que la nuée d'hommes armés et de chiens ne puisse s'y engouffrer avec aisance. Erreur, le rouéton ne mène nulle part ! Deux hauts pignons le bordent et tout l'arrière est muré ! L'énorme loup diabolique ne se veut pas vaincu et lance aussitôt une offensive par d'incroyables sauts pour tenter de vaincre et de passer l'obstacle coûte que coûte. Deux, quatre, dix fois il reprend de l'élan ou se ramasse à terre pour mieux se détendre d'un coup. Les griffes de la bête crissent comme des craies trop dures sur un vieux tableau noir, strient, scient, écornent, ébrèchent et raclent la brique sans qu'une seule patte ne puisse trouver le moindre appui favorable. Le grand loup, Prince des Ténèbres, est mû par une force hors du commun, assurément surnaturelle, jureraient certains. Mais après dix ou vingt essais supplémentaires, son poids et sa fatigue lui jouent un vilain tour ! Alors, au fond du rouéton, il abandonne la partie dans une grogne haineuse. Une volte-face nerveuse le renvoie au peu de lumière de la rue. Tendu, hérissé, tête et croupe surbaissées, prêt à déguerpir dans un nouveau départ en flèche, le diable se retrouve face à deux canons pointés sur lui et à une horde humaine plus féroce et plus déterminée encore que lui…

« Il va bondir ! Tirez, mais tirez donc ! » hurle Hautefeuille derrière les deux seuls chasseurs qui pouvaient engager leurs armes à l'entrée du rouéton. Prêt à l'affrontement, le loup s'écrase un peu plus sur lui-même, retrousse ses babines à s'en plisser outrancièrement tout le museau, ouvre une gueule démesurée, découvre ses crocs redoutables, lève la tête à s'en rompre le cou et lance un hurlement de terreur à vous clouer sur place.

Les deux détonations résonnent dans le rouéton. Les tireurs reculent vivement, aussitôt remplacés par deux autres qui prennent sans attendre la même position de tir. Le loup n'a pas bougé, seule sa tête s'est posée au ras du sol. Deux lames d'acier luisant aux pupilles dilatées, immobiles et glacées, toisent et dévorent les assaillants à l'entrée du piège. Les canons tonnent à nouveau : Hautefeuille et son collègue envoient un deuxième feu mortel. Dans un sursaut ultime, la bête infernale bondit. La troisième double salve la cueille dans son élan. Le loup se déstabilise, ses deux pattes gauches s'effondrent sous son poids.

« Tirez, vous autres ! Feu ! Feu ! » s'énerve Hautefeuille soutenu dans sa fièvre par l'ensemble de la troupe amassée, impatiente et déterminée.

À terre, le loup reçoit deux autres balles sans qu'aucune lueur ne s'éteigne dans ses yeux. Gueule ouverte, la bête se rassemble ; on voit sa peau qui ondule par endroits et quelques muscles s'agitent de spasmes. Dans son regard plus terrible que le silence passe un éclair orange et or. Comme au ralenti, il voit arriver à lui deux nouvelles billes de plomb qu'il sait ne pas pouvoir éviter…

« Amédée ! crie Hautefeuille, passe-moi vite deux bombes, vite ! » Ce que le fermier et maître-de-chasse nomme bombes sont de petits sacs de toile bourrés d'un mélange de salpêtre et de résine, inflammables instantanément à la manière d'une torche, qui dégagent une fumée âcre sous de multiples étincelles crépitantes inextinguibles. Leur but, faire visuellement et acoustiquement barrage aux nuisibles et les dissuader par la peur du feu. Hautefeuille enflamme les deux boules de tissu, jette un œil de méfiance sur le loup qui semble inerte et lance au milieu du rouéton. Deux chasseurs se repositionnent à l'entrée en pointant la bête. Les bombes de nitre crépitent, lancent de furieuses étincelles au milieu d'une fumée irritante. Mais le loup ne bouge plus. Sous lui, un filet de sang vermeil serpente doucement sur les interstices des pavés…

La fumée enfin dissipée, on voit le loup sur le flanc, gueule à demi-fermée, crocs encore visibles, yeux clos. Seul le dos de sa pelisse brun-noir bougeotte sous le petit courant d'air du rouéton.

La foule silencieuse se réveille enfin.

« Et on fait quoi maintenant ? interroge une voix.

– Qui va s'aventurer pour aller l'sortir de là ? relance une autre, il n'y a même pas de place pour deux, là-dedans !

– Il s'rait p'têt prudent d'y renvoyer un ou deux chiens ! propose le maire, pour s'assurer, qu'on soit pas une nouvelle fois victime d'une mauvaise ruse de c't'immonde de bon sang de démon de malfaisant d'bestiau ! »

La foule semble acquiescer ; Hautefeuille ne dit mot, pensant que l'idée n'est pas si sotte. L'envoi de deux chiens ne donne pourtant rien. Au fond de la ruelle, un bref aboiement et de multiples reniflages n'indiquent rien de mieux sur l'état du loup qui, selon toute vraisemblance, a bien rendu son dernier souffle et son âme avec. Si âme il y avait…

Dans le même temps, à l'Hôtel-Dieu de Corbeil, le jeune Gillet revient doucement à la conscience en ouvrant pour la première fois les yeux… Il est midi pile.

Le châtelain s'était mêlé à la foule toujours massée près de la ruelle. Contre toute attente, il couvre et coupe le bruit des nombreux bavardages :

« Passez-moi une dague, j'y vais !

– Ce n'est pas sérieux, monsieur ! intervient un Hautefeuille surpris qui le prend par le bras pour retenir l'estimé personnage dans son intention.

– C'est sérieux, Louis, pas d'enfantillage et pas de discussion. »

Un chasseur s'exécute à regret et tend sa longue dague au châtelain. Une chape de plomb retombe sur l'assemblée.

« N'y allez pas, on va trouver une meilleure solution ! » propose une dernière fois le maire fou d'inquiétude.

Le châtelain, c'est le châtelain. On peut ordinairement discuter et s'entretenir de tout et de rien avec lui, mais aujourd'hui n'est pas le bon jour pour les tergiversations. Comme tout le monde le respecte, l'estime et parfois le craint, on cède sans mot dire à l'impérieuse requête, en priant le ciel que son intervention ne génère un malheur de plus…

Dague à la main gauche, le châtelain entre dans le rouéton, sans imaginer que son fermier Hautefeuille, lumineux de prévoyance, puisse placer vivement deux chasseurs allongés derrière ses pas vers l'incertain.

« Il est gaucher, l'châtelain ? susurre un gars à l'oreille d'un autre.

– C'te question ! J'en sais fichtre rien, moi ! »

À un pas de la bête, le châtelain s'arrête. On le voit fouiller à l'intérieur de sa veste. D'un geste tranquille, il en sort un pistolet que sa main droite braque aussitôt sur le loup. *Blam* ! Le coup de feu part loger une balle plein front, coup de grâce entre les deux yeux. Un instant s'écoule sans que tireur, loup, chasseurs et chiens ne bougent d'un pouce. Alors le châtelain renfourne dague et pistolet, se courbe, empoigne fermement des deux mains la queue du loup et traîne en force le diable pesant hors du rouéton. Les deux chasseurs couchés ont déjà repris leur station debout et s'écartent pour laisser sortir le héros du jour. Et la tension de s'éteindre, le silence de se rompre, les vivats de fuser et les commentaires de reprendre allègrement sous un paquet de hourras, de félicitations empressées et d'applaudissements.

Deux chasseurs des plus curieux s'empressent d'examiner le loup de plus près. L'un deux déplie les pattes de l'extraordinaire animal. « Au moins sept pieds ! Il fait sept pieds si ce n'est plus ! Cré bon d'là, jamais vu pareille bestiole ! Et j'espère ne jamais en r'voir de telles de sitôt ! Et r'ga'de-moi ces griffes e'd'dinosaure, de vraies serpettes pour les moissons ! J'comprends qu'il ait pu faire du dégât ! Saloperie, va ! » Le chasseur conclut son court monologue par l'envoi d'un magistral coup de pied dans le cul du loup. Pour détendre les nerfs et l'atmosphère électrique, il n'y a rien de tel !

« J'ai pas pu voir ses yeux, à cette vacherie qu'a foutu la peur partout chez nous ! J'aimerais bien le regarder en face, tout crevé qu'il est ! surenchérit Amédée qui surgit de la foule en se frayant un passage vers le loup.

– Fais pas ça, malheureux ! Surtout pas ! avertit un bonhomme qu'on ne connaît pas, tu lui r'donnerais force et lumière, il pourrait ressusciter d'un coup ! Le Diable a plus d'un tour dans son sac ! Dans l'temps, l'vieux père Gendron de Marolles s'est essayé à ça ! Pour s'assurer qu'y soit bien occis, il avait soulevé une paupière de son chien enragé qu'y v'nait d'abattre, et le chien soudain rev'nu des Ténèbres par on ne sait quelle malice lui a sauté au visage, les yeux injectés d'sang, prêt à l'bouffer ! Le vieux n'en a pas dormi pendant des s'maines, pris de cauchemars sans fin et harcelé, qu'y disait, par des hordes de succubes et d'irréalités v'nues du fin fond d'la terre ! Y'a des choses qu'y faut laisser tranquille, des choses qu'on sait pas et qu'on comprend pas, des choses qui nous dépassent et qu'on doit laisser dormir en paix ! »

Plusieurs hommes furent nécessaires pour parvenir sans trop d'efforts à fourrer ce diable de loup dans un grand sac.

« On en fait quoi, maintenant ? demanda le chasseur en train de ficeler l'ouverture du sac.

– Y a qu'à y foutre le feu ! Qu'y parte en cendres et en fumée, et on n'en parlera plus ! » lance un gendarme qui participait à la battue, partisan de l'emploi des grands moyens.

Il avait été écouté. La majorité des villageois trouvait l'idée excellente, une façon aussi d'exorciser le sort et de mettre un point final à ces tracas par une action… flambante. Le feu purifie tout. Il purifierait en même temps toutes les pensées humaines obscurcies depuis des jours par la trop longue présence invisible et inquiétante du loup. Un feu de joie libératoire, en quelque sorte…

Dans l'après-midi, il faut peu de temps pour qu'un grand nombre de bras s'attelle à l'édification d'un bûcher sur la place du château, à deux pas de l'église. Hautefeuille et les siens voient s'empiler fagots et rondins, mais décident d'un commun accord de rentrer au domaine de Bersonville sans attendre la soirée et la suite des festivités. Ils prennent la route de la Croix, fatigués, avec devant eux un bon kilomètre et demi à parcourir par le chemin du Piège et l'ancienne allée des Marronniers. Hautefeuille rentre fourbu de sa journée, partagé entre la satisfaction et la peine : il a compris que son fidèle Gibbs ne partagerait jamais plus ses parties de chasse, qu'il ne serait plus jamais à ses côtés pour une seule de ses caresses. Demain, il retournera dans le Parc le chercher. Avec la permission du châtelain.

Vers neuf heures du soir, tout le village se rend sur le lieu de fête improvisée : tout le monde veut voir brûler le Roi des Loups déchu. À la nuit tombée, on boute enfin le feu. Même le curé est présent, lui qui a toujours fait de la lutte contre le mal et le satanisme une affaire personnelle ; lui qui espère, par intercession de la Haute Providence, que cette réjouissance populaire inhabituelle soit, par son intermédiaire, un moyen de plus pour montrer aux yeux de la multitude la permanence salutaire des grâces divines et tout le bienfait des œuvres célestes et cléricales dans leur ensemble ; lui qui, mes biens chers frères en vérité je vous le dis, s'en va bénir le bûcher, ses flammes, ses tisons, ses étincelles et ses fagots, avec au cœur l'ardente et inextinguible foi du serviteur de Dieu au service des pauvres pêcheurs, sous les auspices de Saint-Leu, de Saint-Martin et de tous les saints du Ciel,… et surtout avec son seau et son goupillon. Amen !

Décidément, avec tout ça, le loup est mal parti ! Une fois de plus. La liesse s'empare des villageois, jeunes ou vieux : l'Antéchrist, le mystificateur, le possédé, l'envoyé du Malin, la Bête damnée des Enfers rougeoyants, le dévoreur des rives du Styx, le Démon aux griffes d'acier et aux yeux de feu, la plus grande terreur vomie par les entrailles de la terre va se désintégrer en poussière brûlante !

Deux hommes balancent sans ménagement le sac et son loup au milieu du foyer dans une gerbe grésillante de projections étincelantes, véritable feu sans artifice ! Autour, on parle, on chante, on rit, on invective encore la bête, on lui hurle dessus, on crache sur le bûcher, on lui montre hargneusement le poing, on vocifère, on s'égosille d'insultes jetées à l'excès, on maudit et on maudit toujours, on s'étourdit autour du feu dans une danse enivrante, une ronde insouciante et endiablée, celle de la délivrance et de la paix. Le châtelain et toute sa famille, riverains de la fête, applaudissent les villageois. Plus de pistolet, plus de fusils, plus de poudre et plus de plombs... Un point d'honneur pour un soir, un premier ciel d'espérance ouvert à jamais sur des lendemains plus joyeux, sur une indéfectible sérénité retrouvée.

La nuit sans lune est d'un noir d'encre. Sous des filets de brume montante, de rares étoiles blêmes tardent à scintiller. Dans le froid des ténèbres alentour, dans le faux sommeil des ombres profondes qu'une dernière flamme montante pénètre quelquefois, sous les arbres, dans les haies, derrière les palissades, dans les herbes hautes, derrière chaque pierre et derrière chaque maison, mille paires d'yeux, mille lames d'acier bleuté aux vibrantes prunelles jaunes, mandorles des Enfers, s'allument soudain une à une ; vingt mille crocs d'ivoire s'éclairent doucement des dernières lueurs des braises moribondes : une rage collective dévorante, contenue et silencieuse, emplit les ombres de son aura néfaste. La sauvage symphonie fantastique aux accents de mort est latente, la charge imminente..., pour un reste de temps désormais compté.

UN PROBLÈME DE TEMPS

« Le temps est une invention,
ou il n'est rien du tout. »

HENRI BERGSON
L'Évolution créatrice

« Le temps passe par le trou
de l'aiguille des heures. »

JULES RENARD

Une salle de classe, juin 1960 ; quarante écoliers assis derrière les pupitres ; sur l'estrade, debout près de son bureau, un instituteur, ou un professeur ; au mur, un tableau noir aux volets latéraux repliés : l'épreuve de calcul[74] du certificat d'études primaires commence. Beaucoup d'attention, un peu de tension, silence général. L'heure est grave.

« Jeunes gens, entame l'examinateur qui désigne le tableau encore clos, je vous donne dans un instant l'énoncé du problème que vous avez à résoudre aujourd'hui. Je vous en ferai d'abord lecture complète. L'idéal est que vous le recopiiez intégralement sur une feuille de brouillon pour mieux en intégrer les données et pour l'avoir constamment sous les yeux sans avoir à lever le nez toutes les secondes. Vous aurez ensuite une heure et pas une minute de plus pour terminer votre devoir. Veuillez garder en mémoire que votre travail sera noté, non seulement par rapport à la bonne ou mauvaise résolution de cet exercice, mais également sur sa présentation. Donc, soyez lisibles, soignez votre écriture ! »

Le professeur déplie les deux battants du tableau et dévoile l'énoncé écrit au cordeau par une craie blanche assurée.

« Je vous indique d'ores et déjà qu'en fin d'énoncé, les quatre questions ont été conçues sous forme de difficulté progressive. Vous ne pourrez donc vous attaquer à la seconde question que si

[74] Dans les écoles primaires de ces années-là, l'appellation calcul regroupe l'apprentissage du savoir compter et celui des différentes opérations – dont les célèbres tables de multiplication à connaître par cœur –, les mathématiques simples, le calcul mental et la géométrie. En bref, que des matières à problèmes !

la première est solutionnée, même chose pour les suivantes. Voici l'énoncé :

« Sur le clocher d'une église, une grande horloge marque les heures et les minutes de façon classique. Si un moineau dont le poids est de 29 grammes vient de poser sur la grande aiguille de 14 h 05 à 14 h 20 ; que l'influence constante de ce poids augmente la vitesse de l'aiguille lors de sa descente de 5 % par heure. Premièrement : quelle heure sera-t-il réellement lorsque l'oiseau s'envolera aux 14 heures vingt marquées par l'horloge ?

Deuxièmement : à 15 h10, un pigeon de 525 grammes se pose à son tour sur la grande aiguille au même endroit. La vitesse de descente de l'aiguille augmente alors de 7 % supplémentaire par rapport au moineau. Le pigeon s'envole à 15 h15. Qu'aurait due être l'heure exacte si le pigeon ne s'était pas posé ?

Troisièmement : le même pigeon revient se poser sur la grande aiguille de 18 h 40 à 18 h 50. L'aiguille ainsi influencée retarde sa montée de 1/12ème de sa progression habituelle tous les quarts d'heure. Quelle aurait dû être l'heure affichée si l'oiseau n'était pas venu se poser ?

Quatrièmement : à 21 h 10, le moineau vient se poser sur la grande aiguille et le pigeon sur la petite aiguille. Quelle heure exacte aurait due afficher l'horloge quand les deux oiseaux s'envolent à 22 h 20 ? »

« Voilà. Vous avez une heure ! Si je puis m'exprimer ainsi… »

Derrière mon pupitre, mes neurones viennent de s'enchevêtrer d'un coup, sans qu'un seul ne trouve le moyen de se reconnecter correctement ! Consciencieux, je recopie au plus pressé l'énoncé. Mais la lumière ne brille pas plus, ne serait-ce que pour engranger correctement les informations, encore moins pour résoudre sur l'instant la seule première question !

Alors, il y a donc cette foutue patraque avec le piaf sur la grande aiguille. Qu'est-ce qu'il vient trafiquer là, lui aussi ! Y pouvait pas se poser ailleurs ! Bon. Donc, effectivement, l'aiguille descend plus vite que la normale… Y doit pas être épais, le piaf ! 29 grammes ! Y a rien à bouffer, là-dedans, il doit être tout maigrichon avec des cuisses pas plus épaisses que des cure-dents ! Bref, alors, il arrive à 14 h 05… avec son p'tit sac à main et son goûter de quatre heures, son p'tit cache-col si des fois y f'sait pas chaud en haut du clocher, parce que y'a du vent frais là-haut, faudrait voir à pas attraper un coup de froid ou une bronchite ! Surtout quand on pèse 29 grammes, c'est vite enveloppé ! Bon, allez, passons au sérieux de l'affaire…

L'aiguille va plus vite de 5 %… par heure. Pourquoi par heure ? Si elle accélère de 5 %, c'est autant par heure que par seconde ? Ou je me mets le doigt dans l'œil complètement ? Quand un machin file à 10 km/h en temps ordinaire, par exemple, quand y'a pas un nase de piaf qui vient ficher le bazar et qu'on lui a rien demandé, 10 km + 5 %, ça doit faire 10,5 km/h, si je ne m'abuse… Donc 10,5 km/h, c'est une vitesse autant relevée sur 10 secondes de déplacement que sur 5 ans… si la vitesse est constante ! Bin oui ! Et puis comme le piaf reste comme une gourde à se tourner les pouces des ailes en regardant la campagne et en faisant cui-cui de temps à autre pour passer le temps, qu'il fasse 29 grammes ou 45 kilos, on s'en tamponne complètement ! Bon, quarante-cinq kilos, pour un piaf, c'est balaise, quand même ! Y avait un dessin animé de Tex Avery où le canari avalait un produit magique, comme un engrais à effet instantané je crois, pour grandir et grossir de plus en plus à chaque fois qu'il buvait ! C'était marrant, ce truc-là, j'avais bien rigolé !…. J'ai remarqué aussi que l'énoncé ne dit même pas si le piaf regarde de temps en temps d'où il en est pour ne pas riper de l'aiguille où il est perché, avec le risque de se ramasser la figure sur le toit de l'église ! Bon, d'où j'en suis, moi… ?

Alors j'écris, de ma plus belle écriture,… avec ce porte-plume que j'aime pas trop, mais on va faire avec, je peux pas faire autrement. Alors… premièrement. De 14 h 05 à 14 h 20, donc durant un quart d'heure seulement, la vitesse de l'aiguille est de 5 % supérieure à la normale. Je mets entre parenthèses (un quart d'heure = 15 minutes). Voilà, c'est toujours ça de juste pour l'instant, on pourra pas me mettre zéro.

Cinq pour cent d'une heure, je mets entre parenthèses (1 heure = 60 minutes), ça fait toujours bien…, et si j'ai pas perdu un bout de mon cerveau en cours de route, ça fait donc : (60'x5) : 100 = 3 minutes. Pouh ! J'en ai marre… et c'est pas fini ! Trois minutes, qu'elle a été plus vite, l'aiguille avec son piaf agrippé. Donc de donc…, quand l'horloge affiche 14 h 20, il n'est en réalité que 14 h 20 moins 3 minutes à cause du moineau qu'a des p'tites pattes et qu'est tout ébouriffé à cause du vent, faudra qu'il aille se passer un coup de peigne quand même, ou qu'il aille mettre sa casquette ! Oui, il est donc 14 heures 17 minutes. Ah ! Voilà une première question qu'elle est finie ! Là, j'ai tout bon, que je crois bien. Ha ha ! On continue.

« À 15 h 10, un pigeon vient se poser à son tour… » C'est vraiment n'importe quoi, cette histoire ! Pourquoi pas un vautour ou une vache, pendant qu'on y est ! Bon, passons. Je disais *à 15 h 10, un hippopotame vient se poser à son tour…* Ah ! C'est fort, ça ! Tu vois un hippopotame grimper sur le clocher, avec tout l'équipement d'escalade et tout…, avec des lunettes de plongée par-dessus le marché, un hippopotame qui vient du Congo poser ses grosses fesses en équilibre sur la grande aiguille !…. Ou une brouette pleine de briques et de ciment, c'est rigolo aussi, attachée à l'aiguille avec du super gros scotch… Ou une femme de ménage avec un tablier à carreaux et un plumeau pour épousseter les toiles d'araignées sur la pendule, ou… Allez, stop, on rigole plus. Parce que, comme dans le problème, le temps passe…

Donc le pigeon, avec ses 525 grammes qu'on oublie, parce que ça, le poids du pigeon, c'est un piège d'instituteur, c'est pour voir si on n'est pas trop dans la lune, demeuré ou un peu zinzin ; le pigeon fait tourner l'aiguille 7 % plus vite que le piaf qui lui, faisait déjà tourner 5 % de plus que la normale. Y peuvent pas retourner chez eux, ces deux-là ? En plus, y viennent jamais quand les aiguilles sont vers le bas ! Comment voulez-vous qu'y s'posent ! Pour tenir, il leur faudrait des grappins et des cordes quand il est six heures vingt-cinq ou la demie ! C'est pour ça qu'ils viennent à d'autres moments de la journée. Y sont pas fous, non plus…

Si j'ai tout suivi, le pigeon, le biset, le ramier, la palombe qu'est venue sans la boîte de p'tits pois, fait tourner l'aiguille… 7 % de plus encore que les 5 % du premier piaf. Ouille. C'est quoi 7 % de 5 % ? Y sont timbrés, les gars qui font les problèmes ou quoi ? Comment tu veux que j'trouve ça, moi ? Quand ça se complique un peu, mon cerveau de piaf a du mal à suivre ! 7 % de 5 %… Ah les cons ! On n'est vraiment que des pigeons, ici !

Nnnnnnnnnnnnnnnnnnnnnnnnnnnnnnnnn : ça, c'est le bruit rose de mes neurones qui submerge le silence de mes synapses. Et ça dure. 7 % de 5 %… À moins que… Les 5 % du piaf équivalaient à 3 minutes… Donc 7 % de 3 minutes, ça fait… Ppfff… j'en sais rien. Je sens que ça va m'emmener dans des trucs avec des secondes, et peut-être des dixièmes de secondes, ça tourne à la Bérésina ! Napoléon, au secours ! Allons-y, je convertis en secondes, on va gagner du temps : 3'=180 secondes ; 7 % de 180 secondes, on est à : (180"x7) : 100 = … ? Gloups, ça tombe pas juste, y'a des dixièmes au bout ! Saloperie de fabricants de problèmes, je vous hais ! Je vous maudis, jusqu'à la septième génération avec 7 % de tarés de plus tous les ans, ça va faire combien de pourcentage d'enfants de tarés au bout du compte, ça, hein ? Eh bin, moi j'vous l'dis : ça va en faire des paquets de cinglés d'rej'tons de tordus de l'Éducation Nationale !

Comment je procède, moi ? Ah oui. Une seconde, ça équivaut à 10 dixièmes. Donc 180 secondes, ça fait 1800 dixièmes. Et pis voilà. Mille huit cents dixièmes de pigeon, ça fait pas bien lourd dans l'assiette, mais c'est pas ça qu'on cherche. 1800 dixièmes x 7 = 12600, que je divise par 100 = 126. Donc, 12 secondes et 6 dixièmes. C'était bien la peine de se donner du mal pour trouver une durée aussi ridicule ! Comme si les gens qui passent près du clocher pour regarder l'heure avaient bien besoin de savoir au dixième près ! J'vous jure !

Allez hop ! Un coup de plume dans l'encrier, on met tout ça noir sur blanc et on ajoute : *la grande aiguille…* Non, pour l'instant il n'est même pas question de la petite… *L'aiguille a perdu 12 secondes et 6 dixièmes de plus que la fois précédente.* Oui, mais crotte de pigeon, y'a encore un piège que j'avais pas vu : le moineau est resté 15 minutes, alors que cet andouille de pigeon plus lourd n'est resté que 5 minutes ! Trois fois moins de temps sur l'aiguille, donc trois fois moins que les 126 dixièmes trouvés ! Oh, ils sont vicieux les mecs !

126 divisés par 3 = 42. Ouf, ça tombe juste. Et comment je corrige, maintenant que tout est bien écrit tout propre ! Zut et zut ! Bon, tant pis, je raye. C'est pas propre, mais je raye. Tac. Et j'écris : *L'aiguille a perdu 12" 6/10ème divisés par 3 (fois moins de temps) = 42 dixièmes = 4"2/10ème . Arrondis à 4 secondes, l'horloge aurait dû marquer :15 h15 – 4" = 15 h14'56".*

Je sais pas pourquoi, mais ça sent encore ici le piège à plein nez ! Voyons... Mais bon sang, mais c'est bien sûr ! Si on veut pousser le raisonnement et le calcul jusqu'au bout, l'heure réelle, après le passage du pigeon devrait aussi prendre en compte la première erreur causée par le moineau ! Et ajouter les deux ! L'heure réelle, non affichée par l'horloge, devrait être à cet instant diminuée des 3 minutes d'avance provoquées par le moineau ! L'heure véritable est donc 15 h 11'56", ça ne fait palombe d'un doute !

La vache, c'est coton, comme on dit en Louisiane ! Il y a des concepteurs de problèmes franchement tapés, tout de même ! Aller se casser la nénette pour inventer des trucs pareils ! Voyons voir le troisièmement, si y a pas un pigeon qu'aurait raté son atterrissage sur l'aiguille, ça m'arrangerait bien !

« *Le même pigeon* – le v'là rev'nu celui-là, y avait longtemps ! – *se pose sur la grande aiguille de 18 h 40 à...* », ah oui, mais non ! Y descend plus, v'là qu'y monte maintenant ! Toute ma théorie est par terre ! Et c'est quoi, le quatrièmement, au fait ? Ah oui, nous voilà avec une bestiole sur chaque aiguille ! C'est plus du tout un problème de temps, c'est carrément du Harold Lloyd, de l'équilibre sur un fil ou du trapèze volant, leur machin ! C'est Pinder et Bouglione ! Envoyez la cavalerie, les lions, les tigres, les Flying Mexicanos, les otaries et les éléphants sous les tadsoins de la musique de cirque de Bernard Hilda ! Il est où, Zavatta ? Il arrive quand, qu'on rigole un peu ! Ohlala ! J'en ai ma claque, je vais me faire péter ce qui me reste de cellules grises ! Il reste quoi comme temps, au fait ? Un peu plus d'une demi-heure, bon. Oui, mais si des bestiaux, même minuscules, sont venus se percher à mon insu sur les aiguilles de ma montre, à gauche ou à droite, sur je ne sais même pas quelle aiguille ; si l'heure de ma montre en a été altérée, ou si elle est restée plus souvent horizontale que verticale, je fais quoi ? Je me réfère à quoi ? J'applique la formule E = MC2 d'Albert ? À quelle heure me fier !? Et dans ce cas, quel temps me reste-t-il réellement pour terminer mon problème, moi ? Ah !

J'ai un peu déconnecté. Je ne suis plus dedans, comme on dit. Je repasse en revue l'ensemble des données, j'analyse et visualise plus finement la situation : l'horloge, les oiseaux, un poids sur les aiguilles qui tombent plus vite ou qui montent plus lentement. Il y a quelque chose qui cloche dans cette histoire de clocher et le temps va me manquer pour résoudre en totalité cette histoire de temps. Il y a un engrenage dans l'énoncé qui ne se connecte pas avec les autres. Je ne trouve pas quoi, mais j'en ai la conviction profonde. Les pièges bien cachés seraient-ils aussi vicieux et plus nombreux que je ne l'imagine ? Pour un examen niveau certificat d'études, j'en doute. Alors, je cherche à comprendre le pourquoi du comment. La réponse tarde à venir éclairer ma lanterne...

Le cerveau pédale dans la choucroute et passe sur le double plateau destination la cervelle qui se met à fumer pour apporter son aide. Je mets une goutte d'huile mentale pour réduire les frottements de la réaction en chaîne. Et la réponse tombe, plus intuitive que raisonnée : c'est le « comment » de l'affaire qui est en cause, et non pas le pourquoi ! Je cogite, j'ai desserré le frein à main des connexions neuronales, je prends des notes au brouillon pendant que c'est chaud, puis me décide à tout porter au propre de ma plus belle plume. De pigeon.

« Monsieur le professeur-correcteur,

Avec tout le respect qui vous est dû, je me permets ici d'apporter quelques notes et réflexions. Vous constaterez tout d'abord que les deux premières questions du problème ont été traitées, je pense, de manière correcte et conforme aux modes de calcul enseignés dans nos écoles. Avec quelques variantes dans le raisonnement, les deux dernières pouvaient avec un succès similaire suivre le même mode de penser et de résolution sans trop de complication. Les deux premières n'ont pourtant été solutionnées que de façon théorique, puisque, comme je me permets de l'exposer ci-après, le détail de l'énoncé n'autorise aucun calcul précis dans le domaine pratique. Le problème exposé et les quatre questions qui le concluent sont même totalement illogiques et irréalisables dans les faits.

En effet, les horloges mécaniques qui ornent la plupart de nos clochers datent généralement du XIXe, voire de la première moitié du XXe siècle. Or, tous les systèmes mécaniques de ces époques utilisent l'énergie d'une grosse lame d'acier enroulée, ressort tendu faisant fonction de « moteur » pour les aiguilles. Ce moteur n'agit que dans un sens, celui, comme on dit, « des aiguilles d'une montre ». La force issue du ressort est transmise aux aiguilles par un système plus ou moins complexe de rouages, d'engrenages et d'axes. Dans le cas d'une horloge sans défaut, les axes sont évidemment intimement solidaires des rouages et donc considérés sans aucun « jeu » dans les transmissions métalliques.

Considérant ces deux prémices, il est absolument impossible que les aiguilles côté droit du cadran, celles placées entre 0h (ou 12 h) et 6h (ou 18 h), puissent descendre d'un seul degré sous la pression d'un poids supplémentaire (les oiseaux, dans le cas présent), puisque le système de ressort-rouages les en empêche. Seul un poids ou une force supérieure dépassant la force du ressort – à laquelle il faudrait encore ajouter celle générée par l'ensemble des frictions – pourrait autoriser une descente des aiguilles (passant toujours sous silence le non-quantifiable des forces d'inertie générées par l'ensemble des frottements). Un pigeon, et encore moins un moineau, ne peut prétendre surpasser d'un gramme l'équivalent en poids de la pression du ressort, même si l'oiseau fait l'andouille et s'amuse à sauter à pattes jointes de toutes ses forces sur le bout de l'aiguille en exerçant un effet levier maximum. Même s'il a un jour pris du plomb dans l'aile, son poids ne sera jamais suffisant.

Sur le côté gauche du cadran, l'effet de poids s'inverse et ne correspond nullement aux propositions de l'énoncé. Tourner les aiguilles à rebours autorise un point mort, une sorte de débrayage naturel : c'est ce que fait le préposé à l'horloge quand il va, par exemple, la remettre à l'heure. Il ne peut tourner les aiguilles que dans le sens inverse du temps marqué qui passe. Ce qui revient à dire que si un poids quelconque – en l'occurrence le pigeon – se pose sur une aiguille côté gauche, de 6 (ou 18 h) jusqu'à 12 (ou 24 h), le poids fait immanquablement descendre et tomber l'aiguille au bas du cadran ! Un pigeon ne peut donc se percher sur une aiguille, à 9 heures par exemple, sans se casser la figure d'un seul coup. Ce qui peut être amusant à tester ou qui pourrait faire un spectacle rigolo pour les enfants, mais qui ne correspond nullement à la réalité physique et mécanique de l'horloge. Seul un moineau chétif et tout maigrelet de 29 grammes peut tenter l'aventure, s'il se perche au plus près de l'axe central puisque l'effet levier restera assez négligeable.

En résumé, aucune des possibilités offertes dans l'énoncé n'est plausible : un poids côté droit est inefficace et un poids constant côté gauche est inenvisageable. Demeurent tous les autres paramètres dont l'énoncé ne fait nullement mention : type d'horloge, coefficient de frottement des engrenages, taux de tolérance des usinages d'origine, longueur des deux aiguilles pour le calcul de l'effet levier suivant la position des oiseaux perchés, paramètres de tension ou équivalent-force du ressort au moment de l'expérience, sachant que plus le temps s'écoule, plus le ressort faiblit, etc.

Enfin, la quatrième question soulève un nouveau problème non prévu par l'auteur : de 21 h 10 à 22 h 20, le petit oiseau est censé être sur la grande aiguille, mais comme démontré, l'aiguille ne bouge nullement sous son poids ; le gros oiseau, lui, est à gauche du cadran, presque sur le 9 pointé par la petite aiguille : impossible, il serait déjà tombé et l'aiguille redescendue aussitôt ! Donc, durant le laps de temps 21 h 10 à 21 h 29 environ, le moineau peut rester jusqu'à la demie s'il a de bons mollets et le pigeon pourra s'escrimer jusqu'à plus soif sans succès de l'autre côté, en voletant sans jamais pouvoir se percher. Il est à parier aussi que dès 21 h 30, le moineau sur sa grande aiguille s'envolera effrayé par le son de la cloche qui sonne chaque demie ! Dans l'hypothèse où le moineau est sourd comme un pot, il ne pourra jamais continuer sa route dans la montée côté gauche. Donc la tranche horaire énoncée correspondant à une durée totale de 1 heure et 20 minutes n'offre aucune possibilité pour un calcul précis, fût-il uniquement théorique.

Monsieur, soyez remercié de l'attention et de la bienveillance que vous avez bien voulu accorder à ces quelques lignes. »

Allez, hop ! Point final, ça va bien pour aujourd'hui et advienne que pourra. Quelle heure est-il ? Encore six ou sept minutes et on passe à autre chose. Ah ! Ce fichu certif peu festif !

« Dépêchez-vous, il vous reste deux minutes pour conclure, jeunes gens ! annonce l'examinateur, avant l'heure ce n'est pas l'heure, mais après l'heure, ce n'est plus l'heure ! » Oui, c'est pas neuf-neuf comme réflexion, ça sent un peu le réchauffé... J'aurais préféré « À bon chat, bon rat », par exemple, bien que le proverbe fût tombé là comme un cheveu sur la soupe, mais c'eût été plus récréatif et moins convenu. Bon, je passe le peu de temps restant à divaguer, faut bien tuer le temps ! Il se fait quelle heure ? On y est là, non ?

« C'est terminé, jeunes gens ! » Les copies sont ramassées. Le sort de la mienne est scellé.

Quand le correcteur tombe sur ma copie, son œil accomplit d'abord une vue panoramique de survol : belle écriture avec de jolis pleins et déliés, présentation propre et aérée, paragraphes avec alinéas de règle, ponctuation impeccable sortie tout droit des modèles de typographie de l'Imprimerie Nationale, chiffres bien formés, ah ! une petite rature, dommage ; du sérieux, cet élève... Voyons les solutions au problème de calcul : le premièrement..., très bien ; le deuxièmement..., excellent, parfait ; le troisièmement,... tiens ! Qu'est-ce à dire ? *« Monsieur le professeur-correcteur, avec tout le respect qui vous est dû, je me permets ici d'apporter quelques notes et réflexions... »* Étonnement. Surprise. Étonnement amplifié au fil des mots, correcteur sans voix ; rajustement de lunettes sur le nez, grattage de tête ininterrompu, sévère stylo rouge de correction suspendu dans les airs... Et fin de la lecture. Correcteur dans les nimbes des béatitudes, mi-figé-bloqué, déstabilisé ; tour à tour circonspect, désemparé, choqué, amusé parfois, dérouté, intrigué, déconfit, interdit mais autorisé seulement à attribuer une note finale, pourtant sec de toute décision. Mais comment on note « ça » ?

Indécis, en ballotage mental, avec tout de même au fond de lui la pensée que cette idée d'écolier culotté est assez adroite, il met la copie à gauche... en la posant sur son journal L'Humanité. Le Monde est comme ça...

Quinze jours plus tard, le comité des examinateurs et des correcteurs se réunit dans le bureau de monsieur le directeur pour faire le bilan des opérations et, en dernier lieu, pour statuer sur les cas spéciaux rencontrés dans les copies du certificat d'études avant publication définitive des résultats.

« Je vous rappelle, messieurs, commence le directeur, que dans la mesure où, en fin de concertation, vos avis particuliers ne dégagent aucune majorité et moins encore d'unanimité, je serai dans l'obligation de prendre seul la responsabilité de la décision finale. Bien. Commençons. »

Quand ces messieurs en viennent au visionnage des épreuves de calcul, monsieur le directeur, bonhomme aussi rigoureux et droit dans son rôle que les ans tendent à le courber, aussi ouvert à la gaudriole qu'une porte de prison, bref un de ceux qui ne rigolent que quand ils se brûlent, reprend la parole dès qu'il saisit les deux copies qu'on lui tend.

« Bien ! Il n'y a donc que deux cas, tant mieux. Nous gagnerons du temps. Lequel d'entre vous a effectué la correction de celle-ci ? C'est vous ? Très bien. Donnez-nous votre avis, s'il vous plaît.

– Avis très défavorable, monsieur le directeur, mais je pense que le développement et les solutions apportées au problème de calcul valaient la peine d'être exposées ici. L'élève sur lequel je me suis permis de glaner quelques renseignements est un élève moyen, voire quelquefois un bon élève qui, généralement, ne fait pas spécialement parler de lui. Je vous relis sa courte prose, seuls mots qu'il ait tracés de sa plume durant l'heure d'examen : *« Je n'ai pas pu recopier les résultats et les opérations faites sur mon brouillon, je n'en ai pas eu le temps. »* Au moins, c'est net et précis. Pour compenser, l'élève a cru bon d'insérer dans la double feuille le résultat de ses exploits, ce joli papier brouillon, brouillon étant le mot juste.

Le comité, à l'unanimité, colle un 2 sur 20 à la copie. Pour ne pas mettre zéro. Pour l'encre, en quelque sorte.

« Qui s'est attablé à la correction de cette seconde copie ? » demande le directeur.

Un jeune instituteur se lève et prend la feuille tendue par le directeur.

« Votre avis sur celle-ci ?

– C'est un vrai cas de conscience, monsieur. Je l'ai relue plusieurs fois avec attention sans pouvoir statuer de manière sûre. L'élève, un bon élève à ce que je sais, a le don de manier la certitude en vous renvoyant à vos propres incertitudes, c'est assez déconcertant ! Pour moi, le devoir mérite zéro ou 20, il n'y a pas d'autre alternative.

– Mais le problème lui-même ? Qu'en est-il ? Ce n'est tout de même pas un devoir de philosophie à noter que vous avez entre les mains, que diable ! s'irrite le directeur, nous n'allons pas y passer la nuit, redonnez-moi cette copie ! »

Le directeur, qui va sûrement passer un bon moment de franche rigolade en lisant ma copie de calcul ou qui va s'effondrer sur l'instant foudroyé par une crise cardiaque, reste debout feuille en mains, attentif. En gardant la même position de lecture, il s'assied lentement sur son fauteuil. Il lit toujours, jusqu'au bout. Sans modifier d'un cil son impassibilité de directeur des plus sérieux, il lève les yeux par-dessus ses lunettes.

« Monsieur Guinot, merci, vous avez bien eu raison de soumettre cette copie à l'avis de notre commission. Messieurs, je vais devoir vous faire lecture de l'intégralité de cette... copie d'élève. Je demande à ceux d'entre vous qui, pour d'évidentes raisons, n'ont pu en avoir connaissance, de bien prêter l'oreille. »

La commission de prêter et le directeur d'entamer sa lecture face à la brochette de professeurs-correcteurs tout ouïe. Au dernier mot, le directeur laisse passer une minute de silence aussi interminable que celle d'un 11 novembre. Que va-t-il sortir de tout ça ? Une gerbe de fleurs ou une exécution sommaire ?

« Je reviens tout d'abord vers vous, monsieur Guinot. Il faut décider.

– Je mets 19 et demi. Le demi-point manquant à cause du ton et de l'idée un peu... culottés !

– Et vous ? demande le directeur au suivant de ses collègues.

– Zéro pointé ! Ce genre de comportement est inadmissible et scandaleux ! Si tous les élèves se mettent à délirer de la sorte en faisant tout et n'importe quoi, où allons-nous ! Cet exemple, aussi peu banal soit-il, est à sanctionner : zéro ! s'énerve le correcteur, sosie de Louis XVI, pas commode du tout, spécialiste de la terreur et du couperet.

– Ensuite ?

– Pour moi, ce sera 12 sur 20. La moitié seulement du problème posé est correctement traitée. Le reste n'est que littérature de gosse impertinent, « culotté » selon le mot employé par mon collègue... Donc 12.

– Madame ?

– Désolé de l'avouer, mais ce gamin me plaît bien. Je lui octroie la note de 18. » Une note large venue d'une dame large d'esprit et qui l'est physiquement tout autant... Et en y regardant bien, même un peu plus : deux chaises lui auraient été nécessaires pour une assise confortable.

« Monsieur Lefur, votre note ? poursuit le directeur tournant le regard vers le correcteur suivant.

– Vingt ! C'est bluffant, littéralement bluffant ! » propose le dénommé Lefur qui casse son air pincé habituel par des sourcils haut levés et une moue d'approbation.

Le reste du comité attribue successivement les notes de 7, 13, 2 et un nouveau 20 pour finir. Reprise de parole de monsieur le directeur après la composition de calcul qu'il vient de faire :

« Bien. Nous en sommes à 13,5 grosso modo de moyenne pour cet élève. Les avis ont été très divers, je respecte vos décisions. Je vais également lui attribuer ma note et annoncer la moyenne définitive. Que personne ne se lance dans quelque protestation, je vous prie. Je lui donne la note de 40. Je sais, ça ne se fait pas, personne n'a jamais noté au-delà du seuil généralement admis et pratiqué. Mais 40 tout de même. C'est un moyen de relever la moyenne de ce garçon surprenant, j'aimerais en rencontrer plus souvent dans nos établissements scolaires. Je suis convaincu que cet élève, plus pertinent que certains ont bien voulu voir, ira loin dans le domaine de la logique pure et surtout, à n'en pas douter, dans celui des mathématiques en particulier. Il ira loin, ce petit gars, vous verrez ! Il ira loin ! »

Pour aller loin, j'ai été loin. Après m'être rendu sur place le jour convenu, comme tous les copains, consulter avec une petite appréhension au ventre l'affichage des résultats du certificat d'études ; après avoir relu et vérifié deux fois que la machine à écrire avait bien tapé mon nom au milieu de la liste des lauréats, j'ai été très loin, effectivement : je suis rentré chez moi. En revanche, j'en suis encore à me demander pourquoi la liste des reçus au certificat, tout à droite de la feuille, mentionnait en face de mon nom une bizarre note de moyenne : 26,7... À mon avis, la dactylo, elle aussi, s'était vue confrontée à un problème de temps et, sans relire suffisamment, avait mal aiguillé son doigt en tapant un 2 à la place du 1, il n'y a pas d'autre explication possible...

Le certif ! Quand je verrai des piafs ou des pigeons se poser sur le clocher et si j'ai un peu de temps devant moi, je ferai (discrètement) en sorte de leur faire goûter sang pour sang du plomb de ma carabine, je vous le certifie ! Je vais les aiguiller vers d'autres cieux en deux temps trois mouvements ! Oiseaux de malheur ! Cérébricides ! Neuronophages ! Bêtes à problèmes !

LA COLLINE AUX OISEAUX

« La mort n'est pas l'ultime vérité. Elle nous paraît noire de même que le ciel nous paraît bleu, mais elle ne noircit pas plus l'existence que l'azur céleste ne tache les ailes de l'oiseau. »

RABINDRANATH TAGORE

À l'horizon de la plaine sans fin qui s'étend devant lui, naissent doucement trois collines, sorties d'un mirage ondoyant, imprécis flottements dans l'air tiède, portées sous un ciel clair par une eau de brume sans un seul scintillement. Le garçon marche sans marcher, porté par ses pensées, seul dans un nulle part qu'aucun bruit ne trouble. Nul caillou, nulle flore dans cette aridité. Dans ses yeux, les collines lointaines viennent de se poser et le voile fin qui les effleure est encore à s'évaporer. Étrange rencontre, étrange apparition, miracle de la nature ou vision insolite ? Fausse réalité ou réelle tromperie dans cet instant où le temps n'a pas de temps, où le temps sans existence ne peut créer d'instant... Devant, les collines sont là, posées, nées d'une éternité ou d'une non-seconde d'un rêve miraculeux...

Des trois collines alignées, la plus petite de l'occident n'est qu'un dôme d'écarlate, de vermillon aux reflets d'ambre, de tourbillons rouges et de vagues carmin. Quelques traits d'ivoire ou de crème la coupent çà et là en droites montées vers le ciel. Parvenu au pied de la colline, le garçon est submergé par la beauté de tous ces arbres aux merveilleuses feuilles, toutes colorées des plus beaux tons rouges, des plus tendres aux plus sombres, des grenats les plus profonds au rouge vif comme le feu. Le sous-bois n'est qu'un tapis d'herbes paille, rousses ou rouille, planté de millions de fleurs, petites et grandes, aux corolles noires ou grises ; aux pétales émeraude, véronèse, bleu intense ou parme, toutes accolées à se caresser de velours et de soie.

« Je suis la basse colline de vie de la conscience d'en-bas, perçoit le garçon au centre de sa tête, tu me vois telle peut-être je suis ou telle tu penses que je sois. Je suis ce que les tiens appellent paysage, ou nature morte, et qu'ils essaient de peindre sous ce nom, croyant fixer pour l'éternité sur leurs toiles la véritable vie ou l'irréelle mort. Je porte ici tout végétal venu se reposer et se ressourcer après séjour sur terre, après ce que vous appelez mort, celle qui n'est, comme tu le vois, qu'une autre forme de la vie. Leurs racines puisent une eau nouvelle et leurs feuilles respirent un air nouveau. Mais ici, tu ne peux ni les toucher, ni les sentir, ni te mettre à leur écoute. Tu ne les vois que dans un miroir où les couleurs se sont inversées. Ces arbres et ces plantes sont venus d'un ailleurs et pour vivre dans l'ici : ils sont dans leur véritable automne, traversés à cœur par leur propre feu intérieur. Rien ne meurt vraiment. Tout semble disparaître, c'est vrai, mais tout reviendra en son temps sous d'autres parures, sous une autre apparence. » Sur la colline entière, les rouges cimes frémissaient à peine sous une brise qui n'existait pas. Les arbres « morts » d'en-bas vivaient sur la colline d'en-haut.

Parvenu près de la colline de l'orient, la plus imposante et la plus haute, le garçon écarquille les yeux, mais sans vraiment discerner quoi que ce soit de précis, que ce soit au sommet ou tout près de lui à ses pieds. La colline entière reste parée de flou, son sommet caché par d'épais nuages immobiles. Rien de nettement visible à sa surface, la colline n'évoque rien qu'une terre triste et aride prisonnière d'une pénombre de noir et de gris, figée, inerte, sans que quelque sens ou la plus fine des intuitions ne parvienne à percer son mystère.

« Je suis la basse colline de vie de la conscience d'en-haut » perçoit à nouveau le garçon dans sa tête, sans qu'on lui parle réellement, « tu me vois telle que je ne suis pas. Je suis ce que les tiens appellent l'autre monde ou l'humanité de l'au-delà, celui ou celle que la Terre d'en-bas conçoit difficilement, qui se représente parfois sur des toiles parées de glorieux atours, d'ors ou de vanités éphémères. Je porte ici toutes les âmes venues se reposer et se ressourcer après séjour sur terre, après ce que vous nommez la mort, celle qui, tu ne peux le distinguer, est une forme inversée de la vie. Mais une vie inversée est toujours une vie, quel que soit le nom qu'on lui donne et la qualité qu'on lui attribue. Tu me vois seulement comme toi-même t'autorise à me voir. Tel que tu es aujourd'hui, tu n'es nullement en mesure d'appréhender la moindre partie de moi-même. Mon miroir ne peut rien en réfléchir car ta conscience n'est pas parvenue à gravir cet étage. Sache que tous les hommes que je porte sont dans leur véritable automne, traversés à cœur par leur propre feu intérieur dans l'attente d'être consumés avant l'aube d'un nouveau printemps. Rien ne meurt vraiment. Le temps lui-même ne meurt pas puisqu'il n'a pas d'existence propre. Il n'a que la vie et la réalité qu'on lui attribue à tort. Au revoir, nous ne pouvons communier plus avant. »

Quand le garçon se rend près de la colline du centre, prise entre l'orient et l'occident, sa vision lui offre toute une palette de couleurs d'un fabuleux arc-en-ciel, un miroitement permanent de tons et de nuances. Dans une mer orangée, passent des dauphins améthyste au-dessus de longs bancs de poissons noirs. Sur d'immenses prairies pivoine, des nuées d'animaux se côtoient, couchés ou debout, inimaginable Arche de Noé sous un déluge de calme et de plénitude. Tous les oiseaux ont conquis le haut de la colline, merles blancs et cygnes noirs, grands aigles blancs et chouettes noires, mésanges roses, verts-gorges et canaris céruléens, tous voletant sans un souffle ou perchés sur les ailes du silence.

« Je suis la basse colline de vie de la conscience médiane » entend encore le garçon, comme un miel de velours transmis au plus profond de lui-même. « Je suis ce que les tiens nomment monde animal, déraciné de la terre mais toujours attaché à elle. Tout en bas, je porte les bêtes de l'eau et de la terre, et tout en haut, les plus légères et les plus aériennes. Toutes sont venues se reposer dans le monde du feu et se ressourcer après séjour sur la plus basse Terre, après ce que toi et les tiens appelez la mort, celle qui n'est, comme tu le vois, qu'une autre forme de vie. Les toucher te sera difficile mais, avec un peu d'attention, tu pourras peut-être les entendre. Ils boivent une nouvelle eau et respirent un nouvel air. Tu ne les vois que par cette baie fermée d'un voile transparent mais infranchissable, pellicule de miroir magique qui inverse tout dans ta vision et peut-être dans ta compréhension. Aucun de ces animaux, du plus frêle au plus gros, ne porte la mort en lui. À l'image du Phoenix, chacun est dans son véritable automne, traversé à cœur par son propre feu intérieur. Tout disparaît, tout revient en son temps ; rien n'a cessé, rien ne cesse et rien ne cessera jamais. Je suis la terre du mouvement et du repos, de l'instant, du présent infini et éternel. Je porte et soutiens la conscience intermédiaire avec, au plus haut de mon dôme, celle plus élevée encore, celle chantée par la musique des oiseaux. »

Le garçon écoute, une seconde ou vingt siècles, rien ne peut lui marquer le temps. Mille mélodies passent dans sa tête, mille chants ténus, mille sons vaporeux, mille douces mélopées, mille voix d'anges diaphanes, mille chœurs célestes.

« Sais-tu pourquoi ils chantent ? reprend la voix de la colline. Parce qu'ici ou là-bas, leur cœur a gardé mémoire de leur origine. Parce que, dans toute la vie, dans toute la nature, dans toutes les sphères de la Création, visibles et invisibles, la Musique est encore aujourd'hui et sera à jamais le lien le moins altéré qui unit chaque être à la Source de toutes choses. Alors, petit garçon, chante, toi aussi, chante ! Et joue des sept cordes de ta lyre pour accompagner tant de merveilles ! Ne gaspille pas ton chant en de vaines et inutiles paroles, souviens-toi à jamais de la colline aux oiseaux.

Souviens-toi que la mort n'est pas l'obscurité : c'est une lampe qui s'éteint lorsque le jour se lève. »

Et les collines s'estompent comme elles sont apparues. Le ciel clair faiblit et cède devant la nuit.

« Simon ? C'est l'heure de dîner, réveille-toi ! Simon ? »

Le jeune garçon, toujours adossé au grand chêne au pied duquel il s'est assoupi un instant, lève difficilement une paupière vers sa mère au-dessus de lui. Il se souvient d'avoir enserré le tronc de l'arbre de ses bras trop petits, embrassade spontanée, jeu d'enfant attendrissant ; de s'être assis à son pied entre deux grosses racines, mains sur les genoux et fesses posées dans la mousse. A-t-il laissé vagabonder son imagination, a-t-il rêvé, les yeux grand ouverts, pris dans le jeu incessant des rais de lumière hypnotique qui jouaient à cache-cache au travers des branchages ? A-t-il seulement dormi et quitté son lit de mousse et son oreiller de chêne ne serait-ce qu'une seule seconde ? Le vénérable grand arbre s'est-il vraiment adressé à lui ? Dans un cœur-à-cœur de réelle sympathie, serait-il parvenu à instiller dans les veines de l'enfant le sang et l'essence de sa propre sève ? Comme à un ami, comme à quelqu'un qu'on aime, lui a-t-il conté quelque histoire que seuls les grands chênes multi-centenaires plein de force et de sagesse sont à même de partager avec les esprits les plus tendres, les plus purs et les plus aimants ?

Simon prend sa mère par la main. Il part dîner, sans un regard vers le grand chêne. Tout bascule, s'effiloche et s'efface, les oiseaux sur la colline ont déjà disparu, cachés par le voile épais de la vie ordinaire trop vite redescendu.

Le chêne ne dit rien. Parce qu'un chêne ne dit et ne dira jamais rien. Le silence, c'est sa musique à lui. Sa vie est de grandir et de monter vers le ciel, comme tous ses compères de la vie végétale, pour espérer toucher le soleil, encore et toujours, avant qu'un endormissement naturel ou la voracité soudaine d'un trio de haches le métamorphose et l'emporte comme bois mort sur la colline rouge de l'occident, celle du grand automne qui jouxte la colline aux oiseaux.

Simon n'a plus mémoire de son étrange voyage.

« M'man, t'as fait quoi à manger ?

– Du poulet. Ou du steak, si tu veux ?

– Encore !? Ah nooonn, m'man ! Y a des frites, avec ?

– Oui, mon chéri, il y aura des frites aussi.

– Ah ! Bin tant mieux ! Moi j'aime mieux les frites.

Un jour, il se souviendra. Un rouge soir d'automne, peut-être…

« Tant que l'on ne sait pas ce qu'est la vie, comment peut-on savoir ce qu'est la mort ? »

Confucius

PLEINS FEUX SUR LE CAS NOÉ

Histoire en forme de galères…

Dieu dit à Noé : « La fin de toute chair est venue devant moi, car la terre est remplie de violence à cause d'eux ; voici que je vais les détruire, ainsi que la terre. Fais-toi une arche en bois de cyprès. […] Et moi, voici que je vais faire venir sur la terre le déluge, les eaux, pour détruire de dessous le ciel toute chair qui a en elle souffle de vie ; tout ce qui est sur la terre expirera. Mais j'établirai mon alliance avec toi : tu entreras dans l'arche, toi, tes fils, ta femme et les femmes de tes fils avec toi. De tout ce qui vit, de toute chair, tu feras entrer dans l'arche deux de chaque espèce pour les garder en vie avec toi. […] Entre dans l'arche, toi et toute ta famille. […] De tous les animaux purs, tu prendras pour toi sept couples, un mâle et sa femelle, et de tous les animaux qui ne sont pas purs, un couple, un mâle et sa femelle, des oiseaux du ciel également sept couples […] pour conserver en vie la race sur toute la surface de la terre. Car encore sept jours, et je vais faire pleuvoir sur la terre pendant quarante jours et quarante nuits, et j'effacerai tous les êtres que j'ai faits de dessus la surface du sol. »

Et ce fut le déluge pendant quarante jours sur la terre. Les eaux s'accrurent et soulevèrent l'arche qui s'éleva de dessus la terre […] et toutes les hautes montagnes qui sont sous tous les cieux furent recouvertes. […] Ainsi fut effacé tout être qui se trouvait à la surface du sol, depuis l'homme jusqu'aux bestiaux, aux reptiles et aux oiseaux du ciel ; ils furent effacés de la terre : il ne resta que Noé et ce qui était avec lui dans l'arche.

À l'intérieur de la station spatiale internationale, stabilisée en orbite basse à 400 kilomètres de la Terre et voguant allègrement aux alentours de 27.000 kilomètres par heure, les astronautes stoppent net leurs travaux, l'un d'eux vient de relever une anomalie de taille sur ses écrans et ses computeurs.

« Regardez ! Tout vient de s'obscurcir curieusement sur l'ensemble du globe ! Des nuées immenses, partout ! Yan, contactez tout de suite Houston, vite ! » Tous les autres quittent précipitamment leur poste pour aller coller leur nez aux hublots de la grande coupole d'observation du module Tranquillity. La planète bleue s'est soudainement attristée, plus rien n'est repérable d'en-haut à l'exception d'une masse grisâtre mouvante qui enveloppe tout.

« Youri ! Allumez l'écran principal et braquez le télescope de la poutre centrale ! Enclenchez aussi toutes les caméras extérieures sur les écrans annexes ! C'est une folie, ce truc ! Yan, vous avez la liaison ou pas ? s'inquiète le commandant Stanford.

– Rien ! Liaison impossible à établir pour l'instant, beaucoup trop d'interférences, répond le technicien affairé sur les commandes radio de son ordinateur.

– Insistez, insistez ! Relancez sur toutes les fréquences ! Dispatchez votre appel en automatique via l'ordinateur principal. Si les States ne répondent pas pour l'instant, les Soviets vont bien nous capter ! Allan, contrôlez d'urgence le Canadarm, vérifiez l'alimentation des Power Grappa et analysez la qualité des signaux émis, radio, vidéo et tous numériques confondus ! »

Les eaux grossirent sur la terre durant cent cinquante jours.

Consternation dans la station internationale. Consternation depuis près de cinq mois ! Aucune réponse à tous les appels lancés depuis ce temps... Depuis longtemps, tous ont suspendu leurs travaux pour ne voir que la terre en direct depuis les hublots, sur les écrans ou depuis le grand télescope, la terre qui défile seize fois par jour sous la station. Rien n'a changé depuis cette satanée journée fatidique d'il y a maintenant une centaine et demie de jours, quand tout s'est assombri d'un coup, quand toute la boule de terre d'en bas s'est masquée sous leurs yeux effarés et impuissants. L'armada d'antennes et de paraboles n'a pas capté le moindre signal en provenance de la Terre.

Toutes les hypothèses ont été passées en revue. Celle d'un cataclysme dû à une série d'éruptions volcaniques simultanées, d'abord retenue par les astronautes, ne tient plus : après analyses et vérifications des multiples renseignements fournis par la foison de sondes extérieures, tous ont compris qu'ils ont à faire à des pluies diluviennes sur la surface du globe. Mais des pluies qui ne cessent pas ! Sous le silence permanent « d'en-bas », le petit groupe d'astronautes et de scientifiques redoute maintenant le pire : énorme catastrophe planétaire et, par contrecoup, situation critique pour eux-mêmes, les « coincés d'en-haut » ! Si la conception du système d'air et l'alimentation en énergie permet d'espérer un fonctionnement durant encore une longue période, le problème du ravitaillement standard va poser sous peu de sérieux problèmes ! Quant à envisager quelque sauvetage venu de l'extérieur, tout le monde a compris qu'aucun espoir n'est désormais envisageable. Il faut se préparer au pire...

Dieu se souvint de Noé, de toutes les bêtes et de tous les bestiaux qui étaient avec lui dans l'arche. Dieu fit passer un vent sur la terre et les eaux s'apaisèrent. Les sources de l'Abîme et les fenêtres du ciel furent fermées et la pluie fut retenue du ciel.

« Là-bas ! Regardez les deux pôles ! Il y a du remue-ménage, regardez ! » lance un astronaute, les yeux rivés depuis des « jours et des nuits » aux grands hublots de la coupole. « Les pôles blanchissent graduellement, les nuées tourbillonnantes coulent en direction de l'équateur ! Voilà vingt-quatre heures que le phénomène s'est amorcé ! Youri a confirmé notre vision lointaine, tous les appareils enregistrent de nouveaux mouvements depuis hier ! » Un semblant d'espoir renaît dans la station, sans pour autant prévoir de meilleure issue au sort commun.

Trois jours terrestres passent ainsi, à scruter toujours et encore les modifications sur le globe. De longues lames grises et blanches s'inscrivent des pôles aux tropiques, sinueuses, tournantes, laissant apparaître çà et là furtivement quelques trouées bleues des mers et des océans.

« La nuée se lève, c'est certain, tout s'éclaircit doucement de jour en jour » annonce un astronaute avec une pointe de fébrilité dans ses mots, intuitivement persuadé de la fin du calvaire.

« Yan, dans douze heures, relancez une fois de plus les essais de liaisons, sur toutes les fréquences d'usage, ordonne le commandant de la station. Vous autres, calez toutes les informations-image et météo enregistrées depuis quatre jours pour comparaison graphique sur l'ordi. Youri, activez le Canadarm 2, coordonnez-le avec le télescope en vision rapprochée et mettez-lui en mémoire la fonction prise de vue automatique et calage dès qu'il balaiera une zone basse non nuageuse ! »

Les eaux revinrent graduellement de dessus la terre ; les eaux baissèrent au bout de cent cinquante jours.

Dans la station spatiale, les astronautes n'en finissent pas de se lamenter. Les sombres nuées ont bien disparu, très lentement, fatalement trop lentement au goût de l'équipe prise au piège, mais pour laisser la place à un immense spectacle de désolation. L'ordinateur avait bien fixé les images demandées, une par une, à chaque rencontre de l'objectif avec une parcelle terrestre ou océane. Les images et les graphiques rendaient bien compte de cet estompage graduel des lourds nuages porteur de pluie et de mort. Mais il fallait se rendre à l'évidence : après le passage de ces torrents, tout était noyé sous les eaux...

« Venez tous ! » hurle soudain Youri derrière ses machines et ses boutons. Devant lui, sur l'écran, une image nette, enregistrée à la seconde et mise en pause pour mieux la détailler.

« Regardez çà ! Des rochers, c'est certain ! Regardez, je zoome encore un peu…

– Vous avez repéré la position ? Pouvez-vous m'en donner l'altitude et la mettre en rapport avec les paramètres d'origine avant cette foutue misère de catastrophe de merde !? propose le commandant Stanford.

– Altitude d'émergence deux-cents mètres, à peine. Le point original était à… mon Dieu ! Cinq-mille-huit-cent-quatre-vingt-onze mètres ! » L'ordinateur cherche, calcule en une demi-seconde et affiche. « C'est le Kilimandjaro ! »

Une épaisseur de presque six kilomètres d'eau sur toute la surface de la Terre !

Le septième mois, le dix-septième jour du mois, l'arche se posa sur les monts d'Ararat. Les eaux continuèrent de baisser jusqu'au dixième mois ; le premier du mois, apparurent les sommets des montagnes.

Dans la station, tous passent de la consternation à l'abattement le plus profond. Certes pas continuellement, il faut bien résister d'une manière ou d'une autre, se battre, chercher une solution, si solution il y a. Mais depuis des jours interminables, l'horizon paraît grandement bouché, noir de mauvais présages…

« Youri, programmez tous les instruments de manière à ce qu'ils ratissent ensemble la plus large bande possible, vision infra-rouge et détection de mouvements quels qu'ils soient ! Balayage oblique et orthogonal pour deux caméras et miroirs que vous choisirez, plus un balayage conique. En priorité, calculez de manière à ce que la fauchée découpe huit bandes pour l'hémisphère nord et huit autres pour celui du sud. On fait une bande par rotation, les seize doivent être explorées sous 24 heures. Si rien n'est détecté, on recommence en fauchées plus fines, jusqu'à plus soif ! » Pas d'autre idée, pas d'autre moyen à la disposition du groupe d'astronautes plus proche de la perdition et de la dernière carte à jouer qu'autre chose.

Aux horloges des écrans, vingt heures passent. Les techniciens sont tendus, sur le qui-vive. Tout dépend maintenant d'eux, de leurs éventuelles découvertes et des machines sophistiquées susceptibles de les leur apporter…

« Commandant ! hurle Youri à s'en casser la voix et à faire sursauter l'équipe plongée dans les recherches. Commandant ! Regardez, toute la quantité de mouvements enregistrés jusqu'ici est sur la même ligne graphique. Voilà la ligne des oscillations assez stables des nébulosités de surface, toutes sur des fréquences proches les unes des autres, un schéma précis des synoptiques ou convectifs.

On y repère autant les cirrus de la stratosphère que les stratus et quelques cumulus, mais peu importe. Au milieu de tout ça, regardez, sur le haut de l'écran, les caméras ont capté un mouvement minime en même temps qu'un point de chaleur très faible, les deux seuls éléments récupérés depuis que nous tournons en rond au-dessus de cette foutue flotte !

– Et d'après vous, ça pourrait correspondre à quoi ?

– Aucune idée. Il faut que je réajuste les paramètres du télescope et de la caméra 3 au bout du second bras de Canadarm. J'ai entré dans l'ordi les coordonnées de cette rencontre insolite, inespérée peut-être, impossible de la louper au prochain passage, tout sera braqué uniquement sur ce point ! Dans 90 minutes, nous le survolerons de nouveau ! »

Or, au bout de quarante jours, Noé ouvrit la fenêtre de l'arche qu'il avait faite et lâcha le corbeau. Celui-ci sortit, allant et revenant, jusqu'à ce que les eaux eussent séché de dessus la terre.

« Le zoom, Youri, zoomez bon sang ! » insiste furieusement l'astronaute en chef. Tous sont collés derrière le fauteuil de Youri, impatients d'apercevoir un bout d'image, d'avoir une explication espérée trop longtemps attendue, une information même minime ou parcellaire, ultime déclic en vue de relancer un optimisme général dégringolé en flèche depuis des lunes et des lunes…

Une image apparaît à l'écran, tremblotante, neigeuse. « Corrigez, Youri, et bloquez-moi ça aussi sec ! Et surtout laissez tourner l'enregistrement de tous les paramètres de la zone pointée, on s'y attablera et on détaillera après plus posément ! »

Sur l'écran, une image sidérante : une construction, une habitation ou unc maison peut-être, tout en haut d'une montagne !

« La puissance des eaux l'a emportée là-haut ! C'est proprement incroyable, sidérant ! » marmonne Youri dans sa barbe, comme s'il ne parlait qu'à lui-même. Pas un mot dans l'assemblée, silence à couper au couteau, consternation de retour assortie d'un rapide voyage mental où chacun envisage à sa manière les conséquences dramatiques survenues sur Terre…

« Donnez-moi au plus juste les mesures effectuées sur cette… chose. Et prenez le relevé géographique précis, Youri.

– Longitude 44.298317 ; latitude 39.701883 ; mont Ararat ; frôle actuellement les 1.000 mètres au-dessus du niveau des eaux ; à l'origine… voyons… 5.165 mètres au-dessus du niveau de la mer ; est de la Turquie, haut-plateau arménien. Mise en mémoire effectuée.

– Et cet… objet, machin-truc, cette énorme… pseudo-cabane au sommet ? Vous pouvez en déterminer les dimensions rapidement ? » s'impatiente le commandant de la station.

Tapages de touches de clavier entrecoupés de rapides coups d'œil sur l'écran de contrôle.

« Le rayonnement des indices vibratoires décodés indique en majorité du bois de forte densité, ainsi que des éléments pétrolifères minoritaires. Quant aux dimensions… un simili-rectangle de 138 mètres pour la longueur et… 26 mètres environ pour la largeur. Notre position et la légère inclinaison du bâtiment ne peuvent donner jusqu'ici de mesure très précise pour la hauteur. Un instant, je vous prie… Mesure de hauteur estimée entre 14 et 18 mètres. Mais il y a plus bizarre encore, regardez ! » Dans le groupe, ce n'est plus du silence profond, c'est du rien de néant total de suspension… Suspension, suspense suspendu aux lèvres de Youri.

Dans le coin droit de l'écran, le technicien pointe du doigt une petite fenêtre rectangulaire bourrée de chiffres et d'indications incompréhensibles pour le commun des mortels.

« Nos instruments, fiables et impossibles à mettre en doute, ont aussi repéré une source de chaleur sur ce point précis, infinitésimale et assez imprécise certes, vu l'éloignement que nous avons par rapport à elle. Mais, sur Terre, une minuscule source de chaleur estimée à plus ou moins trente degrés, à 5.000 mètres d'altitude, le fait est assez rare pour qu'il soit relevé ! » annonce l'astronaute-décrypteur. Et tout le monde de se regarder effaré, pour tenter de capter dans l'œil du voisin une hypothétique lueur de compréhension et un premier iota d'explication.

La station spatiale continue sa route. Obligation est faite de patienter près d'une heure et demie pour survoler de nouveau la zone et le mont Ararat. Alors, tous s'emploient à voir, revoir et revoir encore les images enregistrées, dix, vingt fois, pour tenter de faire jaillir de nouvelles idées, pour avoir la clé de l'énigme. De toute la surface terrestre passée au peigne fin, seul ce petit espace ridicule perdu sur une montagne peut offrir une solution, et qui sait, pour tous, une microscopique planche de salut, un infinitésimal et misérable espoir sans nom.

Puis il lâcha d'auprès de lui la colombe, pour voir si les eaux avaient diminué de dessus la surface du sol ; mais la colombe, ne trouvant pour la plante de ses pattes aucun lieu de repos, revint vers lui dans l'arche, car il y avait de l'eau à la surface de toute la terre. Il avança la main, la prit et la fit entrer auprès de lui dans l'arche. Il attendit encore sept autres jours et lâcha de nouveau la colombe hors de l'arche.

« Monsieur ! » intervient vivement Andreas, le professeur attaché à toutes les expériences sur les rayons et les particules cosmiques. « Depuis plusieurs jours, avec l'aide de Yan, j'ai volontairement délaissé mes travaux pour essayer de nous relier successivement à tous les satellites qui continuent toujours leurs fonctions de réception et d'émission, les géostationnaires et les autres, télécommunications ou météo. Et pendant que nous étions dans le cône d'ombre de l'autre côté de la Terre, voici ce que l'engin français Spot de télédétection, momentanément braqué en mode serré sur le point qui nous intéresse, a capté, regardez ! »

Andreas agrandit au maximum l'image sur l'écran et serre encore davantage sur ce qui devient aux yeux de tous un intrigant paquet de pixels. « Vous voyez comme moi ? reprend Andreas, si je ne suis pas totalement fou, c'est un objet, une chose tendue qui sort d'une ouverture et qui y rentre ensuite ! Et au bout de ce... truc, là, en blanc, on jurerait un oiseau, quasi certain ! On voit assez distinctement ce qui pourrait être ses deux ailes ! À moins que les images nous leurrent complètement... Tenez, pour confirmer, je quitte cette image fixe et je vous passe au ralenti les deux secondes de prise de vue vidéo.

– Proprement incroyable ! souffle le commandant, repassez-moi ça encore une fois ! » Et tous les yeux rivés à l'écran d'en décoder et d'en conclure la même chose...

« Au prochain passage, poursuit-il, tous les capteurs sur ce point en balayage fin et pointage suivi tout au long de l'orbite ! Tolérance zéro pour ce qui est des erreurs ! »

La colombe vint vers lui au temps du soir, et voici qu'elle avait au bec un rameau tout frais d'olivier. Noé connut que les eaux avaient diminué de dessus la terre. Il attendit sept autres jours et lâcha la colombe ; mais elle ne revint plus de nouveau vers lui.

Le passage suivant de la station confirme ce que tous les astronautes avaient déjà envisagé et conclu : les mouvements au sommet de l'Ararat ont cessé, tout est redevenu calme, seul l'infra-rouge détecte toujours la même source de chaleur par des données invariables, à chaque fauchée de bande sur le point visé. Mouvement et chaleur : sans conteste, il y a de la vie... Des nuées d'oiseaux seraient-elles venues se réfugier là pour fuir les eaux ? Mais on les verrait !

Les jours suivants, les scientifiques de la station notent une importante décrue sur la Terre, une descente des eaux presque aussi rapide que leur montée catastrophique. Mille vérifications et calculs sont refaits pour essayer d'en connaître et préciser toujours davantage sur ce mont de l'ancienne Arménie. Les mesures mille fois comparées ne peuvent laisser croire à quelque phénomène volcanique au sommet de la montagne : la chaleur enregistrée est bien trop basse et aucun mouvement de type convulsif, fusant ou fumant comme le ferait un volcan ou le moindre lac de lave n'est détecté... Enfin, un récent listing de données permet de statuer avec certitude sur l'importante décrue et sur le retour à une météorologie

« classique » sur l'ensemble de la planète. Mais les instruments de la station ne retransmettent sur les écrans qu'une suite de visions d'apocalypse dans toutes les villes et métropoles du monde… Les seuls autres « points chauds » et mouvements de surface repérés ne correspondent qu'aux houles ou marées des mers et des océans, ainsi qu'aux millions de déplacements de la faune aquatique. Tout le reste semble bel et bien absent, capteurs, miroirs et caméras n'apportent strictement rien de neuf…

« Le temps a passé, annonce le commandant au groupe devant lui, il a passé à la fois trop vite et pas assez. Trop vite, puisque nous voilà devant un dilemme annoncé ; trop lentement, car nous nous serions bien passés de vivre jour après jour de tels événements interminables. Quoi qu'il en soit, il va nous falloir statuer : dans peu de temps, nous serons à cours de vivres et le système de navettes habituel a vécu. Nous sommes seuls ici pour débrouiller cette situation. Voilà des jours que tout ça tourne dans ma tête, probablement aussi dans la vôtre, je le conçois. Plusieurs solutions s'offrent à nous. Quand je dis « offrent », c'est façon de dire, ce genre d'offrande n'est pas incluse dans la liste des meilleurs cadeaux qu'on ait jamais reçus !

Primo, la meilleure solution à envisager, me semble-t-il, est d'abandonner la station en utilisant les deux modules de sauvetage Soyouz TMA arrimés. Calcul rapidement fait, et compte tenu de la lente dégradation du peroxyde d'hydrogène dans l'ergol, dégradation qui augmente dangereusement la pression dans les réservoirs, il nous reste dix jours au maximum pour les utiliser sans qu'un problème particulier de carburant se précise. Retarder le départ au-delà de ce délai augmenterait considérablement les risques. Chaque module peut emporter un équipage de trois personnes. Nous sommes six pour deux navettes, problème résolu. Youri pourra se mettre aux commandes du premier, je piloterai le second.

Secundo. Le résumé de la situation « d'en bas » ne nous laisse entrevoir rien de bon. Tout semble avoir été anéanti. Fort heureusement, nous n'avons noté aucune radiation malsaine ou douteuse dans l'atmosphère, quel que soit le lieu. Reste à déterminer notre point de chute et la trajectoire qui y mène. J'avais une nette préférence pour le lieu d'où nous sommes partis, tout simplement. Mais à la réflexion, là-bas, il n'y a absolument plus rien ! Mon idée, si vous êtes d'accord, serait de rejoindre le seul point potentiellement « vivant » repéré, aux coordonnées du mont Ararat ou plutôt, en ce qui concerne notre atterrissage, dans la très large vallée au pied de cette montagne. Les ordinateurs se feront un plaisir de nous calculer ça au plus juste.

Tertio : si certains d'entre vous préfèrent une autre destination, il faudra séparer notre descente, inévitablement. Je crains que cette option n'apporte pas de solution idyllique, mais une situation plus risquée à terme qu'autre chose. Qu'en pensez-vous ? Votre avis ? »

Après deux heures d'âpres discussions, les astronautes se rallient à la proposition du commandant, sans grande joie, presque avec dépit. Dès le lendemain, la morosité estompée, on s'active aux dernières vérifications dans la station et on porte surtout un soin particulier à la préparation des deux Soyouz.

« Comme je le crains, dit Youri à Andreas près de lui, nous serions six humains dans l'espace encore vivants, plus ce 'quelque chose' aperçu près d'Ararat estimé lui aussi en vie ! Mon Dieu, est-ce possible ! Tout ce qui a pu survivre doit toujours être dans l'eau, poissons, baleines, tortues, crocodiles… ! Les oiseaux eux-mêmes ont dû y passer pour la plupart, ils n'ont pu rester en l'air indéfiniment ! Et les avions en vols ? Il a bien fallu qu'ils se posent eux aussi, à un moment ou à un autre ! Quelle catastrophe inimaginable ! Quant à tous les bateaux en mer à ces moments-là, allez donc savoir comment ils ont fini, eux aussi ! Et Dieu, dans tout ça, Il est où, bon sang !

– Dieu n'a rien de scientifique. Du moins pour moi. Malgré tout mon savoir, je ne peux vraiment pas vous répondre sur ce sujet trop… flou qui relève plus de la philosophie ou de la métaphysique ! Mais vous parliez d'humains rescapés du cataclysme. Si ma mémoire est bonne, il reste aussi trois personnes dans un cas similaire au nôtre ! Vous vous souvenez de la mission Red-Earth lancée il y a plus de cinq ou six mois vers Mars, on les a complètement oubliés, ceux-là ! Eux aussi doivent connaître quelques sérieux soucis, sans liaison avec la Terre depuis ce temps ! La mission était commandée par Kadmon, un vétéran qui a fait la lune deux ou trois fois. La fille-astronaute Happle, Eva Happle si je me souviens bien, était de la partie ; le second, c'était Zathan Snaker, un vieux du métier aussi, celui-là. Ils doivent être tous les trois sur le chemin du retour en ce moment, sans savoir ce qui les attend ! Quant à nous, ce que l'avenir nous réserve, ce n'est guère plus enviable, je le crains… »

Et tous deux d'avoir une pensée de plus, triste rémanence angoissante, envers tous leurs proches, enfants, famille, amis, disparus à jamais dans la grande tourmente…

Or, en l'an six-cent-un de la vie de Noé, le premier mois, le premier du mois, les eaux s'étaient desséchées de dessus la terre. Noé ôta la couverture de l'arche et regarda ; et voici que la surface du sol était desséchée. Le second mois, le vingt-septième jour du mois, la terre était sèche.

Ce même jour, la station spatiale s'éteint. Les astronautes harnachés passent tour à tour sas et écoutilles menant aux deux petits vaisseaux Soyouz. Derniers signes de la main et les deux trios se séparent pour aller s'installer dans l'espace circulaire exigu des modules. Dernières opérations, vérifications ultimes des deux chefs-navigants dans le fatras compact de commandes et de voyants lumineux, connexions radio et TV établies et testées entre les deux appareils, sanglage des astronautes dans leur fauteuil moulé. Paramètres de trajectoire et d'objectif calés dans l'ordinateur. Comme décidé lors du dernier briefing, Youri s'extrait le premier de la barre d'ancrage puis lance les moteurs.

Dans la seconde navette Soyouz, le commandant Stanford patiente un instant puis enclenche à son tour la sortie du bras d'amarre. Le petit vaisseau tangue un peu mais ne parvient pas à se décrocher. Nouvel essai en douceur infructueux. Une vérification des indicateurs sur l'écran confirme l'amarrage. Après multiples essais de déverrouillage infructueux, l'astronaute n'a plus de solution. Il coupe tout, revient en position zéro, lance une réinitialisation de l'électronique puis confirme à nouveau sa manœuvre. Rien à faire ! Et impossible désormais d'envisager une sortie dans le vide, tout l'équipement est dans la station ! Le Soyouz de Youri n'est plus qu'un minuscule point dans l'espace. Stanford, stoïque, réessaye tout, passe tout en revue, fait fonctionner sa cervelle à la vitesse de la pensée et peut-être plus vite encore ! Il doit y avoir une solution, il faut trouver cette foutue solution ! Mais le temps passe, et le commandant le sait : un module Soyouz n'a qu'une autonomie générale comptée de douze heures seulement, air, carburant et réserve d'énergie électrique incluse !

Trente minutes plus tard, le Soyouz n'a pas bougé d'un centimètre de la station. Par contre, sa vitesse sur orbite l'a déplacé de 14.000 kilomètres par rapport au point d'atterrissage prévu ! Le commandant prend le temps de vérifier que l'ordinateur a bien conservé la « route » en mémoire. Dernière tentative pour le petit astronef, relance du désamarrage manuel : négatif !

Sans mot dire, Stanford prend alors une décision folle : le temps presse, il faut se dégager coûte que coûte ! Il met à feu l'ensemble des moteurs de poussée, il faut que ça passe ou que ça casse ! La navette bondit, rompt le bloc d'ancrage qui la retenait prisonnière, mais se déstabilise, roule d'un demi-tour et pirouette sur elle-même ! Le commandant coupe les moteurs d'urgence. Dans sa lancée, la tête avant du module orbital heurte violemment une poutrelle de la station, la navette bascule lentement en sens inverse et la même poutrelle arrache en retour deux des moteurs arrière dans une double explosion silencieuse. Stanford, sanglé mais chahuté par le choc, n'aura jamais le temps de réaliser que, dans le milliardième de seconde qui suivrait, l'ergol des réservoirs déchirés prendrait feu instantanément, que tout allait exploser, lui, ses compagnons et le Soyouz tout entier, tous disséminés dans le vide en milliards de particules et d'atomes aussitôt congelés, rendus au néant de l'espace... Affectée par la vive déflagration, la station se met à osciller, sort de son ellipse orbitale comme une toupie géante désaxée devenue folle…

Dans le premier Soyouz noyé dans l'encre de l'espace et seulement illuminé au flanc gauche par les luminosités d'un soleil très bas, Youri, concentré sur sa navigation, ne s'est aperçu de rien. Après deux heures trente de vol et plusieurs centaines de kilomètres parcourus, l'astronaute se prépare aux manœuvres d'entrée dans les premières couches de l'atmosphère. Un dernier essai de contact radio avec le Soyouz du commandant censé le suivre se conclut par un échec.

Il est temps pour Youri d'effectuer la manœuvre de retournement du Soyouz qui pivote de 180°. Afin de réduire l'énorme vitesse du vaisseau, le pilote met à feu les rétrofusées. Une autre demi-heure d'attente et de freinage en marche arrière avant de placer l'engin perpendiculaire à sa course à l'aide des petites fusées latérales. À cette distance de la Terre, Youri contrôle sans encombre la descente et poursuit ses obligations : il largue dans le vide la sphère du module orbital devenue inutile et passée en queue de convoi ; cinq secondes encore et le module de service des moteurs principaux subit le même sort. Ils restent trois dans le module de retour, adossés au bouclier thermique de la capsule centrale.

Sur son écran, le pilote suit la correction automatique de guidage et d'angle de rentrée. Mais les données affichées par le contrôleur d'altitude ne lui annoncent rien de bon. Il reprend manuellement la commande d'assiette du vaisseau, mais la machine adopte automatiquement contre son gré une trajectoire balistique beaucoup plus abrupte que prévue. Le bloc central du Soyouz décélère atrocement, les astronautes encaissent plus de 8G d'un coup. À quelque cent kilomètres de la Terre, le bouclier thermique de la capsule commence à être mis à l'épreuve, l'atmosphère se densifie, les forces de friction s'accroissent.

Dieu parla à Noé en ces termes : « Sors de l'arche, toi, ta femme, tes fils et les femmes de tes fils avec toi. Toutes les bêtes qui sont avec toi, de toute chair : oiseaux, bestiaux et tous les reptiles qui rampent sur terre, fais-les sortir avec toi ; qu'ils pullulent sur la terre, qu'ils fructifient et se multiplient sur la terre. »

Sur l'écran, un voyant vient de s'allumer : le témoin de périscope ! Youri a omis d'en effectuer le largage lors des opérations de séparation des étages du Soyouz ! Le bras de périscope commence dangereusement à rôtir à l'extérieur et l'énorme vitesse de 8 km par seconde ne fait qu'amplifier le phénomène ! La capsule s'incline de quelques degrés, irrattrapables automatiquement ou manuellement. À 40 kilomètres d'altitude, la décélération augmente encore, le bouclier thermique souffre sous les 1800 degrés du feu qui l'assaille. Le mauvais angle d'entrée dans l'atmosphère causé par le bras de périscope donne malheureusement prise à la chaleur intense sur une partie latérale du module. Cloué à son siège, Youri a déjà compris. Une chaleur excessive et mortelle envahit soudainement l'habitacle, le Soyouz n'est plus qu'une énorme boule de feu incontrôlée, un météore incandescent annonciateur de mort.

Noé n'est jamais sorti, pas plus que ses fils, sa femme et les femmes de ses fils, pas plus que toutes les bêtes, tous les bestiaux, tous les oiseaux et tous les reptiles qui rampent sur la terre. Personne n'est sorti : le déluge de feu s'écrase sur l'arche dans un tonnerre des Enfers, anéantissant tout au sommet de l'Ararat...

À plusieurs lieues de là, la colombe a retrouvé la quiétude, dérangée par rien, puisque plus grand-chose sur terre ne peut désormais troubler sa vie. Depuis sa sortie de l'arche, elle a construit son nid au sommet des frêles branches d'un olivier. Elle y a pondu trois œufs qu'elle couve avec amour, sans discontinuer : la nature reprend son cours ! Elle descend rarement s'alimenter, juste le temps nécessaire pour picorer rapidement quelques graines.

Ce jour-là, elle quitte le nid dans un court envol plané et gracieux pour boire quelques gouttes d'eau à la rivière. Depuis des jours, le caïman à l'affût n'attend que ça. En une seconde, il ne reste de l'oiseau qu'une belle plume blanche voguant et tournoyant à la surface de l'eau...

Le lendemain, les hautes branches de l'olivier, trop longtemps fouettées par de soudaines et violentes bourrasques de vent, déstabilisent le nid. Les trois œufs roulent et s'écrasent à terre...

Après 180 jours de voyage vers la planète Mars et dix jours de temps terrestre passés à sa surface, la mission Red-Earth est sur le retour : 210 jours confinés dans un habitacle peu confortable et 400 millions de kilomètres à parcourir avant de revoir et de fouler le bon vieux plancher des vaches de leur bonne vieille Terre ! Même à la vitesse de quatre kilomètres par seconde, on y trouve quand même le temps un peu long...

Adam Kadmon, le commandant de l'astronef, homme de longue date aguerri dans tous les déplacements spatiaux, est pourtant assailli de quelques sueurs froides en survolant l'emprise de Cap Kennedy : plus une seule piste visible du ciel, infrastructures fracassées et bâtiments effondrés... ! Sans prendre avis auprès de ses deux collègues, il amorce un long virage, enclenche les deux caméras latérales pour repérage visuel d'un terrain d'atterrissage digne de ce nom. Mais tous les territoires de la Floride sont peu propices à de telles trouvailles, hélas ! Alors Kadmon redonne dix-mille pieds d'altitude à son appareil. Originaire de Californie, il sait qu'il trouvera là-bas de quoi réussir une descente de la navette sans encombre, ignorant volontairement tous les autres sites et terrains survolés.

Très mauvaise surprise : la longue presqu'île de l'état de Californie a disparu sous les eaux, littéralement cassée sur la faille de San Andrea et engloutie à jamais. Kadmon croit vivre un très vilain rêve. Il vire à tribord et découvre enfin un large espace après avoir survolé ce qui avait été la ville de Phoenix dans l'Arizona. Le commandant avertit son équipage : sur cette immense et plane étendue herbeuse, sortir le train d'atterrissage s'avère nettement trop risqué, il va tenter de poser l'astronef en glissé, sur le ventre ! Kadmon coupe les moteurs, actionne toutes les sécurités et commence sa descente en larges planés concentriques, nez de l'engin constamment cabré pour un freinage naturel optimum. Parachute de queue déplié, gonflé à craquer, le vaisseau termine sa course en dangereuse glissade sur des centaines de mètres sans dévier d'un pouce, ralentit et stoppe enfin, une ailc delta penchée et calée à terre.

Deux jours. Deux jours hors de l'astronef à comprendre ce qui a pu se passer ici. Le commandant avait réactivé cent fois les appels radio tous azimuts sans aucune réponse. Le cauchemar des communications interrompues depuis leur départ de Mars continuait... D'un commun accord, les membres du groupe décident de quitter l'astronef, laissant à l'intérieur leurs combinaisons de spationautes et tout ce qui ne leur serait d'aucune utilité à partir de cet instant crucial.

Deux autres jours à marcher, un peu au hasard, sans rencontrer aucune vie. Ils s'arrêtent, épuisés. Devant eux, quelques ruines de pierres, d'amas de fcr et de béton. À quoi bon pousser plus loin ? Zathan, le second, compense au contraire la situation catastrophique ambiante, morale et physique, par un incroyable regain d'énergie. Eva Happle, la seule astronaute féminine, totalement démoralisée, au bord des larmes, sent ses jambes se dérober sous elle et s'évanouit le nez dans l'herbe... Le commandant s'est assis au loin, plié en fœtus, genoux sur la poitrine, plus interrogatif que sereinement pensif, absent, défait et mentalement écartelé... Quant à Zathan Snaker, parti vadrouiller aux cinq-cents diables, Dieu seul sait où il est.

Kadmon relève un peu la tête et tend l'oreille.

« Ohé ! Venez, venez par ici ! Par ici ! » C'est la voix de Zathan, lointaine, peu distincte.

Le commandant se redresse, passe près d'Eva et la sort doucement de sa léthargie.

« Venez, Eva, venez. » Il l'aide à se relever et soutient ses premiers pas en direction de l'appel.

Quatre-cents mètres en contrebas, ils aperçoivent Snaker agité de grands gestes.

« Regardez-moi ça ! » lance-t-il aux arrivants, embrassant d'un large mouvement du bras tout ce qui l'entoure.

Snaker grimpe avec agilité dans le plus grand des pommiers, jusqu'à se couler et serpenter dans les plus hautes branches pour aller y décrocher le plus beau fruit.

« Eva ! Tiens, attrape, cadeau pour toi ! »

Sous l'arbre, la jeune femme qui avait perdu connaissance semble avoir enfin recouvré tant bien que mal une bonne partie de ses esprits. Elle tend les mains et Zathan y laisse tomber une pomme.

Une scène banale d'une vie un instant redevenue ordinaire... Pourtant, dans la tête du commandant Kadmon qui ne commande plus rien, s'insinue comme un pressentiment, doublé d'une notion de danger... Dans le même temps, une douleur aiguë dans la poitrine lui rappelle le mauvais souvenir d'une côte cassée, pendant qu'une intuition fulgurante, une réminiscence fantomatique et incontrôlée surgie du fond des âges envahit sa tête et le fait tressaillir jusqu'au tréfonds de son âme. Dieu seul en connaît la cause.

Au pied de l'arbre, Eva porte le fruit à ses lèvres.

« Ev... Eva ! Non ! Non ! Eva, je t'en supplie, ne... »

Trop tard !

Table des matières

Mise en pages : Monika Kliava

Dépôt légal : novembre 2014

COPYMÉDIA

Achevé d'imprimer
en novembre 2014 par
www.copy-media.net
CS 20023 - 33693 MÉRIGNAC CEDEX

IMPRIM'VERT®